CHARLOTTE GARDENER

Lady Arrington und der tote Kavalier

Titel auch bei Lübbe Audio erschienen

Über die Autorin

Charlotte Gardener ist eine englische Autorin. Nachdem sie mehr als dreißig Jahre in London am Theater gearbeitet hat, ist sie nun ins wunderschöne Brighton zurückgekehrt, den Ort ihrer Kindheit. Hier hat sie auch endlich die Ruhe gefunden, um ihr Hobby zum Beruf zu machen: das Schreiben von Kriminalromanen. Und wenn sie nicht gerade in einem kleinen Café an einem ihrer Romane tüftelt, liebt sie es, mit ihrem Hund Scofield lange Spaziergänge am Strand zu unternehmen.

Charlotte Gardener

Lady Arrington und der tote Kavalier

Ein Kreuzfahrt-Krimi

lübbe

Dieser Titel ist auch bei Lübbe Audio und als E-Book erschienen

Die Bastei Lübbe AG verfolgt eine nachhaltige Buchproduktion. Wir verwenden Papiere aus nachhaltiger Forstwirtschaft und verzichten darauf, Bücher einzeln in Folie zu verpacken. Wir stellen unsere Bücher in Deutschland und Europa (EU) her und arbeiten mit den Druckereien kontinuierlich an einer positiven Ökobilanz.

Vollständige Taschenbuchausgabe
der bei beTHRILLED erschienenen E-Book-Ausgabe

Lektorat: Stephan Trinius
Covergestaltung: Kirstin Osenau unter Verwendung von Motiven von Shutterstock: © PhuuchaayHYBRID j © AKaiser j © VladisChern j © mariakraynova j © Jullius
Satz: 3w+p GmbH, Rimpar (www.3wplusp.de)
Gesetzt aus der Palatino
Druck und Verarbeitung: Book on Demand GmbH, Norderstedt
Printed in Germany
ISBN 978-3-404-17955-8

Sie finden uns im Internet unter luebbe.de
Bitte beachten Sie auch: lesejury.de

FSC
www.fsc.org
MIX
Papier aus verantwortungsvollen Quellen
Paper from responsible sources
FSC® C105338

1.

»Habe ich Ihre Nachricht korrekt interpretiert, Mrs. Arrington?«

»Das hängt davon ab, wie Sie meine Nachricht interpretiert haben, Mr. Bayle.«

Mrs. Arrington und Mr. Bayle: So nannten sie einander auch nach Jahrzehnten. Aus ihrer engen Zusammenarbeit war etwas entstanden, das man durchaus als Freundschaft bezeichnen konnte. Aber trotz der langen Zeit und aller Verbundenheit waren sie nie zum ›Du‹ übergegangen. Mary schob es vor allem auf Mr. Bayles britische Steifheit.

»Sie planen«, drang es ungläubig aus dem Smartphone, »sich auf die Bahamas zu begeben?«

»Nein«, antwortete Mary.

»Dann sehen, beziehungsweise hören Sie mich beruhigt.«

»Ich befinde mich bereits auf den Bahamas.«

»Dann sehen, beziehungsweise hören Sie mich beunruhigt.«

»In Nassau, um genau zu sein.«

»Diese Detailinformation trägt nicht dazu bei, meine Unruhe zu mildern.«

»Auf dem Prince-George-Kai.«

»Und diese noch weniger.«

Mary musste lächeln und blieb stehen, um das Panorama zu bewundern: In der Ferne spannten sich zwei schlanke Brücken von Nassau hinüber nach Paradise Island. Auf der kleinen Insel erhoben sich protzig die sandfarbenen Hochhäuser des Atlantis-Freizeitparks zwischen sattgrünen Palmen und türkisblauen Lagunen und Buchten. Alles schillerte und funkelte unter einem makellos blauen Himmel.

»Demnach spielen Sie wirklich mit dem Gedanken«, Mr. Bayle klang jetzt noch ungläubiger, »eine ... Kreuzfahrt anzutreten?« Er sprach das Wort aus wie die Bezeichnung einer ekelerregenden Krankheit.

»Nein«, antwortete Mary.

»Irgendeine Nuance in der Modulation Ihrer Stimme hält mich davon ab, erleichtert aufzuatmen.«

Mary schmunzelte und spazierte weiter den Kai entlang, vorbei an einer Reihe riesenhafter Kreuzfahrtschiffe der verschiedensten Herkunftsländer.

»Ich bin bereits dabei, eine Kreuzfahrt anzutreten. Mein Gepäck wurde schon an Bord gebracht und erwartet mich in meiner Suite.«

»Das kann doch unmöglich Ihr Ernst sein«, knurrte Mr. Bayle. »Ich war der Ansicht, es hätte sich herumgesprochen, dass zwischen unserer lieben Mutter Erde und den entlegensten Peripherien unserer Milchstraße nichts Langweiligeres existiert als eine Kreuzfahrt.«

»Ja, das dachte ich auch. Aber Greta hat mich eines Besseren belehrt.«

Zur Antwort erhielt sie zunächst nichts als ein frustriertes Grollen.

»Ich hätte es ahnen müssen«, sagte Mr. Bayle dann, »dass hinter diesem hanebüchenen Unterfangen niemand anders als diese impertinente Person steckt, deren liebster Zeitvertreib darin besteht, sich in das Leben anderer Leute einzumischen. Bei aller Hochachtung, die ich Ihnen entgegenbringe, verehrte Mrs. Arrington: Ich muss Sie dafür tadeln, einmal mehr den Einflüsterungen dieses aufdringlichen Weibsstücks zu erliegen.«

Beinahe hätte Mary laut aufgelacht über Mr. Bayles Empörung. Ebenso, wie er mit Mary seit langer Zeit eine innige Vertrautheit pflegte, unterhielt er zu Greta, ihrer altgedienten Haushaltshilfe, eine nicht weniger lange und nicht weniger innige Abneigung. Sie beruhte auf Gegenseitigkeit. Seit ihrer ersten Begegnung ließen die beiden keine Gelegenheit aus, sich einen leidenschaftlichen Schlagabtausch zu liefern, der sich meistens um Marys Wohlergehen drehte. Beide glaubten zu wissen, was für sie am besten war. Mary selbst genoss diese unterhaltsamen Streitigkeiten. Am Ende machte sie ohnehin immer das, was sie selbst für richtig hielt.

»Von Einflüsterungen, werter Mr. Bayle, kann gar nicht die Rede sein. Aber wie Sie vielleicht wissen, verbringt Greta seit Jahren ihre Urlaube auf einem Kreuzfahrtschiff und hat mich nun darüber in Kenntnis gesetzt …«

»Ungefragt in Kenntnis gesetzt, möchte ich wetten«, unterbrach sie Mr. Bayle. »Diese Frau bringt es ja nicht fertig, auch nur einen einzigen ihrer ausnahmslos trivialen Gedanken für sich zu behalten.«

»… mich darüber in Kenntnis gesetzt«, fuhr Mary fort, »dass sich dort die originellsten Charaktere zusammenfinden und sich die erschütterndsten Dramen und skurrilsten Komödien ereignen, die man sich nur denken kann.«

Das Smartphone schwieg einen Moment, bevor Mr. Bayle grummelte: »Allmählich begreife ich. Sie klammern sich an die verzweifelte Hoffnung, jene zündende Idee, die Sie weder hier in London noch bei Ihnen in Sussex aufzutreiben vermochten, auf einem dieser schwimmenden Spiel-, Spaß-, Sport- und Geschmacklosigkeits-Paläste zu entdecken.«

»Sie haben mich, wie üblich, durchschaut, Mr. Bayle.«

Das war auch kein Wunder. Schließlich waren bereits gut vierzig Jahre vergangen, seit der junge Mr. Bayle in seiner Funktion als Lektor des Verlags Fitch & Finnegan der jungen Mary zur Veröffentlichung ihres ersten Kriminalromans verholfen hatte. Danach war aus ihrer Zusammenarbeit durchschnittlich jedes zweite Jahr ein Buch hervorgegangen, das es zumindest unter die ersten Zehn der Bestsellerlisten geschafft hatte. Bis auf die letzten drei Bücher. Irgendetwas war mit denen schiefgelaufen. Die Kritiker hatten sich ratlos, die Fans enttäuscht, die Verkaufszahlen ernüchternd gezeigt.

Möglicherweise hatten diese Rückschläge sogar den so unerschütterlich scheinenden Mr. Bayle verunsichert. Jedenfalls hatte er in letzter Zeit geradezu reflexartig sämtliche Romanentwürfe abgelehnt, die Mary ihm vorgelegt hatte: Zu altmodisch, zu klischeehaft, zu unglaubwürdig. Sie benötigte einfach dringend eine Idee, die zunächst Mr. Bayle und in der Folge ihre verbliebene Leserschaft zu glühender Begeisterung hinreißen würde. Und wie Mr. Bayle messerscharf erkannt hatte, war sie entschlossen, diese Idee aus ihren Beobachtungen und Erfahrungen während der bevorstehenden Kreuzfahrt zu gewinnen.

»Und nun erlauben Sie mir, Ihnen eine Gute Nacht zu wünschen«, sagte Mary, denn in London war es gerade acht Uhr abends. »Ich muss mich jetzt einschiffen.«

»Sie müssen *was?*«, schallte es noch aus dem Smartphone, ehe Mary es in ihre Umhängetasche steckte.

Hätte sie dabei jemand von Ferne beobachtet, wäre er kaum auf den Gedanken gekommen, sie sei 63. Das mochte an ihrer aufrechten Haltung liegen, an ihren energischen und dabei graziösen Bewegungen oder ihrer hochgewachsenen, schlanken Figur, die sie mit Fitnessübungen in Form hielt. Aus der Nähe war freilich nicht zu übersehen, dass ihre smaragdgrünen Augen nicht mehr ganz so strahlten wie die einer Dreißigjährigen, dass ihr langes schwarzes Haar, das im Nacken gewöhnlich von einem einfachen Band zusammengehalten wurde, von grauen Strähnen durchzogen war. Diese etwa zu färben, wäre ihr allerdings geschmacklos erschienen. Der Stil der Mary Elizabeth Arrington, auch was Kleidung, Schuhe, Schmuck betraf, war geprägt von einer natürlichen und schlichten Eleganz.

Mit diesem Anspruch hatte sie auch ihr Schiff ausgewählt. Nachdem sie es bisher nur auf Bildern gesehen hatte, stand sie nun endlich davor. Es lag ein wenig abgesondert am äußersten Ende des Kais statt in der Reihe der anderen Schiffe, als wäre es dafür zu stolz. Im Gegensatz zu ihnen entsprach es nämlich keineswegs Mr. Bayles Vorstellung von einem *schwimmenden Spiel-, Spaß-, Sport- und Geschmacklosigkeits-Palast.*

Zwar war es der luxuriöseste und prachtvollste unter den Ozeankreuzern der renommierten Reederei Kenneth aus Southampton: 345 Meter lang, 41 Meter breit und 72 Meter hoch. Seine 16 Decks boten durchaus Platz für rund 1.200 Crew-Mitglieder und bis zu 3.000 Passagiere. Jedoch weder für eine Kamikaze-Wasserrutsche noch für eine Roller-Skating-Bahn oder einen Fallschirmsprung-Simulator. Selbstbewusst verweigerte dieses Schiff sich dem Bombast moderner Kreuzfahrtkolosse, stilbewusst besann es sich auf die Tradition und das Flair klassischer britischer Lebensart.

Als Mary an seinem mächtigen Rumpf hochblickte, leuchteten seine weißen Aufbauten mit dem knallroten Schornstein verheißungsvoll in der Sonne. In wenigen Stunden würde es auslaufen zu ihrer Reise durch die Karibik: Von Nassau nach Miami und um Kuba herum nach Jamaika. Von Jamaika über Grand Cayman zur mexikanischen Insel Cozumel und von dort wieder nach Nassau. An seinem Heck und seinem Bug prangte ein Name, der bewies, dass dieser Gigant nicht nur eine Sie, sondern sogar eine Königin war: *Queen Anne.*

2.

Es war erhebend, sich an Bord dieses majestätischen Schiffes zu befinden. Nachdem sie die Sicherheitskontrolle und die übrigen Formalitäten der Einschiffung hinter sich gebracht hatte, stieg Mary eine der geschwungenen Treppen der Grand Lobby hinauf. Das Innere der *Queen Anne* stand ihrem Äußeren an Erhabenheit in nichts nach, und die Lobby war das geschäftige Herzstück all dieser schwimmenden Pracht. Über drei Decks erstreckte sie sich in die Höhe und vermittelte mit ihren bordeauxroten Teppichen, ihren marmorierten Säulen und der warmen, indirekten Beleuchtung eine ebenso gediegene wie lebendige Atmosphäre. Schicke, einladend wirkende Sessel und ein edler schwarzer Konzertflügel verhießen angenehme Abende bei gehobener musikalischer Unterhaltung, und Filialen exklusiver Firmen wie Hermès oder Harrods gewährleisteten, dass die vornehmen Ladys und Gentlemen, die sich hier die Ehre gaben, auch auf den Weiten des Meeres nicht auf stilsicheres Shopping, eine gepflegte Erscheinung und den Wohlgeruch feiner Parfüms zu verzichten brauchten.

Einige von Marys Mitreisenden hatten sich hier eingefunden, um ehrfürchtig all diese Herrlichkeit zu bestaunen oder sich in freudiger Erwartung darüber auszutauschen. Bell Boys in roter Livree schritten zügig, aber niemals hektisch zwischen ihnen umher, erteilten bereitwillig Auskünfte, trugen Koffer oder geleiteten Gäste zu ihren Unterkünften. Vorbei an Geschäften, Passagieren und Personal erreichte Mary einen gläsernen

Lift, der sie beinahe lautlos über dieses quirlige Treiben erhob und sie hinauf zum Deck 10 beförderte.

Dort folgte sie einem breiten Korridor, in welchem sich die Türen der *Premium-Class*-Kabinen mit Balkon aneinanderreihten. Er mündete in eine Art Foyer, verziert mit Farnen und Palmen in Messingbehältern und ausgelegt mit weichen Läufern, die das Geräusch von Marys Schritten gänzlich verschluckten. Auch sonst war hier oben nichts zu hören, sodass man das Gefühl haben konnte, von allem übrigen Geschehen an Bord abgeschottet zu sein, unerreichbar für allen Lärm und andere Störungen. Das Einzige, was sich nicht in diesen Eindruck harmonischer Abgeschiedenheit fügen wollte, war der Handwagen einer Reinigungskraft mit seinen Schrubbern und Schwämmen und Eimern, den hier jemand achtlos hatte stehen lassen.

Es gab in diesem Foyer nur zwei Türen, beide aus poliertem Walnussholz, die in weitem Abstand nebeneinander lagen. In goldenen Buchstaben war die linke mit *Trafalgar Suite,* die rechte mit *Piccadilly Suite* beschriftet.

Mary zückte ihre Bordkarte. Sie war mit ihrem Namen und ihrem Bild versehen und würde ihr auf der *Queen Anne* als Ausweis, Kreditkarte und vor allem als Schlüssel dienen. Mary schob sie in das Schloss der linken Tür und betrat zum ersten Mal die Trafalgar Suite, die für die kommenden Tage ihr Heim sein würde.

Sie war ein wenig skeptisch gewesen, ob sie sich in einem schwimmenden Hotelzimmer wohlfühlen würde. Jetzt aber zerstreuten sich ihre Bedenken. Die Suite erfüllte sämtliche Erwartungen, die die Prospekte des Reiseanbieters in ihr geweckt hatten.

Auf knapp 100 Quadratmetern bot sie, mit Ausnahme einer Küche, alle Möglichkeiten und Annehmlichkeiten einer vollständigen Wohnung. Das gesamte Interieur war in unaufdringlichen Creme-, Beige- und Brauntönen gehalten. Zusätzlich zu all diesem sorgsam gestalteten Komfort wartete sie mit einer grandiosen Aussicht auf. Man hatte die Wahl, sie entweder durch ein riesiges Fenster zu genießen, das auf das Vorderdeck hinausging, oder vom Balkon aus, der auf der Backbordseite lag.

Natürlich hatte all das seinen Preis. Aber auch wenn die Verkäufe ihrer letzten Bücher nicht gerade überwältigend gewesen waren, war Mary dank ihrer vorherigen Erfolge immer noch wohlhabend genug, um sich einen solch extravaganten Luxus gelegentlich leisten zu können.

Sie war sicher, dass es ihr hier an nichts fehlen würde. Nur im Schlafzimmer, beim Anblick des King-Size-Bettes, wurde sie kurz von Wehmut ergriffen. Sie musste an Maxwell denken, an all die Reisen, die sie gemeinsam unternommen hatten, und daran, dass sie diese Reise – ihre erste seit seinem Tod vor sechs Monaten – nun allein, ohne ihn machen würde. Aber sie verbot sich, darüber in Kummer zu verfallen. Maxwell hätte nicht gewollt, dass sie sich als gramvolle Witwe zu Hause einigelte. Außerdem wäre eine Kreuzfahrt sowieso nichts für ihn gewesen. Obwohl er als Diplomat in aller Welt unterwegs gewesen war und etliche Stunden in Flugzeugen, Zügen und Bussen verbracht hatte, war er doch selbst auf kurzen Überfahrten mit einer Fähre unvermeidbar seekrank geworden. Seinen Aufenthalt auf einem Kreuzfahrtschiff hätte er vermutlich zum überwiegenden Teil an der Reling verbracht – allerdings nicht, um versonnen auf die Wellen und den Horizont zu starren.

Mary riss sich aus ihrer Versunkenheit. Neben dem Kleiderschrank standen ordentlich aufgereiht ihre Koffer. Als spezieller Service für Passagiere ihrer Preiskategorie waren sie vom Personal der *Queen Anne* vom Hotel abgeholt, durch die Sicherheitskontrollen geschleust und hierher gebracht worden.

Mary ließ sie erst einmal, wo sie waren. Auspacken konnte sie auch später noch. Was sie in diesem Moment wirklich wollte, war eine kühle, belebende Dusche. Außerdem hatte sie das Badezimmer noch gar nicht besichtigt.

Sie öffnete die Tür – und erschrak. Nicht über das Badezimmer. Das entsprach vollends ihren Erwartungen. Was jedoch absolut nicht ihren Erwartungen entsprach, war die Tatsache, dass sich in diesem Badezimmer eine Frau befand. Mary war fest davon ausgegangen, in ihrer Suite allein zu sein. Jetzt musste sie erkennen, dass sie die ganze Zeit über ungeahnte Gesellschaft gehabt hatte.

Die fremde Frau hingegen erschrak überhaupt nicht. Auch sonst zeigte sie auf Marys Erscheinen hin keine nennenswerte Reaktion, wenn man von dem genervten Blick absah, den sie ihr zuwarf. Sie hatte Mary wohl längst gehört, es allerdings nicht für nötig erachtet, sich bemerkbar zu machen.

»Was machen Sie hier?«, stieß Mary in ihrer Verwunderung aus. Sie erkannte jedoch gleich, wie überflüssig diese Frage war. Schließlich war es ziemlich ersichtlich, was diese Frau hier machte: Allein ihr himmelblauer, tailliert geschnittener Arbeitsmantel wies sie als Reinigungskraft aus. Zudem hielt sie in den Händen, die in knallgelben Gummihandschuhen steckten, eine Flasche Scheuermilch und einen Schwamm, die an ihrer Tätigkeit keinen Zweifel ließen.

»Regen Sie sich bloß nicht auf«, sagte sie mit einem Akzent, den Mary nicht recht einzuordnen wusste. Sie wandte sich von Mary ab, sprühte etwas Scheuermilch ins Waschbecken und schrubbte mit dem Schwamm lustlos darin herum. »Nicht, dass Sie 'nen Herzinfarkt kriegen. Ich hab schon genug Stress heute.«

Mary brauchte einen Augenblick, um sich zu fassen. Nicht wegen des Schrecks. Vielmehr wegen des Tonfalls, in dem diese Putzfrau sie ansprach. Mit einer solchen Begrüßung durch das Schiffspersonal hatte sie nicht gerechnet.

»Sehe ich aus wie jemand, der sich aufregt?«, fragte sie schließlich betont gelassen.

»Sie sehen aus wie jemand, der sich gleich aufregen *wird«*, sagte die Putzfrau, über das Becken gebeugt. »Ihr regt euch doch immer auf.«

»Ihr? Wer ist *ihr?«*

Die Putzfrau verkniff sich eine Antwort. Stattdessen murmelte sie, mehr für sich selbst: »Ich hab schließlich noch was anderes zu tun, als euren Dreck wegzumachen. Da bin ich halt nicht immer pünktlich auf die Sekunde fertig.« Sie warf Mary einen weiteren ihrer mürrischen Blicke zu. Beinahe schien sie es ihr zu verübeln, dass sie noch immer hinter ihr stand und sie durch ihre Gegenwart belästigte. »Wollten Sie was Bestimmtes?«

Dieses Mal war Mary nicht um eine Antwort verlegen. Jetzt, wo sie ihre Verblüffung überwunden hatte, fand sie zu der Schlagfertigkeit zurück, für die sie bei Lektoren, Reportern und Literaturkritikern bekannt und von nicht wenigen gefürchtet war. Auf keinen Fall, beschloss sie, würde sie sich von dieser frechen Person auf der Nase herumtanzen lassen.

»Was Bestimmtes?«, fragte sie. »Im Badezimmer? Ich bin, offen gesagt, noch unschlüssig. Ich schwanke zwischen einer Partie Golf, einer Fuchsjagd, einer Runde Tontaubenschießen und einem Autorennen, zu dem nur

Modelle mit einem Baujahr vor 1970 zugelassen sind. Was würden Sie mir empfehlen?«

Daraufhin drehte die Frau sich um und blickte sie zum ersten Mal richtig an. Wahrscheinlich nahmen die meisten Leute ihre Unverschämtheiten entweder einfach hin, weil sie von ihnen überrumpelt waren. Oder sie regten sich tatsächlich auf, keiften oder drohten ihr mit Beschwerden. Dass ihr jemand so souverän Paroli bot, war sie offenbar nicht gewöhnt. Was nicht hieß, dass es sie verunsichert hätte. Ihre wachen, bernsteinfarbenen Augen funkelten Mary streitlustig an. Sie hob sogar den Schwamm, als scheute sie selbst vor einer körperlichen Auseinandersetzung nicht zurück, obwohl sie gut einen Kopf kleiner war als Mary und sich unter ihrem Kittel, so weit erkennbar war, ein schmaler und zierlicher Körper verbarg. Um ihre Frisur bräuchte sie sich bei Handgreiflichkeiten jedenfalls keine Sorgen zu machen. Selbst wenn jemand an ihrem brünetten Haar gezerrt hätte, wäre nichts Schlimmeres dabei herausgekommen als der schlampige, zerzauste Knoten, zu dem sie es zusammengebunden hatte. Sie mochte ungefähr Mitte zwanzig sein. Das goldene Namensschild über ihrer linken Brust wies sie als Aleksandra Kaczmarek aus.

»Polnisch«, sagte sie, nachdem sie Mary einige Sekunden angestarrt hatte.

»Bitte?«, fragte Mary.

»Mein Name ist polnisch. Drum red ich so komisch. Oder so entzückend. Und ich bin voll dankbar«, leierte sie herunter, »dass ich auf so einem schnieken englischen Kutter arbeiten darf, und Sie brauchen mir nicht mehr Trinkgeld geben, nur weil ich Migrantin aus dem armen Ostblock bin, wo wir keinen Strom und kein fließend Wasser haben und es außer trocken Brot nix zu essen gibt.«

Beinahe musste Mary schmunzeln. Sie fragte sich, woher der Groll stammen mochte, den diese junge Frau in sich trug und so leidenschaftlich zum Ausdruck brachte.

Aber so unterhaltsam ihr kleines verbales Duell auch sein mochte: Sie hatte ihre Kreuzfahrt nicht gebucht, um sich mit den Angestellten herumzustreiten.

»Das trifft sich gut«, sagte sie. »Ich habe ohnehin nicht die Angewohnheit, mir von Fremden gegen Bezahlung Flegeleien an den Kopf werfen zu lassen.« Sie wies auf die offene Tür. »Wenn ich Sie dann bitten dürfte …«

»Soll ich gar nicht fertig machen?« Die Putzfrau deutete mit dem Schwamm auf das Waschbecken und versuchte nicht einmal, ihre Erleichterung zu verbergen.

»Ich will Sie keinesfalls länger belästigen«, sagte Mary. »Sie haben zweifellos Wichtigeres zu tun. Es gibt sicher noch zahlreiche andere Passagiere, denen Sie auf charmant-patzige Weise Ihre Aufwartung machen können.«

»Komm eh wieder morgen«, murmelte die Putzfrau und klaubte ihre Sachen zusammen. »Ist ja jeden Tag der gleiche Mist hier.«

»Es wird mir ein Vergnügen sein, Sie wieder begrüßen zu dürfen«, beteuerte Mary.

Aleksandra Kaczmarek bedachte sie im Vorübergehen mit einem gehässigen Blick. Doch meinte Mary, darin eine gewisse Anerkennung zu erkennen, wie man sie einem ebenbürtigen Gegner gönnt.

Aber Aleksandra ließ ihr keine Zeit, sich näher damit zu befassen. Mit kurzen, energischen Schritten steuerte die kleine, zerzauste Reinigungskraft auf den Ausgang der Suite zu. Unterwegs drehte sie sich noch einmal um.

»Tät mir alles keinen Spaß machen«, sagte sie.

»Bitte?«, fragte Mary.

»Golf und Tontauben und das ganze Zeug, womit ihr vornehmen Schnösel euch die Zeit vertreibt. Ich steh auf Achterbahn.« Damit verschwand sie und knallte die Tür hinter sich zu.

Mary schüttelte lächelnd den Kopf. Von dieser Begegnung musste sie unbedingt Greta erzählen. Offensichtlich hatte ihre treue Haushaltshilfe nicht übertrieben, als sie ihr interessante Zusammentreffen mit originellen Charakteren in Aussicht gestellt hatte.

Ihr Aufenthalt an Bord ließ sich jedenfalls vielversprechend an.

3.

Am frühen Abend lichtete die *Queen Anne* ihre Anker. Erhaben glitt sie an Paradise Island vorbei und hinaus auf die offene See. Dort drehte sie ihren Bug nach Nordwesten, der sinkenden Sonne entgegen, in Richtung Miami.

Frisch geduscht hatte Mary nach dem Ertönen des entsprechenden Signals ihre Rettungsweste unter den Arm geklemmt und sich zur verpflichtenden Sicherheitsübung eingefunden. Mit ungleich größerem Vergnügen fand sie sich wenig später im *Royal Grill Restaurant* zum Dinner ein. Dessen Räume, mit goldenen Deckenleuchtern und Glasvitrinen voll edler Weine, standen ausschließlich Passagieren der Luxusklasse zur Verfügung. Trotz der frühen Stunde hatten sich bereits einige von ihnen hier eingefunden. An weiß gedeckten Tischen saßen fein gekleidete Damen und Herren auf weinrot gepolsterten Stühlen, führten gedämpfte Unterhaltungen, stießen mit Champagner auf den Antritt ihrer Reise an oder vergewisserten sich mit raffinierten Gerichten, dass in den kommenden Tagen auch ihren kulinarischen Ansprüchen Genüge getan würde. Dezente Musik untermalte die mondäne Atmosphäre. Nach Vorweisen ihrer Bordkarte wurde Mary von einem Kellner in schwarzem Smoking zu ihrem Platz geleitet.

Die Speisekarte hielt, was das Ambiente versprach. Mary wählte gebackenen Camembert mit Thymian als Vorspeise und Hühnerbrust in Himbeersenfkruste mit Gemüse-Julienne und Butterspinat als Hauptgericht.

Während sie bei einem Glas trockenen Weißburgunders auf das Essen wartete, vertrieb sie sich die Zeit damit, ihre Umgebung zu sondieren. Schließlich war sie gewissermaßen dienstlich hier. Ein auffälliger Gast, ein geflüsterter Streit, ein begehrlicher Blick zwischen einem Herrn und einer Dame an getrennten Tischen konnten ausreichen, um ihre geübte Fantasie in Gang zu setzen.

Allerdings war jener Gast, der zunächst ihr Interesse weckte, überhaupt nicht auffällig. Aber eben weil er so unauffällig war, fiel er ihr auf. Er saß allein in einer Ecke, hatte sein Dinner bereits beendet und blickte durch eine klobige Hornbrille scheu um sich, als wäre er eigentlich lieber woanders. Gemeinsam mit dieser Brille verbargen schulterlanges dunkles Haar und ein dichter Vollbart beinahe sein ganzes Gesicht. Mary hörte, wie er von einem Kellner, der ihm eine Tasse Tee servierte, mit *Mr. Miller* angesprochen wurde.

»Das ist ja der Hammer!«, dröhnte es plötzlich vom Eingang her. »Nicht übel, der Schuppen. Na, für die Kohle, die man dafür hinblättert …«

Sämtliche Anwesende wandten sich nach der donnernden Stimme um. Die zu ihrem Besitzer mit seinem hünenhaften Körper und seinem kantigen, glatt rasierten Schädel perfekt passte. Wie ein Ochse, dem man sich besser nicht in den Weg stellt, trampelte er, geführt von einem professionell gleichmütigen Kellner, auf einen Doppeltisch zu.

An seinem Arm flatterte eine Frau hinter ihm her, die ihm höchstens bis an die Brust reichte. Im Verhältnis zu ihrer geringen Körpergröße wirkte alles andere an ihr übertrieben: Sie hatte eine zu blonde, zu üppig wuchernde Mähne. Zu große Augen unter zu langen Wimpern. Zu wulstige Lippen und vor allem eine zu ballonartig aufgepumpte Oberweite, die aus ihrem bauchfreien Top fast herausplatzte. Man musste kein Schönheitschirurg sein, um zu erkennen, dass ein erheblicher Teil davon aus Silikon bestand.

Mary schämte sich beinah dafür, zu wissen, wer die beiden waren. Die Welt jener Prominenten der Kategorien B, C oder noch tiefer zählte eigentlich nicht zu ihren Interessengebieten. Doch mit einer Haushälterin wie Greta war es schlechthin unmöglich, sich dem jeweils aktuellen Society-Klatsch zu entziehen. Sie versorgte sich damit aus den einschlägigen Illustrierten, von denen sie mehrere abonniert hatte, und konnte es sich einfach nicht abgewöhnen, auch ihre duldsame Arbeitgeberin über sämtliche Einzelheiten im Leben der ›Reichen und Schönen‹ ungebeten auf dem Laufenden zu halten.

Diesem Mitteilungsdrang verdankte Mary das Wissen, dass es sich bei diesem Rüpel um Uwe Ponger handelte. Er war ein ehemaliger deutscher Schwergewichtsboxer, der sich im Laufe seiner Karriere weniger durch Erfolge im Ring als durch Nachtklub-Schlägereien, alkoholisierte Spritztouren in seinem Ferrari und ähnliche Exzesse zweifelhaften Ruhm erworben hatte. Jetzt, mit Mitte 40, hatte er die Zeit seiner sportlichen Leistungen hinter sich gelassen. Die Arme, die aus seinem roten Muscleshirt ragten, waren zwar immer noch massiv. Über dem Bund seiner blauen Trainingshose jedoch, die zusammen mit einem Paar schwarzer Adiletten seine Abendgarderobe vervollständigte, wölbte sich der Ansatz eines Bierbauchs und zeigte, dass er nicht mehr viel Zeit damit verbrachte, sich fitzuhalten. Was sein flegelhaftes Verhalten anging, war er allerdings nach wie vor in Höchstform, wie er soeben eindrucksvoll demonstriert hatte. Diesem Verhalten sowie seiner Rolle als neuer Werbeträger des Energy-Drinks *Scarlet Buffalo* verdankte er es, dass er nicht wie andere abgehalfterte Ex-

Stars still und leise in der Versenkung verschwunden war, sondern nach wie vor einen Dauerplatz in den Schlagzeilen der Boulevardblätter belegte.

Ächzend ließ er sich in einen der Stühle fallen und zog sich seine zurechtoperierte Gefährtin auf den Schoss.

»Was meinste, Baby?«, fragte Ponger. »Kann man's hier aushalten, oder was?«

»Mit dir halt ich es überall aus, Uwe-Schnucki«, quietschte sie, legte einen Arm um ihn und spielte mit der Goldkette, die um seinen Hals hing und an der, als sei sie nicht schon protzig genug, ein Dollarzeichen mit glitzernden roten Steinen baumelte.

Zu Marys Bedauern war ihr dank Greta auch dieses Geschöpf bekannt, das geldgierige Chirurgen gestaltet oder besser verunstaltet und das Modedesigner gekleidet hatten, denen für ihre Kreationen offenbar der Stoff ausgegangen war. Sie war in ihren frühen Zwanzigern, stammte angeblich aus Slowenien und hieß höchstwahrscheinlich nicht Honey Hot, nannte sich aber so. Sie gehörte zu dieser neuen Generation von Prominenten, die man als It-Girl bezeichnet. Ihre Bekanntheit erwarb und pflegte sie dadurch, dass sie jede noch so belanglose Begebenheit ihres Lebens in dilettantischen Fotos oder verwackelten Videos über Social-Media-Plattformen einer breiten Weltöffentlichkeit zugänglich machte. Zu Marys Bedauern – und vollkommenem Unverständnis – gab es allem Anschein nach genügend Leute, die sich an diesen Banalitäten ergötzten – oder zumindest an Honey Hots aufgeblasenen und spärlich verhüllten Brüsten. Auch jetzt fischte sie aus ihrem paillettenbesetzten Täschchen ein mit Herzchen beklebtes Smartphone und filmte Ponger, wie er nach der Speisekarte grapschte.

»Mal schauen«, grunzte er mit seinem plumpen Akzent, »was die Küchensklaven so zusammenpanschen.

Mir hängt der Magen schon bis zu den Fersen! Jetzt aber happa-happa!«

Auch diese beiden gehörten eindeutig in die Kategorie ›originelle Charaktere‹. In diesem Fall jedoch hätte Mary auf ihre Gesellschaft gerne verzichtet.

Offenbar war sie mit dieser Meinung nicht allein. Eine andere Dame, die wenige Tische entfernt und somit in direkter Sicht- und Hörweite des nervtötenden Gespanns saß, wirkte ebenfalls peinlich berührt. Trotz der dunklen Sonnenbrille, hinter der sie ihre Augen verbarg, erkannte Mary – Greta sei Dank – in ihr die amerikanische Schauspielerin Jill Benny. Mit ihrer fuchsroten Kurzhaarfrisur, dem blassen Teint und den feingliedrigen Händen, die an zerbrechliches Porzellan erinnerten, war sie eine zu einprägsame Schönheit, um einer aufmerksamen Beobachterin wie Mary zu entgehen. Sie hatte eine beeindruckende Hollywoodkarriere durchlaufen, die in den letzten Jahren jedoch ins Stocken geraten war. Kein Wunder, sie ging auf die 50 zu, womit sie nach den Maßstäben der Traumfabrik zum alten Eisen gehörte.

Vor Kurzem hatte sie den Boulevard in Entzücken versetzt, indem sie sich nach nur einjähriger Ehe vom Hollywoodstar Johnny Carr hatte scheiden lassen. Carr war als Gewalttäter verschrien, der sich mehrmals an Paparazzi, Autogrammjägern und auch Freundinnen und Ehefrauen vergriffen hatte. Laut Greta hatte Jill Benny sich genau aus diesem Grund von ihm getrennt. War sie deshalb auch auf diesem Schiff? Unternahm sie, und wie es aussah allein, eine Kreuzfahrt, um sich von den Turbulenzen ihrer Scheidung zu erholen?

Marys Essen kam und schmeckte so vorzüglich, dass nicht einmal Pongers Gepolter und Honey Hots Gekicher ihr diesen Genuss verderben konnten. Nach dem Abservieren bestellte sie einen Espresso und kramte aus ihrer Umhängetasche ein schlichtes schwarzes Moleskine-Notizbuch und einen edlen Montblanc-Federhalter. Es waren die Arbeitsgeräte, mit denen sie stets die ersten Entwürfe ihrer Romane erstellte. Die Bilanz der Beobachtungen, die sich als Ausgangspunkt einer Krimihandlung eignen könnten, war für den Anfang gar nicht schlecht. *Die PUTZFRAU,* schrieb Mary auf eine neue Seite. *Polin. Sehr umgangssprachliches, aber fließendes Englisch. Streitlustig, dabei patent.*

Sie hatte erst wenige weitere Zeilen geschrieben, als eine angenehme Männerstimme sie aus ihrer Konzentration riss: »Verzeihen Sie die Unterbrechung, Gnädigste«, sagte die Stimme. »Aber gehe ich recht in der Annahme, dass Sie sich Notizen über die hier versammelte Gesellschaft machen? Und sollte ich mit dieser Vermutung richtigliegen: Habe auch ich unter Umständen die Ehre, in diesen Notizen aufzutauchen?«

Mary blickte auf – und zwar geradewegs in ein Paar ozeanblauer Augen, die ihr mit einnehmender Heiterkeit entgegenblitzten. Das dazugehörige verschmitzte Lächeln fand sich unter einem weißen Oberlippenbart. Dieser wiederum passte perfekt zu dem weißen Haar, dessen liebenswerte Wirbel jeder Bändigung durch einen Kamm zu trotzen schienen.

»Wie kommen Sie darauf«, fragte sie und legte, aus unbewusster Gewohnheit, eine Hand über die Seite des Buches, »es sei eine Ehre, darin aufzutauchen?«

Einem anderen gegenüber hätte sich Mary diese Störung verbeten. Bei diesem entwaffnenden Charme aber konnte sie ihm die Unterbrechung nicht übel nehmen. Zumal es sich auch bei ihm um eine bekannte Persönlichkeit handelte – und im Gegensatz zu Ponger einer der angenehmen Sorte. Die Art, in der er wie aus dem Nichts vor ihrem Tisch aufgetaucht war, wäre eines Zauberkünstlers würdig gewesen – und Sir Cedric Hawthorne war nicht nur ein Zauberkünstler: Er war für seine legendären magischen Kräfte sogar von der Queen geadelt worden. Er war so etwas wie ein britisches Nationalheiligtum. Und zwar, wie Mary nun aus unmittelbarer Nähe feststellen durfte, ein überaus stattliches Nationalheiligtum, groß, breitschultrig und für seine Mitte 60 in bewundernswert sportlicher Verfassung.

Auch an Humor schien es ihm nicht zu fehlen. Auf Marys Frage hin wurde sein Lächeln jedenfalls noch ein wenig verschmitzter.

»Aber ich bitte Sie, Madam«, sagte er. »Im Entwurf eines neuen Romans von Mary Elizabeth Arrington vorzukommen – das wäre sogar eine Ehre, wenn ich in der Geschichte als der Bösewicht herhalten müsste. Wenn Sie mir freilich die Wahl ließen, Teuerste, würde ich die Rolle des Detektivs bevorzugen. Mord entspricht schlichtweg nicht meinem Naturell, wissen Sie? Außerdem hätte sich der gute Stuart Smith nach den Strapazen in *Tod in Taormina* doch eine Auszeit verdient. Finden Sie nicht?«

»Wollen Sie damit andeuten, er habe in meinem letzten Buch müde gewirkt?« Mary erwiderte sein Lächeln. Obwohl ihr bei diesem Gedanken gar nicht nach Lächeln zumute war.

»Keineswegs«, beschwichtigte Sir Cedric. »Stuart Smith war amüsant wie eh und je. Wobei ich gestehen muss, dass ich ihn lieber mochte, als er noch nicht mit der Polizei zusammenarbeitete. Als er selbst noch ein echter Gauner war. Das war irgendwie romantischer.«

Darüber würde Mary nachdenken müssen. »Jedenfalls fürchte ich«, sagte sie, »dass Sie sich zum Detektiv nicht recht eignen. Sie wären Ihren Gegenspielern einfach zu überlegen. Ein Detektiv, der jederzeit eine Waffe herbeizaubern kann … Der sich in brenzligen Situationen kurzerhand in Luft auflöst und durch Wände geht … Der wäre für den Leser nicht sehr spannend.«

»Ach, das sind doch nur einfache Bühnentricks. Die auch nur auf einer Bühne funktionieren.«

»Ich sah Ihre letzte Show, in der Royal Albert Hall. Zwei Stunden lang hatte ich den Eindruck, die Naturgesetze wären schlichtweg aufgehoben. Von wegen einfach …«

»Letztendlich *ist* es einfach«, beteuerte er. »Selbst der verblüffendste Trick funktioniert nach einem simplen Prinzip: Lenke die Aufmerksamkeit des Publikums aufs Unwesentliche, damit es das Wesentliche nicht bemerkt.«

Interessant, dachte Mary und lachte. Nach demselben Prinzip funktionieren Detektivgeschichten. »Wenn es denn so einfach ist, werde ich demnächst auch mit einer Zaubershow auftreten. Und wenn Sie sich Magic Cedric nennen, könnte ich mich …«

»… Magic Mary nennen«, ergänzte er und lachte mit. Dabei entstand auf seinem gebräunten Gesicht eine Anordnung aus sympathischen Falten und Grübchen. »Reservieren Sie mir gleich ein Ticket?«

4.

Mary fuhr aus unruhigem Schlaf auf. Wie immer, wenn sie nicht in ihrem Westflügel in Sussex übernachtete, wusste sie zunächst nicht, wo sie war. Dann fiel ihr alles wieder ein: Die *Queen Anne,* die Trafalgar Suite, das Bett, das groß genug war für zwei – und in dem sie dennoch allein lag, ohne Maxwell. Sie schaute nicht neben sich und lauschte nicht nach seinem Atem, wie sie es nach seinem Tod noch monatelang getan hatte. Sie waren 33 Jahre verheiratet gewesen. Es fiel ihr schwer, sich daran zu gewöhnen, dass er nicht mehr neben ihr schlief.

Die Uhr auf dem Smartphone zeigte eine halbe Stunde nach Mitternacht. Ortszeit, irgendwo auf dem Meer, zwischen den Bahamas und Florida. Warum war sie aufgewacht? Es war nicht dieses normale Aufwachen gewesen, wie es ihr manchmal passierte. Es hatte irgendeinen Grund gegeben. Aber gerade konnte sie ihn nicht bestimmen. Es war nichts zu hören außer dem leisen, kaum wahrnehmbaren Brummen der Maschinen und dem leisen Schlag der Wellen gegen den Schiffsrumpf.

Mary blickte zur Decke und spürte die sachten Bewegungen der *Queen Anne,* die sie kraftvoll, dabei sanft über die gewaltigen Wassermassen trug. Sie fragte sich, wo sie wohl waren, wie viele Kilometer sie schon zurückgelegt hatten. Aber bald, ohne dass sie es hindern konnte, wanderten ihre Gedanken zurück zu dem köstlichen Dinner und zur Unterhaltung mit Sir Cedric. Er hatte ihr erzählt, dass auch für ihn diese Kreuzfahrt eine Premiere sei. Letztes Jahr sei er nicht nur Dutzende Male über die Bühne der Royal Albert Hall stolziert, gewirbelt und nicht zuletzt geschwebt, auch bei zahlreichen Auftritten auf dem europäischen Festland, den USA und sogar Japan habe er seine magischen Künste zur Aufführung gebracht.

Da es auf Dauer ziemlich anstrengend sei, sich zu zersägen und wieder zusammenzusetzen, durch Mauern zu gehen, sich in Wassertanks aus Zwangsjacken zu befreien und Lokomotiven in Luft aufzulösen, war es nach einer solchen Tournee seine Gewohnheit, sich einen ausgiebigen Urlaub zu gönnen. Er wählte dazu stets einen Ort, an dem ihm weder sein Manager noch Journalisten oder eifrige Zauberlehrlinge auflauern konnten, die ihm seine Geheimnisse entlocken wollten. Auf einem Schiff mitten auf dem Ozean fühlte er sich vor ihren Nachstellungen einigermaßen sicher. Zudem sei das eine tolle Gelegenheit für eine neue Erfahrung. Er reise für gewöhnlich allein. Für eine solche Fahrt hätte er allerdings ohnehin nicht die passende Begleitung gehabt, da er Junggeselle sei. Das ›Jung‹ in diesem Ausdruck sei allerdings ziemlich irreführend, hatte er mit seinem schalkhaften Lächeln zugefügt, diesem Lächeln, das Mary so gefallen hatte und das …

Aber weiter kam sie nicht. Ein Geräusch störte sie aus ihren Gedanken auf. Mary richtete sich auf und lauschte. Das musste es sein, was sie aufgeweckt hatte … Ein Weinen, das die nächtliche Ruhe unterbrach. Es musste einen Moment ausgesetzt haben. Jetzt aber war es wieder da. Zunächst war es nur als Wimmern zu vernehmen. Dann aber steigerte es sich in ein heftiges Schluchzen, laut genug, die Kabinenwände zu durchdringen. Es war das verzweifelte, qualvolle Schluchzen einer Frau, und es gab nur einen Ort, von dem es kommen konnte: die Piccadilly Suite.

Mary überlegte, was sie tun sollte. Ob sie überhaupt etwas tun sollte. Hinübergehen, an die Tür klopfen und Hilfe anbieten? Oder würde sie damit eine ohnehin schon bedauernswerte Frau zusätzlich in Verlegenheit bringen? Das Weinen hörte sich nicht an, als befände die Frau sich in physischer Not. Es klang eindeutig nach seelischer Not. Vielleicht hatte sie einen erschütternden Anruf, eine niederschmetternde Nachricht erhalten: ihre Krankheit war unheilbar, ihre Mutter war gestorben, ihr Geliebter hatte sie betrogen …

Mary schlug die Bettdecke zurück. Sie wollte der Frau ihre Hilfe anbieten, wer immer sie sein mochte und was auch immer sie so erschüttert hatte. In dem Moment aber erstarb das Schluchzen. Mary lauschte noch eine Weile, doch es erklang nicht von Neuem. Vielleicht ist es auch besser so, dachte Mary. Sich in fremde Angelegenheiten einzumischen, hatte sie schon mehr als einmal in Schwierigkeiten gebracht, und Mary war nicht an Bord gekommen, um in Schwierigkeiten zu geraten. Sie versuchte, wieder einzuschlafen. Doch in seinem Dämmerzustand konnte ihr Gehirn, das Gehirn einer Schriftstellerin, gar nicht anders, als sich weitere Ursachen für das Leid jener Frau auszumalen.

5.

Am nächsten Morgen lag die *Queen Anne* vor Miami. Bescheiden hatte sie sich diesmal den anderen Schiffen angeschlossen, die am kilometerlangen Kai von Dodge Island hintereinander aufgereiht standen. Dodge Island war eine der Stadt vorgelagerte, hässlich zweckmäßige Betoninsel. Wer auf der Steuerbordseite der *Queen Anne* stand, blickte in der Ferne auf Kräne zwischen blauen und roten Containern und in der Nähe auf klotzige Verwaltungsgebäude zwischen Parkplätzen und Lagerhallen.

Doch als Mary im Morgenmantel auf ihren Balkon an der Backbordseite trat, bot sich ihr ein ungleich erfreulicherer Anblick. Durch die schillernde Wasserfläche der Biscayne Bay erstreckte sich eine von Palmen gesäumte Straße vom Festland hinüber nach South Beach. Das von roten Hausdächern durchbrochene Grün von Palm Island schimmerte unter der Morgensonne. Der beinah wolkenlose Himmel verhieß einen herrlichen Tag.

Trotzdem hatte Mary nicht vor, an Land zu gehen. Schließlich unternahm sie diese Reise nicht, um Orte zu besichtigen. Sie war auf der *Queen Anne,* um die Gepflogenheiten auf einem solchen Schiff kennenzulernen, und die verborgenen Dramen, die sich darauf unzweifelhaft ereigneten.

Nur für Jamaika würde sie eine Ausnahme machen. Dort hatte sie zu Beginn ihrer Ehe einige ihrer glücklichsten Jahre verbracht. In Kingston hatte Maxwell als Diplomat im Dienst des britischen Generalgouverneurs gestanden. Und Mary hatte, mit brieflicher und telefonischer Unterstützung von Mr. Bayle, *Killer in Kingston* geschrieben, ihren zweiten Roman um Stuart Smith. Seit damals war sie nicht mehr auf Jamaika gewesen. Die Möglichkeit, es nach so langer Zeit wiederzusehen, war einer der Gründe, warum sie sich unter all den angebotenen Kreuzfahrtrouten für die Karibik entschieden hatte.

Unter der Dusche dachte sie an das nächtliche Schluchzen, das sie wohl nicht so bald aus ihrem Kopf bekommen würde. Sie nahm sich vor, zumindest in Erfahrung zu bringen, wer die Piccadilly Suite bewohnte.

Und sie fand es heraus, auf die unverhofft einfachste Weise.

Als sie ihre Suite verließ, um im *Royal Grill Restaurant* zu frühstücken, zog auch ihre Nachbarin gerade die Tür hinter sich zu. Es war Jill Benny, in einem schlabbrigen grauen Jogginganzug, der weder zur ihrer teuren Designertasche noch überhaupt zu einem Hollywoodstar passte, der schließlich immer damit rechnen musste, die allgemeine Aufmerksamkeit auf sich zu ziehen. Jill Benny aber schien in einem Zustand zu sein, in dem es sie nicht kümmerte, wie sie aussah und was andere darüber dachten. Sie war blass und ungeschminkt und hatte sich nicht einmal die Mühe gemacht, sich die Haare zu kämmen. Sie wirkte noch zerbrechlicher als gestern, während sie fahrig in ihrer Handtasche wühlte. Als sie Mary bemerkte, zuckte sie regelrecht zusammen.

»Guten Morgen«, sagte Mary lächelnd.

Jill murmelte etwas, versteckte ihre geröteten Augen hastig hinter der Sonnenbrille, die sie aus der Tasche gekramt hatte, und eilte durch Foyer und Korridor davon. Vor dem Lift wartete sie nicht auf Mary, wie es die Höflichkeit geboten hätte, sondern verschwand fluchtartig damit in die Tiefe.

Beim Betreten des Restaurants stellte Mary erleichtert fest, dass von dem unsäglichen Ex-Boxer und seiner Begleiterin, die am Abend grobschlächtig für missbilligende Blicke und gerunzelte Stirnen gesorgt hatten, weit und breit nichts zu sehen war. Und vor allem nichts zu hören. Einem geruhsamen Frühstück stand also nichts im Wege. Auch Sir Cedrics Tisch war leer. Mr. Miller hingegen beugte sich in seiner Ecke tief über seine Teller und senkte jedes Mal den Blick, wenn Mary zu ihm hinüberschaute.

Ähnlich verhielt sich Jill, die ganze Zeit, während sie frühstückte. Sofern man das als Frühstücken bezeichnen konnte. Nach wie vor mit Sonnenbrille im Gesicht, stocherte sie nur nervös in ihrem Omelette herum, anstatt etwas davon zu sich zu nehmen. Ihre Lippen zuckten, und ihre Hand umklammerte die Gabel so fest, dass die Knöchel hervortraten. Als der Kellner ihr von der Seite her Kaffee servierte, kippte sie vor Schreck den Orangensaft um.

Keine Frage, dachte Mary. Das ist die Frau, die letzte Nacht so verzweifelt geweint hat. Die Schauspielerin Jill Benny hat ein ernstes Problem. Aber welches? Hatte es mit ihrer Trennung zu tun? Solche Angelegenheiten nahmen schließlich jeden mit. Mary brach ihre Überlegungen ab, um sich ganz ihrem Frühstück zu widmen. Die Spiegeleier waren auf den Punkt gebraten, der Speck knusprig, der Kaffee und die Brötchen heiß, der Ananassaft frisch gepresst und kühl. Es wäre schade gewesen, all das nicht zu genießen, weil man sich in Grübeleien verstrickte, die ohnehin zu nichts führten. Sie würde sich auch später noch mit ihrer unglücklichen Kabinennachbarin befassen können.

Doch kaum dass Mary ihr Frühstück beendet hatte, trat Jill, mit sichtlicher Überwindung, an ihren Tisch. Ihre Finger zitterten, als sie die Sonnenbrille hinauf in ihr struppiges Haar schob. Nun sah Mary deutlich die roten Äderchen in ihren verheulten Augen und die tiefen Furchen darunter.

»Verzeihen Sie«, begann Jill mit dünner Stimme, »aber sind Sie nicht diese Krimischreiberin?«

Mary musste sich zusammenreißen, um nicht zu entgegnen: Nein! Ich bin weder diese noch sonst eine *Krimischreiberin!* Ich bin eine Schriftstellerin, die Kriminalliteratur schreibt! Stattdessen antwortete sie freundlich: »Das hängt davon ab, welche Sie meinen.«

»Oh, Verzeihung …«, stammelte Jill. »Ich wollte nicht … Und ich will Sie auch nicht belästigen, aber … Sie schreiben doch diese … Stuart-Smith-Bücher, nicht wahr?«

»Ja. *Diese* Krimischreiberin bin ich. Und Sie«, Mary bemühte sich, unmissverständlich scherzhaft zu klingen, »sind *diese* Schauspielerin, nicht?«

»Wow.« Jill lächelte zum ersten Mal, wenn auch ein wenig bitter. »Man erkennt mich also doch noch. Wobei … Nach all dem, was passiert ist, erkennen mich wahrscheinlich viel mehr Leute als früher. Nur dass die nicht unbedingt ein Autogramm von mir wollen. Ich meine, nichts ist packender als hässliche Trennungsgeschichten, über die man …« Sie unterbrach sich, beinahe gewaltsam, schien es. »Jill Benny.«

Mary drückte ihre Hand, die kalt und winzig war, und bot ihr einen Stuhl an. Jill betrachtete sie, als sei sie unschlüssig, ob sie sich wirklich auf eine Unterhaltung mit Mary einlassen sollte oder es nicht ein Fehler gewesen war, sie anzusprechen. Sie blickte zur Tür und schien mit dem Gedanken zu spielen, ein weiteres Mal ohne ein

Wort die Flucht zu ergreifen. Dann aber fasste sie sich ein Herz.

»Ich wollte … mich entschuldigen«, sagte sie, während sie sich setzte. »Wegen vorhin. Ich hab nicht gewusst, dass … neben mir jemand wohnt und …«

»Es besteht keinerlei Anlass für eine Entschuldigung.«

Die Gedanken hinter dem Blick, den Jill ihr nun zuwarf, las Mary, als stünden sie ihr auf der Stirn geschrieben: *Hat sie mich heute Nacht gehört? Hat sie meine Verzweiflung und meinen Schmerz mitbekommen?*

»Und dann wollte ich noch …«, fuhr Jill fort, »Ich möchte natürlich nicht … Aber waren Sie schon mal in Miami?«

»Ja. Vor langer Zeit.«

Wiederum las Jill forschend in ihrem Gesicht, wiederum schien sie in einem inneren Zwiespalt mit sich zu ringen – und wiederum entschied sie letzten Endes, dass sie es wagen durfte, ihr zu vertrauen.

»Würden Sie … Ich war noch nie dort. Dürfte ich … mich Ihnen anschließen, heute?«

Mary war verwundert über diese Bitte, aber nicht nur über die Bitte selbst. Der Blick, mit dem Jill sie vortrug, war nicht der Blick einer Frau, die um eine Stadtführung bittet oder sich für einen Ausflug lediglich ein wenig Gesellschaft zur Unterhaltung wünscht. Diese großen flackernden Augen baten unmissverständlich um Hilfe. Vielleicht sogar um Schutz. Oder eigentlich baten sie nicht. Sie flehten, voller Kummer und ja, dachte Mary, auch voller Angst. Innerhalb einer Sekunde verwarf Mary sämtliche Pläne für den heutigen Tag. Nicht nur, dass sie nach wie vor neugierig war, zu erfahren, was Jill Benny nachts umtrieb. Wenn sie sich in ihrer Verzweiflung sogar an eine Wildfremde wandte, musste es wirklich schlimm um sie stehen, und Mary hätte es nicht über sich gebracht, sie abzuweisen.

»Aber selbstverständlich«, sagte sie. »Es wäre mir ein Vergnügen.«

6.

Aber schon bald bestätigte sich Marys Eindruck, dass sie mit diesem Vergnügen allein war. Die gesamte Fahrt in dem orangen Taxi verlief in Schweigen. Wie Mary hatte auch Jill sich umgezogen, bevor sie von Bord gegangen waren. Nach Marys Dafürhalten hatte sie sich damit optisch nicht verbessert. Statt des Jogginganzugs trug sie jetzt ein T-Shirt mit knalligem Aufdruck, eine kurze gelbe Sporthose und Turnschuhe. Dazu eine Baseballkappe und nach wie vor ihre Designerhandtasche, die auch zu diesem Outfit nicht wirklich passte. Aber Jill schien sich ebenso wenig um ihre Erscheinung zu kümmern wie um die Stadt, die Palmen oder das herrliche Wetter. Während Mary die vor ihnen auftauchende Skyline von Miami bewunderte, starrte Jill nur auf ihre Hände und drehte dabei unablässig den goldenen, mit einer einzelnen Perle verzierten Ring an ihrer linken Hand. Der Ring sah alt aus, fand Mary, und wirkte etwas klobig im Gegensatz zu den schmalen Gold- oder Silberringen, die man heutzutage trug und die weniger auf Prunk als auf schlichte Eleganz setzten. Ein so altmodisch wirkendes Schmuckstück, fand Mary, passte nicht recht zu Jill. Sie überlegte, ob es wohl ein Erbstück war. Oder vielleicht ihr Ehering, den abzulegen sie trotz der Trennung von Johnny Carr nicht über sich brachte. Und vielleicht bestand darin ihr Leid, dass sie es, trotz des offensichtlich unangenehmen Charakters dieses Mannes, nicht schaffte, sich vollends von ihm zu lösen. Aber Jill schien nicht gewillt, Fragen zu beantworten. Mary beschloss daher, ihre Neugier zu zügeln und abzuwarten, bis Jill sich ihr von selbst öffnete. Sie zu bedrängen, hätte sie wahrscheinlich nur verschreckt.

Da den beiden für ihren Landgang nur wenige Stunden Zeit blieb, waren sie übereingekommen, ihn auf den nächstgelegenen Teil der Halbinsel von Miami Beach und South Beach zu beschränken. Mary war froh, dass Jill nicht den Strand besuchen wollte. Ein kleines Sonnenbad hätte ihrem blassen Teint zwar sicherlich gutgetan. Aber ebenso wie Mary schien es die Schauspielerin wenig zu reizen, sich unter dicht an dicht gepackte, halb nackte Horden von Strandbesuchern zu mischen.

Das Taxi erreichte die Halbinsel und stoppte an der Kreuzung South Pointe Drive und Ocean Drive. Von dort aus spazierten Mary und Jill den schmutzig rosa Bürgersteig des Ocean Drive entlang Richtung Norden. Mary erinnerte sich an die Gegend aus ihrer Zeit auf Jamaika, in der sie auch Florida besucht hatte. Ein unaufgeregter Spaziergang zwischen pastellfarbenen Art-déco-Gebäuden, gepflegten Parkanlagen und Schatten spendenden Palmen erschien ihr für eine Frau in Jills Verfassung ein angemessenes Tagesprogramm darzustellen.

Jill tappte allerdings neben ihr her, als nähme sie ihre Umgebung nicht einmal wahr. Die Augen hinter der Sonnenbrille versteckt, nagte sie an ihrer Unterlippe und knetete mit beiden Händen ihre Tasche. Sie schwieg, aber nicht wie jemand, der schweigen möchte, sondern wie jemand, der reden möchte, ohne die richtigen Worte zu finden.

Eine Weile beließ Mary es dabei. Dann fing sie an, über Belanglosigkeiten zu plaudern, nur um Jill überhaupt zum Sprechen zu bringen. Wenn sie erst einmal sprach, fiele es ihr womöglich leichter, auch auszusprechen, was sie so quälend bedrückte. Mary fragte sie, was man Filmstars nun mal fragt: Wie es bei Dreharbeiten wirklich zugehe, wie dieser oder jener Schauspieler privat sei, ob man sich bei einer Oscar-Verleihung nicht eigentlich grauenhaft langweile. Taktvoll vermied sie alles, was mit Johnny Carr zusammenhing – ein Thema, das garantiert nicht dazu beigetragen hätte, Jills Stimmung zu heben. Jill antwortete höflich, aber einsilbig. Ihre Gedanken waren sichtlich woanders. Bei etwas, vermutete Mary, das sie zum Schluchzen gebracht hatte.

Auf einmal blieb Jill stehen. Mit zitternden Fingern nahm sie die Sonnenbrille ab und starrte Mary an. Nun lag in ihren großen Augen neben dem Leid und der Furcht, die Mary darin gesehen hatte, noch etwas anderes. Sie hatte eine Entscheidung getroffen.

»Wollen wir … dort was trinken?« Sie zeigte auf ein Straßenlokal am gegenüberliegenden Bürgersteig.

»Aber gerne«, sagte Mary, froh, dass ihre recht einseitige Unterhaltung nun eine Wendung zu nehmen versprach.

»Sie sind doch Schriftstellerin«, begann Jill zaghaft, nachdem sie sich gesetzt und Limonade bestellt hatten. »Das heißt doch, dass Sie … was von Menschen verstehen.«

»Ich gebe mir Mühe.«

»Und als … Krimischreiberin verstehen sie auch was von den … dunklen Seiten der Menschen. Also den … Abgründen, sozusagen … Ach, sorry!«

Zu Marys Überraschung lachte sie, kurz und verlegen.

»Sie merken, ich kann mich nicht ausdrücken, wenn mir nicht jemand ein Drehbuch schreibt.«

»Sie drücken sich perfekt aus«, entgegnete Mary und versuchte zu ignorieren, dass Jill sie erneut als Krimischreiberin bezeichnet hatte. »Bisher habe ich alles verstanden. Und Sie machen auf mich beileibe nicht den Eindruck einer Frau, der man die Worte in den Mund legen muss.«

Jill lächelte Mary an. Es war nur ein kleines Lächeln, doch voller Dankbarkeit für den Zuspruch. Leider hielt es nicht lange.

»Ich meine …«, Jill starrte vor sich hin, diesmal auf die spiegelnde Tischplatte, drehte nachdenklich an ihrem Ring. »Ich meine … ein Mensch macht doch Fehler. Und diese Fehler können sich irgendwann … rächen.«

Mary zwang sich, nicht zu antworten. Und ihr nicht ins Gesicht zu schauen. Es war das Beste, nichts zu tun, was Jill bei diesem Versinken in sich selbst stören könnte.

»Und dann kann man … nur, weil man eine Zeit lang auf einem falschen Weg war, in einem echten … *Albtraum* landen.«

Mary schwieg und wartete. Auf dem Ocean Drive glitten die Autos vorbei. Vom andern Bürgersteig erklang das Rattern eines Skateboards, schwoll an und erstarb wieder. Irgendwo heulte ein Einbruchsalarm.

»Es gibt da etwas …«

Mary sah Jill nun doch ins Gesicht und fand darin wieder diesen prüfenden Blick. Konnte sie sich ihr anvertrauen? »Ich *kann* das nicht länger für mich behalten«, platzte es aus Jill heraus. Es war, als sei in ihr ein Damm gebrochen. Sie wirkte erleichtert, endlich all das Elend und all die Furcht herauslassen zu können, die sie lange, allzu lange krampfhaft unterdrückt hatte.

»Ich *muss* das loswerden, muss mit jemandem darüber sprechen.«

In ihrer Erregung fasste sie sogar Marys Hand, auch

wenn diese Vertraulichkeit für ihre kurze Bekanntschaft ein wenig verfrüht war.

»Es ist nämlich so, dass …«

»Meine Güte, das darf doch nicht wahr sein!«

Mary zuckte genauso zusammen wie Jill.

»Das ist sie doch, oder? Klar, das ist sie! Wie heißt sie noch, verdammt? Die Frau von Johnny Carr! Ex-Frau!«

Sie waren zu zweit. Gewichtsmäßig mindestens zu viert. Die zum Leben erwachte Karikatur des US-amerikanischen Touristenpaars: Sonnenhüte mit Werbeaufdruck über schweißglänzenden Gesichtern. Hawaiihemden mit Mustern, die man nicht länger als drei Sekunden anschauen konnte, ohne zu erblinden. Zum Platzen pralle Gürteltaschen vor zum Platzen prallen Bäuchen.

Er schwabbelte auf Jill zu, sie brachte ein Smartphone mit Selfie-Stick in Anschlag und kreischte: »Jill Bunny! Na, sicher ist sie das! Oh Gott! Oh mein *Gott!*«

»Sagen Sie bloß«, brüllte er Jill an, »Sie machen auch eine Kreuzfahrt! Auf welchem Pott sind Sie denn?«

»Wir sind auf der *Sensation of the Seven Seas!*«, schrie seine Frau. »Sagen Sie bloß, Sie sind auch auf der *Sensation of the Seven Seas!* Sagen Sie bloß, wir sind auf einem Schiff mit *Jill Bunny!*«

»Wir sind *wahnsinnige* Fans!«, übertönte er sie. »Von Johnny Carr! Sehen Sie ihn noch? Oh Gott, ist er vielleicht auch auf dem Schiff? Das wäre … bombastisch wäre das. Oder, Süße? Ein echter Superstar auf unserem Schiff – und seine Ex gleich mit dazu!«

Marys und Jills Getränke waren noch nicht gekommen. Es gab nichts zu bezahlen. Mary stand auf und stellte sich zwischen Jill und das Smartphone. Auch Jill sprang auf. Hektisch setzte sie ihre Sonnenbrille auf, zog die Baseballkappe tiefer in die Stirn und ging so weit wie möglich hinter Mary in Deckung. Die Stimmung des Paares kippte von Begeisterung in Wut.

»Ach, jetzt hauen Sie ab, oder wie?«, schimpfte er.

»Und wir dachten, Sie wären *nett!*«, schloss sie sich an.

»Genauso eine arrogante Ziege wie die anderen!«

»Kein Wunder, dass Johnny Carr die geprügelt hat!«

Mary ließ sich nicht auf eine Auseinandersetzung mit ihnen ein. Während sie Jill weiterhin mit ihrem Körper schirmte, winkte sie ein Taxi heran und manövrierte die Schauspielerin hinein, die von dem Überfall völlig überfordert war und nichts weiter tat, als sich klein zu machen und die Hände vor das Gesicht zu halten. Mary stieg ebenfalls ein, schlug den aufdringlichen Quälgeistern die Tür vor der Nase zu und wies den Fahrer an, Vollgas zu geben. Als der Wagen losfuhr, entdeckte Mary gegenüber dem Lokal einen Mann. Er trug einen breitkrempigen gelblichen Strohhut, eine schwarze Sonnenbrille und ein weißes langärmeliges Hemd. Sein dunkles Haar hing ihm bis auf die Schultern, und hinter seinem Vollbart war sein Gesicht kaum zu erkennen. Mary sah ihn nur eine Sekunde. Doch meinte sie, auch er blicke sie an, während das Taxi beschleunigte und ihn zurückließ. Es war alles sehr schnell gegangen, und sie konnte nicht sicher sein. Aber sie hätte schwören können, dass es Mr. Miller gewesen war, der dort allein zwischen den Palmen gestanden und zu ihnen herübergesehen hatte.

7.

»Insgesamt 2.557, verehrte Herrschaften. Davon 21 aus Holland, 22 aus Belgien und 26 aus Irland.«

George MacNeill liebte seinen Beruf.

»32 aus der Schweiz, 43 Schweden, 49 aus Australien.«

Er liebte es, auf der Brücke zu stehen und zu beobachten, wie der Bug machtvoll die Wellen durchpflügte, und die Möwen zuckend im Wind hingen.

»69 aus Frankreich, 102 aus Kanada und 177 aus Deutschland.«

Er liebte es, sich mit den Offizieren zu beraten und Entscheidungen zu treffen, von denen die Sicherheit Tausender Menschen abhing.

»Und woher, Ladys und Gentlemen, stammen wohl die meisten Passagiere?«

Die Ladys und Gentlemen johlten vergnügt durcheinander. Selbst Luxemburger, Litauer und Liechtensteiner riefen, gegen jede statistische Wahrscheinlichkeit, die Namen ihrer Herkunftsländer.

»Es sind die Vereinigten Staaten von Amerika mit 619 …«

Großer Applaus von den Amerikanern.

»Und … das Vereinigte Königreich mit 1.296!«

Stürmischer Applaus von den Engländern.

»Was mal wieder beweist, dass ein Volk, das eine Insel bewohnt, von Natur aus eine enge Verbundenheit zum Meer unterhält.«

Er liebte es, Kapitän der *Queen Anne* zu sein. Aber er

hasste es, zu Beginn und am Ende jeder Fahrt eine solch drittklassige Show abziehen zu müssen. Commodore George MacNeill war Nautiker und Navigator, Diplomat und Richter, Logistiker und, wenn nötig, sogar Techniker. Aber er war kein Redner und schon gar kein Entertainer.

Das war es nicht, wovon er geträumt hatte, als er vor fast 50 Jahren aus seinem schottischen Heimatdorf nach Southampton aufgebrochen war, um Seemann zu werden. Nicht dafür hatte er sich auf Öltankern, Frachtern und Passagierschiffen hochgearbeitet zum Kommando über das weltweit bewunderte Flaggschiff der Kenneth-Line.

Immerhin hatte er es nun bald hinter sich. Jetzt noch die leitenden Crew-Mitglieder präsentieren, vom Chief Engineer bis zum Küchenchef. Und dann mit einem letzten albernen Scherz den Ball eröffnen. Endlich konnte er den Zettel wegstecken und die Lesebrille abnehmen, die er so ungern trug. Früher, noch vor wenigen Jahren, hatte er mit seinem berühmten Adlerblick immer lange vor seinen Offizieren selbst die kleinste Regung am Horizont erspäht. Damit war es vorbei. Die verdammte Brille erinnerte ihn jedes Mal daran, dass er älter wurde. Und besonders zuwider war es ihm, sie vor Fremden zu tragen. Der Kapitän eines Kreuzfahrtschiffes war schließlich eine Autoritätsperson und hatte als solche stets souverän zu wirken. Es stand ihm nicht an, fand MacNeill, offen so eklatante Schwächen wie nachlassende Sehkraft zur Schau zu tragen. Geschweige denn, dass es ihm angestanden hätte, auf einer Bühne mit dummen Scherzen für das Amüsement seiner Passagiere zu sorgen wie ein billiger Komiker. Aber leider konnte er sich dieser unerfreulichen Pflicht ebenso wenig entziehen wie seinen Altersbeschwerden.

Vor wenigen Stunden hatte die *Queen Anne* ihre Reise fortgesetzt. Den morgigen Tag würde sie auf See verbringen, um übermorgen die Nordküste Jamaikas anzulaufen. Damit war heute der ideale Abend für ihre erste Formal Night. Im gestrigen Daily Programme, einer Art bordeigener Tageszeitung, hatte man sie angekündigt: Als Black & White Ball, dessen Gäste zu schwarzer oder weißer Abendgarderobe auch eine dezente Maske tragen sollten. Man hoffe, das gegenseitige Kennenlernen dadurch noch spannender zu gestalten. Der Kapitän freue sich auf die Ehre, den Ball persönlich zu eröffnen.

Marys Meinung nach war es eine gewagte Behauptung. Jedenfalls machte der Kapitän nicht den Eindruck, als freue er sich. Die jovialen Sprüche, die er mit seinem breiten schottischen Akzent zum Besten gab, wirkten etwas bemüht. Auch seine angespannte Haltung verriet, dass er seinen Auftritt im Rampenlicht nicht gerade in vollen Zügen genoss. Offenbar gehörte er nicht zu jener Art von Kapitän, die sich gern in der Bewunderung ihrer Passagiere sonnte. Es hätte auch nicht zu ihm gepasst. Seine Uniform war zwar makellos. Aber ansonsten wirkte er beileibe nicht so stattlich und strahlend wie die Kapitäne im Fernsehen. Seine kräftige Gestalt wirkte eher wie die eines Dockarbeiters, den man gegen seinen Willen in diese schwarze Galauniform mit goldenen Tressen und Knöpfen hineingezwängt hatte. Seine Hände wirkten grob und etwas unbeholfen. Ein Haarkranz, so grau wie sein Vollbart, umfasste seinen kahlen Kopf. Er und die andern Crew-Mitglieder trugen keine Masken, sodass Mary die buschigen Brauen über seinen dunklen Augen sehen konnte, die er jetzt, nachdem er seine Brille abgenommen hatte, ein paar Mal angestrengt zusammenkniff.

Mit sichtlicher Erleichterung stieg er von der Bühne

und begann, mit gezwungenem Lächeln in der Menge Hände zu schütteln und Höflichkeitsfloskeln auszutauschen. Das Orchester setzte ein, mit einem leichten Jazz-Standard. Gleichzeitig begannen Beamer, die in dem Ballsaal verteilt waren, auf Leinwände Filmausschnitte aus britischen Schwarzweißklassikern zu projizieren, wie *Brief Encounter, Kind Hearts and Coronets* und Laurence Oliviers *Hamlet.*

In ihren Abendroben und High Heels, ihren Smokings und Lackschuhen zerstreuten sich die gut zweihundert Gäste an die Tische zu beiden Seiten der Tanzfläche. Da der Ball exklusiv für Passagiere der obersten Preisklasse veranstaltet wurde, blitzte dabei an manch einem Finger, Dekolleté oder Ohrläppchen der eine oder andere Brillant.

Mit einem Martini in der Hand spazierte Mary in ihrem schwarzen, rückenfreien Kleid über das nun fast leere Tanzparkett, das von zwei Kronleuchtern aus funkelndem Kristall in behagliches Licht getaucht wurde. Sie hatte noch kein bekanntes Gesicht entdeckt, was natürlich auch an der allgemeinen Maskierung liegen konnte. Sie erwartete nicht, Jill hier zu treffen. Nach ihrer Flucht vom Ocean Drive hatte sie Marys Angebot, ihr Gespräch woanders fortzusetzen, vehement abgelehnt. Sie hatte nur noch zurück auf das Schiff gewollt, um in ihrer Suite allein zu sein.

Dieser kurze Moment des Vertrauens, in dem sie bereit gewesen war, sich zu öffnen, war zerstört und verflogen und würde sich wohl nicht so bald wiederholen. Wovon hatte sie bloß gesprochen? Was für ein *echter Albtraum* war es, den sie durchlitt?

»Darf ich bitten, Madame?«

Eine feingliedrige, sorgfältig manikürte Hand streckte sich ihr auffordernd entgegen. Sie gehörte einem Gentleman Host. Mary erkannte das an seinem Namensschild. Auf der Website der Kenneth-Line hatte sie über diese Crew-Mitglieder gelesen: Gut aussehende Herren mit mustergültigen Manieren, deren Aufgabe darin bestand, alleinreisenden Damen während der *Formal Nights* Gesellschaft zu leisten.

»Vielen Dank«, sagte Mary. »Ich tanze nicht.«

Die dunklen Augen hinter der Maske blickten bedauernd, dabei auch eine Spur spöttisch.

»Niemals?«, fragte er, ohne seine Hand zurückzuziehen.

Er war etwas kleiner als sie, was nicht nur an ihren hohen Schuhen lag, die sie mit Vorbedacht gewählt hatte. Die jugendliche Leichtigkeit, um die er sich bemühte, konnte nicht darüber hinwegtäuschen, dass er mindestens Mitte, vielleicht Ende fünfzig war. Seinem schlanken Körper wohnte die Eleganz eines Mannes inne, der viel Zeit auf dem Tanzparkett verbrachte und sich dort zu bewegen wusste. Sein Haar war mithilfe von Haarwachs oder Gel zu einem makellosen Scheitel gekämmt. Es schimmerte tiefschwarz wie Schuhcreme und Mary fragte sich, ob er es wohl färbte – aus Eitelkeit, oder weil es ihm in seinem Beruf zupasskam.

»Jedenfalls niemals in Pumps«, antwortete sie.

»Schuhe kann man ausziehen, Madame«, lächelte der Gentleman Host und schaffte es, dabei nicht unverschämt zu wirken. Im Gegenteil. Sein französischer Akzent verlieh selbst seiner Aufdringlichkeit einen gewissen Charme. »Wenn Sie es wünschen, mache ich den Anfang. Mit Ihnen, meine Dame, würde ich auch in Strümpfen Foxtrott tanzen.«

Noch immer hielt er Mary seine Hand hin. In seine silbernen Manschettenknöpfe waren türkis schimmernde Verzierungen eingefasst.

Mary las den Namen von der Plakette an seinem Revers ab: Jean-Paul Mercier.

»Das ist ohne Zweifel sehr galant von Ihnen, Monsieur Mercier«, erwiderte sie. »Nichtsdestotrotz …«

»Was ist das für ein Saftladen hier?«, donnerte es in diesem Moment durch den Raum.

Dort, an einem Tisch in der Nähe des Eingangs, tauchten sie also endlich auf. Die ersten bekannten Gesichter. Allerdings nicht diejenigen, die Mary gern gesehen hatte. Trotz Maskierung waren sie unverkennbar. Uwe Ponger in einem Outfit, das für ihn offenbar als Abendgarderobe durchging: Weiße Trainingsjacke zu weißer Trainingshose und weißen Tennisschuhen. Und Honey Hot im schulterfreien, rückenfreien, bauchfreien und mehr oder weniger brustfreien Minikleid in Schwarz mit weißen Sternchen. Unbeeindruckt von den Blicken, die sie auf sich zogen, wischte sie auf ihrem Smartphone herum, während er einen älteren Kellner mit Halbglatze anschnauzte.

»Scarlet Buffalo! Der Energy-Drink, bei dem du abhebst wie 'ne Rakete! Und ihr habt den nicht? Und ihr wollt ein Luxusdampfer sein?«

Zwei weitere Kellner eilten ihrem Kollegen zu Hilfe und versuchten, Ponger zu beschwichtigen. Doch sie erreichten nichts weiter, als seine Schimpftirade weiter anzufachen. Honey Hot filmte die Auseinandersetzung. Sie war sichtlich erfreut über den kleinen Skandal, der ihr Material für ihre neuesten Internetclips lieferte. Manche der anderen Gäste gafften halb schockiert, halb belustigt. Andere gaben sich alle Mühe, die Störenfriede zu ignorieren. Das Orchester, vielleicht um Pongers Gemotze zu übertönen, ging zu flottem Swing über.

In diesem Moment betrat eine Dame den Saal.

8.

Im Unterschied zu den Masken der meisten Besucher, die nur die Augenpartie bedeckten, verbarg ihre die ganze obere Hälfte des Gesichts. Lediglich die Mundpartie der Dame war unmaskiert. Mary wusste trotzdem sofort, wer die Frau war. Dazu hätte es nicht einmal dieser Designerhandtasche bedurft, die zu dem silbernen Satinkleid zur Abwechslung perfekt passte. Auch ihrem Haar, frisch gewaschen und frisiert, hatte sie zu diesem Anlass mehr Sorgfalt angedeihen lassen. Ihre Finger jedoch waren noch immer so verkrampft, ihre Lippen noch immer so verkniffen wie vorher, und diese beiden Merkmale hätten vollauf genügt, sie zu identifizieren.

Mary verabschiedete sich mit einem unverbindlichen Lächeln von Jean-Paul Mercier und begrüßte mit einem aufrichtigen Lächeln Jill Benny.

»Wie schön, dass Sie hier sind. Ich habe, offen gesagt, nicht mit Ihnen gerechnet.«

»Ja, ich hab … mich kurzfristig entschieden.«

»Und Sie haben sich richtig entschieden. Die schlechte Nachricht ist, dass wenn man diese wunderbaren Filme noch nicht kennt«, Mary zeigte auf die Leinwände, »man hier nicht erfahren wird, wie sie ausgehen. Die gute Nachricht: Man mixt hier hervorragende Martinis. Darf ich Sie einladen?«

An der Bar stürzte Jill ihren Martini in drei Schlucken hinunter und bestellte sich sofort einen weiteren.

»Haben Sie mich eigentlich sofort erkannt?«, fragte sie und schaute sich nervös um.

»Ja«, antwortete Mary. »Aber nur, weil ich Sie persönlich kenne. Ich glaube nicht, dass sich eine Unannehmlichkeit wie die in Miami hier wiederholen wird. Vor allem, da solche Rüpel wie dort hier nicht eingelassen werden.« Sie deutete lächelnd auf Ponger und Honey Hot, die sich, glücklicherweise nun etwas weniger lautstark, immer noch mit den Kellnern herumschlugen. »Von diesen beiden unrühmlichen Ausnahmen mal abgesehen.«

Jill beruhigte das offenbar gar nicht. Sie lächelte auch nicht über Marys Scherz. Ihre Blicke flirrten weiterhin forschend über die Menge. Fürchtete sie wirklich nur, wieder als Prominente erkannt zu werden? Oder, fragte sich Mary, fürchtete sie etwas ganz anderes?

»Ich möchte mich setzen«, sagte sie auf einmal, klemmte die Handtasche unter den Arm und stöckelte mit ihrem Martini davon.

Mary wusste zunächst nicht, wie sie reagieren sollte. Ob Jill mit dieser Unhöflichkeit versuchte, sie loszuwerden, oder ob das lediglich einer der typischen Brüche im Verhalten einer verstörten Person war. Da sie Letzteres für wahrscheinlicher hielt und Jill in ihrem Zustand nicht allein lassen wollte, folgte sie ihr zu einem Tisch an der Wand.

»Oh, ja, sorry …«, hauchte Jill, als sie sich gemeinsam setzten. »Ist doch ein guter Platz, oder?«

Es war sogar ein sehr guter Platz, wenn man beobachten wollte, ohne selber aufzufallen. Inzwischen hatte sich das Tanzparkett gefüllt, und das Orchester hatte das Tempo ein wenig gedrosselt. Dutzende Paare wiegten sich zu den schmeichelnden Klängen der *Moonlight Serenade*.

Am Nebentisch entdeckte Mary den Gentleman Host von vorhin. Er gönnte sich wohl eine Pause und schenkte sich aus einer Halbliterflasche ein Mineralwasser ein. Nachdem er sein Glas auf einen Zug geleert hatte, erhob er sich und kam mit geschmeidigen Schritten zu ihnen herüber.

»Darf ich bitten, Madame?«, fragte er diesmal Jill, mit einer angedeuteten Verbeugung.

Sie trank gerade und musste tief in Gedanken gewesen sein, denn sie erschrak dermaßen, dass sie sich verschluckte und heftig zu husten begann.

»Oh, pardon, Madame«, sagte der Franzose. »Ich wollte Sie keinesfalls erschrecken.«

Hustend winkte Jill ab und krächzte mit heiserer Stimme: »Nein, schon gut ... Danke, aber mir ist nicht nach Tanzen zumute!«

Jean-Paul Mercier jedoch legte die gleiche Hartnäckigkeit an den Tag, mit der er schon Mary bedrängt hatte.

»Ich warte gerne, bis Sie sich erholt haben«, sagte er. »Es wäre mir wirklich eine Freude.«

Da konnte Mary nicht anders, als sich einzumischen.

»Ich fürchte, Sie haben ein falsches Bild von Ihrer Aufgabe, Monsieur Mercier! Sie sollen Damen unterhalten, nicht belästigen!«

»Ich bitte vielmals um Verzeihung«, sagte er mit einem Lächeln, von dem sich nicht sagen ließ, ob es ehrliche Reue oder Spott ausdrückte. Unter einer weiteren Verbeugung verschwand er Richtung Tanzfläche.

»Sonderbarer Bursche«, meinte Mary. »Geht es wieder?«

Jill nickte und klopfte sich keuchend an die Brust. »Ja, wirklich ...« Ihre Stimme klang fast wieder normal. »Sehr sonderbarer Bursche.«

Marys Aufmerksamkeit wurde von einem breitschultrigen Herrn im maßgeschneiderten schwarzen Abendanzug mit schmaler Fliege angezogen. Seine Maske bestand nicht, wie die der meisten anderen Gäste, aus Pappe. Sie war aus schwarz schimmernder Seide geschnitten, um seinen Kopf geschlungen und hinten verknotet. Mit der klassischen Gewandtheit, die er verkörperte, hätte er gut in die alten Schwarz-Weiß-Filme gepasst. Bedächtig schlenderte er zwischen den Tischen und Gästen hindurch auf sie zu, ohne seine Augen von Mary zu nehmen, und blieb schmunzelnd vor ihr stehen.

»Ich bin enttäuscht, Magic Cedric«, sagte Mary, bevor er Gelegenheit hatte, zu sprechen.

»Ich bin untröstlich, Magic Mary«, sagte er. »Durch welches unverzeihliche Fehlverhalten habe ich Ihre Enttäuschung heraufbeschworen?«

»Ich hatte einen bombastischeren Auftritt erwartet. Mit Donnerschlag aus einer Rauchwolke heraus. Oder auf goldenen Schwingen von der Decke herab.«

»Sie vergessen, dass ich im Urlaub bin, Gnädigste. Sie werden weder Tauben aus meinem Ärmel flattern sehen, noch werden Sie in einem meiner Hüte auch nur ein einziges Kaninchen finden. Im Übrigen wage ich anzumerken, dass auch Ihr Auftritt nicht standesgemäß ist. Sollte auf einem Ball, den Sie beehren, nicht mindestens ein Mord geschehen?«

»Der Abend ist noch jung.«

Mary wollte ihm Jill vorstellen, ließ es dann aber. Jill wirkte nicht erpicht darauf, neue Bekanntschaften zu schließen. Sie hatte Sir Cedric einen misstrauischen Blick zugeworfen, war dann aber gleich wieder dazu übergegangen, nervös ihren Ring zu drehen und die Menge zu beobachten. Wenn Mary richtiglag, hatte Sir Cedric sie ohnehin erkannt. Ihr überspannter Zustand war ihm nicht entgangen, und wohl aus Taktgefühl vermied er es, sie anzusprechen.

Das Orchester spielte jetzt den Donauwalzer, und Sir Cedric tat, als denke er angestrengt nach. »Wo habe ich das nur gelesen?«

»Was meinen Sie?«, fragte Mary.

»In Österreich tanzt man diesen Walzer zur Begrüßung des neuen Jahres. Wie man bei uns *Auld Lang Syne* singt. Ich weiß das aus einem Roman. Nur fällt mir beim besten Willen nicht ein, aus welchem.«

»Nehmen Sie sich Zeit. Das klingt nach einem exzellenten Roman.«

»Oh, das war er! Eine Detektivgeschichte. Etwas in der Liga von Edgar Allan Poe, Sir Arthur Conan Doyle, Dorothy Sayers.«

»Sie haben Agatha Christie vergessen.«

»Besser! Viel besser als Christie! Wenn ich nur auf den Titel käme …«

»Das reicht«, lachte Mary. Sie hatte die Geschichte mit dem Donauwalzer in ihrem Stuart-Smith-Roman *Wettlauf nach Wien* beschrieben. »Sie haben hinreichend bewiesen, dass Sie zu meinen treuesten Lesern gehören. Verraten Sie mir, was Sie mit Ihren Schmeicheleien bezwecken.«

»Nichts weiter, Mrs. Arrington«, er streckte ihr die Hand entgegen, »als Sie zu diesem Tanz zu überreden.«

Und diesmal störte es Mary nicht, dass sie die falschen Schuhe trug. Es schien ihr zwar keine gute Idee, Jill sich selbst zu überlassen. Aber schließlich war Jill eine erwachsene Frau – und Mary nicht ihr Kindermädchen.

»Würden Sie mich einen Walzer lang entschuldigen?«, fragte sie die Schauspielerin.

Jill schien sie kaum zu hören. Sie starrte so angestrengt jeden einzelnen Gast an, der an ihr vorüberkam, als wollte sie ihm durch die Maske hindurch nicht nur ins Gesicht, sondern in die Seele blicken. Sie war so darin vertieft, dass sie Marys Verschwinden womöglich nicht einmal bemerkt hätte.

»Was?«, murmelte sie nur. »Oh, natürlich! Bitte! Amüsieren Sie sich!«

Und Mary amüsierte sich. Sir Cedric führte, als wäre der Donauwalzer eigens für ihn komponiert worden. Seine Schritte verschmolzen vollkommen mit dem federnden Dreivierteltakt, und Marys Schritte verschmolzen vollkommen mit den seinen. Sie konnte sich nicht erinnern, je in einer solch mühelosen Harmonie getanzt zu haben. Das war etwas ganz anderes als ihre Tänze mit dem tapsigen Maxwell, die sie immer eher gerührt und erheitert hatten.

Leider nahm der Genuss ein schmerzhaftes Ende. Jemand stieß Mary so grob in den Rücken, dass sie den Halt verlor und gegen Sir Cedrics Brust stolperte. Geistesgegenwärtig fing er sie auf. In diesem Moment, in dem sie einander so nah waren, empfand Mary zwischen ihnen so etwas wie echte Magie. Aber selbst wenn sie davon nicht überrumpelt und verwirrt gewesen wäre – sie erhielt keine Gelegenheit, sich dieser Magie hinzugeben.

9.

»Pass doch auf, du alte Krähe«, grölte hinter ihr eine grobe Stimme, und ließ den Worten einen weiteren Stoß gegen ihre Schulter folgen. »Mach Platz für die Könner.«

Dumpfes Gelächter erklang, in das sich schrilles Gekicher mischte. Mary wandte sich um. Natürlich war es niemand anders als Uwe Ponger, der sie nicht nur brutal angerempelt, sondern auch noch beleidigt hatte. Die Zankerei mit den Kellnern musste angefangen haben, ihn zu langweilen. Mit Honey Hot in seinen plumpen Armen trampelte er über die Tanzfläche und rammte alles und jeden beiseite, der ihm dabei in den Weg geriet. Er bewegte sich genauso schwerfällig wie früher im Ring. Nur dass es hier bedauerlicherweise niemanden gab, der es mit ihm aufnehmen und ihn mit einem gezielten Haken auf die Bretter schicken konnte.

Mary erschrak, als Sir Cedric sich dennoch von ihr löste, um Ponger zur Rede zu stellen.

Sie versuchte, ihn zurückzuhalten. Bei all seinen bisherigen Unverschämtheiten hätte sie Ponger ohne Weiteres zugetraut, gegen Sir Cedric handgreiflich zu werden. Und wenn ihr Kavalier auch durchaus eine stattliche Erscheinung bot, hätte er in einer körperlichen Auseinandersetzung mit dem Ex-Boxer zwangsläufig den Kürzeren gezogen.

»Lassen Sie nur«, sagte sie. »Das ist es nicht wert.«

Aber Sir Cedric war nicht bereit, dem Grobian seine Frechheiten durchgehen zu lassen.

»Hey, Sie!«, rief er Ponger zu, schob sich zwischen den Tanzenden hindurch und fasste ihn an der Schulter.

Ponger wandte sich zu ihm um, blickte auf die Hand, die Sir Cedric nicht zurückgezogen hatte, und richtete sich drohend auf.

»Willst du was von mir, Opa?«, fragte er.

»Allerdings.« Sir Cedric richtete sich ebenfalls auf, musste aber trotzdem zu ihm hochblicken. »Entschuldigen Sie sich gefälligst bei der Dame.«

Er wies auf Mary, die ihm gefolgt war. Sie hielt sich neben ihm, bereit, einzuschreiten, sollte die Lage eskalieren. Selbst Ponger würde es wohl nicht wagen, seine Hand gegen eine Frau zu erheben.

»Wofür entschuldigen?«, grunzte Ponger und machte ein verächtliches Gesicht. »Selber schuld, wenn die alte Mumie mir im Weg ist. Wenn ich tanze, haben so Schrumpelgreise wie ihr gefälligst Platz zu machen. Und jetzt ziehst du besser Leine, Opa.« Er hielt Sir Cedric eine seiner Fäuste unter die Nase. Sie hatte ungefähr die Größe eines Medizinballes. »Sonst kriegst du eins auf deine faltige Rübe, klar?«

Mary legte ihre Hand auf Sir Cedrics Arm und flüsterte: »Lassen Sie es gut sein. Gehen wir etwas trinken. Dieser Idiot bringt es noch fertig, tatsächlich gewalttätig zu werden.«

Sir Cedric tat, als höre er sie nicht, und starrte Ponger herausfordernd an, der nicht minder herausfordernd zurückstarrte. Längst hatten auch die andern Paare ihren Tanz unterbrochen und versammelten sich um die beiden. Das Orchester hörte auf zu spielen, wodurch sämtliche Anwesende merkten, dass etwas nicht stimmte. Dutzende drängten heran, um zu erfahren, was da vor sich ging. Vorfreudig fischte Honey aus einem Beutelchen ihr Smartphone hervor und fing an zu filmen.

Aber auch Sir Cedric schien die allgemeine Aufmerksamkeit gelegen zu kommen.

»Ihre Tanzkünste, werter Herr«, sagte er so laut, dass es alle hören konnten, »lassen ebenso zu wünschen wie Ihre Manieren und Ihre Eloquenz. Ich weiß natürlich nicht, in welchen gesellschaftlichen Kreisen Sie sich gemeinhin bewegen und ob solch ungebührliches Betragen dort auf Akzeptanz stößt oder im Rahmen übermäßiger Zurschaustellung primitiver Maskulinität gar gefördert wird. Hier jedenfalls, kann ich Ihnen versichern, sind derartige Allüren gänzlich deplatziert.«

Pongers Faust schwebte immer noch bedrohlich nah vor Sir Cedrics Nase. Seine Miene jedoch wandelte sich von höhnischer Überlegenheit zu Verwirrung.

»Hä?«, machte er.

Einige der Umstehenden lachten. Ponger blickte um sich. Der Teil seines Gesichts, der unter der Maske zu sehen war, lief hochrot an. Ob vor Zorn oder vor Verlegenheit, ließ sich nicht bestimmen.

»Jetzt reicht es mir aber, du verdammter englischer Schnösel«, rief er und trat so dicht an Sir Cedric heran, dass sie Brust an Brust standen. Der Magier wich keinen Schritt zurück, zuckte nicht einmal zusammen. Ponger schien daran gewöhnt, andere leicht einzuschüchtern. Dass es ihm bei Sir Cedric nicht gelang, verunsicherte ihn sichtlich.

»Du meinst wohl«, stieß er hervor, »du bist was Besseres, nur weil du mit großen Worten um dich werfen kannst. Jetzt wirst du mal sehen, was dir das nützt, wenn ich …«

»Gentlemen!«

Durch eine Gasse, welche die Menge respektvoll für ihn öffnete, näherte sich Kapitän MacNeill. »Falls Sie es nicht verstanden haben, das hier ist eine Tanzfläche, kein Boxring. Also benehmen Sie sich entsprechend.«

In diesem Augenblick ging von ihm jene gelassene Souveränität aus, mit der ein erfahrener Kapitän auf seinem Schiff Probleme und Konflikte löst. Gleichzeitig aber kam auch der ehemalige Dockarbeiter in ihm durch, der an Bord keine Dummheiten duldete und nicht davor zurückscheute, schärfere Töne anzuschlagen. Seine deutliche Ansage verfehlte ihre Wirkung nicht.

Die beiden Streithähne schwiegen, und auch unter den Zuschauern herrschte eine Stille, als hielten alle den Atem an. Mary bemerkte, dass auch Jill sich unter die Schaulustigen gemischt hatte.

Zur Überraschung aller war es Ponger, der als Erster einlenkte und einen Schritt von Sir Cedric zurücktrat.

»Sie reden wenigstens normal«, sagte er zum Kapitän. Es schien weniger die Galauniform gewesen zu sein, die ihn beeindruckte, als der raue Ton des Arbeiters, mit dem MacNeill ihm sozusagen auf Augenhöhe begegnete.

»Sie sind nicht so ein Engländer, oder?«

»Nein«, erwiderte MacNeill. »Ich bin Schotte. Aber ich *liebe* selbstverständlich alle Engländer!«

Womit er ein allgemeines Gelächter verursachte, unter dem die allgemeine Spannung sich in Nichts auflöste. Einige klatschten sogar Beifall.

»Und wenn wir diesen Kinderkram jetzt beigelegt haben«, fuhr der Kapitän fort, »können wir vielleicht endlich weitermachen. Schließlich sind wir hier, um zu feiern. Musik!«, befahl er, und das Orchester nahm sofort den Donauwalzer wieder auf.

»Wir sprechen uns noch, Schnösel!«, stieß Ponger noch gegen Sir Cedric hervor, ehe er sich verächtlich von ihm abwandte. Honey Hot hängte sich an seinen Arm, und zusammen zogen sie ab zu ihrem Tisch.

Die Show war vorbei, die Menge zerstreute sich, einige Paare begannen schon wieder zu tanzen.

»Bitte verzeihen Sie«, sagte Sir Cedric zu Mary. »Er hätte sich bei Ihnen entschuldigen müssen.«

»Es gibt nichts zu verzeihen. Sie haben sich ganz wunderbar verhalten. Und jetzt begleiten Sie mich an die Bar.«

Sir Cedric war nicht nur einverstanden. Er hatte es noch dazu eilig. Die Auseinandersetzung hatte ihn wohl doch so stark mitgenommen, dass er danach einen Drink nötig hatte. Er drehte sich so abrupt um, dass er gegen einen Herrn prallte, der seinerseits soeben das Parkett verließ.

»Verzeihung«, murmelte Sir Cedric.

»Aber ich bitte Sie, mein Herr«, erwiderte Jean-Paul Mercier. »Das lag allein an meiner eigenen Unachtsamkeit. Und selbst wenn es anders wäre, könnte ich es Ihnen nicht übel nehmen, nachdem Sie diesen Rohling so gekonnt in seine Schranken gewiesen haben. Ich wünsche einen angenehmen Abend. Madame.«

Er vollführte vor Mary eine seiner angedeuteten Verbeugungen, drehte sich um und steuerte seinen Pausentisch an. Dort goss er sich den Rest aus seiner Flasche ein und trank ihn wieder auf einen einzigen Zug.

Sir Cedric schüttelte den Kopf und lächelte.

»Dieses Schiff ist wirklich voller komischer Vögel.« Er reichte Mary seinen Arm. »Wollen wir, Gnädigste?«

Während sie auf ihre Martinis warteten, blickte Mary sich nach Jill um. Sie wollte sie nicht vernachlässigen, nur weil sie sich mit Sir Cedric so gut unterhielt. Sie entdeckte sie am Rand der Tanzfläche, auf der sich wieder zahlreiche Paare im Walzertakt wiegten. Vor ihr stand

Mercier und forderte sie offenbar erneut zum Tanz auf. Jill winkte wortlos ab und ging davon, aber er folgte ihr, nicht bereit, eine Abfuhr einfach hinzunehmen. Er schien seine Pflichten als Gentleman Host ein wenig zu ernst zu nehmen. Mary fragte sich, warum er es ausgerechnet auf Jill abgesehen hatte. Lag es daran, dass sie eine der wenigen Damen auf dem Ball war, die keine Begleitung hatten? Oder hatte er sie trotz ihrer Maske erkannt und wollte sich später damit rühmen können, mit einem Filmstar getanzt zu haben?

Sie überlegte, ob sie Jill nochmals beispringen sollte, als die Frage sich erübrigte. Merciers Hartnäckigkeit hatte sich ausgezahlt. Jill ließ sich von ihm auf das Parkett ziehen, ohne vorher auch nur ihre Tasche loszuwerden. Sie behielt sie umständlich in der Hand, die sie, widerwillig, schien es Mary, auf seine Schulter legte.

»Damit muss ich mich wohl abfinden«, seufzte Sir Cedric und reichte Mary ihren Martini.

»Womit?«

»Dass ich mit all den potenziellen Romanfiguren dort drüben nicht konkurrieren kann.«

»Keine Sorge, Sir Cedric«, lachte Mary. »Sie sind absolut konkurrenzlos.«

Sie hoben ihre Cocktailschalen und stießen an. Zum Trinken aber kamen sie nicht. Ein Schrei gellte durch den Saal, der schrille, entsetzte Schrei einer Frau. Sämtliche Anwesende erstarrten. Wiederum brach die Musik ab. Die Paare, die eben noch getanzt hatten, lösten sich voneinander und schauten sich erschrocken um. Dann eilten bereits die ersten dorthin, woher der Schrei gekommen war. Unter ihnen war Mary. Sie hatte sofort erkannt, dass es niemand anders als Jill war, die so durchdringend geschrien hatte.

Die Schauspielerin stand in der Mitte der Tanzfläche.

Sie trug noch immer ihre Maske. Ihre bleichen Lippen bebten. Sie presste ihre Handtasche an sich. Ihre Augen waren starr und voller Panik auf den Mann gerichtet, der zu ihren Füßen lag.

Jean-Paul Mercier wand sich in Krämpfen. Mit einer Hand hatte er sich die Maske heruntergerissen. Die andere war um die schwarze Samtfliege an seinem Hals gekrampft. Japsende Laute entrangen sich seiner Kehle.

Die Umstehenden schienen von seinem Anblick wie gelähmt. Selbst Ponger wirkte erschüttert, und Honey vergaß diesmal sogar zu filmen. Noch war niemand fähig, etwas zu unternehmen. Niemand wagte es, Mercier nahezukommen. Bis auf Mary. Sie stürzte zu ihm, kniete sich neben ihn und löste die Fliege, um ihm das Atmen zu erleichtern. Mit weitaufgerissenen Augen blickte er zu ihr auf. Seine Hand tastete nach ihr und seine Finger krallten sich in ihren Arm.

»Mon … Coeur«, stieß er hervor. »Mon Cœur …«

»Es ist sein Herz«, rief Mary, die des Französischen ausreichend mächtig war, um ihn zu verstehen. »Holen Sie sofort einen Arzt!«

Aber es war schon zu spät. Ein letztes Röcheln drang aus Merciers Mund. Seine Hand fiel kraftlos von Marys Arm. Sein ganzer Körper erschlaffte.

Mary tat, was sie Stuart Smith so oft hatte tun lassen. Sie legte ihre Finger an seinen Hals und senkte ihre Wange nah an seinen Mund. Sie spürte weder Puls noch Atem. Aber war da etwas anderes? Oder täuschte sie sich? Mary brachte ihr Gesicht noch näher an Merciers Mund, hatte jedoch keine Zeit, ihrer Vermutung länger nachzugehen.

»Meine Güte, was ist denn mit ihm?«, rief ein Mann hinter ihr.

»Tun Sie doch etwas«, verlangte eine Frau. »Helfen Sie ihm.«

Mary richtete sich auf und blickte ernst in die verunsicherten, teilweise angsterfüllten Gesichter der übrigen Passagiere.

»Ich fürchte, jede Hilfe kommt zu spät«, sagte sie. »Dieser Gentleman ist tot.«

10.

»Bei all unseren geschätzten Reisenden, die gestern am Black & White Ball in unserem prachtvollen Empire Room teilgenommen haben, möchten wir uns an dieser Stelle entschuldigen. Unglücklicherweise kam es während dieser ersten von zahlreichen bezaubernden Formal Nights, die Sie an Bord noch genießen können, zu einem bedauerlichen Zwischenfall. Einer unserer charmanten Gentlemen Hosts erlag während eines romantischen Walzers, dargeboten von unserer swingenden Britannia Big Band, seinem langjährigen Herzleiden. In diesem Zusammenhang möchte ich Sie daran erinnern, dass sich unter den erlesenen Shops in unserer Grand Lobby auf Deck 3 auch eine Apotheke befindet, in der sie sämtliche gängigen Medikamente erhalten.«

Mary schaltete den riesigen Flachbildschirm ab und lehnte sich auf dem Ledersofa zurück. Sie war nicht überrascht von der Tatsache, dass die *Queen Anne* neben einer bordeigenen Tageszeitung auch ein bordeigenes Fernsehprogramm anbot. Umso mehr überrascht war sie hingegen von der Erklärung, die dessen Sprecherin für den Tod Jean-Paul Merciers geliefert hatte.

Ein *langjähriges Herzleiden.* Das passte so überhaupt nicht zu ihren schlafraubenden Grübeleien der vergangenen Nacht. Oder zu ihren seitenlangen Notizen von heute früh.

Erst vorgestern hatte sie diese Kreuzfahrt angetreten, in der Hoffnung, dabei auf eine Idee für ihren nächsten Kriminalroman zu stoßen. Und schon gestern war sie morgens auf eine verstörte Schauspielerin und abends auf einen toten *Gentleman Host* gestoßen. Wäre sie Zynikerin gewesen, hätte sie nun denken können: Kein schlechter Schnitt. Die Kosten dieser Reise haben sich bereits gelohnt. Und sie hätte zufrieden sein können. Aber Mary war keine Zynikerin. Und alles andere als zufrieden.

Ein Herzleiden. Was sie an dem Toten bemerkt hatte – oder bemerkt zu haben glaubte –, ließ auf eine ganz andere Todesursache schließen. Leider hatte sie keine Gelegenheit gehabt, ihrer Vermutung nachzugehen. Kapitän MacNeill hatte umgehend das Medical Center verständigt, und kurz darauf waren zwei Sanitäter und eine Schwester eingetroffen. Ein Arzt war zu Marys Verwunderung nicht dabei gewesen. Sie hatten den Toten von den Passagieren und somit auch von Mary abgeschirmt. Mary war nicht noch einmal nahe genug an ihn herankommen, um sich ihren Verdacht zu bestätigen. Sie war sich nicht sicher genug gewesen, um ihn MacNeill mitzuteilen. Und bei einem Verdacht wie diesem musste man sich absolut sicher sein. Er war zu beängstigend, um ihn leichtfertig auszusprechen. So hatte sie tatenlos zusehen müssen, wie die Sanitäter Mercier auf einer Trage abtransportiert hatten. Die Schwester hatte Jill eine Beruhigungsspritze verabreicht und in ihre Suite begleitet. Der Kapitän hatte den Ball für beendet erklärt. Einige der Gäste hatten sich an der Bar versammelt, um den aufsehenerregenden Zwischenfall zu diskutieren. Aber die meisten hatten sich verstört zurückgezogen.

Auch Mary hatte sich in ihre Unterkunft begeben. Allerdings nicht aus Verstörung, sondern um in Ruhe nachzudenken – und Nachforschungen aufzunehmen. Im Laufe der Nacht hatte sie etliche Stunden mit Recherchen und dem Lesen von medizinischen Fachartikeln auf verschiedenen Websites verbracht. Heute Morgen nun war ihr Verdacht kein Verdacht mehr. Mary war sich sicher. Ziemlich sicher jedenfalls. Fast absolut ganz sicher.

Sie schlug ihr schwarzes Notizbuch auf und studierte noch einmal ihre Aufzeichnungen. Dann zog sie die Kappe von ihrem Füllfederhalter. Sie zögerte, bevor sie ihn auf die nächste freie Zeile setzte und ein einzelnes Wort schrieb. Lange starrte sie es grübelnd an, bevor sie ihm ein Fragezeichen beifügte. Das Wort, in großen, tief eingedrückten Blockbuchstaben, prangte unheilvoll auf dem weißen Papier: *MORD?*

11.

»Wie fühlen Sie sich? Konnten Sie schlafen?«

Sir Cedric hatte sich an ihren Tisch gesetzt. Nicht ohne abzuwarten, bis sie ihr Frühstück beendet hatte. Und selbstverständlich nicht ohne um Erlaubnis zu fragen.

»Ich muss gestehen, ich habe schon besser geschlafen.«

»Wem sagen Sie das. Was für eine Geschichte. Offenbar ein Herzinfarkt.«

»Ja.« Mary nahm einen Schluck von ihrem Glas. Sie probierte diesmal den Guavesaft. »Offenbar.«

Von allen an Bord war Sir Cedric derjenige, dem sie sich am ehesten anvertraut hätte. Aber sie war noch nicht bereit, ihre Überlegungen mit jemandem zu teilen. Nicht einmal mit ihm.

Im *Royal Grill* hatten sich heute merklich weniger Passagiere zum Frühstück eingefunden als gestern. Der *bedauerliche Zwischenfall* hatte wohl so manchem nicht nur den Schlaf, sondern auch den Appetit verdorben.

Mary hätte es gar nicht für möglich gehalten, dass Mr. Millers Ecktisch ohne ihn noch trauriger wirken könnte als mit ihm. Und Jill Bennys Einzeltisch ohne sie noch besorgniserregender.

»Sind Sie schon lange hier?«, fragte sie.

»Schon seit geöffnet wurde. Ich habe auch nicht besonders gut geschlafen. Und bin dann recht früh aufgestanden.«

»Die Dame, die gestern mit dem Gentleman Host tanzte, als er … War sie schon hier?«

»Nein«, sagte er, ohne zu zögern.

»Sie kennen Sie also? Obwohl Sie diese große Maske trug?«

Sir Cedric zog amüsiert die Brauen zusammen. »Haben Sie mir soeben eine Fangfrage gestellt, Mrs. Arrington? Oder soll ich Sie in diesem Fall Mrs. Stuart Smith nennen?«

»Nichts läge mir ferner, als sie mit Fangfragen überrumpeln zu wollen!« Und wieder hatte er sie, trotz allem, zum Lachen gebracht. Tatsächlich war ihr nicht bewusst gewesen, dass diese Frage sich angehört haben musste wie ein Zitat aus einem ihrer Bücher.

»Zum einen«, erklärte Sir Cedric in ironisch dozierendem Ton, »wurde der Dame, wie Sie sich erinnern mögen, ihre Maske von der pflichtschuldigst herbeigeeilten Krankenschwester sogleich abgenommen. Und zum anderen erkannte ich Jill Benny bereits vorgestern beim Dinner. Dieses rote Haar und der fragile Körper … Sie hätte sich die Sonnenbrille sparen können.«

»Allerdings. Ich habe sie auch sofort erkannt.«

»Ich glaube, die meisten hier wissen, wer sie ist, lassen sie aber aus Höflichkeit in Ruhe. Das gehört offensichtlich zum Luxus der oberen Decks. Auf den unteren wäre das vielleicht schwieriger. Auch für andere Berühmtheiten. Wie Mary Elizabeth Arrington.«

»Oder Sir Cedric Hawthorne.«

Sie schmunzelten beide. Er mochte schlecht geschlafen haben, aber seine blauen Augen strahlten so munter und verschmitzt wie gewohnt.

Wenn auch nicht lange. Sie verdüsterten sich schlagartig, als vom Eingang her ein Kichern ertönte. In einer Art raffiniert durchlöchertem und zerfetztem Matrosenkostüm tippelte Honey Hot herein. Wie gewohnt im Schlepptau Uwe Pongers, der heute in einem neongelben Trainingsanzug auflief. Was seine Garderobe anging, sorgte offenbar nur die Farbe für Abwechslung. Marys Hoffnung, er könnte Sir Cedric großzügig ignorieren, erfüllte sich freilich nicht.

»Na, Schnösel?«, bellte er und baute sich neben ihm auf. »Echt praktisch fürs Anbaggern, oder? Dass da gestern so ein Franzmann abgekratzt ist. Da kann man gut einen auf Tröster machen.«

Honey kicherte, während Sir Cedrics Lippen hart und schmal wurden. Mary überraschte sich selbst, indem sie ihre Hand ganz sanft auf seine legte.

»Bitte«, sagte sie und blickte ihn beschwörend an. »Wir haben uns von ihm schon unseren Tanz verderben lassen. Beginnen wir nicht auch den Morgen mit einem Streit. Es gab gestern ja wirklich schon Aufregung genug.«

Und Sir Cedric hielt ihren Blick, anstatt sich Ponger zuzuwenden. Sein Mund wurde weich, und Mary glaubte, unter seinem Oberlippenbart sogar ein Lächeln zu entdecken.

Ponger stieß ein verächtliches Lachen aus und zog Honey mit sich weiter.

»Feiger Schnösel!«, grunzte er noch, als er an ihrem Doppeltisch auf seinen leidgeprüften Stuhl sackte.

»Es wäre wohl vernünftig«, murmelte Sir Cedric, »wenn ich mich jetzt verabschiede. Ich hätte eindeutig schon früher gehen sollen.«

»Sie hätten keinesfalls früher gehen sollen«, widersprach Mary. »Die beiden hätten später kommen sollen.«

Sir Cedric lächelte sie an. Mary stellte fest, wie gern sie dieses Lächeln inzwischen sah. Es freute sie, und gleichzeitig war es verwirrend. Es war lange her, dass ihr das Lächeln eines Mannes so gut gefallen hatte.

12.

Mary musste mehrmals klopfen, bis sich die Tür aus dunklem Walnussholz öffnete. Als es endlich geschah, bekam Mary einen Schreck. Das Gesicht, das in dem schmalen Spalt erschien, war leichenblass und abgezehrt. Rot unterlaufene Augen blickten stumpfsinnig durch sie hindurch. Jill schien gar nicht zu begreifen, wer da vor ihr stand. Mary zwang sich, sich ihre Beunruhigung über den Zustand ihrer neu gewonnenen Freundin nicht anmerken zu lassen.

»Hallo, Jill«, sagte sie, als diese sich auch nach einigen Sekunden nicht regte und keine Anstalten machte, zu sprechen. »Ich hoffe, ich störe Sie nicht.«

Jill fing sich. Sie blinzelte, als erwache sie aus einer Ohnmacht.

»Oh, sorry …«, wisperte sie, kaum hörbar, und zog die Tür weiter auf. »Sie sind das. Kommen Sie doch rein.«

»Ist alles in Ordnung mit Ihnen?«, fragte Mary, als sie eintrat.

Jill antwortete nicht, falls sie Mary überhaupt gehört hatte. Die Frage war ohnehin überflüssig. Es war eindeutig, dass mit Jill Benny nicht alles in Ordnung war – im Gegenteil.

Über Nacht war eine schockierende Entwicklung an ihr vorgegangen. Schon zuvor war sie ein Nervenbündel gewesen. Jetzt aber war sie ein vollkommenes Wrack. Bisher hatte sie nervös an ihren Lippen genagt. Jetzt waren sie blutig gebissen. Gestern hatten ab und zu ihre

Hände gezittert. Heute zitterte sie am ganzen Leib, und in ihrem Gesicht zuckte es unkontrolliert. Jills Körper, wieder in dem grauen Jogginganzug, wirkte noch kleiner und zerbrechlicher, während sie mit unsicheren Schritten ins Wohnzimmer schlurfte.

Mary schloss die Tür und folgte ihr.

Die Piccadilly Suite war das spiegelbildliche Gegenstück zu Marys Trafalgar Suite. Die gleichen Fenster mit Aussicht aufs Vorschiff, der gleiche Balkon, nur eben auf der Steuerbordseite, eine fast identische Einrichtung in den vertrauten Braunabstufungen. Der auffallendste Unterschied bestand in dem Chaos, das hier herrschte. Überall lagen Kleidungsstücke, Schuhe und sonstige Gegenstände herum. Eigentlich logisch, dachte Mary. Sie muss dasselbe Zimmermädchen haben, das zu beschäftigt ist, um seine Arbeit zu verrichten.

Als Jill ihr einen Platz auf dem Ledersofa anbot, bemerkte Mary in ihrer Hand ein Papiertaschentuch. Es war blutbefleckt, und die Erklärung dafür fand sich an Jills Fingern. An mehreren hatte sie sich das Fleisch rund um die Nägel blutig gekratzt. Mary schob einen Reisekoffer mit bunten Aufklebern, der auf dem Sofa lag, beiseite und setzte sich. Erst einmal wusste sie nichts Originelleres zu sagen als: »Wie geht es Ihnen?«

»Ach …«, Jill setzte sich in einen der beiden Sessel, die auf der anderen Seite des Couchtisches standen. Ihre wunden Lippen verzerrten sich zu einer Art Lächeln. »Es geht schon. Danke. Diese Schwester hat sich toll um mich gekümmert.«

»Kümmert sie sich weiterhin um Sie? Es gibt doch Medikamente …«

»Nein, nein! Sie hat mir heute etwas geben wollen. Aber ich will das nicht. Ich vertrage diese Chemie nicht gut, wissen Sie?«

Mary empfand ihre nächste Frage als ein wenig anmaßend, stellte sie aber dennoch. »Haben Sie sich überlegt, ob dieser Urlaub noch sinnvoll für Sie ist? Es fände sich bestimmt eine Möglichkeit, Sie nach Hause zu bringen.«

Jill zögerte kurz, als wäre das eine neue Perspektive, die sie bisher nicht in Betracht gezogen hatte. Nachdenklich zupfte sie an ihrem Taschentuch herum.

»Nach Hause ... nein, nein!«, sagte sie dann. In ihrer Stimme war eine Entschlossenheit, die nicht recht zu ihrem blassen Gesicht und ihrer schlaffen Haltung passen wollte. »Ich will auf keinen Fall nach Hause!«

Der kurze Ausbruch schien sie ihrer letzten Kräfte beraubt zu haben. Sie sank noch tiefer in ihren Sessel. Ihre Augen nahmen diesen Blick an, der sich ganz nach innen richtete und mit dem sie nichts um sich herum zu sehen schien.

Mary musterte sie. Im Sonnenlicht, das durch die Fenster und die Balkontür hereinfiel, waren die blauen Äderchen unter Jills beinah durchsichtiger Haut an Stirn und Schläfen zu erkennen. Unter ihren Augen lagen düstere Schatten. Es mussten die bestürzenden Ereignisse des gestrigen Abends gewesen sein, die sie so mitgenommen hatten. All die Aufregung war für ihre an sich schon angeschlagene körperliche und seelische Verfassung offenbar zu viel gewesen. Anders konnte Mary sich die drastische Verschlechterung ihres Zustands jedenfalls nicht erklären. So labil, wie Jill wirkte, wäre es sicher ratsam gewesen, sie zu schonen. Jede Erinnerung an das, was sich auf dem Ball abgespielt hatte, konnte zu einem Nervenzusammenbruch führen. Aber auch wenn es Mary schwerfiel, sie konnte auf Jills Zustand keine Rücksicht nehmen. Was sie hierhergeführt hatte, war einfach zu bedeutsam.

»Es gibt etwas«, sagte sie vorsichtig, »das mir nicht aus dem Sinn geht. Darf ich Ihnen noch eine Frage stellen?«

»Natürlich«, sagte Jill, ohne sie anzusehen. »Was Sie wollen …«

»Dieser Gentleman Host … Sein Name war Jean-Paul Mercier. Kannten Sie ihn?«

Jill hob den Blick und starrte sie irritiert an. »Natürlich nicht. Woher … Warum fragen Sie das?«

»Ich hatte den Eindruck, es sei ihm außerordentlich wichtig, sich Ihnen zu nähern. Wichtiger, als es ihm von Berufs wegen hätte sein müssen.«

Jills Hand knüllte sich um das Taschentuch.

»Ja, sicher war es ihm wichtig«, sagte sie mit einem bitteren Ton. »Er hat mich erkannt und wollte unbedingt mit dem berühmten Filmstar tanzen. Auf der Tanzfläche hat er die ganze Zeit geredet. Über meine Filme und über mein Aussehen und darüber, wie großartig er mich findet. Die ganze Zeit hat er …, bis …«

Sie presste das Taschentuch an ihren Mund und brach in Tränen aus.

»Es tut mir leid«, sagte Mary sofort. Vielleicht war sie doch zu weit gegangen. Sie überlegte, ob sie hinübergehen und Jill in den Arm nehmen oder ihr zumindest tröstend die Hand auf die Schulter legen sollte. Aber sie war nicht sicher, ob diese Vertraulichkeit zwischen ihnen angebracht war.

»Möchten Sie vielleicht etwas trinken?«, fragte sie stattdessen. »Einen Kamillentee vielleicht. Wenn Sie welchen hier haben, mache ich Ihnen einen. Und sonst brauche ich nur den Steward zu rufen.«

Jill schüttelte schniefend den Kopf. Sie kam allmählich wieder zur Ruhe und wischte sich mit dem Taschentuch die Tränen ab. Erleichtert registrierte Mary, dass die

Blutflecken darauf in ihrem Gesicht keine Spuren hinterließen. Auf die Peinlichkeit, sie auf dergleichen hinweisen zu müssen, konnte sie gut verzichten. Das lastende Schweigen, unter dem Jills Blick nun wiederum ins Nirgendwo driftete, war ihr schon peinlich genug.

Was spielte sich vor ihrem geistigen Auge ab, wenn sie derart in sich selbst versank? Erinnerte sie sich an den Ball? An Jean-Paul Mercier, wie er sie mit Komplimenten überschüttete? Und sich mit einem Mal verrenkte und verdrehte und unter ihren Händen zum fidelen Takt des Donauwalzers tot zusammenbrach? Oder lag Mary falsch und es war doch etwas anderes? Das andere, das sie bereits vor diesem traumatischen Erlebnis in Verzweiflung gestürzt hatte?

»Was wollten Sie mir gestern in Miami sagen?«

Die Frage war bereits ausgesprochen, ehe Mary recht abgewogen hatte, was sie in Jill damit möglicherweise auslöste. Es war einer der Impulse, die sie manchmal überkamen, und denen sie einfach nachging, ohne auf die Folgen Rücksicht zu nehmen. Nicht selten, wie auch jetzt, war es ihre unbezwingbare Neugier, die sie dazu trieb. Und nicht selten hatte sie sich dadurch schon in Verlegenheit, bisweilen gar in Schwierigkeiten gebracht. Auch jetzt sah es so aus, als sei sie zu weit gegangen.

Jill fuhr in ihrem Sessel auf.

»In Miami?«, stieß sie hervor. Wie jemand, der dieses Wort noch nie gehört hatte. Für einen Augenblick erwartete Mary, sie werde aufspringen und aus der Suite stürmen, obwohl es ihre eigene war. Aber sie blieb sitzen, den ganzen Körper gespannt, und schien zu keiner weiteren Bewegung imstande.

»In Miami.«

Marys Stimme klang ein bisschen kälter als gewollt. Wahrscheinlich hörte sie sich an wie Stuart Smith, wenn er zu einem Verhör ausholte. Doch für einen Rückzieher war es zu spät. Jill war verletzlich. Mary hatte Mitleid mit ihr. Aber es war die beste Chance, eine Antwort zu erhalten. Wenn sie jetzt nicht nachbohrte, würde sie vielleicht nie erfahren, was Jill so zu schaffen machte – und warum es ihr jetzt so elend ging. »In diesem Straßenlokal. Bevor Sie derart unerfreulich unterbrochen wurden.«

Jill atmete tief durch. Wie am Vortag suchten ihre Augen etwas in Marys Gesicht und schienen auch heute zu finden, wonach sie darin forschten.

»Ich glaube, Ihnen kann ich es verraten«, sagte sie. »Ich wollte es Ihnen ja auch wirklich gestern schon erzählen …« Sie sammelte sich, soweit sie dazu in der Lage war. »Haben Sie von meiner Scheidung gehört?«

»Natürlich«, antwortete Mary und bedankte sich im Geiste bei Greta.

»Dann wissen Sie auch, von wem ich mich habe scheiden lassen, nicht wahr? Sie wissen, wer Johnny Carr ist?«

Der Name kam Jill nur mit Widerwillen über die Lippen.

»Ich kenne sogar einen seiner Filme«, antwortete Mary. »Ich nehme an, es war sein bisher letzter. Wie hieß er noch gleich?«

»Ja, aber wissen Sie, was für ein Mensch er ist? Haben Sie davon gehört?«

Mary wusste, sie musste vorsichtig. Sie hatte keine Ahnung, wie Jills Verhältnis zu ihrem Ex-Mann wirklich aussah. Kannte sie doch lediglich den Klatsch aus Gretas Boulevardmagazinen.

»Ich habe nur gehört, er soll ein eher temperamentvoller Charakter sein.«

Jetzt war es an Mary, zusammenzufahren. Auf das,

was jetzt geschah, war sie nicht gefasst gewesen. Jill begann zu lachen. Nicht ein bisschen, nicht gequält oder gezwungen. Sie lachte aus voller Kehle, als könne sie gar nicht mehr aufhören. Es war ein regelrechter Lachkrampf, ein Lachanfall. So hatte Mary sie noch nie gesehen, nicht einmal im Kino.

»Ein *temperamentvoller Charakter!*«, quietschte Jill, und ihr Gelächter kippte in eine bittere Note. »Sorry ... sorry! Aber das ist der Witz des Jahrhunderts!«

So plötzlich, wie es begannen hatte, brach ihr Lachen ab. Ihr Gesicht nahm einen Ausdruck an, in dem sich Angst mit Abscheu mischte. »Er ist ein Monster!«, zischte sie. »Eine Bestie! Ein *Mörder!*«

Beim letzten Wort brach ihre Stimme, in ihre Augen schossen Tränen. Sie wollte sie mit dem Papiertaschentuch abwischen, bemerkte jedoch, dass sie es zwischen ihren Fingern völlig zerfetzt und zerfasert hatte. Also trocknete sie ihr Gesicht mit dem Ärmel des Jogginganzugs. Und redete atemlos weiter.

»Seine erste Ehefrau ... Die in den Swimmingpool gestürzt ist, als kein Wasser drin war. Und gestorben ist ... Haben Sie von der auch gehört?«

»Ich fürchte, nein«, musste Mary zugeben. Wie hatte Greta ihr eine solche Geschichte unterschlagen können?

»Er hat sie umgebracht! Johnny Carr hat sie gestoßen! In einem seiner psychopathischen Wutausbrüche! Und hat es geschafft, dass alle dieses Märchen glauben, von einem tragischen Unfall! Aber mir hat er's erzählt! Und wissen Sie warum? Um mir Angst zu machen. Die Ehe mit ihm war die Hölle. Er hat mich geprügelt. Mich in meinem eigenen Haus eingesperrt. Mich ans Treppengeländer gekettet! Und ich hab mich nicht getraut, ihn zu verlassen. Weil er mir gedroht hat! Dass er mich dann umbringt! Wie er sie umgebracht hat!«

»Aber jetzt«, murmelte Mary, allmählich begreifend, »haben Sie ihn trotzdem verlassen.«

Jill nickte heftig. Ihre Stimme bebte unter einem neuen Schwall von Tränen. »Und jetzt wird er mich umbringen. Er hat es mir geschworen. Nach der Scheidung hat er mich bombardiert, mit Anrufen und SMS. Hat mich beobachtet und verfolgt, mir aufgelauert. Verstehen Sie? Ein Psychopath wie Johnny Carr erträgt es nicht, wenn eine Frau ihn verlässt! Der bringt sie um! Aus Rache, aus gekränkter Eitelkeit!«

Nun war es Marys Blick, der ins Leere lief. Vor ihrem geistigen Auge fügten sich einzelne, bisher rätselhafte Ereignisse, zu einem sinnvollen Gesamtbild zusammen.

»Und deswegen sind Sie auf der *Queen Anne*«, schlussfolgerte sie. »Und wollen auf keinen Fall nach Hause. Sie sind gewissermaßen auf der Flucht.«

Erneut nickte Jill. Hatte sie das sagen wollen, in Miami, als sie gesagt hatte: Ich bin … Ich bin auf der Flucht? Mary wollte nicht auf halber Strecke stehen bleiben. Sie wollte jetzt alles erfahren.

»Ich hab gehört, wie Sie weinten«, sagte sie. »In Ihrem Schlafzimmer, vorgestern Nacht. Hatte das mit Johnny Carr zu tun?«

»Ja.« Jill wirkte über diese Eröffnung nicht im Geringsten überrascht. »Da hat er mir wieder so ein SMS geschickt … Dass es keinen Sinn hat zu flüchten. Dass er jederzeit weiß, wo ich bin. Dass er mir überallhin folgt! Und dass er …«, ihre Worte verschwammen zu einem Schluchzen. »Dass er *hier* ist! Auf *diesem* Schiff!«

Mary hätte es nicht für möglich gehalten, dass sie nach all den verblüffenden Enthüllungen etwas noch mehr verblüffen könnte. Doch das war die unüberbietbare Krönung.

»Hat er das ausdrücklich geschrieben?«, hakte sie ungläubig nach. »Dass er auf *diesem* Schiff ist?«

»Ja! Er hat sogar den Namen verwendet. *Queen Anne.*«

Mary konnte es kaum glauben und überwand sich zu der Frage: »Würde es Ihnen etwas ausmachen, mir diese Nachricht zu zeigen?«

»Das kann ich leider nicht. Ich habe sie sofort gelöscht … Ich lösche alles von ihm immer sofort. Ich könnte es nicht aushalten, das alles dauernd mit mir herumzutragen.«

Verständlich, dachte Mary. Wenn auch nicht klug. Selbst bei harmloseren Fällen von Stalking riet man den Opfern, jede Nachricht des Täters als Beweismittel aufzubewahren.

»Und glauben Sie ihm? Dass er an Bord ist? Sind Sie Johnny Carr denn begegnet?«

»Ich weiß es nicht.« Und das klang nicht im Entferntesten nach einem schlechten Witz.

»Sie wissen nicht, ob Sie ihm begegnet sind? Wie darf ich das verstehen?«

»Das Phantom ist nicht zu fassen«, stieß Jill heiser hervor.

»Bitte?«, fragte Mary.

»Das Phantom ist nicht zu fassen. War das nicht der Film, den Sie gesehen haben? Mit Johnny Carr?«

»Doch, Sie haben recht. Und was hat das …«

Jill unterbrach sie. Unter Aufbietung ihrer letzten Energien, all ihrer verbliebenen, verzweifelten Überzeugungskraft steigerte sie sich in einen eindringlichen, hitzigen Redeschwall. »Als er sich vorbereitet hat, auf die Dreharbeiten, waren wir noch verheiratet. Als er recherchiert hat, für die Rolle von diesem CIA-Spion, der sich in jeden verwandeln kann, mit diesen Masken, der jedes

Schloss knacken kann und überall einbrechen. Er hat sich Profis geholt und das alles tatsächlich gelernt. So bereitet er sich immer vor. Und seitdem *kann* er das! Er kann sich so verwandeln, dass nicht einmal seine Mutter ihn erkennen würde. Und deshalb weiß ich nicht, ob ich ihn gesehen habe. Er kann im Restaurant gewesen sein. Oder gestern auf dem Ball. Ich *weiß* es nicht, Mary! Ich bin mir nur tausendprozentig sicher, dass er hier ist! Irgendwo hier, auf diesem Schiff! Irgendwo in meiner Nähe. Ich spüre es. Johnny Carr sieht mich und hört mich und folgt mir und lauert mir auf, und er wartet. Auf den besten Moment, um mich zu töten!«

13.

Der gläserne Lift brachte Mary hinab auf Deck 1, wo sich das Medical Centre befand. Während sie durch die großzügig angelegten Korridore den entsprechenden Wegweisern folgte, rekapitulierte sie die neuen Informationen dieses Vormittags.

Nach ihrem Besuch bei Jill hatte sie das Internet nach Einträgen über Johnny Carr durchforstet. Er war zweiundvierzig, durchtrainiert und gut aussehend, mit eisgrauen Augen in einem kantigen Gesicht. Die meisten Fotos zeigten ihn mit stoppelig geschorenem blondem Haar. Zahlreiche Berichte aus mehr oder minder seriösen Medien untermauerten seinen Ruf als Egomane und Choleriker mit Neigung zur Gewalt. Fachmagazine wie der Hollywood Reporter oder Variety würdigten seinen Perfektionismus bei der Erarbeitung schwieriger Rollen, wie eben der des CIA-Agenten und Verwandlungskünstlers in seinem aktuellen Film.

Ohne Schwierigkeiten hatte Mary zudem Zeitungsartikel über den Tod seiner ersten Ehefrau vor neun Jahren entdeckt. Jeder von ihnen beschrieb den tragischen Unfall einer aufstrebenden Schauspielerin, die am Rand von Johnny Carrs entleertem Swimmingpool ausgerutscht und kopfüber hineingestürzt war. Keiner von ihnen äußerte den geringsten Verdacht auf ein Verbrechen. Nicht einmal unter den Leserkommentaren der schmuddeligsten Klatschmagazine war das leiseste diesbezügliche Gerücht aufgetaucht.

Seit heute Vormittag wusste Mary, bei aller Sympathie und Anteilnahme, nicht mehr, wie sie Jill Bennys Behauptungen einschätzen sollte. Sie hielt es für durchaus möglich, sogar wahrscheinlich, dass Johnny Carr sie während ihrer Ehe misshandelt hatte. Auch, dass er sie seit ihrer Scheidung bedrohte und verfolgte, konnte sie sich vorstellen. Sogar, dass eine labile Frau wie Jill so unvernünftig wäre, sämtliche Beweismittel dafür zu vernichten und Schutz auf einem Kreuzfahrtschiff zu suchen statt bei der Polizei.

Zur Vorstellung, Johnny Carr habe seine erste Ehefrau umgebracht und Jill auch noch davon erzählt, konnte sie sich hingegen kaum überwinden. Und geradezu absurd erschien ihr der Gedanke, er sei Jill in abenteuerlicher Maskerade und mörderischer Absicht auf dieses Schiff gefolgt. Das erinnerte sie einfach zu sehr an einen Hollywoodthriller oder einen Kriminalroman. Und nicht einmal einen, den sie gern gelesen hätte.

Konnte Jill wirklich eine SMS bekommen haben, in der Johnny Carr behauptete, er würde sich auf der *Queen Anne* befinden? Oder bildete Jill sich das in ihrem zerrütteten Zustand bloß ein? Oder hatte Johnny Carr auf irgendeine Art nicht allein von ihrer Reise erfahren, sondern auch vom Namen ihres Schiffes? Und ihr in seiner Rachsucht tatsächlich genau jene SMS geschickt, die ihr die größtmögliche Angst einjagen musste? Freilich aus Los Angeles oder wo immer er gerade sein mochte, jedenfalls nicht von der *Queen Anne* aus?

Wenn Jill allerdings von seiner Anwesenheit an Bord derart überzeugt war, wieso wollte sie dann keinesfalls nach Hause? War sie vielleicht doch nicht restlos überzeugt? Wusste sie in ihrer Verstörung, die sich durch Merciers Tod noch gesteigert hatte, überhaupt, wovon sie überzeugt war?

Das Wartezimmer des Medical Centre unterschied

sich mit seinen blau gepolsterten Stühlen an den cremeweißen Wänden nicht wesentlich von dem einer modernen Arztpraxis auf festem englischem Boden. Nur gewährten seine Fenster einen Ausblick auf das unter der Mittagssonne gleißende karibische Meer und die in der Ferne dunstig daraus aufragende kubanische Küste. Außerdem war es leer, bis auf eine süßlich lächelnde Dame hinter einer L-förmigen Rezeptionstheke. Offensichtlich beinhaltete der viel gepriesene Luxus der *Queen Anne* sogar, dass man auf ihr nicht erkrankte. Man starb lieber gleich, kurz und schmerzvoll.

»Ich würde gern den leitenden Arzt sprechen«, sagte Mary zu der lächelnden Dame, die ihr Namensschild als Molly Prendergast auswies.

»Das heißt hier bei uns Principal Medical Officer«, antwortete sie mit einem noch süßeren Lächeln. »Aber Dr. Germer ist derzeit leider nicht verfügbar.«

Sie sprach den Namen mit englischer Färbung, aber sonst wie einen deutschen Namen aus.

Nicht verfügbar. Das erinnerte Mary, mit aufsteigendem Ärger, an gestern Abend. Als Mercier tot auf dem Parkett gelegen hatte, war Dr. Germer offenbar ebenfalls *nicht verfügbar* gewesen. Und jetzt, am helllichten Tag, war er schon wieder *nicht verfügbar.* Wenn Mary etwas nicht vertragen konnte, dann Leute, die ihre Arbeit nicht ernst nahmen. Ob es nun ein Zimmermädchen war oder ein Arzt.

»Wie darf ich das verstehen?«, fragte sie. »Hat er heute keinen Dienst?«

»Der Herr Doktor ist leider momentan nicht verfügbar«, wiederholte Molly Prendergast mechanisch. Ihre Stimme konnte an Süße mit ihrem Lächeln spielend konkurrieren. »Worum würde es sich denn handeln?«

»Demnach ist ein anderer Herr Doktor hier, nehme ich an? Oder gar eine Frau Doktor?«

»Augenblicklich leider nicht. Aber könnte ich Ihnen eventuell behilflich sein?«

»Oh, das wäre ganz reizend!«, flötete Mary. »Es handelt sich um einen bösartigen Gehirntumor im fortgeschrittenen Stadium, der sich neuerdings wieder schmerzhaft bemerkbar macht. Genau genommen, meinen Gehirntumor. Wenn Sie ihn untersuchen könnten, solange der Herr Doktor nicht verfügbar ist, wäre ich Ihnen auf ewig verbunden.«

Molly Prendergasts Lächeln sackte in sich zusammen. Freilich nur für den Bruchteil einer Sekunde. Sie war Profi bis in die strohblonden Haarspitzen.

»Ahm … Ich denke, Dr. Germer müsste jeden Moment …«

Tatsächlich war es der nächste Moment. Die Eingangstür schwang auf, und ein Mann marschierte herein. Mit einem Headset im Ohr und einem Smartphone in der Hand führte er ein lautstarkes Telefonat. Wie dessen Tonfall zeugte auch alles andere an ihm von einer lässigen, unerschütterlichen, penetranten Selbstgefälligkeit, die nach Marys Dafürhalten kaum auf seinen äußerlichen Qualitäten beruhen konnte.

Er musste um die sechzig sein und längst ergraut, hatte sein Haar aber rötlich gefärbt und in einer jugendlichen Tolle über seine kahle Stirn frisiert. Das kurzärmelige weiße Uniformhemd mit den roten und goldenen Streifen auf den Epauletten konnte seinen überhängenden Bauch nicht kaschieren, obwohl er es außerhalb der Hose trug. Sein glatt rasiertes Doppelkinn war eigentlich ein Mehrfachkinn, das nur verschwand, wenn er den Kopf in den Nacken warf. Wie eben jetzt, als er raumfüllend auflachte.

»Nein, Sir! Das wird selbstverständlich nicht passieren!« Er stolzierte an Mary vorbei, ohne ihr die geringste Beachtung zu schenken, und zog die Duftwolke eines herben Deodorants hinter sich her. »Da können Sie beruhigt sein, Mr. Kenneth. So was wird's auf meinem Schiff, pardon, auf *Ihrem* Schiff bestimmt nicht geben. Dafür wird der Doktor sorgen.«

Mary rätselte noch, ob sein Akzent eher auf einen Deutschen oder einen Österreicher hinwies, als er unter weiterem Gelächter hinter einer orangefarbenen Tür verschwand.

»Dr. Germer, nehme ich an«, konstatierte sie kühl.

»Unser Principal Medical Officer«, bestätigte Molly Prendergast mit unerklärlichem Stolz.

»Das habe ich befürchtet.« Mary schritt auf die orangefarbene Tür zu.

»Er telefoniert mit Mr. Kenneth!«, rief Molly Prendergast ihr hinterher und vergaß diesmal zu lächeln. »Dabei darf er unter keinen Umständen gestört werden.«

Aber sie war noch nicht ganz hinter der Theke hervor, da hatte Mary die Tür schon hinter sich geschlossen.

14.

Das Untersuchungszimmer diente zugleich als Dr. Germers Büro. Neben einer Liege und verschiedenen medizinischen Apparaturen befanden sich darin auch ein wuchtiger Schreibtisch und ein Ledersessel. In Letzterem hatte sich Dr. Germer in seiner ganzen Fülle niedergelassen. Als Mary eintrat, pflückte er sich gerade sein Headset vom Ohr. Ihr ungebetenes und unangekündigtes Erscheinen schien ihn nicht aus dem Konzept zu bringen.

»Pflegen Sie an fremde Türen nicht anzuklopfen, meine Liebe?«, fragte er nur süffisant und lehnte sich in seinem Sessel auf eine Art zurück, bei der sowohl sein Bauch als auch seine diversen Kinne zur Geltung kamen.

»Pflegen Sie fremde Damen nicht zu begrüßen, mein Lieber?«, fragte Mary zurück und setzte sich auf den Stuhl vor dem Schreibtisch. Dr. Germer bleckte seine tadellos gepflegten Zähne. Ganz der Mann von Welt, der eine schlagfertige Antwort zu schätzen wusste.

Molly Prendergast öffnete die Tür und steckte ihren Kopf durch den Spalt.

»Entschuldigen Sie vielmals, Herr Doktor«, sagte sie. »Die Dame ist ohne Termin erschienen. Trotz meines Hinweises, wie beschäftigt Sie sind …«

»Schon gut, Molly«, winkte Dr. Germer ab. »Ich kümmere mich darum.«

Es klang wie ›Ich kümmere mich um das Problem‹.

»Wie Sie wünschen, Herr Doktor.« Sie spendierte ihm ihr klebrig-süßes Lächeln. Mary hingegen erhielt von ihr einen weitaus weniger süßlichen Blick, bevor sie die Tür schloss.

Dr. Germer wandte sich wieder Mary zu.

»Was kann ich für Sie tun?«

Er verschränkte die Hände hinter dem wulstigen Nacken. Wodurch er Mary den Anblick der Schweißflecken unter seinen Achseln bescherte. Deswegen also der verschwenderische Gebrauch eines Deodorants.

»Ich bin Mrs. Mary Elizabeth Arrington.«

Seine Reaktion bewies, dass er noch nie von ihr gehört hatte. »Wie schön für Sie.«

Mithilfe der Kippfunktion seines Drehsessels fing er an, genüsslich auf und ab zu schaukeln. Sein weicher Bauch schaukelte im Rhythmus mit.

»Sind Sie derjenige, der den Leichnam von Jean-Paul Mercier untersucht hat?«

Er unterbrach das Schaukeln, obwohl er gerade erst damit begonnen hatte. Sein Mondgesicht, das wie eingecremt glänzte, erstarrte für einen Moment. Dann schaukelte er betont gleichmütig weiter.

»Höchstpersönlich, meine Liebe. Gestern Nacht. Man hat den Doktor extra aus dem Bett geholt. Worüber er gar nicht erfreut war. Warum fragen Sie? Waren Sie auf dem Ball?«

»Mehr als das. Ich war die Erste bei Mercier, nachdem er zusammenbrach.«

»Standen Sie ihm denn irgendwie … nahe?«

Mary ignorierte sein anzügliches Grinsen. »Keineswegs. Ich überprüfte, ob man ihm Erste Hilfe leisten könne.«

»Alles klar. Mund-zu-Mund-Beatmung kann was Schönes sein. Diese Franzosen. Wie machen die das nur …«

Das zu ignorieren fiel Mary schon schwerer. Es gelang ihr, zumindest den Anschein zu erwecken.

»Heute Morgen wurde sein Tod offiziell mit einem Herzleiden begründet. Wären Sie wohl so freundlich, das für mich zu präzisieren?«

»Es wäre mir ein Volksfest, wie man in meiner Heimat sagt. Der Doktor stammt aus Wien, müssen Sie wissen. Bei uns geht's ein bisschen gemütlicher zu als bei euch Engländern. Wien, Sie erinnern sich, *Der dritte Mann*, Falco, Kaiserin Sisi …«

Und wie zum Beweis seiner angeborenen Gemütlichkeit nahm er die Hände vom Nacken und wuchtete seine Füße auf die Tischplatte. Offenbar wollte er Mary seine wenig ansehnliche Erscheinung in allen denkbaren Positionen darbieten.

»Oh ja.« Mary war entschlossen, sich von nichts beirren zu lassen. Nicht einmal von dieser Präsentation der schief gelatschten Sohlen seiner Gesundheitspantoffel. »Die Wiener Gemütlichkeit. Ich erinnere mich, Sisi wurde mit einer Feile erstochen, der *dritte Mann* krepierte im Abwasserkanal, und Falco starb im Drogenrausch bei einem Autounfall. Apropos, Sie wollten mir vom Tod Merciers erzählen.«

Dr. Germer breitete die Arme aus, als lohne es sich gar nicht, darüber zu reden. »Ein Herzinfarkt. Ganz banal.« An seinem linken Handgelenk funkelte eine Rolex, am rechten ein Goldkettchen. »Er hatte schon immer Herzprobleme. Bei so einem Burschen kein Wunder: sechsundfünfzig, langjähriger Alkoholiker. Dazu dauernd diese Nachtdienste, Tanzveranstaltungen, Entertainment, die intensive Betreuung alleinstehender weiblicher Passagiere.« Er zwinkerte Mary zu. »Das schlaucht. Der gute Jean-Paul hat sich dafür außerdem mit verschiedenen Substanzen aufgeputscht, um den hohen Anforderungen gerecht zu werden. Ein Herzinfarkt kommt da alles andere als überraschend. Und wie mir berichtet wurde, hat der Gute ja höchstpersönlich vor seinem Ableben noch die Diagnose geliefert und ›Mein Herz, mein Herz‹ gestammelt. Ein paar Umstehende haben das gehört. Das ist also alles andere als ein Mysterium. Und mehr hat der Doktor dazu nicht zu sagen.«

Er legte seine speckigen Finger auf seinem Bauch ineinander.

Aber Mary war nicht bereit, sich mit so oberflächlichen Erläuterungen abspeisen zu lassen.

»Sie scheinen ihn ja recht gut gekannt zu haben. Da Sie über seinen Lebenswandel so gut informiert sind.«

Für einen Augenblick meinte Mary, etwas wie Misstrauen über Dr. Germers Züge zucken zu sehen. Dann aber hob er nur gleichgültig seine schweren Schultern.

»Ich kannte ihn nicht besser, als ich die anderen Mitglieder der Crew kenne, deren medizinische Betreuung nun einmal auch zu meinen Aufgaben gehört. Da kriegt man eben das eine oder andere mit. Und bei Monsieur Mercier gab es eben einige, sagen wir Auffälligkeiten. Deshalb kann man aber nicht behaupten, ich hätte zu ihm ein engeres Verhältnis gehabt als zu anderen meiner Patienten.«

Mary nickte.

»Ich verstehe. Und es ist natürlich löblich, dass sie als Arzt ein so gewissenhafter Beobachter sind. Daher interessiert Sie ja vielleicht auch, was mir aufgefallen ist, als ich mich über den Toten beugte. Ein Geruch.«

Er blinzelte, und seine Antwort kam ein wenig zu spät. »Na ja, das ist kein Wunder. Als Fachmann kann ich Ihnen versichern, dass Tote in der Regel gewisse Gerüche abzusondern pflegen, die selten besonders angenehm sind. Deshalb ist es wenig empfehlenswert, allzu intensiv an ihnen zu riechen.«

Mary überging auch diese Geschmacklosigkeit. Inzwischen hatte sie einige Übung darin.

»Es war kein Totengeruch«, erklärte sie. »Für den es, wie Ihnen als Fachmann hoffentlich klar ist, ohnehin viel zu früh gewesen wäre. Sein Atem roch nach Bittermandeln.« Es war ein Bluff. Er durfte keinesfalls merken, dass sie keineswegs sicher war. »In Ihrer Funktion als Doktor wissen Sie sicherlich, was dieser Geruch bedeutet.«

Dr. Germer verschränkte die Arme. Mary sah die roten Härchen darauf und die braunen Pigmentflecken, die mit dem Alter wohl größer und zahlreicher geworden waren. Seine Miene drückte Unmut aus. Langsam schien er es zu bereuen, sich auf dieses Gespräch eingelassen zu haben. Es war nicht festzustellen, was ihm stärker gegen den Strich ging, dass Mary ihm mit bohrenden Fragen zusetzte, dass sie sich von seinen Sprüchen nicht verunsichern ließ oder dass es überhaupt jemand wagte, sich dem Principal Medical Officer gegenüber so respektlos zu verhalten. Er blickte zur Tür, als wolle er Molly Prendergast bitten, ihn von der lästigen Besucherin zu befreien.

Dann aber zwang er sich zu einem gönnerhaften Schmunzeln.

»Erklären Sie's mir. Sie scheinen sich mit diesen Dingen ja hervorragend auszukennen. Vielleicht kann ich von Ihnen als Fachfrau ja noch etwas lernen.«

»Eine Zyankalivergiftung«, sagte Mary. »Haben Sie den Geruch nicht bemerkt? Er muss noch wahrnehmbar gewesen sein, als man Sie dermaßen rücksichtslos aus dem Bett holte.«

Dr. Germer stellte das Schmunzeln ein.

»Ich fürchte nein. Was natürlich daran liegen könnte, dass er nicht vorhanden war.«

»Es könnte auch an Ihren Genen liegen«, sagte Mary. »Genetisch bedingt kann lediglich ein gewisser Prozentsatz von Menschen diesen Geruch wahrnehmen. Ich gehöre offensichtlich zu den Auserwählten. Allerdings gibt es noch andere Symptome für einen Tod durch Zyankali. Beispielsweise die hellrote Färbung der Haut und der Schleimhäute. Haben Sie auch davon nichts bemerkt?«

Dr. Germer starrte sie wortlos an. Sein Gesicht färbte sich puterrot. Nachdem erst seine medizinische Eignung und nun auch noch seine Gene in die Kritik geraten waren, schien es ihm ein für alle Mal unmöglich, zu seiner vordem so jovialen Art zurückzukehren. Er nahm die Füße vom Tisch und richtete sich zum ersten Mal seit Marys Eintreten in seinem Sessel auf. Er wirkte noch immer überheblich und wichtigtuerisch. Aber nun ging von ihm noch dazu eine unterschwellige Bedrohung aus, wie von einem tief beleidigten Mann, der nicht davor zurückschrecken würde, für die ihm widerfahrene Beleidigung Rache zu nehmen. Gegen ihren Willen empfand Mary ein jähes Unbehagen. Sie fragte sich, wie weit ein eingebildeter, kleingeistiger Kerl wie er wohl gehen würde, wenn er sich in seinem Stolz und seiner Berufsehre gekränkt fühlte.

»Nein, meine Dame«, sagte er und hatte hörbare Mühe, seine Stimme ruhig zu halten. »Auch davon bemerkte ich nichts. Und wissen Sie, warum? Weil auch davon nichts zu bemerken war, ebenso wenig wie von irgendwelchen sonderbaren Gerüchen. Ich bin schwer beeindruckt von ihren toxikologischen Kenntnissen, die Sie sich, wie ich vermute, im Internet zugelegt haben. Aber sie reichen nicht aus, Sie zur Expertin zu machen. Und sie berechtigen Sie weder dazu, sich abfällig über meine

Qualifikation zu äußern, noch dazu mit irgendwelchen hanebüchenen Mordtheorien um sich zu werfen. Und jetzt muss ich Sie ersuchen, mich zu entschuldigen. Ich habe mich nämlich auch um ernsthafte Dinge zu kümmern.«

»Mordtheorien?«, erwiderte Mary lächelnd. »Wer sprach denn von Mord?«

Dr. Germer starrte sie schweigend an. Er schien all seine Selbstbeherrschung aufbringen zu müssen, um sich ebenfalls ein Lächeln abzuringen. Es war nichts Freundliches in diesem Lächeln. Im Gegenteil standen darin unübersehbar Wut und Verachtung. Von seinem vorherigen gut gelaunten Gepolter war nichts mehr übrig, als er ganz leise zwischen seinen Zähnen hervorpresste: »Gehen Sie, Mrs. Arrington. Gehen Sie auf der Stelle.«

Mary hielt es für besser, ihn nicht noch weiter zu reizen. Die besten Freunde würden sie zwar ohnehin nicht mehr werden. Und sie hatte nie ein Problem damit gehabt, sich mit Leuten anzulegen, sie sich vielleicht sogar zu Feinden zu machen. Schon gar nicht, wenn sie Grund zu der Annahme hatte, dass diese Leute etwas vor ihr zu verbergen suchten. Aber hier konnte sie nichts mehr erreichen.

Sie stand auf und ging zur Tür. Dort aber drehte sie sich noch einmal um. Eine letzte Bemerkung konnte sie sich nicht verkneifen.

»Es gibt übrigens noch etwas, das ich aus dem Internet gelernt habe. Dass der aktuelle Besitzer der Kenneth-Line noch immer oder schon wieder Mr. Kenneth heißt. In der Gott weiß wie vielten Generation. Was könnten Sie wohl vorhin gemeint haben, Herr Doktor? Als Sie Mr. Kenneth am Telefon versicherten, *so etwas* werde es auf seinem Schiff nicht geben? Ich würde natürlich niemals annehmen, Sie hätten von Mord gesprochen. Solche hanebüchenen Theorien liegen mir fern.«

Dr. Germers Lächeln verkrampfte sich zu einer Grimasse.

»Ich wünsche Ihnen einen guten Tag, Herr Principal Medical Officer«, sagte Mary, während sie die orangefarbene Tür öffnete. »Einen so richtig *gemütlichen* Tag.«

15.

Das war das Letzte, was Kapitän MacNeill gerade brauchen konnte. Nicht nur, dass es schon unter normalen Umständen alles andere als eine leichte Aufgabe war, die Befehlsgewalt über einen der größten Ozeandampfer der Welt innezuhaben und dabei die Verantwortung für eine Crew von mehr als tausend Leuten und mehr als doppelt so viele Passagiere zu tragen. Zu allem Überfluss war gestern eines seiner Crew-Mitglieder gestorben. Und als sei das nicht schon schlimm genug, hatte er es nicht etwa still und unauffällig in den Mannschaftsquartieren getan, sondern vor aller Augen auf dem Ball.

Das reichte, um selbst einem abgehärteten Seemann wie ihm Sorgenfalten in sein wettergegerbtes Gesicht zu graben.

Und nun auch noch das: Draußen, vor dem Sichtfenster, durch das die Passagiere zur Brücke hereinschauen konnten, stand eine Frau. Zum wiederholten Mal klopfte sie an die Scheibe und machte zu MacNeills Leidwesen keinerlei Anstalten, zu verschwinden.

Es wunderte ihn nicht, dass es sich ausgerechnet um jene Frau handelte, die ihm gestern schon aufgefallen war – und zwar unangenehm. Erst hatte sie einen Streit zwischen zwei Passagieren vom Zaun gebrochen (wie man in so kurzer Zeit zwischen zwei Männer geraten konnte, war ihm ein Rätsel). Und nachher hatte sie sich wichtigtuerisch über den Toten gebeugt. Zwar hatte sie bei alldem eine Maske getragen. Aber ihre grünen Augen, mit denen sie alle so beunruhigend betrachtete, waren unverkennbar. Und dass sie diese Augen jetzt so durchdringend auf ihn richtete, passte ihm ganz und gar nicht und ließ ihn Schlimmes befürchten. Auf jeder Kreuzfahrt gab es mindestens einen Störenfried, einen oder eine unter den Passagieren, der sich dadurch auszeichnete, ihm und allen anderen Crewmitgliedern besonders auf die Nerven zu gehen. Jetzt wusste MacNeill, wer sich dieses Mal darin hervortat.

Auf ihr erstes Klopfen hin hatte er bloß den Kopf gehoben, ihr kurz zugewunken, wie er es in solchen Fällen tat, und sich wieder der Wetterkarte gewidmet, die er gerade an einem Bildschirm der Zentralen Kontrollkonsole mit seinem Staff Captain besprach. Er war nie begeistert von diesem Sichtfenster gewesen. Er hielt aus Prinzip nichts davon, die Besatzung zur allgemeinen Begutachtung auszustellen wie Fische in einem Aquarium. Außerdem konnte alles, was die Brückenwache ablenkte, gefährliche Konsequenzen haben.

Die Brücke war das Gehirn und das Herz der *Queen Anne.* Hier wurden Kurse festgelegt, Tiefenmessungen erstellt, Funksprüche empfangen und abgesetzt. Von hier aus wurden die insgesamt 157.000 PS ihrer vier Motoren kontrolliert und gesteuert. Wenn hier ein Fehler passierte, konnte er das Leben Tausender Menschen gefährden. Die *Queen Anne* war mit Möglichkeiten zur Unterhaltung der Reisenden mehr als reichlich ausgestattet. MacNeills Meinung nach brauchte dafür nicht auch noch die Brücke herzuhalten.

Die Passagiere, die durch das Fenster gafften, pflegte er zu ignorieren. Wenn sie so dreist waren, zu klopfen, fertigte er sie mit einem Lächeln oder einem kurzen Winken ab. Er zollte ihnen keine Beachtung mehr, bis sie endlich verschwanden. Aber die Frau mit den grünen Augen verschwand einfach nicht. Schon ihr zweites

Klopfen war um einiges nachdrücklicher gewesen als das erste. Und inzwischen hämmerte sie geradezu gegen die Scheibe, als wollte sie das Glas einschlagen. Da konnte niemand mehr in Ruhe arbeiten. MacNeill nahm seine ungeliebte Lesebrille ab, ohne die er die Wetterkarte nicht entziffern konnte, und sah auf, um die Frau mit einem unmissverständlichen Blick und einer grimmigen Miene zurechtzuweisen. Wenn sie auch darauf nicht von dannen zog, würde er einen seiner Offiziere bitten, sie zu entfernen, mit dem freundlichen, aber bestimmten Hinweis, dass Passagiere sich in diesem Bereich nicht aufzuhalten hatten.

Zu seiner Verwunderung aber blickte er dieses Mal nicht in ihr Gesicht und ihre grünen Augen. Stattdessen blickte er auf einen Laptop, den sie vor das Fenster hielt. Auf dem Bildschirm prangten einige Worte. Sie waren groß geschrieben, allerdings nicht groß genug, dass er sie ohne seine Brille entziffern konnte. Langsam platzte MacNeill der Kragen. Er hatte beileibe Wichtigeres zu tun, als sich mit solchen Kindereien zu befassen. Aber darauf, dass sie aufgab und von selbst abzog, durfte er offenbar nicht hoffen.

Widerwillig setzte er seine Brille auf und trat einen Schritt näher.

Ich muss mit Ihnen sprechen, Herr Kapitän, stand auf dem Bildschirm. *Es ist äußerst dringend!*

MacNeill schüttelte den Kopf. Bei diesen Quälgeistern war es immer äußerst dringend. Er wollte gerade seinen Staff Captain bitten, sich der Sache anzunehmen, damit dieser Irrsinn endlich ein Ende nahm. Aber die folgenden Worte auf dem Bildschirm hielten ihn davon ab. In fetten, rot leuchtenden Buchstaben, die ihn an ein Alarmsignal erinnerten, leuchteten sie ihm entgegen:

Auf Ihrem Schiff ist ein Mord geschehen!

16.

Die Brücke der *Queen Anne* war ein schmaler Raum von mehr als fünfzig Metern Länge. Sie erstreckte sich über die gesamte Breite des Schiffes und ragte an ihren Enden sogar darüber hinaus. Entlang ihrer ununterbrochenen Fensterfront reihten sich verschiedene Arbeitsflächen aneinander. Die dominantesten unter ihnen waren die blockartigen olivgrünen Kontrollkonsolen mit ihren Reglern und Tasten und Bildschirmen. Davon gab es drei, in annähernd identischer Ausführung: Eine an Backbord, eine an Steuerbord und in der Mitte die Zentrale Kontrollkonsole mit dem unscheinbaren schwarzen Steuerrad.

In wohltuendem Kontrast zu dieser hochmodernen, eher sterilen Ausstattung stand im Backbordbereich ein simpler runder Holztisch. An diesem saß Mary nun dem Kapitän gegenüber. Er hatte die Lesebrille abgenommen und in die Brusttasche seines Uniformhemdes gesteckt. Seine Hände ruhten auf der Tischplatte. Wie Mary nun sehen konnte, waren sie sehnig und von Schwielen überzogen, richtige Arbeiterhände. Neben ihren eigenen, langgliedrig und mit lackierten Fingernägeln, nahmen sie sich grob aus.

»Jean-Paul Mercier ist an einem Herzinfarkt gestorben«, sagte der Kapitän in einem Ton, der keine Widerrede zuließ. »Unser Arzt hat das eindeutig festgestellt.«

Mary hatte gleich gemerkt, wie schwierig dieses Gespräch werden würde. MacNeill hatte keine Wahl gehabt, als in diese Unterhaltung einzuwilligen. Als Kapitän konnte er es schlecht ignorieren, wenn jemand ihm mitteilte, auf seinem Schiff sei jemand umgebracht worden. Aber Mary hatte nicht den Eindruck, er nehme ihre Vermutungen ernst. Vielmehr schien es ihm darum zu gehen, ihr Einhalt zu gebieten, bevor sie besagte Vermutung auf allen Decks verbreiten konnte. Aber so schnell würde sie nicht klein beigeben.

»Ihr Arzt …«, entgegnete sie in Erinnerung an diesen aufgeblasenen, *gemütlichen* Scharlatan, »Ihr Arzt versucht, einen Mord zu vertuschen! Um Ihren Reeder nicht um seinen Schlaf zu bringen. Und vor allem nicht um den Profit, den ihm die Reputation der *Queen Anne* einbringt. So mancher Erholungsbedürftige würde es sich wohl zweimal überlegen, ob er eine Kreuzfahrt auf einem Schiff bucht, auf dem Leute gewaltsam ums Leben kommen.«

»Das ist eine schwere Anschuldigung, Mrs. Arrington.« Auch MacNeill hatte auf die Erwähnung ihres Namens nicht reagiert, als sie sich ihm vorgestellt hatte. Auch er las demnach keine Kriminalromane. Jedenfalls keine guten. »Eine Anschuldigung, die man nicht erheben sollte, wenn man sie nicht stichhaltig begründen kann.« Er hob seine Hände, eine Geste, die ausdrückte, dass er zwar seinen guten Willen zeigen wollte, aber langsam mit seiner Geduld am Ende war. »Und was Sie mir hier erzählt haben, irgendein Mandelgeruch, den Sie glauben, wahrgenommen zu haben. Angeblich ein unverkennbarer Hinweis auf eine Zyankalivergiftung. Ein Giftanschlag auf einem Kreuzfahrtschiff. Und das Opfer ist ausgerechnet ein Gentleman Host. Bei allem Respekt, Mrs. Arrington, aber das klingt für mich nach einer ziemlichen Räuberpistole. Wie kommen Sie überhaupt auf diese Sache mit dem Mandelgeruch?«

Mary hatte Mühe, ein genervtes Stöhnen zu unterdrücken. Bei so viel Halsstarrigkeit konnte man wahnsinnig werden. Sie hatte sich wirklich alle Mühe gegeben. Da sie den Laptop schon zur Hand hatte, hatte sie ihre Ausführungen sogar mit Fakten zum Thema Zyankali und seinen Wirkungen begleitet. Aber weder ihre Argumente noch ihr Bericht von Dr. Germers Telefonat mit Mr. Kenneth und seinen verdächtigen Aussagen reichten aus, MacNeill zu überzeugen. Und sie verstand ja auch, dass man als Kapitän Besonnenheit und Sachlichkeit wahren musste. Aber dass er all das einfach als Räuberpistole abtat, war frustrierend.

»Ich bin Schriftstellerin«, erklärte sie. »Ich verfasse Kriminalromane. Über verschiedene Mordmethoden zu recherchieren, gehört zu meinem Handwerk. Daher kenne ich mich ein wenig damit aus. Und daher dürfen Sie mir auch glauben, wenn ich Ihnen sage, dass Zyankali seine Wirkung sehr schnell entfaltet. Mercier muss es während des Balls zu sich genommen haben. Es hat die Form farbloser Kristalle, die sich in Wasser optimal auflösen. Ich habe selbst beobachtet, wie Mercier sich zwischendurch mit Mineralwasser erfrischte. Aus einer Flasche, die oft genug unbeaufsichtigt auf seinem Tisch stand. In einem dieser unbeaufsichtigten Momente muss jemand Zyankali in das Wasser gemischt haben. Ich sehe ja ein, dass Sie Ihrem Schiffsarzt keine bösen Absichten oder gar Inkompetenz unterstellen wollen. Aber wäre es in Anbetracht all dieser Hinweise nicht sinnvoll, die Leiche einem außenstehenden Arzt zur Untersuchung zu überlassen? Wenn wir morgen Jamaika erreichen, könnten Sie doch …«

MacNeill unterbrach sie mit einer Handbewegung. Er wirkte nicht mehr nur genervt. Er wirkte müde, als habe er schlichtweg keine Kraft mehr, sich mit diesen Hirngespinsten zu befassen. Und daran, dass er es für Hirngespinste hielt, ließ er keinen Zweifel mehr.

»Schriftstellerin, ja? Kriminalromane, sagen Sie?«

Er sprach es aus, als sei damit alles geklärt. Dabei schwang in seinen Worten nicht nur eine gewisse Erleichterung mit, dass er nun den endgültigen Beweis hatte, Mary nicht ernst nehmen zu müssen, weil mit ihr offenbar ihre blühende Schriftstellerfantasie durchgegangen war. Man hörte ihm auch eine gewisse Verachtung an, die Verachtung von jemandem, der sein Leben lang immer hart gearbeitet und sich niemals die Muße gegönnt hatte, sich mit solchen Belanglosigkeiten wie Romanen oder anderer seichter Unterhaltung abzugeben.

»Ganz richtig«, sagte Mary. »Aber ich verstehe nicht, was das mit den Dingen zu tun hat, die ich Ihnen gerade geschildert habe. Die Indizien sprechen ja wohl für sich und …«

Wieder unterbrach er sie.

»Hören Sie, Mrs. Arrington. Ich weiß es sehr zu schätzen, dass Sie sich mit Ihren Bedenken an mich gewandt haben. Ich danke Ihnen für dieses Vertrauen. Und ich verspreche Ihnen, ich werde mich um diese Angelegenheit in gebührender Weise kümmern.«

Irgendwie wurde Mary das Gefühl nicht los, dass ›gebührend‹ in diesem Fall bedeutete, er werde rein gar nichts unternehmen.

»Und Sie möchte ich hiermit bitten«, er blickte Mary streng an. »Ihre Vorstellungen für sich zu behalten und nichts weiter zu unternehmen. Wir hatten einen Todesfall an Bord. Die Leute sind dadurch schon verstört genug. Da müssen Sie ihnen nicht auch noch irgendwelche Ideen von Meuchelmord in den Kopf setzen. Unsere Passagiere wollen sich erholen, eine gute Zeit haben. Gönnen wir ihnen das und verschonen wir sie mit Schauermärchen. Und das Gleiche gilt für meine Crewmitglieder, sei es Dr. Germer oder sonst irgendwer. Sie haben wirklich Wichtigeres zu tun. Ich bitte Sie, tun Sie mir – und allen anderen – diesen Gefallen.«

Im Gesicht des Kapitäns und in seiner Stimme lag unmissverständlich keine Bitte. Vielmehr eine Anweisung. Wenn nicht ein strikter Befehl.

17.

Mary wahrte ihre Fassung, bis sie ihre Kabine erreicht hatte. Niemand, der ihr auf dem Weg von der Brücke bis auf Deck 10 begegnet war, hätte an dieser aufrecht dahinschreitenden Dame mit dem Laptop unter dem Arm irgendein Anzeichen inneren Aufruhrs festgestellt. Ohne das kleinste Zittern in den Händen öffnete sie die Tür der Trafalgar Suite, die sie sodann hinter sich nicht etwa zuknallte, sondern sachte ins Schloss drückte. Sie hielt sich gerade noch davon ab, ihren Computer auf das Sofa zu pfeffern, und legte ihn stattdessen behutsam auf den Couchtisch. Dann aber ließ sie ihre Selbstbeherrschung fahren, ballte die Fäuste und stieß einen Schrei aus, gegen den Jill Bennys nächtliche Heulanfälle ein Witz waren und bei dem sogar der lärmende Uwe Ponger erschrocken zusammengefahren wäre. Außer sich vor Wut, stapfte sie durch ihre Suite, vom Wohnbereich hinüber ins Schlafzimmer, wieder zurück und rund um die Sitzgarnitur, während sie Flüche ausstieß, die einer Lady nicht unbedingt anstanden. Wenn Greta sie so gesehen hätte – was hin und wieder vorgekommen war –, hätte sie den Kopf über ihre Arbeitgeberin geschüttelt. Und Mr. Bayle hätte sich die Bemerkung nicht verkneifen können, dass sie in Form dieser Gereiztheit nun eben die Quittung dafür erhielt, auf die Einflüsterungen ihrer Haushälterin gehört und diese unsägliche Reise angetreten zu haben, von der er ihr so dringlich abgeraten hatte.

Aber Gott sei Dank waren die beiden nicht da, und niemand störte Mary dabei, Verwünschungen gegen den großspurigen Kotzbrocken auszustoßen, der sich hier Schiffsarzt nennen durfte und dem sein Job und sein Ruf wichtiger waren als die Wahrheit. Und gegen den engstirnigen Kapitän, der ihre Vermutungen als Spinnereien einer überspannten oder vielleicht gelangweilten Schriftstellerin abgetan hatte, mit der die Fantasie durchging und die sich daher in lächerliche Mordgeschichten hineinsteigerte.

Vielleicht, dachte sie, war sie es falsch angegangen. Vielleicht hätte sie anders mit ihm reden sollen. Nicht als Lady Mary Elizabeth Arrington, Mitglied der höheren britischen Gesellschaft, gern gesehener Gast auf Cocktailpartys der High Society, Witwe eines für seine Dienste geadelten Diplomaten und ihrerseits für ihre literarischen Leistungen vom Königshaus zur Dame ernannt (man munkelte, die Queen selbst vertiefe sich vor dem Schlafengehen mit Vorliebe in die neuesten Abenteuer um Stuart Smith). Vielleicht hätte sie mit ihm als Mary Johnson reden sollen, als die sie zur Welt gekommen war. Tochter eines Lokführers und einer Näherin, die mit ihren Eltern und ihren zwei Schwestern ihre Kindheit und Jugend in einer kleinen Wohnung in Camden Town verbracht hatte, in ärmlichen Verhältnissen, aus denen sie sich auf einer alten, klapprigen Remington-Schreibmaschine unter vielen Rückschlägen herausgeschrieben hatte. Vielleicht wäre diese Mary eher zu MacNeill durchgedrungen. Dieses leidenschaftliche und manchmal aufbrausende Mädchen, das kein Blatt vor den Mund nahm, sich von niemandem etwas bieten ließ, und das, als der Erfolg sich einstellte und die Reichen und Schönen ihr Aufnahme in ihre illustren Kreise gewährten, erst einmal hatte lernen müssen, wie man sich darin bewegte. Und sich mehr als einmal dabei völlig fehl am Platz vorgekommen war. Wenn sie auch inzwischen unter vornehmen Manieren und gepflegter Ausdrucksweise verborgen war, steckte diese Mary doch immer noch in ihr. Vielleicht hätte MacNeill sie ernst genommen, mehr Respekt vor ihr gehabt, wenn sie auf diese Weise, von gleich zu gleich, mit ihm gesprochen hätte.

Aber selbst dann, erkannte sie, hätte sie ihn wohl kaum dazu gebracht, ihr zu glauben. So sehr sie sich auch dagegen wehrte, es zuzugeben, aber ihre Indizien waren tatsächlich ziemlich dünn.

Mary stellte ihren Gewaltmarsch um die Möbel ein und trat hinaus auf den Balkon. Sie blickte auf das Meer. Eine Wolke verdunkelte die Sonne. Die See leuchtete nicht mehr in heiterem Blau wie zuvor. Sie wirkte rau und bedrohlich. Mary legte ihre Hände auf die Brüstung des Geländers. Sie hatte sich an Bord dieses Schiffes begeben, um Ideen für eine mörderische Story zu finden. Und stattdessen fand sie sich nun selbst in einer mörderischen Story wieder. Vor sich sah sie die Wellen, die sich auftürmten und gegen den Rumpf der *Queen Anne* schlugen. Vor ihrem inneren Auge aber sah sie etwas anderes: Einen verrenkten Körper im Smoking, weit aufgerissene Augen in einem bleichen Gesicht und eine Hand, die sich um eine Fliege krallte. Und etwa zweihundert maskierte Männer und Frauen, die drum herumstanden, während ein Mensch starb. Einer – oder eine – von ihnen hatten Jean-Paul Mercier diesen grausamen Tod zugefügt. Es konnte ein Mitglied der Crew sein, ein Kellner, ein anderer Gentleman Host, einer der Offiziere. Oder es war ein Passagier, einer der obersten Preisklasse, da ja nur diesen die Teilnahme am Black & White Ball gestattet gewesen war.

In beiden Fällen hatte der Täter den Bordnachrichten entnehmen können, dass sein Verbrechen unentdeckt geblieben war. Als Crew-Mitglied konnte er demnach seelenruhig auf weiteren Kreuzfahrten der *Queen Anne* seinen Dienst tun. Als Passagier würde er sich die restlichen Tage einfach möglichst unauffällig verhalten. Um in Nassau zwischen Tausenden ahnungslosen Urlaubern von Bord zu spazieren. Unerkannt, unbehelligt. Etwas verkrampft vielleicht durch die Anstrengung, sich ein triumphierendes Lachen zu verbeißen. Er würde ein Flugzeug besteigen und in irgendeinen fernen Teil der Welt entschwinden. Und womöglich bereits während des Fluges den nächsten Mordplan aushecken. Wenn es so leicht war, warum es nicht wieder tun? Kannte er nicht noch ein paar Leute, die er lieber tot als lebendig sähe? War in dem Röhrchen, das er durch die Sicherheitskontrolle geschmuggelt hatte, nicht noch eine Prise Zyankali übrig?

Es lag auf der Hand, dass diese Fantasie, die Mary umtrieb, nicht Realität werden durfte. Und wenn sich sonst niemand darum kümmerte, sie zu verhindern, musste sie es eben tun. Die Fähigkeiten dazu besaß sie. Schließlich beschäftigte sie sich seit Jahrzehnten mit Mord und sonstigen Gewaltdelikten. Zwar auf rein theoretischer Ebene. Aber es würde ihr schon gelingen, die Theorie auf die Praxis zu übertragen. Der nächste Schritt war, ihre Vermutungen mit Tatsachen zu untermauern. Sie brauchte handfeste Beweise, sie brauchte ein Motiv, sie brauchte einen Verdächtigen. Es würde nicht leicht werden. Einen Mord aufzuklären, war an sich schon alles andere als eine geringfügige Herausforderung. Und sie hatte sie sich noch zusätzlich dadurch erschwert, dass sie es sich mit dem Schiffsarzt verdorben hatte und daran gescheitert war, den Kapitän auf ihre Seite zu ziehen. Aber die widrigen Umstände änderten nichts an ihrer Entschlossenheit. Weder Lady Arrington noch Mary Johnson ließen sich von so etwas aufhalten.

18.

Was konnte die alte Schrulle von ihr wollen? Aleksandra Kaczmarek, von Freunden schlicht Sandra genannt, schob ihren Reinigungswagen durch die Korridore von Deck 10. Sie beeilte sich nicht besonders. In den drei Jahren, die sie jetzt schon auf der *Queen Anne* arbeitete, hatte sie gelernt, nicht sofort zu springen, nur weil einer der Schickimickis mit den Fingern schnippte. Nicht, dass sie in der Anfangszeit eifriger gewesen wäre, ihnen ihre Wünsche von den Augen abzulesen. Diese Typen, die zwischenzeitlich aus ihren Penthäusern und Luxusvillen in die Edelsuiten umsiedelten, waren es gewöhnt, ständig von Butlern und Dienstmädchen umschwirrt und umsorgt zu werden. Und sie erwarteten, hier den gleichen Service zu genießen. Aber wenn sie glaubten, sie, das kleine polnische Zimmermädchen, ließe sich von ihnen nach Gutdünken herumkommandieren, hatten sie sich geschnitten. So nötig hatte sie den Job nicht. Sie musste nicht hier malochen, um ihre Not leidende Familie zu unterstützen. Ihre Eltern waren beide Lehrer. Damit machten sie zwar nicht den großen Reibach, kamen aber gut über die Runden. Sandra selbst hatte eine Ausbildung zur Bürokauffrau absolviert. Aber es hatte ihr keinen Spaß gemacht, Tag für Tag vor dem Computer zu hocken. Es gefiel ihr besser, für sechs Monate über die Weltmeere zu schippern, und sich dadurch – und den gelegentlichen Aushilfsjob – den Rest des Jahres zu finanzieren und tun zu können, was immer sie wollte. Für diese Freiheit war sie bereit, anderer Leute Dreck wegzumachen. Aber sie war nicht bereit, sich von den Schickimickis wie eine Sklavin durch die Gegend scheuchen zu lassen, auch nicht von der Trafalgar-Tante, mit der sie gleich zu Beginn der Fahrt aneinandergeraten war.

Was der blöden Ziege wohl nicht passte? Welche Beschwerde würde sie ihr um die Ohren knallen? Okay, am ersten Tag hatte Sandra die Suite zu spät fertig gemacht. Aber gestern und heute müsste Ihre Majestät doch zufrieden gewesen sein. Da waren ihre Gemächer doch brav während ihrer Abwesenheit gesäubert worden. Und trotzdem hatte die Concierge, als Befehlshaberin über das Reinigungspersonal, Sandra mitgeteilt, dass die Bewohnerin der Trafalgar Suite sie zu sprechen wünsche. Und auch auf mehrmalige Nachfrage nicht bereit gewesen sei, den Grund dafür zu verraten.

Das hatte die Concierge, welche die unmittelbare Ansprechpartnerin für Gästebeschwerden war, ziemlich beunruhigt. Soweit das bei einer seelenlosen Maschine, programmiert auf Vorschriften und Verbote, überhaupt möglich war. Denn nichts anderes war in Sandras Augen die Concierge, ein fehlerfrei funktionierender Roboter im Design einer makellos gestylten Schaufensterpuppe in perfekt sitzender Uniform.

»Diese Arrington ist Schriftstellerin«, hatte sie mit ihrer kalten Stimme erklärt. »Eine A-Prominente. Mindestens B. Also reißen Sie sich zusammen! Im Anschluss melden Sie sich unaufgefordert zur Evaluierung. Und bringen Sie Ihre Haare in Ordnung! Machen Sie sich einen anständigen Zopf! Und benehmen Sie sich so, dass die Dame keinen Grund zur Klage hat.«

Sandra hatte sich auf die Zunge beißen müssen, um ihr nicht eine freche Erwiderung an den Kopf zu werfen. Normalerweise war sie bei so etwas weniger zurückhaltend. Aber sie wusste: Wenn sie sich heute mit jemandem anlegte, würde es in einem Drama enden – und höchstwahrscheinlich mit ihrem Rauswurf. Sie hatte kaum geschlafen letzte Nacht. Sie war angespannt, reizbar. Sie hatte keinen Nerv für das Gemeckere der Concierge oder die Nörgeleien der Schickimickis.

Nicht heute.

Nicht einen Tag, nachdem Jean-Paul gestorben war.

19.

»Ist es Miss oder Mrs. Kaczmarek, wenn ich fragen darf?«

»Miss Kaczmarek. Und ist es Miss oder Mrs. Arrington, wenn ich fragen darf?«

»Mrs. Arrington. Ich bin Witwe. Nehmen Sie doch Platz.«

»Ich steh ganz gut.«

»Möchten Sie etwas trinken? Einen Tee vielleicht, einen Kaffee …«

Miss Kaczmarek schüttelte den Kopf. Sie musterte Mary noch misstrauischer als bisher. Es kam wohl nicht oft vor, dass eine Passagierin ihr ein Getränk anbot.

»Sie haben nichts dagegen, wenn *ich* mich setze?«, fragte Mary sie.

Miss Kaczmarek zuckte die Schultern.

»Nur zu. Das Sofa ist schließlich im Preis mit drin.«

Mary verzichtete darauf, auf diese Flapsigkeit zu reagieren, und setzte sich in eine Ecke des Ledersofas. Aleksandra Kaczmarek verfolgte ihre Bewegungen mit einer Wachsamkeit, als erwarte sie irgendeinen Angriff. Wie schon vor zwei Tagen trug sie den himmelblauen Arbeitsmantel, der ihre schlanke Taille betonte. Aus einer der aufgenähten Taschen lugten die gelben Gummihandschuhe hervor. Ihr brünettes Haar trug sie heute offen und es fiel frei auf ihre Schultern.

»Ich würde mich wohler fühlen«, beharrte Mary lächelnd, »wenn Sie ebenfalls Platz nähmen.«

»Worum geht's denn?« Miss Kaczmarek lächelte nicht

und nahm nicht Platz. Sie guckte sie nur genervt an und knetete mit den Fingern der einen Hand die Finger der anderen. »Ich habe nämlich noch eine Menge anderes zu tun, wissen Sie?«

»Also gut.« Mary zwang sich zu einem weiteren Lächeln. »Miss Kaczmarek … Ich besuchte gestern den Ball im Empire Room. Sie haben bestimmt von dessen tragischem Ende gehört, nicht wahr?«

Sie sprach bedächtig und prüfte dabei beständig Miss Kaczmareks Gesicht. Wie sie schon am ersten Tag an Bord erfahren hatte, neigte die junge, trotzige Frau dazu, in jedem Wort, jedem Blick, jeder Geste eine Provokation zu wittern und angriffslustig darauf zu reagieren. Auf keinen Fall wollte Mary ein weiteres Mal mit ihr aneinandergeraten. So schwer es ihr auch fiel, es sich einzugestehen, sie brauchte sie. Sie brauchte ihre Hilfe.

Nachdem sich ihr Frust darüber, mit ihren Vermutungen sowohl beim Arzt als auch beim Kapitän auf taube Ohren gestoßen zu sein, gelegt hatte, hatte sie sich einen Plan überlegt, wie sie ihre Ermittlungen trotz dieser Widerstände voranbringen könnte. Sie hatte wenig Anhaltspunkte. Das Wichtigste schien ihr, mehr über das Opfer zu erfahren. Wer war dieser Jean-Paul Mercier eigentlich gewesen? Wen hatte er gekannt? Wer unter seinen Bekannten hatte Grund gehabt, ihn zu töten? Wurden Giftmorde nicht meistens von Frauen verübt? Musste dieser hartnäckige Franzose mit dem schelmischen Grinsen nicht eine Geliebte oder Ehefrau oder beides gehabt haben? Und hatte er sich durch seinen vielleicht allzu leichtfertigen Lebensstil Feinde gemacht? Feinde, die ihn tot sehen wollten?

Wer, hatte Mary überlegt, konnte ihr helfen, all diese Fragen zu beantworten? Am ehesten jemand vom Personal, der Mercier schon länger kannte. Aber leider konnte

Mary nicht einfach in die Mannschaftsquartiere, die Kombüse oder den Maschinenraum spazieren, um Merciers Kollegen über ihn auszuquetschen. Und selbst wenn es ihr gelungen wäre, sie hier und da diskret auszuforschen, indem sie sich wie beiläufig nach Mercier erkundigte, beim Kellner etwa, beim Barkeeper oder den Bell Boys, durfte sie kaum damit rechnen, ehrliche Antworten zu erhalten. Wenn sie überhaupt etwas wussten, mussten sie befürchten, sich Ärger einzuhandeln, wenn sie etwas erzählten, dass der offiziellen Begründung von Merciers Tod widersprach. Da würden sie sich wohl kaum einer Fremden anvertrauen.

Nach langem Grübeln war Mary zu dem Schluss gekommen, dass es an Bord dieses riesigen Schiffes nur eine einzige Person gab, an die sie sich wenden konnte. Zwar konnte man nicht behaupten, dass ihre erste Begegnung mit Miss Kaczmarek den Grundstein für eine enge Freundschaft gelegt hätte. Aber eben diese schnoddrige Art, mit der sie Mary gegenüber aufgetreten war, ihr Hang, sich nicht zu verstellen, gab Anlass zur Hoffnung. Wenn sie so mit den Passagieren umsprang, gab sie vielleicht auch nicht viel darauf, was ihre Vorgesetzten von ihr hielten.

Der Einstieg in ihr Gespräch war allerdings alles andere als ermutigend. Seit Miss Kaczmarek die Suite betreten hatte, verhehlte sie nicht, wie wenig Lust sie hatte, sich mit Mary zu unterhalten. Und jetzt, bei Marys Frage nach dem Ball, verzog sie beinahe angewidert das Gesicht.

»Tragisches Ende?«, fragte sie. »Sie meinen das tragische Ende, bei dem Jean-Paul unter Schmerzen auf dem Boden verreckt ist, während alle rumgestanden und geglotzt haben? Ja, davon habe ich gehört. Das war sicher ein Schock für Sie alle, dass er Ihren schönen Ball ruiniert hat. Da haben sich bestimmt einige von Ihnen an ihrem Schampus verschluckt.«

Die gehässige Antwort überraschte Mary nicht. Zugleich hatte sie das Gefühl, dass dahinter mehr steckte als die Abneigung, die Miss Kaczmarek gegenüber den Passagieren der oberen Klassen hegte.

»Sie sagen Jean-Paul? Also kannten Sie ihn näher?«

»Na ja, näher. Wie man sich halt kennt. Unter Nachbarn.«

»Nachbarn? Wie meinen Sie das?«

»Er hat neben mir gepennt. Also … nicht neben *mir.* In der Kabine neben meiner. Unten, in den Crew-Quartieren. Da ist es klar, dass man einander hin und wieder begegnet und ein paar Worte wechselt und …«

Sie unterbrach sich, als falle ihr plötzlich ein, mit wem sie gerade sprach. Sie blickte Mary noch misstrauischer an als zuvor.

»Aber warum wollen Sie das überhaupt wissen? Haben Sie mich deshalb herbestellt? Um mich über Jean-Paul auszufragen? Ich dachte, es ist was mit der Suite. Wenn Sie irgendeine Beschwerde haben, können Sie es mir auch direkt sagen. Da müssen Sie nicht erst mit mir den Schiffsklatsch durchkauen.«

Beinahe musste Mary lächeln. Vorgestern hatte sie die direkte Art dieser jungen Frau noch irritiert. Inzwischen fand sie ihre freche Offenheit unterhaltsam, und ja, auch eindrucksvoll. Viele andere an ihrer Stelle hätten sich Mary gegenüber unterwürfig gegeben, Freundlichkeit geheuchelt, um Beschwerden bei ihren Vorgesetzten und eine mögliche Abmahnung zu vermeiden. Miss Kaczmarek aber zeigte keine Angst und blieb vollkommen sie selbst.

»Ich habe nicht die geringste Beschwerde«, sagte

Mary. »Ich bin wunschlos zufrieden mit der Suite. Und was Jean-Paul, also was Monsieur Mercier angeht ...«

Sie überlegte, ob es nicht das Beste wäre, Miss Kaczmarek in ihren Verdacht einzuweihen. Das Zimmermädchen schien ein feines Gespür dafür zu haben, wenn sie jemand für dumm verkaufen wollte. Es schien ihr nicht ratsam, ihr irgendwelche Lügengeschichten aufzutischen. Sie hätte sie bestimmt sofort durchschaut und das Gespräch abgebrochen. Andererseits kannte Mary sie noch nicht gut genug, um sich ihr vollkommen zu offenbaren.

Sie entschied sich vorläufig für einen Mittelweg.

»Ich möchte Sie keineswegs *ausfragen*. Es ist nur so, dass ich unmittelbar Zeugin von Merciers Tod wurde. Der mich, wie Sie vielleicht nachvollziehen können, tief erschüttert hat. Es beschäftigt mich, und ich wüsste gerne, wer dieser Mann war. Es gehen eine Menge Gerüchte um ihn um. Da ist es doch verständlich, dass ich erfahren möchte, ob an denen etwas dran ist.«

»Klar doch«, sagte Miss Kaczmarek. Und dieses Mal hatten ihre Worte nicht nur einen gehässigen Klang. Es lag sogar etwas wie Abscheu darin. »Total verständlich. Darf ja nicht sein, dass einer der Crew auf so unverschämte Weise krepiert und unsere feinen Edel-Passagiere nicht sofort alle Einzelheiten seines Lebens erfahren. Schließlich zahlen Sie auch fürs Entertainment, nicht wahr, und da gehört ein bisschen Drama ja wohl dazu. Da kann man ruhig extra das Zimmermädchen einbestellen, um sich auf dem Laufenden zu halten und ein paar neue Informationen aus ihr rauszukitzeln, mit denen man sich dann beim Frühstück vor den anderen Schickimickis wichtigmachen kann. Stimmt's?«

Ihr Gesicht färbte sich tiefrot. Sie hatte sich richtiggehend in Rage geredet. Mary überlegte, ob sie sie nicht besänftigen sollte, bevor die Unterhaltung vollkommen aus dem Ruder lief. Andererseits hatte sie erreicht, was sie wollte, und das Zimmermädchen dazu gebracht, über Mercier zu sprechen. Es schien ihr das Beste, erst einmal abzuwarten, was dabei herauskommen würde.

»Sie wollen was über Jean-Paul erfahren?«, rief Miss Kaczmarek. »Sie wollen wissen, ob an den Gerüchten was dran ist, die jetzt über ihn rumgehen? Dann tue ich Ihnen den Gefallen und sage es Ihnen: Nichts ist da dran. Er hat weder gesoffen noch Tabletten genommen und so ein Weiberheld, wie alle denken, war er auch nicht. Und wenn Sie mir das nicht glauben, können Sie auch alle anderen von der Crew fragen. Fangen Sie am besten bei Wiggley an, der wird Ihnen das Gleiche erzählen wie ich!«

»Wiggley?«, hakte Mary nach. »Wer ist Wiggley?«

Miss Kaczmarek ignorierte die Frage. Sie hatte sich so in ihre Wut hineingesteigert, dass sie Mary gar nicht zu hören schien.

»Tut mir leid, wenn Sie jetzt enttäuscht sind, weil Jean-Paul nicht so ein Hallodri war, wie Sie es gerne hätten. Das wäre natürlich viel spannender gewesen. Und auch viel toller für ein Buch, nicht wahr? Ja, da gucken Sie. Ich weiß genau, dass Sie Schriftstellerin sind. Und wissen Sie was? Ich finde es erbärmlich, wie Sie Jean-Pauls Tod ausschlachten wollen, um damit Kohle zu machen. Und wenn Sie glauben, ich helfe Ihnen dabei, haben Sie sich ordentlich geschnitten.«

Sie drehte sich abrupt um und stapfte zur Tür, blieb aber noch einmal stehen.

»Und jetzt verpetzen Sie mich ruhig bei der Concierge! Dann hauen die mich gleich auf Jamaika von Bord! Aber wissen Sie was? Das war's wert! Ihnen mal ordentlich die Meinung zu sagen!«

Damit trat sie endgültig ab und knallte die Ausgangstür zu. Mary blieb erstarrt auf dem Sofa sitzen. Das Gespräch war nicht so gelaufen, wie sie es sich gewünscht hatte. Allerdings auch nicht völlig anders, als sie erwartet hatte. Und es war nicht völlig unergiebig gewesen, hatte es ihr doch ein paar neue Ansätze geliefert. Natürlich würde Mary Miss Kaczmareks Ausbruch weder der Concierge noch sonst jemandem melden. Nicht nur, weil sie diesen Ausbruch selbst heraufbeschworen hatte. Auch, weil sie nicht anders konnte, als die junge aufbrausende Frau sympathisch zu finden. Es war sogar mehr als Sympathie. Es war eine Verbundenheit. Sie rührte daher, dass Miss Kaczmarek sie an jemanden erinnerte, an eine andere junge Frau, ebenso impulsiv und ebenso freimütig. Eine gewisse Mary Johnson.

20.

Als Mary das *Victory Casino* der *Queen Anne* betrat, welches sich backbords auf Deck 2 befand, musste sie an früher denken. Vor langer Zeit hatte sie mit Maxwell gelegentlich das Vergnügen gesucht, einen Abend in einem Casino zu verbringen. Nie waren sie der Illusion verfallen, beim Baccara oder Roulette ein Vermögen machen zu können. Sie hatten während ihrer Reisen einfach hin und wieder das Flair eines berühmten Spielsaals, wie dem des *Kurhauses* in Baden-Baden, des *Casinos de Monte Carlo* oder des *Caesar's Palace* in Las Vegas, genossen. Das Geld, das ihnen dabei unweigerlich abgeknöpft worden war, hatten sie stets von vornherein als eine Art Eintrittsgebühr abgeschrieben.

Mit der Zeit aber hatten die Arringtons ihre Freude an Casinobesuchen verloren, was mit der allerorts um sich greifenden Lockerung der Bekleidungsvorschriften verbunden war. Als sie sich, selbst in Abendgarderobe gekleidet, immer öfter zwischen Sportsakkos, T-Shirts und Jeans wiedergefunden hatten, war der Zauber für Mary und Maxwell verflogen.

Verglichen mit den Häusern, an die Mary sich soeben erinnert hatte, wirkte das Casino auf der *Queen Anne* eher bescheiden. Freilich hatten die Häuser aus ihrer Erinnerung auch nicht kreuz und quer durch die Karibik schwimmen müssen, was ihre räumlichen Möglichkeiten beträchtlich gesteigert hatte.

Im *Victory Casino* gab es eine Bar, einen Saal mit Spielautomaten und den Hauptsaal, in dem an sieben Tischen die gängigen Spiele wie Roulette, Blackjack und Three Card Poker angeboten wurden. Ein viktorianisch anmutendes Interieur, welches in keinem Detail in Kitsch abglitt, entschädigte für die räumliche Enge. Die karmesinrote Bespannung der Tische harmonierte wohltuend mit dem dunkleren Rot des Teppichbodens. Von einer hölzernen Kassettendecke hingen Messingleuchter und ergänzten das Licht des späten Nachmittags, das durch hohe Fenster zwischen gerafften Samtvorhängen hereinfloss.

Gleichsam als Verhöhnung dieser geschmackvollen Einrichtung sprang Mary, die einen marineblauen Blazer und hohe Pumps trug, im Hauptsaal der froschgrüne Trainingsanzug Uwe Pongers ins Auge. Er saß am Blackjack-Tisch und kommentierte jede neu aufgedeckte Karte, wobei seine Worte durch den gesamten Saal dröhnten.

Wo Ponger war, konnte sein Anhängsel nicht weit sein. Und richtig, mit unangebracht jugendlicher Begeisterung, in einem zum Platzen gefüllten goldenen Lamé-Minikleid, spielte Honey Hot an einem der beiden Roulettetische. Statt in einem der ledergepolsterten Stühle zu sitzen, stand sie am Tisch und stützte sich vornübergebeugt auf die Tischkante, was ihr Gelegenheit gab, neben ihren kugeligen Brüsten auch ihr nicht minder kugeliges Hinterteil zur Schau zu stellen.

Mary wandte den Blick von ihr ab und konzentrierte sich darauf, Wiggley ausfindig zu machen. Nachdem Miss Kaczmarek aus ihrer Suite gestürmt war, hatte Mary bei der Rezeption angerufen. Sie war sich sicher, dass Wiggley ein Crew-Mitglied sein musste, da er offenbar in einem näheren Verhältnis zu Mercier gestanden hatte. Der diensthabenden Dame an der Rezeption hatte Mary ein verspätetes Weihnachtsmärchen aufgetischt: Die Passagierin einer früheren Kreuzfahrt, mit der Mary befreundet sei, habe sie gebeten, einem netten Crew-Mitglied ein nachträgliches Dankesgeschenk zu überreichen. Dummerweise habe Mary sich nur den Familiennamen gemerkt. Die Dame hatte gelacht und es sich nicht nehmen lassen, bei dieser Gelegenheit über ihr eigenes miserables Gedächtnis zu klagen. Mary hatte mitgelacht und ihr für die Auskunft gedankt, dass Mr. Lionel Wiggley als Croupier im *Victory Casino* beschäftigt sei.

Und so schlenderte sie jetzt von Tisch zu Tisch, oder besser von Croupier zu Croupier, um Mr. Wiggley aufzuspüren und irgendwie in eine Konversation über Mercier zu verwickeln. Ponger war zu sehr mit dem Spiel beschäftigt, um sie zu bemerken, als sie über ihn hinweg auf das Namensschild des Croupiers spinkste. Fehlanzeige. Und auch an den Tischen mit den anderen Kartenspielen hatte sie kein Glück. Blieben die beiden Roulettetische.

Aus naheliegenden Gründen nahm Mary sich zuerst den vor, an dem Honey Hot in diesem Augenblick nicht schallend in die Hände klatschte und wie ein Groupie bei einem Rockkonzert aufkreischte. Sie musste bereits eine Weile hier sein, denn die übrigen Besucher reagierten kaum auf sie, abgestumpft oder ertaubt.

Als Mary den anderen Tisch erreichte, bat einer von dessen Croupiers die Spieler mit den Worten »Faites vos jeux« gerade um ihre Einsätze. Mithilfe eines zweiten Croupiers am gegenüberliegenden Ende des Tisches schoben die Spieler daraufhin ihre Jetons auf das Tableau. Mancher mit einem letzten Blick auf die Säule, welche die bisherigen Gewinnzahlen elektronisch anzeigte. Ein dritter Croupier ordnete Jetons, die in der vorigen Runde verloren worden waren, in Fächer rund um den Roulette-Kessel. Und ein vierter beobachtete alles von einem erhöhten Sessel aus, um in Streitfällen als oberste Instanz einzugreifen. Endlich brachte der erste Croupier den Zylinder des Kessels in Schwung und warf, gegen die Drehrichtung, die Kugel hinein. Während sie mit unverwechselbarem Geräusch ihre Kreise zog, bestimmte er mit dem Satz »Rien ne va plus« den Zeitpunkt, ab dem nicht mehr gesetzt werden durfte. Und während die Spieler bangend das Rollen und Klickern der weißen Kugel verfolgten, spähte Mary nach den Namensschildern an den schwarzen Smokings der Croupiers. Keiner von ihnen hieß Lionel Wiggley.

Der Roulettetisch nebenan, wo Honey Hot in piepsigem Befehlston soeben die Platzierung ihrer Jetonstapel dirigierte, blieb ihr also nicht erspart. Honey bemerkte Mary nicht oder wollte sie nicht bemerken, als sie möglichst unauffällig den Tisch umrundete. Wieder ergebnislos.

Folglich, dachte Mary, genießt Mr. Wiggley gerade seine Pause oder einen freien Tag. Oder er ist krank. Gott helfe ihm bei diesem Arzt, schoss es Mary durch den Kopf. Gleich darauf überlegte sie, welchem der anwesenden Croupiers sie welches neue Märchen auftischen könnte, um sich näher über Wiggley zu erkundigen. Da plötzlich hörte sie jemanden »Die großartige Mary Elizabeth Arrington!« rufen und entdeckte dann einen kleinen, schmalbrüstigen Mann, der auf sie zu getippelt kam. Als er eine Spur zu nah vor ihr stehen blieb, senkte er verschwörerisch die Stimme und rezitierte: *»Niemand hatte Stuart Smith darüber aufgeklärt, dass es in dieser Sache Tote geben würde. Bis dahin war Stuart Smith noch nie auf Jamaika gewesen, doch gab es nicht für alles ein erstes Mal?«*

»Schon gut«, sagte Mary und lachte, nachdem sie den Namen auf seinem Schild gelesen hatte. »Sie haben mich überzeugt, Mr. Wiggley. Sie kennen sämtliche Eröffnungssätze meiner Romane auswendig. Überzeugt und beeindruckt.«

Das versprach nun aber wirklich einfacher zu werden, als sie gehofft hatte.

21.

»Ich muss Ihnen etwas gestehen«, sagte Wiggley mit tödlichem Ernst. Seine Augen blickten Mary durch die metallgerahmte Brille verschwörerisch an. Sein ganzer Leib, vom peniblen blonden Mittelscheitel bis zu den polierten Lackschuhen, zitterte vor Aufregung.

»Ach ja?«, fragte Mary mit erwachendem Interesse.

Sie saßen an der Theke der Casinobar und tranken Limettensaft mit Eis. Wiggley hatte Pause und Mary so nachdrücklich darum gebeten, den Rest davon mit ihr verbringen zu dürfen, dass sie großmütig zugestimmt hatte.

»Ich bin in Wahrheit gar kein Croupier«, sagte er im Flüsterton.

»Ach nein?« Mary war ehrlich erstaunt.

Er schüttelte feierlich den Kopf. »Das ist nur mein Brotberuf, nicht meine Berufung. In Wahrheit bin ich Schriftsteller wie Sie, Mrs. Arrington. Also … Schriftstellerin. Also *Sie* sind Schriftstellerin, ich bin naturgemäß …«

»Ich verstehe, was Sie meinen«, unterbrach ihn Mary. »Das ist ja wunderbar. Welche Art Bücher schreiben Sie?«

»Nun, ich schreibe, genauer formuliert, derzeit mein erstes Buch. Selbstverständlich einen Kriminalroman.«

»Das ist ja noch wunderbarer.«

Da sie von ihm noch manches erfahren wollte, hielt Mary es für sinnvoll, ihn erst mal zum Reden zu bringen. Daher fragte sie: »Um welche Art Kriminalroman handelt es sich, wenn ich fragen darf?«

Woraufhin er anfing zu reden. Um die Art seines Kriminalromans zu definieren, musste er offenbar zuerst die Entstehungsgeschichte des Kriminalromans an sich umreißen, von Edgar Allan Poe über Sherlock Holmes, Pater Brown, Miss Marple, Dashiell Hammett und Raymond Chandler bis hin zum Skandinavien-Boom und der Provinzkrimi-Schwemme der Gegenwart. Und er wusste, wovon er redete. Er hatte seine Sekundärliteratur gründlich studiert. Das konnte Mary ihm nicht absprechen, auch wenn sie ihm bald nur noch mit halbem Ohr und dann gar nicht mehr zuhörte. Stattdessen nutzte sie die Berieselung, um ihren eigenen Gedanken nachzuhängen, und wartete auf eine Chance, Wiggleys Redestrom auf das Thema Mercier umzuleiten.

»Nein, nein!« Wiggley besann sich endlich auf die Beantwortung von Marys Frage. »Mein Kriminalroman ist absolut klassisch. Ein virtuos konstruiertes Whodunit, das dem Rezipienten sämtliche entscheidenden Hinweise, die zur Klärung des Falles nötig sind, im Laufe der Handlung ehrlich präsentiert, nur eben so beiläufig deponiert zwischen anderen, nur scheinbar entscheidenden, in Wirklichkeit aber unwichtigen Hinweisen, dass auch der smarteste Rezipient über sie hinwegliest und dann bei der finalen Auflösung des Rätsels durch den Detektiv …«

»Sie möchten«, fiel Mary ihm, unter erneuter Missachtung ihrer gewohnten Manieren, ins Wort, »die Aufmerksamkeit des Publikums aufs Unwesentliche lenken, damit es das Wesentliche nicht bemerkt.«

»So kann man es auch ausdrücken.« Wiggley nickte ein wenig ernüchtert.

»Wie weit sind Sie?« Das interessierte Mary nicht im Geringsten, aber ihr kam da eine Idee.

»Mein Roman ist im Prinzip fertig«, verkündete er stolz.

»Ich gratuliere.«

»Jedenfalls«, er tippte sich an seine hohe bleiche Stirn, »hier drin. Ich muss mich nur noch hinsetzen, um ihn zu Papier zu bringen. Ich werde nämlich nicht an einem Computer arbeiten. Ich habe mir pergamentfarbige Papierbögen besorgt und mit meinem Monogramm versehen lassen, was beileibe nicht billig war. Und einen Tintenfüller in Porsche-Design, ebenfalls nicht grade ein Schnäppchen. Aber es soll ja auch nichts Billiges dabei herauskommen.«

»Mit einem Füller von Porsche«, konnte Mary nicht umhin zu bemerken, »schreibt man wahrscheinlich auch schneller.«

»Das war exakt meine Überlegung. In den Crew-Quartieren macht man sich deshalb lustig über mich. Aber ich wusste, Sie als Kollegin würden mich verstehen.« Er lächelte nicht, als er das sagte. Er ging mit seinem Lächeln überhaupt ziemlich sparsam um.

»Und wann, wenn ich fragen darf, werden Sie mit der Niederschrift beginnen?« Auch das war für Mary von keinerlei Interesse, aber irgendwie musste sie ihre Idee schließlich umsetzen.

»Sobald … Es gibt da ein einziges Detail, an dem ich noch feile. Sobald ich das geklärt habe …«

»Welches Detail? Ich würde mich freuen, Ihnen helfen zu können.«

»Der Plot.«

»Der Plot?« Mary war nicht sicher, ob sie sich verhört hatte.

»Der Plot, ganz recht. Ich habe noch nicht den geeigneten gefunden. Er muss natürlich speziell sein, etwas vollkommen Neues, Originelles. In der Art von *König Ödipus* oder *Hamlet* oder *Macbeth,* die im Prinzip nichts anderes als Kriminalstücke sind. Aber so wie ich den Plot habe, brauche ich mich nur noch hinzusetzen, das ist dann eine Frage von Monaten ... Wochen. Von Tagen!«

»Nun, das klingt doch ... vielversprechend.« Mary gestattete sich nicht das kleinste Schmunzeln. Sie wollte nun endgültig ihre Idee umsetzen. »Ein Tipp, den man bei Debütromanen gerne gibt, wenn Sie mir die Anmaßung verzeihen ...«

»Aber bitte, bitte, Mrs. Arrington!« Er nahm die schmale Brille ab und schob sich einen der Bügel versonnen zwischen die Lippen. Der Literaturnobelpreisträger in spe war durchaus bereit, sich einen wohlgemeinten Rat anzuhören.

»Beim ersten Buch empfiehlt es sich, ein Milieu zu wählen, das man aus eigenem Erleben kennt. In diesem Fall würde es sich anbieten, Ihren Kriminalroman auf einem Schiff wie der *Queen Anne* anzusiedeln.«

»Mein Gott!« Sein Blick wurde leer und wanderte hinunter auf sein halb leeres Glas. »Das ist eine brillante Idee!« Sofort setzte er die Brille auf, als fände er sich in den verschwommenen Welten der Inspiration damit besser zurecht.

»Und sobald man sich für ein Milieu entschieden hat«, fuhr Mary fort, »drängen sich die Plots geradezu auf. Hier auf der *Queen Anne* beispielsweise ereignete sich gestern dieser tragische Todesfall.«

»Sie meinen den Gentleman Host? Aber das war doch bloß ein Herzinfarkt.«

»Genügt das nicht? Um Ihre Kreativität anzuregen? Hätte Arthur Conan Doyle gesagt: *Das war doch bloß ein*

Herzinfarkt? Oder hätte er nicht eher gesagt: Es mag bloß ein Herzinfarkt gewesen sein. Doch wie sähe die Geschichte aus, wenn es ein Mord gewesen wäre?«

Über Wiggleys Gesicht huschte etwas. Nicht direkt ein Lächeln, aber etwas Ähnliches. Mary hatte den Eindruck, dass er, für seine Verhältnisse, vor Begeisterung erstrahlte.

»Angenommen, der Gentleman Host wäre das Mordopfer in Ihrem Roman … Nach welcher Methode hätte man ihn umgebracht?«

»Der Modus operandi, wie die Kriminalisten und wir Kriminalschriftsteller das nennen …« Erneut starrte Wiggley gedankenverloren sein Glas an. »Um einen Herzinfarkt vorzutäuschen, müsste er vergiftet worden sein. Mit einem winzigen Pfeil, den der Mörder in den Saft einer südamerikanischen Giftpflanze getaucht hat, indische Giftpflanze ginge auch. Und der Pfeil wurde abgeschossen aus einem Blasrohr, welches, da der Mord während eines Balls stattfand, als Trinkhalm getarnt war. Eine andere Möglichkeit bestünde darin, dass der Mörder vor dem Ball im Ärmel von Merciers Smokingjackett mit Klebeband oder Ähnlichem eine Schwarze Mamba oder sonstige Giftschlange fixiert, die er sich aus dem südamerikanischen Urwald beschafft hat, indischer Urwald ginge auch, und damit sie stillhält, hat er sie vorher irgendwie eingefroren. Aber sobald Mercier die Jacke anzieht, erwacht die tückische Bestie aus ihrer Erstarrung und … *zack!* Oder wie wär's mit einer Komplizin? Die sich vom Gentleman Host zum Walzer auffordern lässt, und in einer der Fingerspitzen ihres blutroten seidenen Handschuhs ist eine mikroskopisch feine Nadel versteckt, die dem Todgeweihten in dem Moment, in welchem er die Hand der unheilbringenden

Lady ergreift, das Gift eines Skorpions oder einer Vogelspinne oder meinetwegen …«

»Südamerikanischer Herkunft, nehme ich an«, stoppte Mary seinen Redefluss. »Der Skorpion, die Vogelspinne.«

»Jaja!« Er zwinkerte, als erwache er aus einer Trance. »Selbstverständlich. Oder …«

»Indische Herkunft ginge auch. Selbstverständlich. Sie erwähnten den Namen des Verstorbenen. Kannten Sie ihn denn persönlich?«

»Sehr gut sogar. Oder eigentlich gar nicht sehr gut. Ich hätte ihn sehr gut kennen müssen. Kannte ihn de facto allerdings so gut wie gar nicht. Also so gut wie gar nicht gut.«

»Woher kannten Sie ihn?«

»Ich teilte die Kabine mit ihm, in einem Stockbett, er oben, ich unten. Ich schlafe lieber unten, weil ich dann die Notizen für meinen Roman auf diesen selbsthaftenden Zetteln an die Unterseite des oberen Bettes …«

»Sie teilten mit Mercier die Kabine? Und kannten ihn nicht gut?«

»Ganz recht. Weil dieser grinsende Franzose nicht geredet hat. Also geredet schon, aber nie über sich. Was er so getrieben hat, bevor er auf die *Queen Anne* kam, der Mann war Mitte fünfzig, da hat man doch eine Vergangenheit! Aber keine Silbe erzählte er davon, und wenn ich ihn ausdrücklich danach fragte, grinste er bloß. Und aus diesem Grund kannte ich ihn eigentlich nicht, und aus demselben Grund finden Sie mich so gut wie nicht erschüttert von seinem unvorhergesehenen Dahinscheiden. Sie müssen sich vergegenwärtigen: Ich habe seit Jahren die Kabine mit ihm geteilt und erst heute früh von seiner Herzschwäche erfahren! Ich habe ihn immer als gesund und gesundheitsbewusst erlebt. Als Tänzer musste er sich ja fit und leistungsfähig halten. Wenig Alkohol, überaus selten mal eine Zigarette, …«

»Ein charmant-geschmeidiger Franzose mit dunkler Vergangenheit«, murmelte Mary. »Sie sprachen in Ihrer eindrucksvollen Auflistung vorstellbarer Modi operandi von einem Mörder. Wäre bei einem Giftmord eine Frau als Täterin nicht passender? Eine ehemalige oder aktuelle Geliebte?«

»Passender vielleicht, glaubhafter nicht. Nicht bei Mercier als Modell für das Opfer. Er hatte zwar dauernd Affären, aber die verliefen und endeten, soweit ich das beurteilen kann, stets äußerst harmonisch.«

»Wer wäre stattdessen ein glaubhafter Mörder?« Mary bemühte sich, die Frage möglichst beiläufig klingen zu lassen. Sie spielten schließlich nur mit Einfällen für eine Detektivgeschichte herum. »Und mit welchem Motiv?«

»Also das wäre, bei einem Charakter wie Mercier, die leichteste Übung. Einer seiner Gläubiger!«

»Gläubiger? Hatte er denn Schulden?«

»Mrs. Arrington, Mercier war ein Spieler, ein Hasardeur. Und ich als Croupier, als Croupier im Nebenberuf, denn eigentlich bin ich ja Schriftsteller wie Sie es sind, kenne mich damit aus. Das Spielen war seine große Schwäche, sein Laster, wenn Sie so wollen. Doch sein Spiel war nicht etwa Roulette, wie im Fall Dostojewskis, oder Baccara, wie im Fall des populärsten Geheimagenten der Welt, dessen Popularität leider größtenteils auf den Kinoadaptionen …«

»Was war Merciers Spiel?«

»Poker. Er hat in jeder freien Minute gepokert, mit Kollegen in den Crew-Quartieren, und in einem fatalen Missverhältnis öfter verloren als gewonnen. Er hatte Schulden bis über beide Ohren, wenn Sie mir diese floskelhafte Formulierung, die ich in einem literarischen Werk nie und nimmer verwenden würde, verzeihen.«

»Aber warum sollte, wenn Sie mir diesen Einwand verzeihen, ein Gläubiger seinen Schuldner ermorden? Das erscheint mir nicht sehr überzeugend.«

»Da haben Sie einen Punkt, Mrs. Arrington! Sehr richtig, in derartigen Details darf man dramaturgisch nicht nachlässig sein!« Er verschränkte die Arme und lehnte sich grübelnd nach hinten, soweit er das auf einem Barhocker riskieren konnte. »Wie wäre es dann mit Erpressung? In seiner ewigen Finanznot begeht unser Mercier-Double den verhängnisvollen Fehler, jemanden zu erpressen, der unglücklicherweise nicht bereit ist, sich das gefallen zu lassen und … *zack!*«

»Erpressung«, wiederholte Mary. »Das würde mich schon eher überzeugen. Und wen könnte Mercier, unser Mercier-Double, glaubhaft erpresst haben? Wer wäre in dieser Version unser Mörder?«

Diesmal sprudelten die Vorschläge und Variationen nicht so einfach aus Wiggley heraus. Er trank einen kräftigen Schluck von seinem Limettensaft, nahm seine Brille ab und massierte mit Zeigefinger und Daumen inspirationsfördernd seine Nasenwurzel. Erst nach einem endlosen schöpferischen Schweigen, von Mary erwartungsvoll beobachtet, erschauerte er unübersehbar unter der Wucht einer plötzlichen Eingebung.

»Ich!«, brachte er endlich hervor, aus Ehrfurcht vor der historischen Größe seiner Idee nur noch flüsternd. »Ich selbst bin der Mörder. Zum ersten Mal in der Geschichte der Kriminalliteratur wurde der Autor, ohne als Ich-Erzähler in der Handlung aufzutreten, von einer seiner Romanfiguren dermaßen erbarmungslos erpresst, dass er keinen anderen Ausweg mehr sah, als eben diese eiskalt zu ermorden!«

Wie benommen schob Lionel Wiggley sich die Brille zurück auf die Nase und stand, etwas wackelig, auf. »Sie entschuldigen mich, Mrs. Arrington«, flüsterte er. »Ich muss dringend … die Muse, Sie wissen schon. Dieser Mord muss unverzüglich ins Werk gesetzt werden!«

22.

Mary hatte seit dem Frühstück nichts mehr gegessen. Völlig in Anspruch genommen von ihren Erlebnissen hatte sie gar nicht daran gedacht und auch keinen Hunger verspürt. Doch jetzt, um halb sieben Uhr abends, knurrte ihr der Magen. Zwar hätte sie um die Zeit im *Royal Grill* schon ein Dinner bekommen. Doch sie hatte im Augenblick nicht das Bedürfnis, Sir Cedric oder Jill Benny oder Mr. Miller zu begegnen, von Uwe Ponger und Honey Hot ganz zu schweigen. Sie wollte allein sein, und sie wollte draußen sein, um von diesem zu Ende gehenden Tag noch ein paar sinnliche Eindrücke mitzunehmen.

Daher entschied sie sich für das *Sun Deck Café* auf Deck 12. Es war ein Selbstbedienungsrestaurant mit verfliestem Boden und verchromten Vitrinen. Die Ausstattung und das kulinarische Angebot versuchten erst gar nicht, mit den gehobenen Restaurants an Bord zu konkurrieren. Dafür saß man hier im Freien, hoch über dem Meer, auf einer Fläche aus geriffelten Holzplanken am Heck des Schiffes.

Unter einem tannengrünen Sonnenschirm, der aus einem Loch in einem nackten Holztisch ragte, genoss Mary eine Tomatencremesuppe und Putenrouladen mit Gnocchi, dazu die Aussicht auf das steuerbords vorübertreibende Festland Kubas und die weiß schäumenden Furchen, zu denen die *Queen Anne* den Ozean hinter sich aufwühlte.

Der Sonnenschirm wäre indes nicht notwendig gewesen, denn die Sonne war hinter einer Wolkendecke verschwunden. Der Wind hatte abgeflaut, und die See wogte friedlich und grau vor sich hin.

Obwohl Mary sich beim Essen eigentlich hatte entspannen wollen, überschlugen sich in ihrem Kopf die Gedanken, die sich aus ihrem Gespräch mit Lionel Wiggley ergeben hatten. Wie erhofft hatte sie von ihm einiges Brauchbares über seinen Kabinenkollegen Mercier erfahren. Aber nicht annähernd genug, um daraus Rückschlüsse auf die Identität seines Mörders zu ziehen.

Mary wusste genau, was als Nächstes zu tun gewesen wäre. Erstens: Sämtliche Personen, mit denen Mercier regelmäßigen Umgang gepflegt hatte, namentlich definieren, unter besonderer Berücksichtigung seiner Liebschaften und Pokerkumpanen. Zweitens: Diese Auswahl verengen auf jene Personen, die Zutritt zum Ball hatten. Drittens: Diese Personen einzeln überprüfen und befragen, um im Idealfall auf eine Ungereimtheit, eine Lüge, eine spezielle Beziehung zu Mercier zu stoßen, die auf ein plausibles Mordmotiv hinweisen könnte. Fände man in dieser Gruppe nichts dergleichen, müsste man die Prozedur auf alle Personen ausdehnen, die am Ball teilgenommen hatten, Passagiere eingeschlossen.

Das wären Marys nächste Schritte gewesen. Hätte sie im Auftrag von Scotland Yard oder der kubanischen Polizei oder zumindest des Kapitäns gehandelt. Ohne jegliche Autorisierung aber konnte sie diese Schritte nicht durchführen. Ihr kamen Sir Cedrics Worte in den Sinn, mit denen er unterschwellig ihre letzten Romane kritisiert hatte. Er habe Stuart Smith lieber gemocht, als er noch nicht mit der Polizei zusammenarbeitete. Als er noch ein echter Gauner war. Wäre Stuart Smith nun an Marys Stelle gewesen, hätte er genau das wieder sein müssen. Ein weiteres Mal fragte sie sich: Was würde er jetzt unternehmen? Und ein weiteres Mal, wie so oft während der Arbeit an ihren Büchern, wusste sie es nicht. Also rief sie, nachdem sie ihre Mahlzeit beendet hatte, die Person an, die ihr in solchen Fällen seit Jahrzehnten auf die Sprünge half.

»Angesichts Ihrer sich gelegentlich raffiniert tarnenden, jedoch zweifellos vorhandenen Intelligenz, Mrs. Arrington«, brummte es ohne Begrüßung aus dem Smartphone, »wage ich mich zu der Annahme zu versteigen, Ihnen sei vollkommen klar, welche nachtschlafende Stunde Big Ben soeben geschlagen hat!«

Mary konnte nicht anders als laut aufzulachen. Durch die Turbulenz der vergangenen Tage erschien es ihr wie eine Ewigkeit, seit sie diese unverwechselbare Bassstimme zuletzt gehört hatte. Sie klang in ihrem Ohr wie Heimat, wie Geborgenheit.

»Lassen Sie mich rechnen, Mr. Bayle … Es muss wohl Schlag zwölf sein in London.«

»Korrekt! Wie Ihnen in Ihrer beneidenswerten karibischen, ja annähernd äquatorialen Ferienlaune jedoch entgangen sein dürfte, nicht Schlag zwölf Mittag, sondern Schlag zwölf Mitternacht!«

»Das ist mir keineswegs entgangen. Aber wenn Sie mir diese indiskrete Frage verzeihen: Liegen Sie im Bett oder sitzen Sie über einem zu korrigierenden Manuskript an Ihrem unter Papierstapeln begrabenen Schreibtisch?«

Darauf antwortete Mr. Bayle nur mit einem Grunzen, das Mary unmissverständlich anzeigte, dass der alte Junggeselle seine Gewohnheit, über Mitternacht hinaus zu arbeiten, nicht abgelegt hatte.

»Wenn Sie mir die Gegenfrage verzeihen: Wo darf ich Sie mir vor meinem leidgeprüften geistigen Auge vorstellen, Mrs. Arrington? An einer an den Springturm des

Swimmingpools montierten Kletterwand mit integrierten Selfie-Sticks? Oder eher auf einer sich um den gigantischsten Micky-Maus-Kopf schlängelnden Kamikaze-Wasserrutsche?«

Mary lachte erneut laut auf. »Nirgendwo dergleichen. Sie tun meinem Schiff unrecht. Aber gestatten Sie mir, die Beschreibung der *Queen Anne* auf eine spätere Unterhaltung zu verschieben. Es wird Sie überraschen zu erfahren, dass ich Sie um einen Rat bitten wollte.«

Woraufhin sie Mr. Bayle alles schilderte. Ausführlich und wahrheitsgetreu, mit einer winzigen Einschränkung: Sie präsentierte ihm den Tod Merciers und was daraus folgte nicht als Tatsachenbericht, sondern als pure Erfindung, als Idee für ein neues Stuart-Smith-Abenteuer, um derentwillen sie diese Kreuzfahrt ursprünglich angetreten hatte. Es war ihr keineswegs angenehm, ihren jahrzehntelangen Vertrauten dermaßen zu täuschen. Doch Mr. Bayle hätte für ihre Einmischung in einen realen Mordfall keinerlei Verständnis gehabt. Wer, wenn nicht Mary, kannte ihn gründlich genug, um sich dessen vollkommen sicher zu sein?

»Da der Tod des Gentleman Host vom Kapitän nicht als Mord anerkannt wird«, erklärte sie, »kann Stuart Smith nicht offiziell ermitteln. Er ist gezwungen, sich außerhalb des Gesetzes zu stellen. Wieder dieser Gauner zu werden, der er in den früheren Büchern war. Er ist gezwungen, wieder jung zu werden! Ist das nicht eine wundervolle Idee?« Sie stutzte. *War das nicht wirklich eine wundervolle Idee?*

Mr. Bayle grunzte erneut, diesmal in jener abwägenden bis abfälligen Tonart, die er anschlug, wenn er von etwas begeistert war.

»Das Problem, das ich nun habe«, redete Mary weiter, »ist folgendes: Wenn Smith nicht in Form der üblichen Befragungen ermitteln kann, weil das unweigerlich den Kapitän alarmieren würde, auf welche Weise könnte er stattdessen mehr über das Opfer erfahren?«

»Auf exakt jene Weise«, schnarrte Mr. Bayle demonstrativ gelangweilt, »auf die er bereits in so manchem unter dem klangvollen Namen Mary Elizabeth Arrington publizierten Schmöker auf seinen ersten verwertbaren Hinweis stieß: Er durchstöbert das Quartier dieses für meinen Geschmack etwas karikaturesken französischen Eintänzers.«

»Ich fürchte, das kann er diesmal nicht. Um die Verhältnisse auf einem Kreuzfahrtschiff authentisch darzustellen, müsste der Eintänzer in den Crew-Quartieren wohnen, deren Betreten Passagieren streng verboten ist. So streng, dass Crew-Mitgliedern, die ihnen den Zutritt ermöglichen, die fristlose Entlassung droht.«

Mr. Bayle schnaubte vor Ungeduld. »Folglich wird unser Mr. Smith ein Crew-Mitglied als Komplizen rekrutieren müssen, das mutig und rebellisch genug ist, ihm den für den Fortgang der Handlung unabdingbar erforderlichen Zutritt zu verschaffen!«

Mutig und rebellisch. Das kam Mary doch bekannt vor.

23.

Sandra hatte keine Lust, sich verhören zu lassen. Schon gar nicht von der Concierge, die sie beim verspäteten Staubsaugen im Foyer vor der *Trafalgar Suite* gestellt hatte, um zu erfahren, was die Schriftstellerin von ihr gewollt hatte. Und warum Sandra nicht, wie angeordnet, zur Evaluierung erschienen sei.

Das Gute daran war, dass die Schriftstellerin sich also noch nicht beschwert hatte. Andernfalls hätte die Concierge nicht mehr gefragt, sondern Sandra unumwunden gefeuert. Das Schlechte war, dass sie sich bestimmt noch beschweren würde. Sandra war nach wie vor überzeugt, dass es richtig gewesen war, dieser Ziege die Meinung zu geigen. Den Preis dafür würde sie nun freilich zahlen müssen.

Jede andere in ihrer Lage hätte versucht, sich mit der Concierge im letzten Moment gut zu stellen, um die Kündigung womöglich noch abzuwenden. Aber Sandra konnte das nicht. Das war keine Entscheidung, das war ihr Charakter. Sie konnte sich von der Concierge nicht so verhören lassen. Immerhin schaltete sie den Staubsauger aus, ehe sie antwortete. »Mrs. Arrington hat nichts wegen der Suite wollen. Nur was … anderes.«

»Nämlich was?«, fragte die Concierge. »Was hat sie reklamiert?«

»Nichts reklamiert. Sie ist total zufrieden.«

Die Concierge durchbohrte sie mit ihrem eisigen Blick. »Etwas muss sie gewollt haben. Hat sie sich über

Ihre Aufmachung beschwert? Hatte ich Sie nicht angewiesen, sich einen ordentlichen Zopf zu machen?«

»Ich glaub, das hab ich überhört«, log Sandra, die ihr Haar erst seit dieser Anordnung offen trug. »Kann ich jetzt da weitersaugen?«

»Nein. Sie berichten mir jetzt, worüber Mrs. Arrington mit Ihnen gesprochen hat. Aber davor richten Sie Ihr Haar. Exakt so!« Die Concierge zeigte mit einem Finger, dessen Nagel vorbildlich manikürt und gelackt war, auf ihr blondes Haar, das sie vorbildlich in den Nacken gespannt hatte. »Haben Sie ein Gummiband?«

Sandra schüttelte den Kopf. »Ich mach's dann später.«

»Nein.« Die Concierge zog aus einer Tasche ihrer nachtschwarzen Uniformjacke ein Gummiband und hielt es ihr hin. »Sie machen es sofort.«

Sandra starrte auf das Gummiband, das aussah wie frisch aus dem Laden, und fragte sich, wie viele davon die Concierge in ihrer Tasche haben mochte. Und zu welchem Zweck? Hatte sie sich allen Ernstes auf eine Situation wie diese vorbereitet?

Nun hätte jede andere in Sandras Lage sich zu diesem Zugeständnis durchgerungen. Sich gedacht: Vielleicht geschieht ein Wunder und die Ziege beschwert sich nicht. Und ich werde nicht gefeuert, sondern bekomme eine letzte Chance. Also nehme ich dieses blöde Gummiband und mach mir diesen blöden Zopf und erzähle der Concierge irgendeine blöde Geschichte, die sie beruhigt.

Aber Sandra konnte das nicht. Das äußerste Zugeständnis, dessen sie fähig war, bestand darin zu antworten: »Danke. Ich hab eins in meiner Kabine. Und mach mir den Zopf dann dort.«

Die ganze Zeit war die Stimme der Concierge gewohnt kühl gewesen. Nunmehr gefror sie zu einem nadelspitzen Eiszapfen. »Miss Kaczmarek«, sagte sie so leise, dass Sandra sie kaum verstehen konnte. »Als Ihre Vorgesetzte erteile ich Ihnen die Weisung, Ihr Haar in eine dienstadäquate Form zu bringen. Überlegen Sie sich gut, überlegen Sie sich sehr gut, was Sie jetzt tun.«

Sie feuert mich, dachte Sandra. Wenn nicht wegen der Ziege, dann wegen dem Zopf. Sie fühlte die Wut aufsteigen. Und in ihrer Wut war ihr alles egal.

»Wissen Sie was?«, erwiderte sie, ebenso leise. »Sie können …«

»Miss Kaczmarek!«

Das war die Ziege. Wie aus dem Boden gewachsen stand sie auf einmal an der Ecke, wo der Korridor sich zum Foyer erweiterte. In einer blütenweißen Bügelfaltenhose und einem blauen Blazer, so einer Art Marinelook. Trotz ihrer hohen Pumps hatte Sandra sie nicht heranklappern gehört. Hatte die feine Lady sich am Ende angeschlichen? Und gelauscht?

»Mrs. Arrington.« Die Concierge nickte respektvoll und verzerrte ihre Lippen zu einem Lächeln, das sie bestimmt vor dem Spiegel geübt hatte. Das Gummiband war buchstäblich im Handumdrehen verschwunden.

Mrs. Arrington lächelte ebenfalls, während sie näher trat, und zwitscherte Sandra zu: »Was für ein glücklicher Zufall! Ich wollte Ihnen doch Ihr Geschenk überreichen!«

»Geschenk?«, war alles, was Sandra herausbrachte.

»Geschenk?«, wiederholte die Concierge so verdattert, wie es einem Roboter nur möglich ist.

»Geschenk«, bestätigte Mrs. Arrington. »Mein versprochener Dank für Ihren mustergültigen Service. Es erwartet Sie in meiner Suite.« Sie wandte sich an die Concierge. »Sie können stolz sein auf Ihre Miss Kaczmarek.

Ich habe Dutzende Kreuzfahrten hinter mir. Aber einem so verlässlichen, fleißigen und bezaubernden Zimmermädchen bin ich auf keiner begegnet. Und dazu diese Frisur! Ist sie nicht himmlisch?«

Die Concierge brachte keine Antwort heraus. Sie war ebenso verdattert wie Sandra.

24.

»Um ehrlich zu sein, war ich vorhin nicht ehrlich zu Ihnen«, sagte Mary in ihrer Suite. »Ich halte Sie weder für ein verlässliches Zimmermädchen noch habe ich ein Geschenk für Sie.«

»Um ehrlich zu sein, hab ich mir das schon gedacht«, sagte Miss Kaczmarek. »Was wollen Sie also von mir?«

In ihrem Blick und ihrer Stimme lag die gleiche Feindseligkeit, mit der sie bei ihrer letzten Begegnung aus der Suite gestürmt war. Sie ließ keine Dankbarkeit dafür erkennen, dass Mary sie eben aus einer brenzligen Situation gerettet hatte. Immerhin hatte Miss Kaczmarek sich ihr dieses Mal gegenüber gesetzt, in einen der brokatbezogenen Lehnsessel vor dem Fenster, durch das man aufs Vorschiff sah. Während Mary sich allerdings zurückgelehnt und die Beine überschlagen hatte, hielt sie sich aufrecht, mit aneinandergepressten Knien. Misstrauisch und abwehrbereit wie immer.

Mary sammelte sich, indem sie lange aus dem Fenster blickte. Der Himmel hatte sich abendlich verdüstert, die Farben des Union-Jack-Wimpels an der Bugspitze verblassten allmählich. Krampfhaft überlegte sie, wie sie Miss Kaczmarek von ihrem Verdacht überzeugen konnte. Wenn es ihr beim Kapitän nicht gelungen war, warum sollte es bei ihr gelingen? Und selbst falls es ihr gelänge, wäre das doch nur der erste, vergleichsweise unbedeutende Schritt. Letztlich fiel ihr nichts Originelleres ein als geradeheraus zu bekennen:

»Ich glaube, Jean-Paul Mercier wurde ermordet.«

»Ja, das glaub ich auch.«

»Und bevor Sie mich jetzt für eine überkandidelte Krimiautorin halten, deren Fantasie mit ihr durchgeht, und mir wieder vorwerfen, ich wollte … Was sagten Sie eben?«

»Das glaub ich auch«, wiederholte Miss Kaczmarek. »Ich glaub nicht an den Schwachsinn mit dem Herzleiden. Und dass er auf einmal ein Säufer gewesen sein soll.«

Mary geriet völlig aus dem Konzept. Sollte endlich etwas wirklich einfacher werden, als sie gehofft hatte?

Miss Kaczmarek zuckte mit den schmalen Schultern. »Das wär doch nur typisch. Jean-Paul war ein Unterer. Ich meine, aus den Unterdecks. Wenn so einer abgemurkst wird, juckt das die Oberen doch nicht. Das kehren die eiskalt unter den Teppich. Damit nur ja nichts in der Zeitung steht. Wäre ja schlecht für den Ruf des Unternehmens.«

»Das … deckt sich weitgehend mit meiner These.«

Miss Kaczmareks Haltung lockerte sich ein wenig. Es war nicht gerade so, dass sie sich in Marys Gegenwart entspannte. Dazu schien ihr das alles doch nicht geheuer genug. Immerhin aber ließ ihre angespannte Feindseligkeit nach, die in jedem Wort eine Attacke zu wittern schien.

»Ich bin ja lang genug auf dem Kahn«, sagte sie, »um zu wissen, wie der Hase läuft. Aber wie sind Sie drauf gekommen?«

»Bei mir war es ein wenig komplizierter.«

Mary überlegte, wie viel sie ihr sagen sollte. Aber sie wusste, wenn sie diese junge Frau für ihr Unterfangen gewinnen, sich ihre Unterstützung sichern wollte, blieb ihr nichts anderes übrig, als ihr alles zu erzählen. Also tat sie es, in allen Einzelheiten. Die Reaktionen des Doktors und des Kapitäns hob sie sogar hervor, um über das bestehende Risiko nicht hinwegzutäuschen.

Miss Kaczmarek lehnte sich aufmerksam lauschend in ihrem Sessel vor. Sie zeigte kein Anzeichen von Erstaunen oder Ungläubigkeit. Was Mary zu berichten hatte, schien genau zu der Meinung zu passen, die sie von ihren Vorgesetzten und den Luxus-Passagieren an Bord des Schiffes pflegte. Noch aber schien sie nicht völlig überzeugt, dass Mary etwas anderes war als eine der Schickimickis, denen es bei allem, was sie taten, vor allem um eins ging: um sie selbst.

»Wozu machen Sie das alles?«, fragte sie, und noch einmal trat der misstrauische Blick in ihre Augen, der misstrauische Klang in ihre Stimme. »Für Ihr nächstes Buch?«

Mary schüttelte den Kopf. »Ich mache das, um einen Mörder zu entlarven.«

»Und Sie wollen nichts drüber schreiben? Über Jean-Paul? Der dann halt Jean-Pierre heißt oder irgendwie?«

Mary seufzte. Aber auch in dieser Hinsicht war es sinnlos, Miss Kaczmarek etwas vorzumachen.

»Ich will nicht verhehlen«, gab sie zu, »dass ich nebenbei daran denke, aus dieser Tragödie meinen nächsten Roman zu entwickeln. Ich bin Schriftstellerin. Das ist einfach mein Beruf. Aber in diesem Fall nicht meine oberste Priorität. Die besteht darin herauszufinden, wer Jean-Paul Mercier getötet hat.«

Miss Kaczmarek zog ihre Unterlippe zwischen die Zähne und blickte sie nachdenklich an.

»Und wie wollen Sie das hinkriegen?«, fragte sie. »Was können Sie ausrichten, wenn der Kapitän Sie doch für verrückt hält?«

Mit ihrer unverblümten Ausdrucksweise, dachte Mary, und ihrem Talent, Sachverhalte auf den Punkt zu bringen, würde Miss Kaczmarek vielleicht auch zur Schriftstellerin taugen.

»Wie ich das hinkriegen möchte«, seufzte sie. »Ich muss zunächst mehr über Mercier erfahren. Wegen der Haltung des Kapitäns wäre es allerdings nicht ratsam, zu vielen Personen zu viele Fragen zu stellen. Es wäre möglich, dass er versucht, unsere Ermittlungen zu unterbinden.«

Ihr fiel auf, dass sie ›unsere Ermittlungen‹ gesagt hatte. Aber so, wie das Gespräch sich entwickelte, schien es doch tatsächlich, als hätte sie in Miss Kaczmarek eine Verbündete gefunden.

»Auch, weil der Mörder davon vielleicht Wind bekäme«, ergänzte die junge Frau. »Und besonders vorsichtig werden würde.«

Und zwar eine wirklich clevere Verbündete, dachte Mary und musste schmunzeln.

»Ganz richtig«, sagte sie. »Wir müssen uns also etwas anderes einfallen lassen.«

»Und was?«

Mary zögerte. Sie wusste, einen anderen Weg gab es nicht. Aber auch wenn Miss Kaczmarek gewillt war, ihr zu helfen: Durfte Mary ihr tatsächlich zumuten, dafür ihren Job zu riskieren? Sie selbst hatte nicht viel zu befürchten, wenn sie ein weiteres Mal mit dem Kapitän aneinandergeraten würde. Die Tatsache, dass sie ein zahlender Passagier auf diesem Schiff war, zudem einer der gehobenen Klasse, sowie ihre gesellschaftliche Stellung und ihr Einfluss schützten sie vor allzu folgenschweren Strafmaßnahmen. Im schlimmsten Fall würde man sie des Schiffes verweisen. Aber es war fraglich, ob sie ihren Einfluss geltend machen konnte, um auch Miss Kaczmarek zu schützen, die möglicherweise nicht nur mit einer

Kündigung, sondern auch einer Anzeige rechnen müsste.

Mary grübelte noch, als Miss Kaczmarek aufstand und anfing, vor dem Fenster hin und her zu wandern. Ihre junge glatte Stirn hatte sich in Falten gelegt, und sie murmelte: »Wenn wir mit niemandem reden können, gibt es nur einen einzigen anderen Weg, mehr über Jean-Paul rauszukriegen, darüber, mit wem er Zeit verbracht, wen er sich vielleicht zum Feind gemacht hat. Wir müssen seine Sachen durchsuchen. Wir müssen in seine Kabine.«

Sie blieb stehen und blickte Mary ernst an.

»Darum wollten Sie mit mir sprechen, nicht wahr? Ich soll Ihnen helfen, da reinzukommen.«

Mary nickte.

»Es tut mir leid. Ich ziehe Sie ungern da mithinein und ich will auf keinen Fall, dass Sie meinetwegen in Schwierigkeiten geraten. Wenn Ihnen das zu heikel ist, Miss Kaczmarek, habe ich vollstes Verständnis dafür.«

Miss Kaczmareks Gesicht nahm einen nachdenklichen Ausdruck an, während sie die möglichen Folgen einer solchen Tat abwog. Schließlich aber schüttelte sie den Kopf.

»Ist mir nicht zu heikel. Nicht wenn es um so etwas Wichtiges geht. Und ich würde auch nicht Ihretwegen in Schwierigkeiten geraten, sondern für Jean-Paul. Das wäre es mir wert. Und was die da oben dann mit mir machen, ist mir vollkommen egal. Natürlich helfe ich Ihnen. Und übrigens können Sie mich Sandra nennen. Ist einfacher.«

Mary atmete erleichtert auf. Ohne Miss Kaczmarek, Sandra, hätte sie ihren ganzen Plan verwerfen müssen.

Die junge Frau hatte ihre Wanderung vor dem Fenster wieder aufgenommen.

»Man müsste … Bloß wie? … Wiggley? Nein. Und meine Karte …« Übergangslos sprach sie wieder mit Mary anstatt mit sich selbst. »Meine Zentralkarte ist wie Ihre Bordkarte. Sperrt aber nur die Türen von den Gästen auf. Nicht von der Crew.«

»Ich verstehe.« Mary nickte und verstand nichts.

»Aber man könnte … Ja! Das könnte hinhauen!«

Wiederum blieb sie stehen, blickte Mary ernst an, als sei dies der Moment der endgültigen Entscheidung.

»Ich bringe Sie da rein«, sagte sie. »Und wenn ich sonst noch was tun kann, helfe ich Ihnen auch damit. Unter einer Bedingung.«

»Welche Bedingung?«, fragte Mary.

Sandras große, schöne, bernsteinfarbene Augen drangen beschwörend in die von Mary.

»Dass Sie das Buch nur schreiben, wenn Sie den Killer erwischt haben. Kein Killer, kein Buch. Geben Sie mir Ihr Wort, Mrs. Arrington!«

Mary ergriff die Hand, die sie ihr hinstreckte. Sie fühlte sich klein, rau und kräftig an.

»Ich gebe Ihnen mein Wort, Sandra. Kein Killer, kein Buch.«

25.

Noch in derselben Nacht, kurz nach elf, eilte Mary hinter Sandra her durch den Hauptkorridor von Deck B, einem der drei Unterdecks, der *Queen Anne,* auf denen die Mannschaftsquartiere untergebracht waren, und die mit Buchstaben statt Zahlen benannt waren.

»Wir müssen das gleich heute durchziehen«, hatte Sandra verkündet, nachdem sie für eine Weile aus Marys Suite verschwunden war – ohne zu verraten, wohin. »Wiggley hat den Nachtdienst dazu genommen, zusätzlich zu seinem Tagdienst. Weil ein Croupier krank ist oder so was. Hab vorhin mit ihm telefoniert. Natürlich so, dass er nicht merkt, warum. Und wenn er Nachtdienst hat, kommt er immer frühestens um zwei in die Kabine.«

Während sie das sagte, hatte sie eine Plastiktüte mit etwas Hellblauem darin auf einen der Lehnsessel geworfen.

»Deck C hat keine Fenster«, hatte sie weiter geplaudert. »Weil da tät Wasser reinrinnen. Aber A und B schon. Und A hat eine Klimaanlage, weil dort die nobleren Crew-Leute pennen. Aber B nicht. Wo Wiggley pennt. Mit Jean-Paul, also bis gestern. Und das ist unser Glück. Verstehen Sie?«

»Keine Silbe«, hatte Mary geantwortet.

»Vertrauen Sie mir«, hatte Sandra gesagt und dabei war es geblieben.

Daher folgte Mary ihr nun durch den Hauptkorridor

von Deck B, ohne so recht zu wissen, worauf sie sich eigentlich einließ.

Das Hellblaue in der Plastiktüte hatte sich als einer von Sandras Arbeitsmänteln entpuppt, der ihr allerdings viel zu groß war. Mary hingegen war er viel zu klein. Trotzdem hatte sie sich überreden lassen ihn anzuziehen, um auf den Unterdecks nicht schon von Weitem aufzufallen. Sogar an die Gummihandschuhe in einer der Taschen hatte Sandra gedacht.

Der Korridor unterschied sich erheblich von den Gängen auf den Oberdecks. Er war so schmal, dass darin keine zwei Personen nebeneinander gehen konnten. Der Boden war mit abgewetztem Linoleum ausgelegt, die Wände, mit ihren zahllosen identischen Blechtüren, bestanden aus weiß gestrichenem Stahl. Und das kalte Licht der Neonröhren an der niedrigen Decke passte überhaupt nicht zu der Hitze, die darin herrschte. Keine Klimaanlage, wie Sandra gesagt hatte.

Je tiefer Mary in diesen verbotenen Bereich vordrang, desto bedrohlicher wurde ihr bewusst, welches Risiko sie damit selbst auf sich nahm. Was würde geschehen, wenn sie jemandem begegnete, der sie als Passagierin erkannte? Wahrscheinlich würde man sie dem Kapitän vorführen, wegen schwerwiegenden Verstoßes gegen die Schiffsordnung. Wie man sie als Kind oft genug dem Direktor vorgeführt hatte, wegen schwerwiegenden Verstoßes gegen die Schulordnung.

Kapitän MacNeill würde natürlich sofort begreifen, was sie in den Crew-Quartieren gewollt hatte, und sie für noch unzurechnungsfähiger halten als ohnehin schon. Ungeachtet seiner Zusicherung, diese peinliche Angelegenheit diskret zu behandeln, würde sie sich unweigerlich herumsprechen, und Mary müsste die verbleibenden Tage der Kreuzfahrt als Geächtete absitzen.

Was neben ihrem totalen gesellschaftlichen Ruin das Ende ihrer Ermittlungen bedeuten würde. Der Gedanke daran hätte ihr selbst mit Klimaanlage den Schweiß aus den Poren getrieben.

Doch vorerst hatte sie Glück. Ohne irgendjemand begegnet zu sein, blieben sie und Sandra vor einer der nummerierten Türen stehen.

»Ist das Merciers Kabine?«, fragte Mary, unwillkürlich flüsternd.

Sandra schüttelte den Kopf. »Das ist meine. Jean-Pauls ist die da.« Sie zeigte auf die Tür rechts neben ihrer. Sandra flüsterte nicht und schwitzte nicht, schloss ihre eigene Kabine auf und steckte die Karte zurück in die Tasche ihres Arbeitsmantels.

In der Kabine gab es ein Stockbett aus Eisenrohren, einen Tisch von der ungefähren Größe eines Schneidbretts, einen blanken Holzstuhl und zwei Schränke aus verbeultem Blech. An der Tür, die Sandra hastig zudrückte, hing ein gesprungener Spiegel, der ein kleines Schiebefenster in der Wand gegenüber reflektierte. Da es offen stand, war es in dem beengenden Raum genauso heiß wie im Korridor, wenn auch nicht ganz so stickig. Mary entdeckte ein Waschbecken, aber weder Dusche noch Toilette, die sich demnach auf dem Gang befinden mussten.

In ihrer Winzigkeit erinnerte die Kabine Mary an das Kinderzimmer in Camden Town, das sie mit ihren Schwestern bewohnt hatte. Allerdings mit zwei gewaltigen Unterschieden: Am Fenster ihres Kinderzimmers hatte sie niemals das Meer vorbeirauschen gehört. Nicht einmal die Themse. Das Rauschen der Klospülung, ebenfalls draußen am Gang, war das Höchste der Gefühle gewesen. Und auf keinem der Betten ihres Kinderzimmers hatte jemals ein halb nackter Mann gelegen.

»Das ist Antonio«, stellte Sandra vor. »Er arbeitet im Maschinenraum. Kommt aus Kolumbien. Er hilft mir manchmal bei verschiedenen Sachen.«

Dabei flirrte Sandras Blick auf eine Art über seinen blanken, muskulösen Oberkörper, die in Mary die Frage aufwarf, was für Sachen das im Allgemeinen sein mochten.

Antonio verzichtete auf jegliche Begrüßung. Er setzte sich nur träge auf die Kante des unteren Bettes und stützte seine glatt rasierten Unterarme auf die glatt rasierten Oberschenkel. Und zwar so, dass seine beeindruckenden Muskeln möglichst beeindruckend hervortraten.

Er mochte um die dreißig sein und verbrachte eindeutig eine Menge Zeit damit, vor dem Spiegel seinen Dreitagebart zu trimmen und seine schwarzen Haare zu zerraufen. Durch sein linkes Ohrläppchen hatte er zwei silberne Ringe gezogen und um sein rechtes Handgelenk ein dekoratives Lederband gewickelt. Bekleidet war er mit nichts als einer Jeanshose, deren Beine so kurz wie irgend machbar abgeschnitten waren. Gelangweilt kaute er auf einem Kaugummi und sah mit einem schläfrigen Blick, den er vermutlich seit seinem Stimmbruch trainierte, zu Mary hoch.

»Wissen Sie Bescheid?«, fragte sie ihn.

Er nickte, mehr mit den Augenlidern als mit dem Kopf.

»Er weiß Bescheid«, übersetzte Sandra.

»Sie kennen meine Absichten und die damit verbundenen Gefahren?«

Er nickte, noch mehr mit den Augenlidern und noch weniger mit dem Kopf.

»Er kennt Ihre Absichten«, übersetzte Sandra. »Und findet sie cool.«

»Es würde mich interessieren, in welcher Form er Ihnen das mitteilte. Morst er mit seinen Augenlidern?«

Statt darauf zu antworten, enthüllte Sandra endlich ihren Plan.

»Ich hab Ihnen ja gesagt, mit meiner Zentralkarte kann ich die Crew-Kabinen nicht aufsperren. Drum müssen wir Jean-Pauls Tür von innen aufsperren.«

»Von innen aufsperren? Wie darf ich mir das vorstellen?«

»Antonio macht das«, sagte Sandra, und er nickte mit den Augenlidern.

»Ich verstehe«, behauptete Mary und nickte mit dem Kopf. »Er ist Telepath. Auf diese Weise kommunizieren sie auch mit ihm.«

»Mrs. Arrington! Wollen Sie meinen Plan hören oder nicht?«

»Bitte fahren Sie fort.«

»Also … In den meisten Gästekabinen kann man die Fenster nicht aufmachen. Außer die Balkontür, wenn ein Balkon dabei ist. Wegen der Klimaanlage. Und oben auf Deck A ist es genauso. Ohne Balkone halt. Aber hier kann man die Fenster aufmachen. Weil keine Klimaanlage. Und das ist unser Glück. Drum kann Antonio die Kabine von innen aufsperren.«

»Indem er durch das Fenster steigt?«

»Genau! Hier raus, daneben rein.«

»Bei aller Anerkennung seiner körperlichen Fitness … Wie sollte er von diesem Fenster …«

Antonio unterbrach sie, selbstverständlich nicht mit Worten. Unter dem Stockbett waren, als zusätzlicher Stauraum, einige Aluminiumboxen aufgereiht. Dazwischen hervor schleifte er einen Gegenstand, der auf den ersten Blick wie eine Waffe aussah. Und auf den zweiten wie eine zu einem Haken gebogene Eisenstange, an der mittels Schlauchbindern ein langes Seil befestigt war.

»Ein Enterhaken.« Mary konnte eine gewisse Bewunderung nicht verhehlen.

»Hat Antonio gebastelt«, sagte Sandra stolz.

»Man verhakt ihn am Fensterrahmen nebenan«, erklärte Mary sich selbst, »schwingt sich am Seil hinüber und klettert in die Kabine …«

»Genial, oder?«, freute sich Sandra.

Mary beugte sich aus dem Fenster, das groß genug war, dass ein maulfauler Muskelprotz problemlos hindurchsteigen konnte. Der laue Wind tat gut auf ihrem erhitzten Gesicht, und unter ihr rollte das Meer an dem stählernen Schiffsrumpf vorbei.

»Es sind etwa vier Meter bis zum Wasser«, stellte sie fest, nachdem sie den Kopf wieder hereingezogen hatte. »Wobei die eigentliche Gefahr nicht darin besteht, sich bei einem Absturz zu verletzen. Sie besteht darin zu ertrinken, bevor man in dieser Dunkelheit entdeckt wird. Falls man entdeckt wird, bei dem Tempo, mit dem die *Queen Anne* sich fortbewegt.«

Mary erschrak, als Antonio, mit starkem Latinoakzent, sagte: »Ich weiß. Ich tu das für uns.«

Und das war schon alles. Er führte nicht aus, wen er mit uns meinte, aber Mary wusste es ohnehin. Uns, das waren die Leute von den Unterdecks. Deren Leben und Sterben auf den Oberdecks keinen interessierte.

»Das Ganze kann freilich nur funktionieren«, sprach sie weiter, »wenn Merciers … oder Wiggleys Fenster geöffnet ist.«

»Klar«, antwortete Sandra. »Aber das ist immer geöffnet. Jean-Paul ist das … war das voll wichtig.«

Mary beugte sich ein zweites Mal hinaus. »Wiggley

ist es nicht wichtig«, rief sie laut genug, um in der Kabine verstanden zu werden. »Das Fenster ist geschlossen.«

26.

Sandra, mit ihrem instinktiven Misstrauen gegen Reiche, vergewisserte sich selbst. Antonio hingegen blieb auf der Bettkante sitzen, ließ den Enterhaken an seinem Seil hin und her baumeln und begnügte sich mit ihrer Bestätigung. »Das Fenster ist wirklich geschlossen!«

Beschämt strich sie die Haare beiseite, die der Wind beim Hinausschauen in ihr Gesicht geweht hatte. »Das war es noch nie! Sonst hätt ich mir so was nicht ausgedacht.«

»Ich weiß.« Mary lächelte, obwohl ihr nicht nach Lächeln zumute war. Schließlich war damit alles umsonst gewesen: ihre Verkleidung, ihr Risiko, Sandras noch höheres Risiko und Antonios herrlicher Enterhaken. Dennoch lächelte sie, weil Sandras Beschämung, nach all der Wut und dem Misstrauen, sie rührte.

»Ich denk mir was anderes aus«, versprach Sandra. »Vielleicht komm ich morgen irgendwie an Wiggleys Karte, wenn er …«

Sie verstummte. Und lauschte. Mary und Antonio taten es ihr gleich. Eine Tür war zugefallen. Die Tür der Kabine nebenan.

»Wiggley?«, hauchte Sandra ungläubig. »Aber wieso …«

Ohne den Satz zu beenden, stürmte sie in den Korridor und klopfte an Wiggleys Tür. Er öffnete und begrüßte sie überrascht. Sein Smokingjackett hatte er bereits abgelegt und entknotete gerade seine Fliege.

»Ich … ich … ich hab nur nachschauen wollen«,

stammelte Sandra. »Weil ich mich gewundert hab, weil du am Telefon gesagt hast, dass du den Nachtdienst übernimmst.«

Wiggley kniff detektivisch die Augen zusammen. Noch nie hatte seine Nachbarin sich dafür interessiert, wann er Feierabend hatte. »Ich habe den Nachtdienst übernommen. Allerdings hat das Casino seine Pforten vorzeitig geschlossen, weil überhaupt kein Betrieb herrschte. Also überhaupt kein Betrieb ist zu radikal formuliert, nicht genügend Betrieb, um einen Betrieb zu rechtfertigen, vom ökonomischen Standpunkt aus.«

»Aha«, war alles, was Sandra zunächst einfiel. »Und jetzt gehst du … ins Bett, oder wie?«

Die Hilflosigkeit, mit der sie ihn dabei ansah, war keineswegs Teil einer Strategie. Sie hatte noch gar keine Strategie. Aber sie merkte, dass seine Hand auf einmal unsicher war, als sie die aufgeknüpfte Fliege aus dem Hemdkragen zog. Seine Augen waren nicht mehr verkniffen, sondern groß und glasig. Und ab diesem Moment hatte sie eine Strategie.

»Ich … hatte beabsichtigt … an meinem Kriminalroman zu arbeiten«, stotterte er. »Mir ist heute nämlich eine geniale Idee zugeflogen, die ich … vertiefen wollte.«

»Was für ein Zufall!«, rief Sandra, dankbar für das Stichwort. »Genau darüber hab ich mit dir reden wollen. Drum hab ich auch angerufen. Ich hab nämlich selbst eine Idee für einen Krimi. Und ich kenn mich ja null aus. Und jetzt wollt ich dich bitten, ob du mir da was erzählen könntest. Am besten gleich. Ist ja noch nicht so spät.«

Es war nicht zu übersehen, dass er ihr keine Silbe glaubte. Er war in seinen Dreißigern, er war ledig, und er war ein Mann. Sandra war in ihren Zwanzigern, ledig und eine sehr hübsche Frau. Schon seine männliche Eitelkeit hinderte ihn daran, ihr zu glauben. Er wurde noch nervöser und richtete seine Brille, obwohl es an ihr nichts zu richten gab.

»Allzu spät ist es tatsächlich noch nicht. Wenn du hereinkommen möchtest …«

»Nein«, sagte Sandra, und er zuckte zusammen wie unter einer Ohrfeige. »Hereinkommen möcht ich nicht. Aber in der Crew-Bar könnten wir doch plaudern.«

»Selbstverständlich, natürlich! Das … wollte ich … hatte ich eigentlich beabsichtigt vorzuschlagen!«

Er verschwand in der Kabine und tauchte mit der Schlüsselkarte wieder auf. Sandra überlegte, mit welchem Trick sie ihm die Karte abluchsen könnte, als er sie schon in seiner Hosentasche verschwinden ließ.

Verdammt, dachte Sandra. Sie hatte Wiggley dazu gebracht, seine Kabine zu verlassen. Wie konnte sie Mrs. Arrington nun Zugang zu der Kabine verschaffen? Ihr blieben ein bis zwei Sekunden, um diese Frage zu beantworten. Dann würde Wiggley, der bereits das Licht ausschaltete, die Tür ins Schloss ziehen.

»Lüftest du nicht mehr, ohne Jean-Paul?« Sandra war von ihrer Frage selbst überrascht.

Wiggley hielt verdutzt inne, mit der Klinke in der Hand. »Wieso?« Er schnupperte besorgt. »Stinkt es, also … ist die Luft verbraucht?«

Sandra hob die Achseln. »Wenn's für dich passt. Ich tät in so einem Raum nicht … schlafen wollen.«

Sofort eilte er zurück und schob das Fenster bis zum Anschlag auf.

27.

Voller Bewunderung hörte Mary durch die Tür, wie Wiggley sich mit Sandra aufgeregt plappernd entfernte. Was Sandra da gerade geboten hatte, war den raffiniertesten Manövern eines Stuart Smith ebenbürtig.

Mit nicht weniger Bewunderung beobachtete sie eine Minute später, wie Antonio zu Wiggleys Fenster hochkletterte. Er hatte nur drei Versuche gebraucht, um den Enterhaken so zu werfen, dass er sich im Rahmen des Fensters verkeilte. Anschließend hatte er sich langsam an dem Seil hinabgelassen, stemmte jetzt seine nackten Füße gegen die feuchte Bordwand und hievte sich an dem Seil mit hart hervorspringenden Muskeln nach oben.

Mary musste sich eingestehen, Antonio unrecht getan zu haben. Er mochte sich in der Rolle des ungehobelten Proletariers gefallen, der nicht gelernt hatte, wie man sich einer Dame gegenüber benimmt. Aber er war bereit, für eine Sache, an die er glaubte, ein Risiko einzugehen. Und er mochte sich nur bewegen, wenn es unbedingt nötig war. Aber dann mit einer Geschicklichkeit, die ihresgleichen suchte.

Auf dem Korridor ließ Mary Sandras Tür hinter sich einschnappen. Die Tür daneben öffnete sich, und Antonios verschwitztes Gesicht lugte heraus. Er atmete schwer und hatte sich den Haken mit dem aufgewickelten Seil über die Schulter gehängt. Ehe Mary sich bei ihm bedanken konnte, nickte er ihr wortlos zu und schlich durch den neonflimmernden Gang davon. Fein, dachte Mary. Ein Gentleman ist er nachweislich nicht. Aber er hat mir Wiggleys Kabine aufgeschlossen.

Mary betrat sie und drückte leise die Tür zu. Der Raum war heiß und winzig und fast vollkommen dunkel. Ohne Bedenken schaltete Mary die Deckenleuchte ein.

Wie bei Sandra beschränkte sich die Grundausstattung auf ein Stockbett, einen Tisch mit Stuhl, einen Spiegel, ein Waschbecken und zwei Schränke. Dabei wirkte hier alles noch provisorischer und unpersönlicher als bei ihr. Es war sichtlich die Unterkunft zweier Männer, die kein Bedürfnis nach so etwas wie Heimeligkeit hegten. Das Heimeligste waren noch die bekritzelten Zettelchen, die in genialischem Durcheinander an der Unterseite des oberen Bettes klebten. Wiggleys Notizen, die er im Casino erwähnt hatte.

Die beiden Schränke waren keine veralteten Blechungetüme wie in Sandras Kabine, sondern neuwertig und robust, ohne Dellen und Kratzer. Der rechte war, auf dem dafür vorgesehenen Schildchen, in peniblen Buchstaben mit Lionel Wiggley beschriftet. Das Schildchen des linken war leer: kein *Mercier,* kein *Jean-Paul,* nicht einmal ein bescheidenes *M.*

Was hatte Wiggley über seinen Kabinengenossen gesagt? Dieser grinsende Franzose habe aus seiner Vergangenheit ein Geheimnis gemacht. Hatte er seine Geheimniskrämerei etwa derart verinnerlicht, dass er nicht einmal seinen Namen auf dieses Schildchen hatte schreiben wollen?

Zu Marys Glück war Merciers Schrank nicht abgeschlossen. Zu ihrem Unglück entdeckte sie aber auch direkt, warum. Das Einzige, was sich darin fand, waren zwei seiner Abendgarderoben, säuberlich auf einen Kleiderbügel gehängt. Mary betastete die Taschen, förderte aber nichts dabei zutage.

Sie schloss den Schrank und wandte sich den Aluminiumboxen unter dem Stockbett zu, von denen sie sich mehr versprach. Sie erkannte Merciers Boxen daran, dass sie wie der Schrank nicht beschriftet waren. Mary knöpfte ihren zu engen Arbeitsmantel auf, um leichter in die Hocke gehen zu können, zog die erste von drei Boxen hervor und hob den Deckel ab.

Das Innere der Box bot ein Sammelsurium von Gegenständen, das nach Marys Erfahrung nur der angeborene Ordnungssinn eines Mannes zusammenwürfeln konnte: vom Rasierapparat mit unentwirrbar verknäultem Kabel neben einer meersalzverkrusteten Taucherflosse über einen museumsreifen Kassettenrekorder und eine Strandmatte, in die eine Flasche Sonnenöl gewickelt war, bis hin zu zwei versiegelten Packungen Spielkarten und einer 100er-Packung Kondome.

Die zweite Box beinhaltete Zeitschriften, Bücher und Dutzende selbst aufgenommener Musikkassetten, die zu dem Rekorder in der ersten Box passten. Beschriftet waren sie mit Namen wie Gainsbourg, Greco, Montand, Dylan, Julie London, Nina Simone und Billy Joel. Mercier war also ein Nostalgiker gewesen, in technischer wie musikalischer Hinsicht.

Außerdem hatte er sich für Architektur und Fotografie interessiert, wie die englischen und französischen Magazine zu diesen Themen bewiesen. Die Bücher waren vorwiegend Reiseführer für exotische Länder quer über die Kontinente. Das einzige belletristische Werk war ein Sammelband dreier Romane um den Superverbrecher Fantomas, einem Mythos der französischen Trivialliteratur des zwanzigsten Jahrhunderts. Die Taschenbuchausgabe war zerknickt und zerfleddert, als hätte Mercier sie wieder und wieder gelesen.

Mary blätterte sie mechanisch durch, wie die anderen Bücher und Zeitschriften. Doch kein tränenbefleckter Liebesbrief, keine mit unsichtbarer Tinte verfasste Geheimbotschaft, kein aus Zeitungslettern zusammengekleistertes Erpresserschreiben flatterte zwischen den Seiten hervor. Nicht einmal eine Liste der Pokerkollegen, denen Mercier Geld geschuldet hatte, was doch nicht zu viel verlangt gewesen wäre.

Und so setzte Mary ihre letzte Hoffnung, was diese Box betraf, in ein altmodisches Album aus Kunstleder. Die ersten Seiten waren vollgeklebt mit Bildern, in denen Mercier offenbar seine französische Heimat festgehalten hatte, den Eiffelturm, Notre-Dame, Stadtansichten von Paris. Es folgten Fotos, die Mercier während seiner Landausflüge auf vergangenen Kreuzfahrten geschossen haben musste. Ihre handwerkliche und ästhetische Qualität übertraf die gewöhnlicher Schnappschüsse von Touristen bei Weitem. Mercier war also Nostalgiker und Hobbyfotograf gewesen.

Eins allerdings befremdete Mary: Auf keinem der Bilder war eine Reisebegleitung zu sehen. Nach Wiggleys Formulierung hatte Mercier dauernd Affären gehabt. Wäre es für ihn somit nicht naheliegend gewesen, seine Landgänge in Gesellschaft seiner jeweils aktuellen Geliebten zu genießen? Und diese dabei auch fotografisch zu verewigen?

Vielleicht, grübelte Mary, hatte er das ganz bewusst vermieden. Weil er seiner Vergangenheit keine Chance geben wollte, seine Gegenwart zu beeinflussen. Vielleicht hatte er nicht bloß den Kollegen seine beruflichen Erfahrungen vor seiner Zeit auf der *Queen Anne* verschwiegen, sondern ebenso den Geliebten seine amourösen Erfahrungen vor der Zeit mit ihnen. Und vielleicht hatte dieser Aspekt seiner Geheimniskrämerei zum äußerst harmonischen Verlauf seiner Liebschaften, wie Wiggley es ausgedrückt hatte, beigetragen.

Mary verschloss die ersten beiden Boxen und schob sie sorgfältig zurück an ihren Platz. Sie stand auf, um ihre verspannten Muskeln zu strecken, hockte sich erneut hin und zog die dritte Box unter dem Bett hervor. Sie hatte Mercier offenbar zur Aufbewahrung seiner Kleidungsstücke gedient. Aber es lag noch etwas anderes darin: eine Kamera. Mary vermutete, dass es ebenjene war, mit der er seine Fotos gemacht hatte. Wahrscheinlich bewahrte er sie in dieser Box auf, damit sie von der Kleidung gepolstert wurde. Mary nahm die Kamera in die Hand und betrachtete sie. Es war, soweit sie es bestimmen konnte, eine analoge Spiegelreflexkamera, nicht gerade das neueste Modell, aber wohl genau das, was ein Nostalgiker wie Mercier verwenden würde. Mary legte die Kamera auf Wiggleys Bett und blickte in das, was sich ansonsten in der Box befand. Merciers Kleidung war in zwei Haufen geschichtet. Die obenauf liegenden Hemden und Hosen sahen gewaschen und gebügelt aus, doch man konnte natürlich nicht wissen, welches Grauen sich in den tieferen Schichten womöglich verbarg. Mary schnupperte vorsichtig und war ernsthaft versucht, sich das Durchstöbern dieser letzten Box zu sparen.

Bis sie daran dachte, welche Mühen und Gefahren Sandra und Antonio auf sich genommen hatten, um ihr diese Gelegenheit zu verschaffen. Und dass sie in der Brusttasche eines Hemdes oder der Gesäßtasche einer Hose durchaus etwas Nützliches entdecken könnte. Nein, sie durfte jetzt nicht aufgeben. Zur Krönung dieses unvergesslichen Abends würde sie sich also durch die

Wäsche eines fremden Mannes wühlen. Aber keinesfalls mit bloßen Händen.

Mary holte aus der Tasche ihres Arbeitsmantels die gelben Gummihandschuhe, die Sandra als Detail ihrer Verkleidung dort hineingesteckt hatte. Sie wischte sich noch mal den Schweiß von der Stirn, bevor sie die Handschuhe überstreifte. Und dann schnellte sie derart plötzlich hoch, dass ihr schwarz vor Augen wurde. Taumelnd musste sie sich an das Stockbett klammern.

28.

Jemand stand vor der Tür. Es war ein Geräusch gewesen. Ein Klopfen. Nicht, als hätte jemand angeklopft. Eher, als wäre jemand beim Stehenbleiben vor der Tür versehentlich mit dem Fuß dagegengestoßen.

Wiggley! Es konnte nur Wiggley sein! Aus irgendeinem Grund hatte sein Rendezvous mit Sandra nicht so lang gedauert wie geplant. Oder es war noch nicht vorbei, und er wollte nur etwas holen. Einen Roman, um daraus zu zitieren, oder seinen Porschefüller und sein edles Schreibpapier, um Sandra zu beeindrucken, die jetzt allein in der Crew-Bar saß und keine Gelegenheit gehabt hatte, Mary zu warnen.

Wiggley stand also auf dem Korridor und tastete, von Sandras Nähe noch wohlig verwirrt, seine Hosentaschen nach seiner Schlüsselkarte ab. Das konnte Mary vor ihrem inneren Auge so bildhaft und grauenhaft beobachten, als stünde sie direkt neben ihm.

Fieberhaft überlegte sie, was sie tun sollte. Die enge Kabine bot keinerlei Versteck. Sie hätte sich höchstens in das obere Bett legen und sich die Decke über den Kopf ziehen können. Aber einerseits wäre sie auch dann leicht zu entdecken gewesen. Und nicht einmal Marys schriftstellerischer Erfindungsgeist reichte aus, um eine glaubhafte Ausrede dafür zu ersinnen, warum sie es sich in Merciers Bett bequem gemacht hatte. Andererseits konnte sie nicht wissen, ob Wiggley tatsächlich nur kurz bleiben würde. Vielleicht war er ja auch während des Gesprächs mit Sandra von der Muse geküsst worden und hatte beschlossen, jetzt ganz dringend an seinem Roman arbeiten zu müssen. In diesem Fall bliebe Mary, vorausgesetzt, er würde von ihrer Anwesenheit in der Kabine nichts mitbekommen, nichts anderes übrig, als stundenlang unter der Bettdecke auszuharren, bis Wiggley zu Bett oder wenigstens ins Bad auf dem Gang gehen würde und sich ihr eine Möglichkeit bot, sich davonzustehlen. Nicht gerade reizvoll. Und noch weitaus weniger reizvoll, wenn man bedachte, dass es sich um das Bett eines Toten handelte.

Ein weiteres Geräusch draußen an der Tür. Offensichtlich hatte Wiggley entweder etwas getrunken oder er war von Sandras Betörungen so verwirrt, dass er jetzt Schwierigkeiten hatte, seine Schlüsselkarte durch den Schlitz zu ziehen und die Tür zu öffnen. Immerhin verschaffte er Mary dadurch eine Gnadenfrist. In ihrer Panik stürzte sie ans Fenster und lehnte sich hinaus. Unter ihr wälzten sich die schweren, mächtigen Wellen. Sie blickte hinüber zum Fenster von Sandras Kabine. Aber selbst wenn es ihr gelänge, Antonio irgendwie auf sich aufmerksam zu machen, hätte es ihr nichts genützt. Sie ging zwar regelmäßig ins Fitnessstudio. Aber sie war bei Weitem nicht sportlich genug, um an der Außenseite eines Kreuzfahrtschiffes bei nächtlicher Dunkelheit waghalsige Turnaktionen an mit Enterhaken versehenen Seilen vorzunehmen. Vier Meter bis zum Wasser. Ein Sturz, ein Platschen, dann nichts als das Meer um sie und Dunkelheit, während das Schiff sich weiter und weiter von ihr entfernte und niemand ihre Schreie hörte. Es war nicht gerade eine verlockende Vorstellung, in einem Zimmermädchengewand und Gummihandschuhen, die Frisur von Meeresströmungen verwüstet, aus der karibischen See gefischt zu werden.

Mary zwang sich zur Ruhe. Panik war das Letzte,

was ihr jetzt weiterhalf. Aber wenn sie besonnen blieb, fiel ihr vielleicht eine Lösung ein. Vielleicht brauchte sie weder in fremde Betten zu steigen noch aus Fenstern zu klettern, um aus der Sache rauszukommen. Schließlich war es nur Wiggley. Er wäre zweifelsohne überrascht, sie in seiner Kabine vorzufinden. Aber damit würde sie umgehen können. Alles, was sie tun musste, war, ihm irgendeine Lügengeschichte aufzutischen: Dass Sandra ihr seine Kabinennummer verraten habe und sie hergekommen sei, um das so bereichernde literarische Gespräch fortzusetzen, ... dass sie nicht gewusst habe, dass es ihr untersagt war, dieses Deck zu betreten, dass seine Tür einen Spalt offen gestanden habe und sie nach dem Klopfen einfach eingetreten sei ...

Sicher wäre er davon geschmeichelt – und verwirrt – genug, ihr diesen Unsinn abzukaufen. Anschließend würde sie eben eine Stunde seinen wirren Vorträgen zum Thema Krimi lauschen. Damit wäre die Sache erledigt. Mary musste sicher nicht befürchten, dass Wiggley sie, die von ihm so hochverehrte Schriftstellerin, beim Kapitän anschwärzte. Das Einzige, was schwer zu erklären wäre, war ihr Aufzug als Zimmermädchen. Sie konnte ihm schließlich schlecht erzählen, sie habe bei ihm mal ordentlich sauber machen wollen. Hastig schälte Mary sich aus dem blauen Kittel, zog die Handschuhe aus und warf kurzerhand alles aus dem Fenster.

Dann wandte sie sich der Tür zu, die just in diesem Augenblick geöffnet wurde.

29.

Mary hatte damit gerechnet, in Wiggleys erstauntes, vielleicht erschrockenes, Gesicht zu blicken. Stattdessen aber war sie es, die erschrak, als sie den Mann erblickte, der durch die Tür kam. Dass es nicht Wiggley war, wusste sie sofort. Aber wer er war, konnte sie nicht sagen, denn sein Gesicht war von einer Maske bedeckt. Allerdings handelte es sich nicht um jene Art von Maske, die die Gäste des Balls getragen hatten, sondern um eine schwarze Skimaske. Abgesehen von Ausschnitten für die Augen bedeckte sie sein ganzes Gesicht. Passend zu der schwarzen Maske trug er einen schwarzen Pullover, schwarze Hosen, schwarze Handschuhe. Das war alles, was Mary in der kurzen Zeit wahrnehmen konnte, die der Eindringling ihr ließ. Er war genauso erschrocken wie Mary, erholte sich aber schneller von seinem Schrecken. Er schlug nach dem Lichtschalter und legte die Kabine ins Dunkel. Zunächst schimmerte nur ein Streifen dumpfen Lichts durch den offenen Türspalt, dann traf ein gleißend helles Licht Marys Gesicht. Der Kerl blendete sie mit einer Taschenlampe, sodass Mary ihn nur noch als Silhouette wahrnehmen konnte.

Sie versuchte, ihre Augen abzuschirmen, und sah blinzelnd, wie der schwarz gekleidete Mann bedrohlich auf sie zutrat. Mary wich zurück. Nur gab es nicht viel Platz, wohin sie hätte zurückweichen können. Zwei Schritte und sie spürte in ihrem Rücken die harte Kabinenwand. Marys Herz begann zu rasen. Sie versuchte, die Panik niederzuringen, die in ihr aufwallte. Der Mann mit der Taschenlampe stand direkt vor ihr und verstellte ihr den Fluchtweg zur Tür. Unschlüssig, was er mit ihr tun sollte, leuchtete er ihr noch immer mit der Lampe ins Gesicht, blendete sie.

Mary beschloss, seine Unschlüssigkeit zu nutzen. Sie nahm die Hände vom Gesicht, richtete sich gerade auf, blickte, so gut es ging, an dem Lichtschein vorbei in seine Augen.

»Was wollen Sie?«, fragte sie. Sie hatte versucht, möglichst selbstsicher zu klingen, war sich aber nicht sicher, ob sie das Zittern aus ihrer Stimme hatte verbannen können. »Sie hören jetzt sofort auf mit diesem Blödsinn mit der Taschenlampe und lassen mich auf der Stelle gehen. Oder ich werde dafür sorgen, dass Sie gewaltigen Ärger bekommen.«

Worin dieser Ärger bestehen sollte, hätte sie nicht zu sagen vermocht. Aber etwas anderes fiel ihr nicht ein. Sie hoffte, er würde auf ihre leere Drohung hereinfallen.

Der Mann blickte sie an. Einen Moment schien er zu überlegen, ob er ihrer Forderung nachkommen und beiseitetreten sollte, entschied sich aber dagegen.

»Sie hätten nicht kommen sollen«, sagte er mit dunkler, rauer Stimme, und streckte seine Hand nach ihr aus.

Mary stürzte vor. Sie dachte nicht mehr nach. Sie handelte nur noch instinktiv, getrieben von Todesangst. Aus den Recherchen für ihre Romane wusste sie, wie leicht es war, einen Menschen ums Leben zu bringen. Wenn es diesem Mann gelänge, seine Hände um ihren Hals zu legen, blieben ihr nur wenige Sekunden, bis sie das Bewusstsein verlor. Und falls er danach nicht entschied, sie zu Tode zu würgen, brauchte er nichts weiter zu tun, als sie aus dem Kabinenfenster ins Wasser zu werfen. Sie schrie auf, halb wütend, halb panisch. Mit aller Kraft, die sie aufbringen konnte, schlug sie die Hand beiseite, die sie greifen wollte, duckte sich, um ihr auszuweichen. Sie warf sich ihm entgegen, wollte sich an ihm vorbeidrängen. Schon aber fühlte sie sich von kräftigen Fingern an der Schulter gepackt. Die Taschenlampe fiel zu Boden. Eine zweite Hand schloss sich um Marys Arm. Sie wand sich, trat nach dem Angreifer. Der Mann stieß sie nach hinten. Sie prallte hart gegen die Kante des Fensters. Scharfer Wind schnitt ihr in den Rücken, und das Rauschen der Wellen schien auf einmal ungeheuer nah, gefährlich nah. Mary betastete die Kabinenwand nach irgendetwas, an dem sie sich festklammern konnte, um ihren Sturz in die finstere Tiefe zu verhindern. Aber sie fand keinen Halt.

Der dunkle Mann war dicht vor ihr. Mary hörte seinen schnaufenden Atem durch die Maske. Sie wappnete sich, um ihr Leben zu kämpfen.

Der Angreifer hob die Hände.

Ein stechender Schmerz. Marys Augen brannten von der plötzlichen Helligkeit. Das Licht in der Kabine war angegangen und nur einen Herzschlag später wurde ihr Angreifer jäh zurückgerissen. Ein grunzender Laut der Überraschung drang hinter seiner Maske hervor, als er rückwärts taumelte und beinahe zu Boden gefallen wäre. Er wirbelte herum, schlug blindlings um sich. Aber Antonio war zu schnell für ihn. Geschickt wich er dem Schlag aus und versetzte seinem Gegner einen Kinnhaken, der ihn von Neuem aus dem Gleichgewicht brachte.

Mary begriff, dass ihre Schreie laut genug gewesen sein mussten, um Antonio zu alarmieren. Gott sei Dank hatte der Maskierte die Tür einen Spalt offen gelassen. Wenn Antonio erst wieder eine Kletterpartie hätte hinlegen müssen, wäre er niemals rechtzeitig in der Kabine gewesen, um Mary zu retten und den Kampf gegen ihren Angreifer aufzunehmen.

Es war nur ein kurzer Kampf. Mit einer Frau hatte der Maskierte es problemlos aufnehmen können. Gegen einen kräftigen, durchtrainierten Gegner wie Antonio war er chancenlos. Der Angreifer schien das selbst als Erster zu begreifen. Er versuchte nicht einmal, Antonio mit einem weiteren Hieb außer Gefecht zu setzen oder sich auf ein Handgemenge mit ihm einzulassen. Stattdessen rammte er Antonio mit seinem gesamten Gewicht die Schulter gegen die Brust, sodass Antonio gegen das Hochbett stolperte. Flink nutzte er die Lücke, die er sich geschaffen hatte, um an Antonio vorbei aus der Kabine zu hasten.

Der Kolumbianer griff nach ihm, bekam ihn aber nicht zu fassen. Er trat zu Mary, berührte sie an der Schulter und blickte ihr besorgt ins Gesicht.

»Ist alles in Ordnung bei Ihnen?«, fragte er.

Mary zitterte. Sie hatte das Gefühl, dass ihre Beine unter ihr einknicken wollten. Aber sie gönnte sich keine Zeit, um sich von dem Schock zu erholen.

»Wir müssen ihm nach«, rief sie, drängte sich an Antonio vorbei und eilte zur Tür. Antonio war dicht hinter ihr, als sie den Korridor erreichten. Aber sie waren zu langsam. Der Korridor lag verlassen in seinem schummrigen Licht.

Der Maskierte war verschwunden.

30.

»Damit ich das richtig verstehe«, sagte Kapitän MacNeill. »Dieses Mal waren Sie es, die ermordet werden sollte?«

»Ganz richtig, Herr Kapitän«, sagte Mary. »Es gibt keine andere Möglichkeit, diesen Angriff zu interpretieren.«

MacNeill fuhr sich mit den Händen über das Gesicht. Verständlicherweise war er wenig begeistert gewesen, als Mary ihn durch heftiges Klopfen an seiner Tür aus dem Schlaf gerissen hatte. Schlaftrunken hatte er ihr geöffnet, und sie hatte darauf bestanden, auf der Stelle mit ihm zu sprechen, und war durch nichts davon abzubringen gewesen. Der Kapitän hatte keine andere Wahl gehabt, als sie hereinzulassen, wenn sich auch alles in ihm dagegen gesträubt hatte, sie zu dieser späten Stunde in seine Privatkabine zu lassen. Aber die Vorstellung, sie in ihrem erregten Zustand mit auf die Brücke zu nehmen, hatte ihn noch weniger verlockt.

»Sie müssen auf der Stelle eine Untersuchung anordnen«, fuhr Mary fort, »und die Behörden des nächsten Hafens, den wir anlaufen, informieren, damit die Polizei an Bord kommen kann. Wir dürfen auf keinen Fall zulassen, dass der Täter bis zum Ende unserer Reise unentdeckt bleibt, seelenruhig an Land spaziert und für immer verschwindet. Wir müssen ihn unter Druck setzen, ihn zwingen, einen Fehler zu machen und uns einen Hinweis auf seine Identität zu liefern.«

MacNeill atmete tief durch. Seine Laune hatte sich

nicht gerade verbessert, seit sie einander an seinem Couchtisch gegenübersaßen. Sie hatte ihm ihr Abenteuer in allen Einzelheiten geschildert – jedenfalls in allen, die er ihrer Meinung nach zu wissen brauchte. Die Rolle, die Sandra und Antonio darin gespielt hatten, verschwieg Mary. Auf keinen Fall wollte sie den beiden Ärger einhandeln. Auch ihre eigenen Beweggründe für den Aufenthalt in besagter Kabine hatte sie mit künstlerischer Freiheit ein wenig umgestaltet. Wie Mary es sah, musste die unerfreuliche Begegnung mit dem maskierten Angreifer auch so ausreichen, um den Kapitän in höchste Alarmbereitschaft zu versetzen.

Leider aber war von Alarmbereitschaft nichts zu erkennen. MacNeill blickte ratlos in seiner Kabine umher, die sich durchaus mit Marys eigener Suite messen konnte. Neben den polierten Holzmöbeln zeugten vor allem ein alter Globus, ein antiker Sextant, eine alte Seekarte an der Wand und ein Buddelschiff im Regal davon, dass dieser Raum niemand Geringeren als den Kapitän des Schiffes beherbergte – auch wenn besagter Kapitän in seinem blauen Baumwollpyjama und Filzpantoffeln in seiner eigenen Kabine ein wenig fehl am Platz wirkte.

»Lassen Sie mich das noch einmal zusammenfassen«, sagte er schließlich. »Sonst komme ich da einfach nicht mit. Sie sagen, Sie sind in die Mannschaftsquartiere gegangen – ohne zu wissen, dass das den Passagieren verboten ist –, um mitten in der Nacht mit einem Croupier ein Gespräch über Literatur zu führen, mit einem Croupier wohlgemerkt, der rein zufällig der Kabinengenosse des Mannes ist, der ihrer Ansicht nach einem Mordanschlag zum Opfer gefallen ist. Und nicht nur das: Durch einen weiteren fantastischen Zufall ist der Croupier nicht da, hat aber die Kabinentür offen gelassen. Sie treten ein, weil Sie nun mal die Angewohnheit haben, ungebeten fremder Leute Unterkünfte zu betreten, und nicht etwa, weil Sie die Habseligkeiten des Verstorbenen nach Hinweisen für Ihre Mordtheorien durchsuchen wollten, nicht wahr? Während Sie also da auf den Croupier warten, kommt plötzlich ein maskierter Mann, fällt über sie her und versucht, sie aus dem Fenster ins Meer zu stoßen? Es gelingt Ihnen, ihm einen Tritt in die Weichteile zu versetzen, woraufhin Sie außerdem so laut schreien, dass er in Panik gerät und die Flucht ergreift?«

»Exakt so hat es sich zugetragen«, bestätigte Mary seine Zusammenfassung.

Der Kapitän runzelte seine wettergegerbte Stirn.

»Das sind eine ganze Menge Zufälle auf einmal, finden Sie nicht?«

»Soll das heißen, Sie glauben mir nicht?« Mary sprang aus ihrem Sessel auf. »Wollen Sie die Tatsache ignorieren, dass an Bord Ihres Schiffes einer Ihrer Passagiere brutal überfallen wurde?«

MacNeill hob beschwichtigend die Hände.

»Nein, nein. Das sage ich ja gar nicht. Ich glaube Ihnen. Ich glaube eine Menge von dem, was Sie mir erzählt haben.«

Mary setzte sich wieder in ihren Sessel und er zählte die Punkte an seinen schwieligen Fingern ab.

»Ich glaube Ihnen sofort, dass Sie sich in den Mannschaftsquartieren herumgetrieben haben. Ich glaube Ihnen, dass Sie in Merciers Kabine eingedrungen sind, und ich glaube Ihnen sogar, dass Sie dort angegriffen wurden – so unglaublich das auch klingt.«

Er blickte sie ernst an.

»Was ich Ihnen nicht glaube, ist, dass Sie nicht wussten, dass Sie in den Mannschaftsquartieren nichts zu suchen haben. Ich glaube Ihnen nicht, dass Sie dort waren, um mit Mr. Wiggley über Bücher zu sprechen, ich glaube Ihnen nicht, dass Sie einfach in die Kabine hineinspazieren konnten, weil die Tür offen stand. Vielmehr glaube ich, dass Ihnen jemand geholfen hat, und wenn ich herausfinde wer, werden diese Leute riesigen Ärger mit mir bekommen. Und ich glaube schon gar nicht, dass der Angriff auf Sie beweist, dass Mercier tatsächlich ermordet worden ist, wie sie behaupten.«

Mary hatte seiner Ansprache zugehört, ohne eine Miene zu verziehen. Auch wenn er sich bisher nicht als besonders hilfreich, im Gegenteil eher als uneinsichtig erwiesen hatte, empfand sie doch zu viel Respekt vor ihm, um Einspruch dagegen zu erheben, dass er ihre Notlügen in Zweifel zog. Diesen letzten Punkt aber konnte sie ihm unmöglich einfach durchgehen lassen.

»Und welche andere Erklärung bitte haben Sie dafür«, sagte sie, »dass ein maskierter Mann sich Zutritt zu Merciers Kabine verschafft hat?«

»Sie meinen, sich Zutritt verschafft hat, nachdem Sie die Tür, die vorher zufällig offen war, hinter sich zugezogen hatten?«

»Ich habe Ihnen bereits erklärt, dass das aus reiner Gewohnheit geschah.«

MacNeill lächelte spöttisch.

»Sicher, Gewohnheit. Jedenfalls liegt eine Erklärung doch wohl auf der Hand. Wie ich inzwischen erfahren habe, war Monsieur Mercier ein glückloser Spieler, der bei verschiedenen Leuten an Bord mit stattlichen Summen in der Kreide stand. Nach seinem Tod konnten diese Leute natürlich nicht mehr damit rechnen, ihr Geld jemals wiederzusehen. Schließlich ist es doch sehr unwahrscheinlich, dass Mercier seine Gläubiger in seinem Testament bedacht hat, wenn er denn überhaupt etwas zu vererben hat. Ich halte es für gut möglich, dass der maskierte Mann einer dieser Gläubiger war, der nachsehen wollte, ob unter Merciers Besitztümern irgendwas zu finden ist, womit er sich für den Verlust seines Geldes entschädigen könnte.«

Jetzt war Mary kurz davor, spöttisch zu lächeln, laut aufzulachen sogar – wäre die Lage nicht so ernst gewesen.

»Und Sie meinen wegen ein paar Hundert oder von mir aus Tausend Dollar wäre dieser vermeintliche Gläubiger bereit gewesen, mich umzubringen, damit es keine Zeugen für einen Diebstahl gibt, den er noch nicht einmal begangen hatte und bei dem er an Wertsachen wahrscheinlich nichts anderes erbeutet hätte als ein paar abgetragene Klamotten? Bei allem, was Sie mir nicht geglaubt haben: Das kommt Ihnen nicht unglaubwürdig vor?«

»Hören Sie, Mrs. Arrington, ich will da nichts beschönigen. Sie wurden angegriffen, das steht für mich außer Frage. Nicht einmal Ihnen würde ich zutrauen, sich diese Geschichte auszudenken. Aber wie Sie es mir geschildert haben, ist eigentlich nicht davon auszugehen, dass dieser Mann tatsächlich vorhatte, Sie zu ermorden, Sie zu erwürgen oder Sie aus dem Fenster zu stoßen. Wie Sie es beschreiben, kam er lediglich bedrohlich auf Sie zu und streckte die Hände nach Ihnen aus. Darin kann man schwerlich einen Mordversuch erkennen.«

»Aber er sagte ja auch etwas zu mir: Sie hätten nicht herkommen sollen.«

MacNeill hob die Schultern.

»Ja, aber was beweist das? Gar nichts.«

Mary schüttelte fassungslos den Kopf.

»Gehe ich folglich richtig in der Annahme, dass es das ist, was Sie jetzt unternehmen wollen: Gar nichts?«

»Schätzen Sie mich nicht falsch ein, Mrs. Arrington.«

MacNeill stand auf und trat an den alten Globus. Er

wirkte immer noch underdressed für seine Unterkunft. Seine Haltung aber und sein strenger Blick ließen keinen Zweifel daran, dass er ihr rechtmäßiger Bewohner war.

»Dass ich nicht an Ihre Mordtheorien glaube, heißt nicht, dass ich diesen Vorfall nicht überaus ernst nehme. Ein maskierter Mann ist in eine der Crew-Kabinen eingebrochen und hat eine meiner Passagierinnen attackiert, mit welcher Absicht auch immer. Das steht für mich außer Zweifel. Und ich werde alles in meiner Macht Stehende tun, um diese Person ausfindig zu machen und zur Rechenschaft zu ziehen, darauf können Sie sich verlassen. Derartige Machenschaften dulde ich nicht auf meinem Schiff. Ich werde sämtliche Crew-Mitglieder befragen, denen Mercier Geld schuldete, ich werde den Täter finden und ich werde ihn einer harten Strafe zuführen.«

»Und wenn es niemand von der Crew war?«, fragte Mary. »Wenn es sich um einen der Passagiere handelt?«

»Zu dieser Annahme sehe ich keinen Anlass«, antwortete MacNeill. »Und zwar aus den Gründen, die ich Ihnen eben bereits dargelegt habe. Wie gesagt, ich werde mich um diese Angelegenheit kümmern. Und was Sie angeht, möchte ich Sie bitten, sich unter keinen Umständen weiterhin um diese Angelegenheit zu kümmern, ebenso wenig wie um irgendwelche anderen Angelegenheiten an Bord, die über den Genuss unserer Kreuzfahrt und die Annehmlichkeiten auf der *Queen Anne* hinausgehen. Sie dürfen diese Bitte übrigens gerne auch als Warnung auffassen. Ob wissentlich oder nicht, ob durch Zufall oder nicht: Auch Sie haben, als Sie die Kabine betreten haben, gegen die Regeln verstoßen, die hier gelten. Dieses Mal werde ich Ihnen das durchgehen lassen. Aber ich bin nicht bereit, weitere Grenzüberschreitungen Ihrerseits tatenlos hinzunehmen. Sie haben mir inzwischen ausreichend gezeigt, zu welchen Handlungen Sie sich von Ihrer blühenden Fantasie hinreißen lassen. Sie tun sich damit keinen Gefallen, und ich brauche wohl nicht zu betonen, dass Sie auch den Mitgliedern der Crew, die Sie mit Ihren Ideen anstecken und in Ihre Unternehmungen mithineinziehen, keinen Gefallen tun. Meine Geduld neigt sich ihrem Ende zu. Und glauben Sie mir, nur weil Sie eine unserer Luxus-Suiten bewohnen, werde ich nicht zögern, Sie bei weiteren Vorfällen dieser Art im nächsten Hafen an Land zu setzen. Ich meine es ernst, Mrs. Arrington: Keine weiteren Eskapaden!«

31.

Ein schrilles Klingeln riss Mary am nächsten Morgen aus unruhigem Schlaf. Benommen streckte sie die Hand aus, ertastete das Telefon auf dem Nachttisch und nahm ab.

»Ja?«, murmelte sie.

»Mrs. Arrington«, drang Sandras aufgeregte Stimme aus dem Hörer. »Antonio hat mir alles erzählt. Ist alles in Ordnung mit Ihnen? Ist Ihnen auch wirklich nichts passiert?«

Mary lächelte über die rührende Sorge der jungen Frau. Gestern Nacht hatte sie keine Gelegenheit mehr gehabt, mit ihr zu sprechen. Und nach all der Aufregung hätte sie nichts dagegen gehabt, es auf einen späteren Zeitpunkt zu verschieben – und sich erst einmal auszuschlafen. Aber natürlich hatte Sandra ein Recht darauf, alle Einzelheiten des Abenteuers zu erfahren, an dem sie nicht unwesentlich beteiligt gewesen war.

»Mir geht es gut«, sagte Mary. »Danke. Einen Moment lang dachte ich tatsächlich, dass ich das nächste Mordopfer werden würde. Antonio ist gerade noch rechtzeitig gekommen.«

»Da bin ich auch heilfroh«, sagte Sandra. »Schade nur, dass er den Mistkerl nicht festhalten konnte. Oder besser gleich niederschlagen. Dann hätten wir ihm nur seine dämliche Maske runterreißen müssen und der Fall wäre sofort gelöst gewesen. Aber wir erwischen ihn schon noch. Danke übrigens, dass Sie mich und Antonio nicht beim Kapitän verpfiffen haben.«

»Das ist ja wohl selbstverständlich, nach allem, was

Sie beide für mich getan haben. Ganz abgesehen davon bin ich ja weiterhin auf Ihre Hilfe angewiesen.« Mary setzte sich in ihrem Bett auf, schob ein Kissen in ihren Rücken und lehnte sich an. »Wie war denn Ihr Date?«

Sandra schnaubte verächtlich.

»Na ja, Date würde ich das nicht gerade nennen. Es sei denn, Sie bezeichnen einen dreistündigen Vortrag über Literatur als Date. Ich wusste gar nicht, wie langweilig es sein kann, über Mord und Totschlag zu reden.«

Mary lachte auf.

»Und Wiggley hat Ihnen wirklich bloß einen seiner Vorträge gehalten? Ich hatte den Eindruck, dass es Ihnen gelungen sei, noch andere Interessen bei ihm zu wecken.«

»Ja, den Eindruck hatte ich auch. Und wenn ich so darüber nachdenke, ist es mir eigentlich lieber, mich drei Stunden von ihm zuquatschen zu lassen, als solche Interessen in ihm zu wecken. Aber ich glaube, die Sorge brauche ich nicht mehr zu haben.«

»Wieso?«, fragte Mary. »Was ist denn weiter passiert?«

»Na, als wir zu unseren Kabinen zurück sind, hatten Sie ja schon mit dem Kapitän gesprochen, und der hat wohl sofort eine Untersuchung angeordnet. Jedenfalls war bei Wiggley der erste Offizier mit einigen anderen zugange, hat die Tür untersucht und nach Spuren geschaut und so weiter.«

»Und da ist Wiggley auf den Gedanken gekommen, dass es vielleicht doch ein komischer Zufall ist, dass ausgerechnet an dem einen Abend, an dem Sie mit ihm was trinken gehen, jemand bei ihm einbricht.«

»Tja, er redet vielleicht viel. Aber vollkommen hohl in der Birne ist er nicht. Aber er konnte dem Offizier ja schlecht was dazu sagen, der hätte ihn ja ausgelacht. Wir müssen vielleicht ein bisschen aufpassen, und ihn nicht noch mal an der Nase herumführen. Aber ich glaube nicht, dass wir von ihm etwas zu befürchten haben.«

Mary wechselte den Hörer in ihre andere Hand.

»Und von dem Offizier? Ist ihm in der Kabine irgendetwas aufgefallen?«

»Nein, nein«, drang es aus dem Hörer. »Da ist keinem aufgefallen, dass was fehlte. Und die konnten ja auch gar nicht wissen, was Jean-Paul so an Kram hatte und was davon weg ist. Und falls doch, hätten sie es einfach auf den Einbrecher geschoben. Bei mir unter dem Bett nachzuschauen, ist denen jedenfalls nicht eingefallen.«

Mary lächelte zufrieden.

Der Angriff des maskierten Mannes hatte ihre Nerven zwar stark in Mitleidenschaft gezogen. Aber nicht so sehr, dass sie überhastet zum Kapitän gerannt wäre. In weiser Voraussicht war sie vorher mit Antonio in die Kabine zurückgekehrt. Gemeinsam hatten sie sämtliche von Merciers Besitztümern, die ihnen wichtig erschienen, zusammengerafft und in Sandras Kabine gebracht. Wenn der Angreifer, so hatte Mary überlegt, tatsächlich Merciers Mörder war, konnte es nur einen Grund dafür geben, dass er in die Kabine seines Opfers eingedrungen war. Es musste darin irgendetwas geben, das auf ihn als Täter hinwies oder eine andere Bedeutung für ihn hatte. Obwohl ihre erste Untersuchung nichts ergeben hatte, schien es ihr daher ratsam, sich noch einmal genauer und in Ruhe mit Merciers Habseligkeiten zu befassen.

»Ich hoffe«, sagte Sandra, »dass wir auch wirklich etwas finden, damit die ganze Aufregung nicht umsonst war.«

»Das hoffe ich auch«, erwiderte Mary.

»Aber eins«, sagte die junge Frau nachdenklich, »hat

das Ganze auf jeden Fall schon gebracht. Sie wissen jetzt bestimmt, dass es ihn gibt. Den Mörder.«

»Ja«, bestätigte Mary und war nicht sicher, ob sie sich darüber freute. »Ich weiß jetzt bestimmt, dass es ihn gibt. Und er weiß, dass ich es weiß.«

32.

Keine noch so große Aufregung und keine noch so starke Erschöpfung von nächtlichen Abenteuern konnte Mary davon abhalten, Jamaika wiederzusehen. Seit sie diese Kreuzfahrt gebucht hatte, freute sie sich darauf, in Ocho Rios an Land zu gehen und sich in einem klimatisierten Taxi nach Kingston chauffieren zu lassen. Dort würde sie ausgiebig in Erinnerungen schwelgen und nach dem kleinen gelben Haus am Sunrise Drive suchen, in das sie vor neununddreißig Jahren mit Maxwell eingezogen war.

Es war ein sonniger Tag mit blauem Himmel, nur ein paar aufgeplusterte Wolken zogen über dem Horizont entlang. Der perfekte Tag für Marys Ausflug in die Vergangenheit. Allerdings gab es noch etwas, wofür sie sich zuvor unbedingt Zeit nehmen musste.

Als sie an Jill Bennys Tür klopfte, trug sie bereits ihre Ausgehkleidung: Ein Safarihemd mit Schulterklappen, dessen langen Ärmel die blauen Flecken verbargen, die sie gestern Nacht davongetragen hatte. Ein weiter Rock aus grob gewebtem Leinen und flache Ledersandalen, um bequem durch die Straßen Kingstons flanieren zu können. Die Sonnenbrille hatte sie an ihre Umhängetasche gehakt, und in der Hand hielt sie ihren Panamahut von Borsalino.

Da sich in der Piccadilly Suite nichts regte, klopfte sie erneut, woraufhin eine fremde Stimme rief: »Ja, sofort!«

Es klang wie eine Männerstimme, aber als die Tür sich endlich öffnete, stand eine große Frau mit breiten

Schultern und grauen Augen vor Mary. Sie war bestimmt jenseits der vierzig und konnte damit anscheinend nicht umgehen, denn an ihrem kantigen Gesicht klebte erheblich zu viel Make-up, und ihre langen Locken sahen zu schwarz und ihre langen Wimpern zu falsch aus. Sie trug die Kleidung einer Krankenschwester und hieß Gladys Henrickson. So stand es zumindest auf dem Namensschild an ihrem Schwesternkittel. Die Stimme der Frau klang nun höher und freundlicher, als sie fragte: »Kann ich Ihnen helfen?«

»Ich wollte zu Jill Benny.«

»Sind Sie eine Angehörige?«

»Eine Angehörige? Nein, ich bin eine Freundin. Ich wollte sehen, wie es ihr geht. Ist irgendetwas geschehen?«

»Ich fürchte, ich kann Sie nicht hereinlassen.«

»Und ich fürchte«, sagte Mary, die es wieder mal für nötig hielt, ein wenig zu bluffen, »Sie werden Schwierigkeiten mit meinem Studienfreund Dr. Germer bekommen, wenn Sie mich nicht unverzüglich hereinlassen!«

Die Krankenschwester kniff die Lippen zusammen, gab schließlich die Tür frei und führte Mary widerwillig durch die Suite. Das Chaos in Jills Suite hatte sich wie ein lebendiger Organismus an manchen Stellen gelichtet und an anderen verdichtet, war im Wesentlichen jedoch unverändert. Vielleicht brauchte Jill dieses Chaos, um sich an einem fremden Ort heimisch zu fühlen, dachte Mary. Sie musste Sandra ausdrücklich verboten haben, hier aufzuräumen.

»Aber nur ganz kurz«, sagte die Krankenschwester streng vor der geschlossenen Schlafzimmertür. »Ich warte hier. Und höre mit.«

Besorgt trat Mary ein und schloss die Tür. Das Schlafzimmer entsprach in Dimensionen und Einrichtung jenem der Trafalgar Suite. Allerdings lagen auch hier auf Boden und Sessel überall Kleider, Schuhe und Sonstiges verstreut, darunter Jills grauer Jogginganzug, das schwarze Satinkleid vom Black & White Ball und der Reisekoffer mit den bunten Aufklebern, der gestern auf dem Sofa im Wohnzimmer gelegen hatte. Die dunkelbraunen Vorhänge waren zugezogen, sodass ein bedrückendes Dämmerlicht herrschte.

Am unteren Ende des King-Size-Bettes lag eine Tasche mit Rotkreuzlogo. Und am oberen Ende lag ein kleiner roter Kopf auf einem großen weißen Kissen. Es war Jills Kopf, und er glühte vor Fieber und glänzte vor Schweiß.

Jill schien zu schlafen, wobei hinter ihren Lidern die Augäpfel zuckten wie in einem Albtraum. Obwohl die Klimaanlage für eine angenehme Temperatur sorgte, hatte sie die Decke bis ans Kinn hochgezogen. Immer wieder zuckte ihr ganzer Körper, so als friere sie oder als schrecke sie in ihrem Albtraum vor etwas zurück.

Mary war klar, dass sie nichts für Jill tun konnte, was die Schwester aus dem Medical Centre, die hoffentlich zuverlässiger war als ihr Chef, nicht besser gekonnt hätte. Aber nach dem, was sie in den letzten Tagen mit Jill erlebt hatte, brachte sie es nicht über sich, gleich wieder zu gehen. Behutsam setzte sie sich an den Rand des Bettes.

Während sie Jills schorfige Lippen betrachtete und die fuchsroten Haare, die wirr an der nassen Stirn klebten, machte sie sich Vorwürfe. So tief also hatte Jill sich in ihren Wahn, von ihrem Ex-Mann Johnny Carr verfolgt zu werden, hineingesteigert. Verfolgt zu werden bis hierher auf die *Queen Anne,* wo er in hollywoodreifer Maskerade darauf lauere, sie zu ermorden.

Hätte Mary gestern mehr tun können, um sie von

diesem Wahn zu befreien? Hätte sie ihr dieses Fieber, diesen Albtraum ersparen können? Eigentlich hatte sie nichts getan. Sie hatte Jill nach ihrer Todesangst ausgefragt, ohne einen Versuch zu unternehmen, ihr diese Angst auszureden.

Mary nahm sich vor, das nachzuholen. Heute war es das Vernünftigste, Jill ungestört der Pflege durch die Krankenschwester zu überlassen. Doch gleich morgen Vormittag würde sie nochmals nach ihr sehen. Dann ginge es ihr bestimmt etwas besser, und Mary würde alles daransetzen, Jills Verfolgungswahn systematisch zu zerpflücken.

Ganz gegen ihre Gewohnheit streckte sie die Hand aus und strich mit ihren Fingerspitzen fürsorglich über Jills heiße Schläfe. Anschließend erhob sie sich geräuschlos und wandte sich zum Gehen, drehte sich aber gleich wieder um, als sie vom Bett her ein Wispern hörte, kaum lauter als ein Atemzug. Jill hatte die Augen geöffnet. Nur ganz wenig, mit schweren und flatternden Lidern. Mary hatte den Eindruck, sie schaue sie an.

Sofort setzte sie sich wieder und flüsterte: »Ich bin bei Ihnen, Jill. Mary. Die Krimischreiberin. Es ist alles gut. Es kann Ihnen gar nichts geschehen.«

Jill blickte sie an, aus diesen schmalen wässrigen Schlitzen, die ihre Augen waren. Ihr Kopf auf dem verschwitzten Kissen bewegte sich. Das konnte ein Kopfschütteln sein oder lediglich ein Zittern. Und dann verformten sich ihre zerbissenen Lippen, als versuche sie zu sprechen.

»Sagen Sie nichts. Entspannen Sie sich. Sie brauchen nicht zu sprechen.«

Aber Jill sprach. Es war nicht einmal ein Flüstern. Eher ein Hauchen. Beinah zu leise, um es wahrzunehmen. Beinah zu undeutlich, um die Worte zu erkennen.

Doch Mary hörte und erkannte und verstand sie. Drei simple, einsilbige Wörter: »Ich … bin … tot.«

»Nein!« Mary flüsterte nicht länger. »Sie sind nicht tot. Sie sind in Sicherheit. Er ist nicht hier, Jill. Er kann Ihnen nichts anhaben. Niemand kann Ihnen etwas anhaben!«

»Doch«, stieß Jill hervor. »Er ist … Wir müssen …«

Mit einem Ruck, den Mary ihr nicht zugetraut hätte, richtete Jill sich auf und riss die Bettdecke herunter. Ihr Nachthemd war nassgeschwitzt. Die Finger ihrer rechten Hand ertasteten den Ring an ihrer Linken und zogen ihn geradezu gewaltsam herunter. Sie blickte Mary an, und für einen Moment wirkten ihre Augen klar und wach.

»Nehmen Sie das«, sagte sie, nötigte Mary den Ring in die Hand und presste Marys Finger darüber zu einer Faust. »Ich kann das nicht mehr. Ich muss endlich davon frei sein. Ich muss …«

Aber schon verließen sie nach diesem kurzen Aufbäumen die Kräfte. Ihre Finger glitten von Marys und sie sank zurück auf ihr Krankenlager. Ihre Augen, weit offen, starrten ins Nichts.

»In Ordnung«, sagte Mary, obwohl sie nicht sicher war, ob ihre Worte Jill erreichten. »Ich werde den Ring für Sie aufheben, bis es Ihnen besser geht. Und wenn Sie wollen, können wir dann gemeinsam überlegen, was Sie am besten damit tun. Jetzt ruhen Sie sich aus, damit …«

»So, das reicht«, ertönte eine tiefe Stimme hinter ihr. »Sie dürfen Sie nicht aufregen. Ich muss Sie jetzt ersuchen, die Patientin allein zu lassen.«

Mary hatte nicht bemerkt, dass die Krankenschwester eingetreten war. Mit einer grobknochigen Hand auf der Klinke stand sie mahnend in der Tür.

Mary nickte. Sie stand auf und ließ den Ring in ihrer

Tasche verschwinden, ohne dass die Krankenschwester es bemerkte. Auf keinen Fall wollte Mary ihr den Eindruck vermitteln, sie habe sich an den Besitztümern einer Fieberkranken vergriffen. Als sie sich Jill noch mal zuwandte, waren deren Augen wieder zugefallen. Und der Atemzug, mit dem sie einschlief, war ein schicksalsergebener Seufzer.

33.

Um von Bord zu kommen, musste Mary durch die Grand Lobby gehen. Auf dem Weg dorthin grübelte sie vor sich hin. Konnte sie überhaupt von Bord gehen? Durfte sie einen nostalgischen Ausflug nach Kingston unternehmen, während Jill dermaßen litt? Aber sie kam immer zu dem gleichen Ergebnis: Im Moment konnte sie nichts für Jill tun.

Vor dem Verlassen der Piccadilly Suite hatte sie ausführlich mit der Schwester gesprochen. Die hatte erklärt, dass Jills Fieber hoch, aber keineswegs lebensbedrohlich sei. Und dass diese totale Erschöpfung, in der sie sich befinde, eher psychische Ursachen habe. Mit der nötigen Ruhe werde das Fieber innerhalb der nächsten Tage sinken. Eindeutig hatte die Schwester Marys Bluff längst durchschaut und verziehen. Gewiss verstand sie, dass Mary ihn rein aus Besorgnis um Jill angewandt hatte. So war ihre Stimme wieder freundlicher und höher gewesen, als sie abschließend versichert hatte, heute den ganzen Tag bei Jill zu bleiben.

In der Grand Lobby herrschte weniger Betrieb als üblich. Die meisten Passagiere waren bereits ins exotische Ocho Rios ausgeschwärmt. Als Mary auf deren mittlerer Ebene aus dem Lift stieg, sah sie Sir Cedric aus der Filiale von Harrods kommen. Anscheinend bereitete auch er sich auf einen Landgang vor, denn er trug ein kakifarbenes Hemd mit Brusttaschen und Schulterklappen, wie Mary eine Umhängetasche und in der Hand hielt er eine papierene Einkaufstüte. In seinem weißen Haar steckte eine Ray-Ban-Sonnenbrille.

Er hatte sie noch nicht wahrgenommen, und Mary schlenderte auf ihn zu. Plötzlich stutzte sie. In ihrer düsteren Stimmung hatte sie sich gefreut, diesem fröhlichen Sir Cedric zu begegnen, der sie schon ein paar Mal aufgeheitert hatte. Aber Sir Cedric sah heute sehr ernst aus. Er hatte sich ans Messinggeländer des Rundganges gelehnt und blickte sorgenvoll hinab in den Empfangsraum. Dort klimperte zwar, am Fuße einer der beiden geschwungenen Treppen, ein befrackter Pianist auf seinem polierten Konzertflügel herum. Aber Mary bezweifelte, dass es dessen Easy-Listening-Improvisationen waren, die Sir Cedric so betrübten.

Immerhin erhellte sich seine Miene, als sie sich neben ihn lehnte, während aus dem Flügel Burt Bacharachs *Always something there to remind me* ertönte, als er sie begrüßte.

»Wie schön, dass Sie pünktlich sind, Magic Mary.« Er tippte auf seine Uhr, deren schlichtes Ziffernblatt von einem matt glänzenden silbernen Band um sein Handgelenk gehalten wurde. Ein schön geschliffener Diamant verzierte den Knopf, mit dem sie aufgezogen wurde.

»Pünktlich wofür, Magic Cedric?«, fragte Mary.

»Für unseren gemeinsamen Landgang. Ich zeige Ihnen Ocho Rios, obwohl ich es selbst nicht kenne. Und mit ein bisschen Glück kenne ich danach beides.«

»Sie meinen Ocho und Rios?«

»Ich meine Ocho Rios und Mary Elizabeth Arrington.« Er schenkte ihr das Lächeln mit den Grübchen und den Falten. Was immer ihn vorhin belastet haben mochte, jetzt war davon nichts mehr zu spüren.

»Ich fürchte«, erwiderte Mary, »da muss ich Ihnen einen Korb geben.«

»Ach, schon wieder?«

»Warum schon wieder?«

»Sie gaben mir gestern einen Korb zum Dinner und heute einen Korb zum Frühstück. Ich weiß schon nicht mehr, wohin mit den Dingern.«

»Sie übertreiben. Wir waren weder zum Dinner noch zum Frühstück verabredet. Dennoch wäre ich liebend gern da gewesen.«

»Was hinderte Sie?«

Eine harmlose Frage. Harmlos und ohne Zudringlichkeit vorgebracht, mit einem charmanten Funkeln in den ozeanblauen Augen. Und doch erinnerte sie Mary an all das Bedrückende, das sie über dem Wiedersehen mit Sir Cedric kurzfristig vergessen hatte. Er bemerkte es. Selbstverständlich bemerkte er es.

»Ist irgendetwas geschehen? Worüber Sie sprechen möchten?«

Worüber Sie sprechen können, dachte Mary. So müsste die Frage lauten. Sie hätte ihn gern ins Vertrauen gezogen. Es wäre gut gewesen, bei ihren Ermittlungen einen weiteren Verbündeten zu haben. Aber sie dachte an die Warnung des Kapitäns, über die Ereignisse der vergangenen Nacht Stillschweigen zu wahren, und an seine Drohung, was ansonsten geschehen würde. Mary glaubte dem Kapitän, dass er nicht zögern würde, ihrer Kreuzfahrt ein unschönes Ende und sie von Bord zu setzen. Und dieses Ende wäre gar nicht das Schlimmste. Das Schlimmste wäre, dass sich, wenn sie das Schiff verlassen müsste, niemand um die Aufklärung des Mordes kümmern würde. So schwer es ihr auch fiel, musste Mary einsehen, dass es unmöglich war, Sir Cedric einzuweihen.

»Es ist Jill Benny«, seufzte sie. Es war nicht einmal eine Lüge. Der Zustand der Schauspielerin beunruhigte sie. Nur war das eben nicht die ganze Wahrheit. »Ich komme eben von ihr. Sie liegt mit Fieber in ihrer Suite. Und stammelt verwirrt vor sich hin. Es ist zwar eine Krankenschwester bei ihr, aber …«

»Aber Sie fühlen sich schuldig, weil Sie nicht bei ihr sind.«

Mary nickte. »Ich denke, so kann man es zusammenfassen.«

»Und ich denke …« Seine Hand schob sich sanft über ihre, die auf dem Geländer lag. Sanft und warm und zugleich stark. Sie blieb dort nur kurz, obwohl Mary sie länger vertragen hätte. Ähnlich kurz wie ihre Hand auf seiner geblieben war, nachdem Ponger ihn gestern beim Frühstück provoziert hatte.

»Und ich denke, dazu besteht kein Grund. Sie können ihr nicht besser helfen als die Schwester.«

Mary lächelte dankbar. »Das war letztlich auch meine Überlegung.«

»Also genießen Sie Jamaika. Wenn auch bedauerlicherweise ohne mich.«

»Ich versichere Ihnen, dass ich das ebenfalls bedauere. Es ist nur so, dass …«

Es war nur so, dass Mary es als pietätlos empfunden hätte, sich in Begleitung eines anderen Mannes auf die Spuren ihrer Zeit mit Maxwell zu begeben. Und dass sie auf diese Zeitreise unter keinen Umständen verzichten wollte.

»Sie brauchen es nicht zu erklären.« In seiner Stimme war nicht ein Anflug von Bitterkeit. »Sie werden Ihre Gründe haben. Es ist nur schade um unseren Partnerlook.«

»Partnerlook?« Sie betrachtete amüsiert sein Kakihemd und die Umhängetasche. »Sie übertreiben schon wieder, Sir Cedric.«

Worauf er wortlos die Sonnenbrille aus seinem Haar auf seine Nase schob, aus seiner Papiertüte einen Hut zog, an dem noch das Preisschild von Harrods baumelte, und ihn so schräg aufsetzte, wie es sich für einen Bühnenprofi mit Sinn für Stil und Effekte gehörte. Es war ein weißer Panamahut mit breitem schwarzem Band von Borsalino. Das gleiche Modell wie jenes, das Mary in der Hand hielt.

»Zufall?«, sagte er und grinste. »Oder Bestimmung? Partnerlook oder nicht Partnerlook?«

Mary lachte und setzte ebenfalls die Sonnenbrille und den Borsalino auf.

»Partnerlook«, bestätigte sie.

Dann berührte sie zum Abschied flüchtig seinen bloßen Unterarm und machte sich auf den Weg zur Gangway. Aus dem Klavier perlte Porters *You do something to me.*

34.

Sir Cedric hatte es wieder geschafft. Mit ungetrübter Vorfreude auf ihren Ausflug schritt Mary über den weit ins Meer ragenden Pier auf Ocho Rios zu. Nicht einmal die Aufregung der letzten Nacht, der Ärger über MacNeill und die Sorgen um Jill Benny konnten ihre Laune jetzt noch beeinträchtigen.

Sie schritt am schwarzen Rumpf der *Queen Anne* entlang und wanderte unter den orangefarbenen Rettungsbooten und weißen Tenderbooten mit orangefarbenem Aufbau vorbei, die auf Höhe des Promenadendecks an ihren Halterungen hingen. Der Panamahut schützte ihren Kopf vor der heißen Nachmittagssonne, und die Sonnenbrille ihre Augen vor dem grellen Licht, unter dem Ocho Rios sich vor ihr ausbreitete.

Die kleine Küstenstadt schmiegte sich vor sanften, bewaldeten Hügeln an einen gleißenden Strand, der sich über die gesamte Länge einer fast halbkreisförmigen Bucht erstreckte. An deren äußersten Enden überschatteten zwei Hochhauskomplexe die niedrigen Gebäude dieses stark vom Tourismus geprägten Ortes: Links die beiden gelben Blöcke des Sunset Jamaica Grande Resorts und rechts die vier Turtle Beach Towers über den mittelalterlich anmutenden Ferienhäusern des Sandcastle Resorts.

Mary erreichte das Ende des langen, mehrfach geknickten Piers und betrat nach vier Jahrzehnten erstmals wieder jamaikanischen Boden. Er präsentierte sich in Form eines betonierten Platzes um die üblichen hässlichen Bauten einer Hafenanlage mit Parkplätzen und kargen, kurz gestutzten Rasenflächen. Mary betrat ihn, und damit hatte es sich. Es tat sich nicht die Erde auf, jedenfalls nicht in näherer Umgebung. Ebenso wenig tat sich der Himmel auf, was bei solch spärlicher Bewölkung ohnehin schwer feststellbar gewesen wäre. Kein Engelschor sang *Halleluja* und keine Reggae-Band *Welcome back, Mrs. Arrington!* Und was noch schlimmer war: Selbst in Marys Innerem passierte nichts dergleichen. Sie hatte sich das Gefühl, das ihre Rückkehr nach Jamaika in ihr auslösen würde, als überwältigend vorgestellt. Und nun empfand sie nicht nur keinerlei Überwältigung, sondern im Grunde keinerlei Gefühl.

Kingston. Sie musste schleunigst nach Kingston. Dessen vertraute Straßen und Gassen und Häuser würden sie zweifellos nicht derart unberührt lassen. Also beschloss Mary, sich um Ocho Rios nicht weiter zu kümmern und sich möglichst rasch in ihre einstige Heimatstadt zu begeben.

Fast ein bisschen beleidigt stapfte sie die aufgeheizte Turtle Beach Road entlang, ohne die Souvenirläden zu beachten, die von Horden verwechselbarer Touristen mit Rucksäcken und Baseballmützen gestürmt wurden. Sie kümmerte sich nicht um den Straßengaukler, der sich bemühte, ihre Aufmerksamkeit zu erregen, indem er seinen bunt kostümierten Körper zu widernatürlichen Positionen verrenkte. Und auch nicht um die Straßenhändler, die ihr frisch gepflückte Kokosnüsse, frisch gepresste Fruchtsäfte oder eine erfrischende Exkursion zu den Wasserfällen des Dunns River verkaufen wollten. Sie kümmerte sich ausschließlich darum, eins dieser gewöhnlichen Autos zu entdecken, die lediglich an ihren roten Nummernschildern als Taxis zu erkennen waren.

Es dauerte nicht lange, bis sie davon mehr entdeckte,

als sie brauchen konnte. Sie entschied sich für einen silbergrauen Toyota Sienna, der vor dem Fisherman's Resort parkte, einer weiteren gediegenen Ferienanlage. Sie mochte es, dass der Fahrer mit verschränkten Armen an der Motorhaube lehnte und sie vorbeigehen ließ, ohne sie anzusprechen. Mary Elizabeth Arrington konnte man am ehesten etwas verkaufen, wenn man nicht versuchte, ihr etwas zu verkaufen.

Der Fahrer war ein dürrer alter Mann mit schütterem weißem Haar, zerrupftem weißem Vollbart und von der Sonne gerunzelter schwarzer Haut. Er nannte sich Noel und freute sich über die weite Fahrt und über Marys Großzügigkeit beim Aushandeln des Preises. Mary wiederum freute es, dass der Toyota angenehm klimatisiert war.

Während der Fahrt erwies sich Noel als schweigsam. Er ignorierte Mary auf ihrer Rückbank vollkommen, derweil er den Wagen auf die Main Street und von dort aus der Stadt hinaus steuerte. Mary war kurz irritiert, weil er, entlang der Küste, Richtung Westen fuhr, obwohl Kingston im Süden lag. Da er das lokale Straßennetz naturgemäß besser kannte als sie, fragte sie jedoch nicht nach und entspannte sich.

Sie nahm den Borsalino und die Sonnenbrille ab, lehnte den Kopf an die Nackenstütze und schloss die Augen. Sie unterdrückte jedweden Gedanken an tote Gentleman Hosts, fiebernde Schauspielerinnen und gesichtslose Mörder. Sie erlaubte sich, an nichts anderes zu denken als an das kleine gelbe Haus am Sunrise Drive, in dessen Garten es partout nicht möglich gewesen war, einigermaßen ansehnliche Rosen zu züchten. Oder eigentlich dachte sie nicht so sehr an das Haus. Vielmehr dachte sie an Maxwell, mit dem sie in diesem und allen späteren Häusern glücklich gewesen war. Glücklich nicht im Sinne von himmelhochjauchzend. Auch das war vorgekommen, wenngleich eher selten. Dreiunddreißig Jahre himmelhoch zu jauchzen, hätte Mary im Übrigen gar nicht überlebt. Glücklich im Sinne von harmonisch, von zufrieden.

Sie erinnerte sich an Maxwell, an ihre Zeit in diesem Haus, an die Abende, an denen sie zusammen auf der Terrasse gesessen, sich unterhalten oder einfach nur gelesen hatten, jeder für sich und doch zusammen. Sie schmunzelte beim Gedanken an Maxwells Lachen, an seine Augen, an die Berührung seiner Hand, wenn er sie, wie es seine Art gewesen war, beinahe schüchtern an der Schulter gefasst hatte, um ihr etwas vorzulesen, das er in der Zeitung gefunden hatte, oder um sie zu fragen, ob er ihr noch etwas zu trinken holen sollte, Gentleman der alten Schule, der er gewesen war.

Ob es diese Terrasse noch gab? Und was, wenn es die Terrasse nicht mehr gab? Wenn es das kleine gelbe Haus nicht mehr gab? Mary spürte eine Träne ihre Wange hinablaufen. Sie trocknete ihre Augen mit dem Ärmel des Safarihemds und sah sich um, als hätte sie geschlafen. Das Taxi fuhr jetzt auf einer modernen vierspurigen Autobahn, die sich zwischen niedrigen waldigen Hügeln dahinzog. Und die Mary mit Jamaika überhaupt nicht in Verbindung bringen konnte.

»Verzeihen Sie, Noel …« Sie beugte sich leicht zu ihm vor. »Was ist das für eine Autobahn? Ist die neu?«

»Ganz neu, Ma'am.« Seine alten, rot geäderten Augen schauten sie über den Rückspiegel an. »Haben die Chinesen gebaut.«

»Sie meinen chinesische Arbeiter?«

»Chinesische Arbeiter und chinesisches Geld.« Er redete mit kratziger Stimme und dem typischen Jamaika-Akzent. »Und jetzt bauen sie noch Hotels und Restaurants und so was. Wird sich viel verändern auf Jamaika. Hat sich schon viel verändert.«

»Und Kingston?«, fragte Mary beinah ängstlich. »Hat sich Kingston sehr verändert?«

»Sehr verändert. Aber vielleicht mögen Sie's, Ma'am.«

Mary sank nach hinten und blickte hinaus auf die vorbeiwogende Landschaft aus saftigen Wäldern und kahlen Felshängen. Vielleicht, dachte sie, war ihr geplanter Ausflug in die Vergangenheit doch keine so gute Idee gewesen. Diese Vergangenheit gab es nicht mehr und nichts von dem, was sie einst ausgemacht hatte. Alles, was sie dort finden würde, wäre Betrübnis. Die Vergangenheit mit Maxwell lebte allein in ihren Erinnerungen weiter.

»Hören Sie, Noel«, sagte sie. »Ich habe es mir anders überlegt. Ich möchte nicht mehr nach Kingston.«

Noels Augen im Rückspiegel wirkten überrascht und ein wenig enttäuscht.

»Sie erhalten den vereinbarten Betrag«, versprach Mary. »Aber bringen Sie mich bitte zurück zum Schiff. Wir müssen nur in Ochos Rios einen kleinen Zwischenstopp einlegen. Ich habe noch etwas zu erledigen.«

35.

Jeden Nachmittag gab es auf der *Queen Anne* eine Veranstaltung, die in der Bordzeitung als *White Glove Afternoon Tea* angekündigt wurde. Dabei servierten Kellner in weißen Dinnerjackets und weißen Handschuhen zu den Klängen eines Streichquartetts die erlesensten Teesorten. Die Veranstaltung fand im Empire Room statt, wo vor zwei Tagen auch die Ermordung des Jean-Paul Mercier stattgefunden hatte.

Nach ihrem vorzeitig abgebrochenen Landgang war Mary früh genug zurück an Bord, um daran teilnehmen zu können. Sie hoffte, eine Rückkehr an den Ort des Verbrechens würde ihr zu irgendeiner neuen Erkenntnis verhelfen. Schließlich durfte sie davon ausgehen, auch den Mörder dort anzutreffen – kehrten die Täter doch stets an den Tatort zurück. Freilich wusste sie immer noch nicht, wer der Mörder war. Aber vielleicht gelang es ihr, einen Hinweis auf seine Identität zu finden.

In ihrer Suite duschte sie den Schweiß ab, schlüpfte in frische Kleider, die der eleganten Atmosphäre des Empire Room angemessen waren, und machte sich auf den weiten Weg in den Achterbereich von Deck 3.

Als sie den Ballsaal mit den kristallenen Kronleuchtern über dem verhängnisvollen Tanzparkett betrat, musste sie sich eingestehen, dass es für ihr spontanes Interesse am Afternoon Tea einen weiteren Grund gab. Denn das Erste, wonach sie sich umblickte, hatte nichts mit Mercier oder seinem Mörder zu tun. Das Erste, wonach sie sich umblickte, war Sir Cedric. Sie hoffte, dass er wie sie von seinem unfreiwillig einsamen Landgang frühzeitig zurückgekehrt war und wie sie dieselbe Idee gehabt hatte. Zu ihrer Enttäuschung konnte sie ihn nirgends entdecken, während sie sich den dicht besetzten Tischen links und rechts der Tanzfläche näherte.

Auf der Tanzfläche standen, ungefähr dort, wo Mercier sich im Todeskampf verrenkt hatte, vier Stühle und vier Notenpulte. Auf den Stühlen saßen vier Damen in apartem Schwarz, die auf zwei Violinen, einer Viola und einem Violoncello Mozarts *Streichquartett in D-Dur* spielten. Sie spielten dermaßen zart und zurückhaltend, dass sie kaum das Gemurmel der Gäste und Klingeln der Porzellantassen und Silberlöffel übertönten.

Mary fand einen freien Tisch, und einer der Kellner goss ihr einen Traditional Afternoon Tea ein.

Während Mary genussvoll das Aroma ihres noch dampfenden Tees einatmete, schweifte ihr Blick über die anderen Besucher. Jeder dieser Dutzenden Teetrinker, Sandwichverzehrer, Schokokeks-, Marmeladenplätzchen- und Sahnetortengenießer konnte zu Mercier in einer Beziehung gestanden haben, von der Mary keine Ahnung hatte. Jede und jeder Einzelne hier konnte der Mörder sein, dessen Opfer auch sie vor wenigen Stunden beinahe geworden wäre. Ein kalter Schauer kroch Marys Rücken hinab, als ihr einfiel, dass der Mörder sie kannte, während er selbst unerkannt blieb.

Mary forschte in all den so harmlos und ungezwungen wirkenden Gesichtern nach einem verräterischen Zeichen, einem Seitenblick, der sich auf sie richtete und der länger dauerte, als angemessen gewesen wäre, einem hämischen Lächeln, mit dem sie ihr Gegner bedachte – denn was war er anderes als ihr Gegner, ein Feind, den sie zu Strecke bringen wollte? Und der sie zur Strecke bringen wollte!

Aber Mary entdeckte nichts davon. Weder in den angespannten Mienen der Kellner noch in den entspannten Gesichtern der Gäste. Es wurde gegrinst, aber nicht in der Manier eines triumphierenden Giftmörders. Und es wurde verstohlen zur Seite geblickt, aber bloß, um sich an den Sandwiches oder Süßspeisen des Nachbarn Appetit für die eigene nächste Bestellung zu holen.

Stattdessen entdeckte sie, nur wenige Tische entfernt, Mr. Miller. Er trug wieder die klobige Hornbrille zu seinem Vollbart und dem langen Haar und trank Tee, ohne etwas zu essen.

Hinter ihm in seinem Rücken saß Honey Hot, auf demselben Platz, auf dem Jill beim Ball mit Mary gesessen hatte. Sie war Mary bisher nicht aufgefallen, weil sie momentan gleich gegen zwei ihrer Gewohnheiten verstieß, die Mary inzwischen für unerschütterliche Naturgesetze gehalten hatte: Erstens kicherte und quietschte und filmte sie nicht, sondern tippte, ebenfalls vor nichts als einer Tasse Tee, konzentriert auf ihrem mit Herzchen verzierten Smartphone herum. Zweitens war nirgendwo Ponger zu sehen, ohne den sie für gewöhnlich nicht anzutreffen war.

Dafür hielt sie sich, was ihre Garderobe anbelangte, geradezu übereifrig an ihren gewohnten Stil. Ihre Silikonmassen quollen aus dem Revers einer Art Frack, bedruckt mit einem penetranten Blumenmuster. Das also verstand die Internet-Ikone Honey Hot unter der angemessenen Kleidung zu einem englischen Afternoon Tea.

Wenigstens sie, dachte Mary, konnte man wohl guten Gewissens als Verdächtige ausschließen. Kein Mörder würde es so angestrengt darauf anlegen, die allgemeine Aufmerksamkeit auf sich zu ziehen. Auf der anderen Seite konnte natürlich genau darin ein Trick bestehen, sich allen auf eine bestimmte Weise zu präsentieren und dadurch eine ganz andere, dunkle Seite zu verschleiern.

»Schreiben Sie das lieber sofort in ihr Notizbuch. Bevor Sie es vergessen.«

Magic Cedric war vor Marys Tisch erschienen wie aus dem Boden gewachsen. Ein Auftritt, der eines Bühnenmagiers von Weltrang würdig war. Er sah ebenfalls frisch geduscht aus und hatte seine Safarikleidung gegen Nachmittagsteekleidung getauscht.

»Was, meinen Sie, soll ich in mein Notizbuch schreiben?«, fragte Mary.

Er zuckte wohlgelaunt die Schultern. »Das kleine, vielsagende Detail, die scharfsinnige Beobachtung, den schlagfertigen Dialog, was immer Ihre forschenden Augen dieses Mal an romantauglichem Material erspäht oder was Ihr kreativer Verstand Ihnen dieses Mal an brillanten Ideen für raffinierte Plots eingegeben hat.«

»Ich pflege mich nicht ausschließlich mit literarischen Problemen zu befassen«, antworte Mary, lächelte und nahm endlich einen Schluck von ihrem Tee, dessen Aroma nicht zu viel versprochen hatte.

»Nein? Und womit, wenn Sie mir die Frage erlauben, pflegen Sie sich sonst noch zu befassen?«

Wieder kam in Mary der Drang auf, ihm alles zu erzählen. Sie unterdrückte ihn erneut. Anstatt ihm zu antworten, lud sie ihn ein, sich zu setzen. Da der Kellner just in diesem Moment eine Etagere mit Sandwiches servierte, lud sie ihn auch gleich ein, sich daran zu bedienen.

»Vielen Dank«, lehnte er ab. »Ich habe in Ocho Rios gegessen. In einem italienischen Restaurant! Namens *Evita's*. Typisch Tourist, nicht?« Er lachte über sich selbst, was nach Marys Überzeugung die sympathischste Art von Humor war. »Aber ich konnte der herrlichen Aussicht über die Stadt nicht widerstehen. Und dann gab es freilich einen zweiten Grund für meine Wahl.«

»Und der wäre?« Mary griff als Erstes nach dem Schinkensandwich. Sozusagen als Hauptgericht vor den leichteren mit Tomaten und Gurken. Die Tatsache, dass in diesem Raum jemand ermordet worden war, regte nicht gerade ihren Appetit an. Aber Mary war nicht so zart besaitet, dass sie deshalb keinen Bissen mehr runtergekriegt hätte. Und hungrig auf Mörderjagd zu gehen, war schließlich auch nicht empfehlenswert.

»Ja, bitte«, sagte Sir Cedric zu dem Kellner mit der weißen Porzellankanne in den weiß behandschuhten Händen. Worauf ihm ebenfalls heißer Traditional Afternoon eingeschenkt wurde.

»Ich hoffte natürlich«, kam er auf Marys Frage zurück, »dort Ihnen zu begegnen. Meine Spekulation lautete: Falls Sie in Ocho Rios essen, dann im *Evita's*, wo Sie nicht bloß ein paar Leute beobachten können, sondern gleich eine komplette Stadt. Ich wollte die Hoffnung auf einen Nachmittag mit Ihnen einfach nicht aufgeben.«

Mary lachte. »Das ist zwar äußerst charmant. Aber nicht im Entferntesten glaubhaft.«

Er beobachtete ihr Lachen mit einem versonnenen Grinsen. »Und wie war Ihr Landgang, Magic Mary?«

»Ich muss gestehen, nicht so, wie ich ihn mir vorgestellt hatte.«

»Das hört sich irgendwie traurig an.«

»Es ist ganz und gar nicht traurig«, widersprach Mary. »Im Gegenteil.«

Für ein paar Sekunden verschwammen Sir Cedrics einfühlsam forschende Augen hinter den Bildern, die jetzt noch einmal vor ihr auftauchten: Das kleine gelbe Haus. Die Terrasse. Maxwell, der in einem Korbstuhl die

Zeitung las, der aufsah und sie mit einem Lächeln begrüßte, als sie aus der Tür auf ihn zutrat.

»Ich habe mich einfach entschlossen«, sagte Mary, »die Erinnerung an eine schöne Vergangenheit nicht von einer möglicherweise hässlichen Gegenwart zerstören zu lassen.«

Sir Cedric betrachtete sie eine Weile mit fast verträumtem Ausdruck, bevor er antwortete.

»Diesen Satz müssen Sie in Ihr Notizbuch schreiben. Und bitte unbedingt auch in Ihren nächsten Roman.«

36.

»Lassen Sie mich in Ruhe! Nehmen Sie das Ding weg!«

»Du hast mir gar nichts zu sagen, du Freak. Ich filme, wen ich will, ist das klar? Also nimm du gefälligst deine Drecksfinger weg.«

Augenblicklich wandten sich alle dem Streit zu, der plötzlich im Saal ausgebrochen war. Auch Mary und Sir Cedric blickten auf. Die erste Stimme gehörte Mr. Miller – zur Überraschung aller, hatte man doch bisher nicht viel mehr von ihm vernommen als gemurmelte Worte, von denen noch dazu die Hälfte in seinem Vollbart untergegangen war. Jetzt aber war offenbar etwas geschehen, das ihn dazu brachte, sich deutlicher verständlich zu machen.

»Ich verlange, dass Sie sofort damit aufhören.«

»Ist mir doch egal, was du verlangst, du Spinner. Wenn dir das nicht passt, kannst du dich ja in deine Kabine verziehen.«

Dass diese schrille Frauenstimme niemand anderem gehörte als Honey Hot, sorgte hingegen für keinerlei Überraschung. So oft, wie man sie schon gehört hatte, erkannte jeder sie bereits beim ersten Quietschen.

»Eigentlich solltest du dich eher freuen, in meinen Clips dabei sein zu dürfen. Da reißen sich andere drum. Da brauchst du gar nicht so einen Aufstand zu machen. Und wenn du es noch einmal wagst, mein Handy anzufassen, kriegst du richtig Ärger, kapiert? Das geht voll gegen meine Pressefreiheit!«

Langsam erschloss sich den Zuschauern dieses Gefechtes, was vor sich gegangen war. Offenbar hatte Mr. Miller gewagt, sich gegen Honeys dreiste Filmerei zu wehren und dabei sogar die Hand ausgestreckt, um das Handy, das sie auf ihn gerichtet hatte, von sich zu schieben. Zur Strafe für diesen Eingriff in ihre ›Pressefreiheit‹ richtete Honey nun nicht nur ihr Handy, sondern ihre gesamte kreischend vorgetragene Empörung auf ihn. Mr. Miller schien überrumpelt von der Heftigkeit ihrer Attacke. Er sah wohl ein, dass es aussichtslos war, weiter auf der Einhaltung seiner Privatsphäre zu bestehen, während Honey ihn dabei für die Weltöffentlichkeit festhielt. Die Blicke der Anwesenden waren ihm offenbar schon peinlich genug. Nicht nur, dass er den Kopf einzog und die Hände vor das Gesicht nahm, um sich vor ihnen – und vor Honeys Smartphone – zu schützen. Er machte sich auch auf seinem Stuhl klein, als wolle er unter dem Tisch in Deckung kriechen.

Die Gespräche und das Porzellangeklingel waren verstummt. Die musizierenden Damen fiedelten weiter und wechselten sogar geistesgegenwärtig von Mozarts fröhlichem *Streichquartett in D-Dur* zu den noch fröhlicheren *Ungarischen Tänzen* des Johannes Brahms.

Einer der Kellner trat an Honeys Tisch. Ein fülliger älterer Herr mit Halbglatze, dessen Namensschild Mary aus der Ferne nicht entziffern konnte. Sie erinnerte sich, ihn schon auf dem Ball bemerkt zu haben. Er war es gewesen, den Uwe Ponger angeschnauzt hatte, weil er ihm kein Scarlet Buffalo hatte servieren können. Mit professioneller Höflichkeit ersuchte er Honey, das Filmen einzustellen. Aber er scheiterte kläglich. Sofort richtete sich das Smartphone auf ihn wie eine geladene Schrotflinte.

»Und hier, meine Lieben«, sagte Honey, »haben wir direkt noch so einen Tyrannen, der die Meinungsäußerung unterdrücken will. Aber solche Schikanen lassen wir uns nicht bieten.«

Mary brauchte einen Moment, bis sie begriff, dass Honey mit ›meine Lieben‹ die Zuschauer meinte, die diese Filmchen später im Internet bewundern dürften.

Der Kellner gab sich alle Mühe, angesichts dieser Anklage Haltung und Würde zu bewahren.

Mr. Miller hingegen nutzte die Gelegenheit zur Flucht. Er sprang auf, schlängelte sich an Honey und dem Kellner vorbei und hetzte im Zickzack zwischen den Tischen hindurch. Auf der Tanzfläche rannte er beinah die Damen des Streichquartetts um, die den aktuellen *Ungarischen Tanz* nicht einmal in einer solch akuten Gefahr unterbrachen. Sie rissen lediglich die Augen auf und gerieten ganz kurz, nur für empfindliche Ohren wie die Marys vernehmbar, aus dem Takt. Und als der Brahms wieder genauso klang, wie von der Partitur vorgeschrieben, war Mr. Miller aus dem Empire Room verschwunden.

Das Drama aber war damit noch lange nicht erledigt. Nicht nur, dass der Kellner nach wie vor mit zunehmender Erregung auf Honey einredete und sie seine Erregung mit schnippischen Kommentaren versah – zu allem Überfluss trat jetzt auch noch ein weiterer Teilnehmer dieser absurden Vorführung auf den Plan: Uwe Ponger, in all seiner volltönenden, in einen blauen Trainingsanzug gehüllten Grobschlächtigkeit.

Mary hörte ihn zu der beschwingten Streichmusik schon von Weitem herantrampeln. Der Kellner jedoch bemerkte ihn nicht und verlor ausgerechnet in diesem Moment die Geduld. Mit einem unvorhersehbaren Ausfallschritt schnappte er Honey das Smartphone aus der Hand und stoppte die Aufzeichnung. Dann reichte er es ihr zurück und forderte sie, nicht mehr so höflich, auf, den Saal zu verlassen, da ihr Benehmen für einen solchen Ort unpassend sei.

»Das werden wir ja mal sehen«, dröhnte Ponger und reckte sich vor dem Kellner zu seiner ganzen Riesenhaftigkeit empor. »Wer da den Saal verlässt!«

Der Kellner reichte Ponger kaum bis zur Brust und erinnerte sich bestimmt an dessen Gezeter wegen des nicht verfügbaren Energy-Drinks auf dem Ball. Trotzdem entgegnete er furchtlos: »Sir! Wer stört, kann am Afternoon Tea nicht teilnehmen. Und Miss Hot hat empfindlich gestört. Offen gesagt, stören Sie im Augenblick ebenso.«

Darauf ging ein anerkennendes Raunen durch die Menge, die übrigen Kellner nickten einander zu, als hätten sie von ihrem Kollegen nicht weniger erwartet. Sir Cedric beugte sich zu Mary und flüsterte: »Guter Mann.«

Uwe Ponger sah das anders. »Jetzt pass mal auf, du Gartenzwerg!«, knurrte er. »Du bringst mir jetzt ganz flott einen Tee! Den werdet ihr ja haben, wenn ihr schon sonst nichts habt. Und ein paar von diesen Stullen! Und dann machst du die Fliege, und ich will keinen Mucks mehr von dir hören. Und Abgang!«

Der Kellner blieb unbeeindruckt stehen. »Sir, ich bedaure, Ihre Bestellung nicht ausführen zu können. Und Sie nun ersuchen zu müssen, den Saal zu verlassen.«

Pongers mächtiger Schädel lief dunkelrot an. Sein Arm schnellte mit einer Blitzartigkeit vor, an der man den ehemaligen Boxer erkannte. Er packte den Kellner am Kragen und brüllte: »Gar nichts verlasse ich. Du weißt wohl nicht, mit wem du sprichst? Komm mir noch einmal frech und es setzt was!«

Dieser Ausbruch brachte sogar das Streichquartett zum Verstummen, das bisher so tapfer allen Störungen zum Trotz weitergespielt hatte. Jetzt aber brach der *Ungarische Tanz* ab. Wie alle anderen starrten die Musikerinnen in der abrupten Stille erschrocken hinüber zu Ponger.

Mary wollte aufstehen, um einzuschreiten und dem armen Kellner zu Hilfe zu eilen. Aber Sir Cedric kam ihr zuvor.

Er erhob sich. »Meine Herren. Ich bitte Sie. Solche Kindereien sind doch nun wirklich nicht nötig.«

In seiner Stimme schwang eine Autorität mit, die schlagartig sämtliche Blicke auf ihm versammelte. Und die sogar die anderen Kellner, die losgeeilt waren, um ihrem Kollegen beizuspringen, innehalten ließ.

Ponger hatte Sir Cedric bisher offenbar nicht wahrgenommen. Zunächst glotzte er ihn bloß an, mit einem Ausdruck, der auf Mary eher ertappt als überrascht wirkte. Dann verzerrten sich seine Züge zu einer verächtlichen Grimasse. »Der Schnösel. Das war ja klar!«

Er löste seine Hand vom Kragen des Kellners. Der ordnete sein Dinnerjacket und wich, nun doch etwas eingeschüchtert, einige Schritte zurück.

Sir Cedric schlenderte auf Ponger zu. Wie vorgestern, bei ihrem Streit auf dem Ball, war es, als hielten alle den Atem an. Von den Gästen vor ihren auskühlenden Teetassen über die Musikerinnen, die sich nervös an ihre Instrumente klammerten, bis hin zu Honey Hot, die ebenfalls ein paar Schritte davontrippelte, dabei aber natürlich längst ihr Smartphone gezückt hatte, um die drohende Konfrontation festzuhalten.

Ponger richtete sich drohend vor Sir Cedric auf.

»Was willst du denn?«, herrschte er ihn an. »Du willst dir wohl auch eine einfangen, wie?«

Er hielt ihm seine klobige Faust hin.

»Was darf's denn sein? Ein blaues Auge?«

Sir Cedric blieb gelassen vor ihm stehen und betrachtete amüsiert Pongers Faust.

»Blau?«, fragte er. »Ja, blau wäre gar nicht so schlecht. Ist eine meiner Lieblingsfarben. Und passt ja auch bestens zu ihrem Anzug.«

Ehe Ponger sich versah, hatte Sir Cedric schon die Hand ausgestreckt und ein blaues Band aus dem Ärmel seines Widersachers gezogen, das in weitem Bogen durch die Luft flatterte und sanft zu Boden schwebte. Unter den übrigen Gästen erhoben sich erstaunte Rufe. Einige lachten.

Ponger gab einen verdutzten Laut von sich.

»Wie? Was?«, rief er und blickte auf seinen Ärmel. »Woher kommt der Kram?«

Er bemühte sich, seine Fassung wieder zu finden.

»Jaja«, maulte er. »Sehr witzig, deine kleinen Zaubertricks. Aber die kann doch jedes Kind.«

»Was haben Sie denn?«, fragte Sir Cedric. »Ist Blau vielleicht doch nicht Ihre Farbe? Wie wäre es denn dann mit Rot?«

Er griff in die Tasche von Pongers Trainingsjacke und zog einen prächtigen Strauß roter Rosen heraus. Das Publikum klatschte Beifall – denn längst waren alle Versammelten nichts anderes als das Publikum bei einer von Sir Cedrics Zaubervorführungen. Ponger war gar nicht begeistert, ihm als unfreiwilliger Gehilfe zu dienen.

»Hör sofort auf mit dem Unsinn«, rief er. Aber es war kein Zorn in seinen Worten, auch keine Drohung wie zuvor. Es war für alle deutlich, dass es ihm einfach nur peinlich war, von seinem Gegner zur Freude aller zum Narren gehalten zu werden. »Lass deine Flossen von meinen Klamotten.«

Er fuhr mit der Hand in seine Tasche und tastete verwirrt darin herum. Seine Verwirrung steigerte sich noch, als er die Hand wieder herauszog und mit ihr ein Regen glänzenden Konfettis in allen Farben herausschoss.

»Vielleicht mögen Sie es auch lieber bunt?«, rief Sir Cedric. Die Zuschauer sprangen von ihren Stühlen, pfiffen und klatschten begeistert Applaus. Sir Cedric war nun ganz in seinem Element. Es war, als stünde er wieder auf der Bühne, um die ausverkaufte Royal Albert Hall mit seinen Darbietungen von den Stühlen zu reißen. Er wollte ein weiteres Mal an Ponger herantreten. Aber Ponger wich vor ihm zurück und streckte abwehrend die Hände aus.

»Nein, das reicht. Komm mir nicht zu nah mit deinem Hokuspokus, sonst schwöre ich …«

Aber er wusste ebenso wie Sir Cedric, dass es eine leere Drohung war und er sich, wenn er jetzt noch irgendetwas gegen diesen Zauberer unternähme, nur endgültig zum Gespött machen würde. Stattdessen richtete er seine hilflose Empörung auf Honey, die seine Blamage in ihrem Handy verewigt hatte.

»Hör sofort auf mit dem Schwachsinn«, fuhr er sie an und schnappte ihr das Smartphone weg. »Wir hauen sofort ab hier!«

Er griff sich Honey am Arm, die erschrocken hinter ihm hertaumelte, und zog sie mit sich Richtung Ausgang.

»Aber warten Sie doch noch einen Moment«, rief Sir Cedric ihm hinterher. »Sie wollen doch nicht ohne Ihre Geldbörse gehen, oder?«

Ponger blieb stehen und drehte sich um.

»Wie Geldbörse?«

Er betastete seine Taschen.

»Wann zum Geier haben Sie … ich meine, du gibst mir sofort …«

»Aber natürlich, werter Herr«, sagte Sir Cedric, zog

mit graziöser Geste Pongers Börse hervor, die er dem Ex-Boxer in die ausgestreckte Hand legte. Einen Moment lang starrte Ponger Sir Cedric an. Dann aber stopfte er die Börse in seine Tasche, drehte sich um und zog mit Honey im Schlepptau von dannen.

Das Publikum begleitete seinen Abgang mit tosendem Applaus. Sir Cedric trat noch einmal in den Saal, winkte und verbeugte sich zu allen Seiten, bevor er zu Mary zurückkehrte, sich zu ihr setzte und in aller Seelenruhe einen Schluck von seinem Tee trank, als sei nicht das Geringste vorgefallen.

»Was für eine Ehre«, sagte Mary, als der letzte Beifall verklungen war und der Empire Room sich allmählich wieder mit Stimmengemurmel, leisem Gelächter und dem Klingeln der Porzellantassen und Silberlöffel füllte. »Völlig unerwartet eine Kostprobe Ihrer magischen Künste geboten zu bekommen. Darf ich davon ausgehen, dass Sie jederzeit für solche spontanen Vorstellungen gewappnet sind? Oder gab es einen besonderen Anlass?«

»Aber ich bitte Sie, Teuerste!« Sir Cedric lächelte sie schelmisch über seine Tasse hinweg an. »Ein großer Zauberkünstler braucht doch keine Vorbereitung. Ich verspreche Ihnen, dass diese Kostprobe, wie Sie es nennen, absolut nichts damit zu tun hatte, dass dieser charmante Herr und ich bereits einmal aneinandergeraten sind, und ich davon ausgehen durfte, dass es sich möglicherweise wiederholen würde und ich für diesen Fall vorbereitet sein wollte.«

»Wenn das so ist«, erwiderte Mary. »Habe ich nicht nur Ihre magischen Fähigkeiten, sondern auch Ihre weise Voraussicht zu bewundern. Nur eine Kleinigkeit habe ich an Ihrem heutigen Programm auszusetzen.«

»Und die wäre, meine Liebe?«

»Nun ja.« Mary lächelte. »Wenn Sie sich schon die Mühe machten, an diesem Grobian herumzuzaubern, hätten Sie ihn ja auch bis zum Ende unserer Reise verschwinden lassen können. Das wäre auf jeden Fall ein fantastischer Trick gewesen!«

37.

»Nichts«, rief Sandra, klappte das Fotoalbum zu und warf es frustriert neben sich auf das Sofa. »Da drin ist absolut gar nichts. Nur blöde Frankreich-Fotos, Strand und Palmen und das Meer. Absolut gar nichts, was uns irgendwie weiterhilft.«

Sie stand auf und stapfte eine Runde durch die Suite. Mary und sie waren sich darin einig gewesen, dass es für Mary nicht ratsam war, sich noch einmal in die unteren Decks zu begeben. Wenn Kapitän MacNeill davon Wind bekommen hätte, wäre sie in arge Schwierigkeiten geraten, ganz abgesehen davon, dass ihre Zusammenarbeit mit Sandra geheim bleiben musste, wenn sich die junge Frau keinen Ärger einhandeln wollte. Aus diesem Grund hatte sich Sandra nach dem Ende ihrer Schicht zu ihr in die Trafalgar Suite geschlichen. In einer großen Umhängetasche hatte sie dabei all jene Gegenstände mitgebracht, die Mary und Antonio aus Merciers Kabine entwendet hatten. Auf dem Couchtisch lag nun all das ausgebreitet, wovon die beiden sich Aufschluss über Merciers Tod versprachen. Eine geschlagene Stunde hatten die beiden bereits damit verbracht, seine Reiseführer, Taschenbücher und Zeitschriften zu durchblättern in der Hoffnung, darin irgendeine markierte Passage zu finden, einen Zettel, eine Notiz am Rand, die ihnen weiterhalf. Sie hatten in einige seiner Musikkassetten reingehört und nichts darauf gefunden als das, womit sie beschriftet waren. Mehrmals schon hatten sie das Fotoalbum durchgesehen – ohne Ergebnis.

»Nur die Ruhe«, sagte Mary. »Irgendetwas ist hier. Welchen anderen Grund sollte der Mörder gehabt haben, in Merciers Kabine einzudringen? Ich gehe jedenfalls nicht davon aus, dass er es auf eine alte Taucherflosse, eine Strandmatte oder die Großpackung Kondome abgesehen hatte. Außerdem haben wir ja noch nicht alles überprüft.«

»Nein«, sagte Sandra und deutete auf die Musikkassetten. »Aber wenn ich noch einen Ton von diesem französischen Schmalzgeseier hören muss, drehe ich durch.«

»In Ordnung«, sagte Mary und lächelte. »Kein Schmalz. Aber wir haben ja auch noch das hier.«

Sie nahm einen weißen Umschlag vom Couchtisch, öffnete ihn und zog die Fotos heraus, die er enthielt. Es waren die Fotos, die sich auf dem Film in Merciers Kamera befunden hatten. Den Film hatte Mary entnommen, bevor sie sich am Abend ihrer unlauteren Kabinendurchsuchung von Antonio verabschiedet hatte und in ihre Kabine zurückgekehrt war. Auf Jamaika hatte sie Noel, ihren Fahrer, gebeten, sie zu einem Fotoladen zu fahren, wo man den Film entwickeln konnte. Noel hatte sofort gewusst, wo sich ein solcher Laden befand. Es war nicht viel los gewesen und Mary hatte nicht lange warten müssen.

Sie war natürlich neugierig gewesen. Bisher aber hatte sie keine Gelegenheit gehabt, sich damit zu befassen. Außerdem fand sie, dass sie es Sandra schuldig gewesen war, zu warten, bis sie sich die Bilder gemeinsam ansehen konnten.

Sandra stand hinter ihrem Sessel und schaute über ihre Schulter, während Mary den Fotostapel hielt und jedes Foto hinter die anderen schob, nachdem sie es gründlich betrachtet hatten. Zunächst aber sah es aus, als enthielten auch diese Bilder nichts, das ihnen weiterhalf. Mehr Strand, mehr Palmen und Meer. Sandra verschränkte die Arme auf der Sessellehne und legte ihren Kopf darauf ab. Sie stieß jedes Mal ein genervtes Stöhnen aus, wenn auch das nächste Foto nichts anderes zeigte als das, was offensichtlich Merciers Lieblingsmotive waren. Dann aber, als sie den Stapel schon fast bis zum Ende durchgesehen hatte, richtete sie sich plötzlich auf.

»Da«, rief sie. »Schauen Sie mal! Ich glaube, jetzt haben wir was.«

Sie zeigte mit dem Finger auf das Foto, das Mary in Händen hielt. Auch dieses zeigte das Übliche: Sand, Palmen, Meer. Aber im Gegensatz zu den übrigen zeigte es noch etwas anderes. Zwischen den Palmen stand eine Gestalt. Sie war nur am Rand des Bildes zu sehen und vermutlich versehentlich darauf festgehalten worden. Aber sie war deutlich zu sehen. Auch ihr Gesicht.

»Ich werd verrückt«, rief Sandra. »Den Typen kenne ich. Der ist hier an Bord. Das kann doch kein Zufall sein, dass er als Einziger auf diesen Bildern auftaucht.« Sie schlug mit der Faust in die flache Hand. »Das muss der Mistkerl sein. Er hat gemerkt, dass Jean-Paul ihn fotografiert hat und aus irgendeinem Grund wollte er das nicht, es war gefährlich für ihn und deshalb musste er Jean-Paul töten und in seine Kabine einbrechen und sich die Kamera holen, weil er genau wusste, …«

»Jetzt beruhigen Sie sich erst mal«, dämpfte Mary ihren Enthusiasmus. »Wir sollten uns mit Mutmaßungen nicht zu weit aus dem Fenster lehnen. Ich gebe zu, hier besteht eine gewisse Wahrscheinlichkeit, dennoch …«

»Eine gewisse Wahrscheinlichkeit?«, fuhr Sandra auf, stapfte um den Sessel herum und baute sich vor Mary auf. »Natürlich ist er das. Er muss es einfach sein. Und? Was machen wir jetzt? Gehen wir damit zu MacNeill?«

»Sie gehen mit gar nichts zu niemandem«, sagte Mary, um Sandra in ihrem Eifer zu bremsen, bevor sie sich dadurch selbst in Schwierigkeiten brachte. »Vergessen Sie nicht, dass Sie gar nicht hier sein dürften und offiziell mit all dem gar nichts zu tun haben. Selbst wenn wir recht haben, heißt das nicht, dass der Kapitän es Ihnen nachsehen würde, einer Passagierin Zutritt zu den Crewquartieren verschafft zu haben.«

Sie betrachtete das Foto.

»Und auch für mich wäre es noch zu früh. MacNeill ist ohnehin nicht allzu gut auf mich zu sprechen und alles andere als begeistert von meinen Ermittlungen. Bevor ich ihm einen Verdächtigen präsentiere, müssen wir hundertprozentig sicher sein, dass wir auch den Richtigen haben. Wir dürfen uns keinen Fehltritt erlauben.«

Sandra presste die Lippen zusammen. Sie sah aus, als wäre sie am liebsten auf der Stelle aus der Suite gestürmt, um den Mann zu konfrontieren, der ihren Mutmaßungen zufolge Merciers qualvollen Tod verursacht hatte. Aber sie sah ein, dass Mary recht hatte.

»Na schön. Solange wir den Mistkerl nicht entkommen lassen.«

»Werden wir nicht«, beruhigte sie Mary. »Wir werden sorgfältig vorgehen. Er wird nicht merken, dass wir ihm auf die Schliche gekommen sind. Irgendwann wird er etwas tun, das ihn verrät. Und wir werden da sein, um ihn dabei zu ertappen und ihn zu überführen.«

Sie tippte mit dem Finger auf das Foto.

»Wir sind nah dran, Sandra. Wenn wir wirklich richtig liegen, haben wir unseren Mörder.«

38.

In dieser Nacht konnte Mary nicht einschlafen. Am späten Nachmittag hatte die *Queen Anne* ihre Taue vom Pier in Ocho Rios losgeworfen und Kurs auf Grand Cayman genommen. Um Mitternacht war sie schon weit auf See, und Mary lag noch immer wach in ihrem übergroßen Bett. Es ging ihr so viel durch den Kopf. Nicht nur der Durchbruch, den Sandra und sie bei ihren Ermittlungen erreicht hatten – sofern es denn ein Durchbruch war. Auch Sir Cedric spielte in ihren Gedanken eine nicht unwesentliche Rolle. Die Beschäftigung mit ihm war weitaus weniger bedrückend als die mit dem Mörder, der durch ihren Verstand geisterte. Nach seiner Vorführung im Empire Room und Pongers schmählichem Abgang hatten sie sich noch blendend unterhalten. Beim Abschied hatten sie sich zum Frühstück verabredet. Mary freute sich darauf, wie sie sich schon lange nicht mehr auf das Wiedersehen mit einem Mann gefreut hatte, der nicht Maxwell war.

Maxwell. Er war immer zuverlässig aufgewacht, wenn sie sich früher so schlaflos von einer Seite auf die andere gewälzt hatte. Er hatte sie flüsternd angesprochen, um sich zu vergewissern, ob sie bestimmt wach sei. Dann hatte er sie behutsam ausgefragt, bis er die Ursache ihrer Schlaflosigkeit verstanden hatte. Und meistens war sie nach seinen tröstenden Worten und Umarmungen schließlich doch eingeschlafen. Auch wenn Maxwell jetzt nicht mehr da war, verschaffte Mary allein die Erinnerung an ihn Trost. Nach und nach legte sich der Aufruhr in ihrem Verstand. Seufzend schmiegte sie sich in das weiche Kissen und schlief tatsächlich ein.

Entsetzt schreckte Mary aus dem Schlaf hoch, nach ihrer Empfindung nur ein paar Minuten, nachdem sie endlich eingeschlafen war. Sie war sofort hellwach und richtete sich mit einem Ruck auf. Sie hatte etwas gehört. Aus der Suite nebenan, der Suite von Jill Benny, die sie zuletzt fiebernd, nicht ansprechbar, in ihrem Bett gesehen hatte. Dieses Mal aber war es kein Wimmern, Schluchzen oder Klagen, das durch die Wand zu ihr gedrungen war. Es war ein lauter Knall gewesen, ein Rumms, wie von einer Tür, die heftig zugeschlagen wurde. Sie starrte in die Dunkelheit, die sie umgab und lauschte. Das Geräusch war nicht noch einmal zu hören. Aber Mary war sicher, es sich nicht nur eingebildet zu haben.

Mary machte Licht, sprang aus dem Bett und schlüpfte in den Morgenmantel und die Ledersandalen. Irgendetwas war da drüben passiert – oder es passierte gerade. Und bei dem besorgniserregenden Zustand, in dem sich Jill Benny befunden hatte, war nicht auszuschließen, dass es sich um etwas Schlimmes handelte. Auf keinen Fall, wusste sie, könnte sie wieder einschlafen, bevor sie es überprüft hatte. Wer wusste, wozu die junge Schauspielerin in ihrem Fieberwahn fähig war. Sie steckte die Bordkarte ein, um sich nicht versehentlich auszusperren, und hastete hinaus ins Foyer, das auch spätnachts beleuchtet war.

Zunächst zurückhaltend und sachte klopfte sie an der Piccadilly Suite an. Dann, da sich nichts tat, etwas fester.

»Miss Benny?« rief sie. »Jill? Machen Sie auf, Jill!«

Aber nichts regte sich hinter der Tür. Mary fühlte Panik in sich aufsteigen. Eine dunkle Vorahnung ergriff sie. Irgendetwas stimmte hier ganz und gar nicht. Sie war kurz davor, mit den Fäusten gegen die Tür zu hämmern. Doch sie wäre nicht Mary Elizabeth Arrington gewesen, hätte sie sich nicht gefasst und gezwungen, die Situation möglichst rational zu durchdenken. Sie wusste: Sie musste in die Suite. Sie musste wissen, ob mit Jill Benny alles in Ordnung war. Aber mit Faustschlägen würde sie es kaum schaffen, durch diese Tür zu gelangen.

Sie brauchte Hilfe.

39.

»Ich versichere Ihnen, dass ich so etwas niemals tun würde, wenn es sich nicht wirklich um einen Notfall handelte. Ich hoffe, Sie bereuen nicht, mir Ihre Handynummer gegeben zu haben.«

Mary wartete vor der Piccadilly Suite. Sie hatte sich inzwischen vernünftig angezogen und ihre Nerven einigermaßen unter Kontrolle gebracht.

Sandra schüttelte den Kopf, während sie durch das Foyer auf sie zu tappte. Ihr Gesicht wirkte verschlafen, aber nicht verärgert. »Wenn jemand wie Sie sagt, es ist ernst … Nur gut, dass ich meine Kabine allein hab. Sonst hätt ich das noch irgendwem erklären müssen. Wieso ich losgaloppier, mitten in der Nacht, mit der Zentralkarte.«

Mary sah Sandra erstmals ohne Arbeitskleidung. Um ihren zierlichen Körper schlabberten ein zerknautschtes Tank Top, in dem sie wohl geschlafen hatte und eine zerknautschte Jogginghose, in die sie sich hektisch hineingestrampelt haben musste. Nur für Schuhe hatte die Zeit offenbar nicht gereicht, sie war barfuß. Ihr Haar war wie bei ihrer ersten Begegnung zu einem zerzausten Knoten geschlungen.

»Ich hoffe, ich täusche mich«, sagte Mary. »So unhöflich das klingen mag: Ich hoffe, Sie grundlos geweckt zu haben.«

»Ist da grad wer drin?« Sandra holte die Zentralkarte hervor. »Jill Benny?«

»Im günstigsten Fall liegt sie mit Fieber in ihrem Bett.«

»Das klingt irgendwie schräg. Hab gar nicht gewusst, dass sie krank ist. Sie hat mir gleich am Anfang verboten, in die Suite zu kommen.«

»Das hatte ich bereits vermutet.« Mary zügelte ihre Ungeduld. Warum sperrte Sandra nicht endlich die Tür auf?

»Vermutet?«, fragte sie stattdessen. »Wieso?«

»Würden Sie bitte aufschließen? Ich übernehme für alles die volle Verantwortung.«

Sandra zog die Karte, die sie schon ins Türschloss hatte schieben wollen, wieder zurück. Nun doch etwas verärgert. »Das brauchen Sie nicht. Ich übernehm sie schon selbst. Für alles, was ich mache.«

»Selbstverständlich«, seufzte Mary. »Und ich bin überaus dankbar für Ihre Hilfe.«

Das genügte. Besänftigt entsperrte Sandra das Schloss, Mary stieß die Tür auf und stürmte geradezu in die Suite.

Im Wohnzimmer brannte das Licht. Wieso brannte das Licht, wo doch die Krankenschwester nicht mehr hier war? Und sie konnte nicht mehr hier sein, sonst hätte sie auf Marys Klopfen reagiert. Oder war Jill schon so weit genesen, dass sie das Licht aufgedreht hatte? Um die Toilette oder das Bad aufzusuchen? Aber warum hatte sie dann nicht auf Marys Klopfen reagiert?

Außerdem war die Schiebetür des Balkons bis zum Anschlag geöffnet. Deren weiße Gardinen bauschten sich in einer schwachen Brise, die vom Meer hereinwehte. War die Balkontür auch am Nachmittag offen gewesen? Mary konnte sich nicht daran erinnern.

Sandra nuschelte irgendeinen Kommentar über das herrschende Chaos. Etwas wie: »Ach, deshalb haben Sie's vermutet.«

Doch Mary hätte den genauen Wortlaut nicht beschwören können. Denn Sandras Stimme wurde übertönt von einer anderen. Die andauernd und flehend ein einziges Wort wiederholte: *Bitte, bitte, bitte!* Es war Marys eigene Stimme, die in ihrem Kopf dröhnte und sie unwiderstehlich zum Schlafzimmer trieb.

Die Tür stand halb offen. Mary hielt an der Schwelle inne und atmete tief und zittrig durch. Sie konnte in dem breiten Türspalt das Bett nicht sehen. Sie sah nur, dass die dunkelbraunen Vorhänge nach wie vor geschlossen waren. Und dass im Schlafzimmer ebenfalls Licht brannte.

»Was ist?«, flüsterte Sandra, die plötzlich neben ihr stand. »Vor was haben Sie so eine Angst?«

Mary drückte zögerlich die Tür auf. Sie konnte nun das Fußende des Bettes erkennen. Die Tasche mit dem Rotkreuzlogo, die sie darauf am Nachmittag bemerkt hatte, war mit der Krankenschwester verschwunden. *Bitte, bitte, bitte!* Zentimeter für Zentimeter geriet das Bett in ihr Blickfeld, bis es vollständig sichtbar vor ihr lag.

»Davor.« Mary schluckte hart, ohne den schmerzhaften Kloß in ihrem Hals los zu werden. »Davor hatte ich solche Angst.«

Das Bett war leer. Die Decke unordentlich zur Seite geknüllt. Das Kissen eingedellt.

»Was heißt das?«, fragte Sandra. Es gab nun keinen Grund mehr zu flüstern. »Dass sie nicht mit Fieber in ihrem Bett liegt? Was bedeutet das?«

Mary war nicht gleich fähig zu antworten. Eine Weile, die sich wie eine Ewigkeit anfühlte, konnte sie nichts tun, als dieses leere Bett anzustarren. Dieses weiße Kissen, auf dem Jills roter Kopf gelegen hatte. Mit den wässrigen Augen unter den flatternden Lidern. Mit den verkrusteten Lippen, die jene drei Worte gehaucht hatten: »Ich … bin … tot.«

»Das bedeutet«, überwand Mary sich endlich zu sprechen, »dass wir alles zu spät begriffen haben. Dass wir nicht schnell genug waren, um den Täter, der an Bord sein Unwesen treibt, aufzuhalten. Es bedeutet, dass Jill Benny tot ist.«

Sandra schüttelte überfordert den Kopf. »Woher wissen Sie das? Nur weil sie grade nicht da ist? Ach, kommen Sie! Die sitzt vielleicht auf dem Klo. Oder in der Badewanne. Ich check das mal.«

Sie huschte davon, und Mary zwang sich, das Schlafzimmer zu betreten, um sich genauer umzuschauen. Sie zwang sich, einmal öfter, ihre Empfindungen zu zähmen, um einen klaren Verstand zu bewahren. Was für einen Zweck hätte es schließlich gehabt, sich von ihrer Betroffenheit, ihrer Trauer, ihrem Schuldgefühl überwältigen zu lassen? Wem wäre damit geholfen gewesen? Jill jedenfalls nicht. Für sie konnte es keine Hilfe mehr geben. Der Einzige, dem damit geholfen gewesen wäre, war ihr Mörder. Und ihm würde Mary diesen Gefallen bestimmt nicht tun.

Ihr fiel auf, dass der Koffer mit den bunten Aufklebern nicht mehr da war. Auch fehlte ein Großteil der Kleider und Schuhe, die hier verstreut gewesen waren, wie der graue Jogginganzug und das schwarze Satinkleid. Mary öffnete nacheinander die Türen des riesigen Kleiderschranks, der eine Wand des Zimmers gänzlich einnahm. Sie fand darin weder den Koffer noch den Jogginganzug noch das Kleid.

Eine Ahnung stieg in ihr auf, während sie zurück ins Wohnzimmer ging. Auch dort konnte sie die Sachen nirgendwo entdecken. Sandra kam aus dem Badezimmer und schüttelte den Kopf.

»Sie ist nirgends.«

Mary nickte traurig. »Natürlich ist sie nirgends. Wie einer ihrer Koffer nirgends ist und genügend ihrer Kleider und Schuhe, um diesen Koffer zu füllen. Und die Balkontür ist geöffnet. Wäre es nicht zu geschmacklos, könnte ich mich geschmeichelt fühlen.«

»Was soll das wieder heißen? Ich les keine Krimis, Mrs. Arrington. Ihre nicht und die mit dem James Bond als Pfaffe auch nicht. Ich schau amerikanische Serien. Mir müssen Sie alles ganz normal erklären.«

Mary erklärte es. »Ich könnte mich geschmeichelt fühlen, weil Jills Mörder meine Krimis offenbar sehr wohl gelesen hat. Wenigstens einen davon, den vorvorletzten, *Gefangen in Gibraltar,* in dem auf einer Segeljacht, die unterwegs von Marokko nach Spanien ist, ein junger Mann ermordet wird. Zuerst schlägt der Täter ihn bewusstlos, damit er nicht schreien und sich nicht wehren kann. Danach knotet er an seinen Körper einen mit Kleidungsstücken vollgepackten Koffer. Letztlich wirft er ihn über Bord, und der Koffer zieht den Bewusstlosen auf den Meeresgrund.«

»Und Sie glauben, das hat einer mit Jill Benny gemacht? Sie bewusstlos geschlagen, an diesen Koffer gebunden und vom Balkon geschmissen?«

»Ja. Das glaube ich.« Mary spürte wieder diesen Kloß im Hals, während sie versuchte, sich die Szene vorzustellen.

Sandra versuchte anscheinend dasselbe. Denn sie blickte glasig vor sich hin und murmelte: »Dann liegt sie jetzt auch auf dem Meeresgrund. Und wir sind schon Kilometer weg von ihr. Und wahrscheinlich wird sie nie einer finden.«

»Der Mörder«, spann Mary ihre Vorstellung weiter, »ließ die Lichter brennen und die Schlafzimmertür offen, damit es wie Selbstmord aussieht. Jill hatte Fieber, und sie hatte grässliche Angst. Diese Angst oder zumindest die Anzeichen für einen quälenden inneren Konflikt könnte jeder bestätigen, der in den letzten Tagen mit ihr zu tun hatte. Wodurch es absolut glaubhaft wäre, dass ihr Fieber ihre Angst zu einer Panik steigerte, die sie in den Selbstmord trieb. Und eine Fiebernde, die sich und einen schweren Koffer auf den Balkon schleppt, um sich ins Meer zu stürzen, schließt nicht die Schlafzimmertür und schaltet nicht die Lichter aus.«

»Aber eine Fiebernde«, wandte Sandra ein, »packt auch keinen Koffer, bevor sie ins Wasser hüpft. Die hüpft einfach.«

»Ich stimme Ihnen völlig zu. Doch auf der *Queen Anne,* wo es keine Morde gibt, weil es keine geben darf, wird man dieses Detail geflissentlich vernachlässigen. Ich garantiere Ihnen, dass man Jills Tod als Selbstmord darstellen wird. Wie man Merciers Tod als Herzinfarkt dargestellt hat. Und jetzt können wir sicher sein, dass der Mann auf dem Foto der Mann ist, den wir suchen.«

40.

Mary bemühte sich, den Ausdruck, der sich in diesem Augenblick auf Sandras Gesicht abzeichnete, möglichst bildhaft in ihrem Gedächtnis zu speichern. Denn sie würde vielleicht nie wieder eine solch vollkommene Verblüffung zu sehen bekommen.

»Aber …«, brachte Sandra hervor, »Warum? Ich meine, klar, der Typ auf dem Foto und Mercier, da ist eine Verbindung. Aber warum sollte einer die beiden … Einer aus den Unterdecks, der dauernd pleite ist! Und ein Filmstar aus Hollywood! Was haben die gemeinsam?«

»Augenscheinlich nichts«, sagte Mary und ging zu dem Ledersofa. Sie setzte sich und versuchte, sich zu sammeln, um Sandra alles lückenlos zu erläutern. Nach allem, was sie für sie getan hatte, stand ihr das schlichtweg zu.

»Es ging dem Mörder niemals um Mercier«, begann Mary, und Sandra setzte sich erwartungsvoll zu ihr. »Als er an Bord gekommen ist, hatte er nicht vor, den Gentleman Host zu ermorden. Er hatte es von Anfang an auf Jill Benny abgesehen.«

So kurz und knapp, wie es ihr möglich war, erzählte sie Sandra nun alles, was Jill ihr erzählt hatte, von Johnny Carr, der schrecklichen Ehe, die sie geführt hatten, von dem Mord, den Carr laut Jill an seiner vorherigen Frau begangen hatte, von der Angst, die Jill davor gehabt hatte, er könne sich an ihr rächen – und sie verschwieg ihr auch nicht, dass sie diese Berichte auf den Verfolgungswahn einer überspannten jungen Frau geschoben, ihre Furcht nicht ernst genommen hatte. Jetzt hatte sich gezeigt, wie berechtigt diese Furcht gewesen war.

»Ich verstehe, was jetzt in Ihnen vorgeht«, sagte Sandra, als sie geendet hatte. »Aber Sie haben keine Schuld! Niemand hätte Jills Sorgen ernst genommen. Und überhaupt, was hätten Sie denn tun können? Alle Leute an Bord darauf untersuchen, ob Sie eine Maske tragen, unter der dieser Carr steckt?«

Sie legte Mary die Hand auf den Arm.

»Sie konnten nichts tun, um sie zu retten.«

Mary lächelte Sandra zu.

»Es ist nett, dass Sie das sagen. Ich werde trotzdem das Gefühl nicht los, ich hätte etwas unternehmen sollen. Aber darum bekümmert zu sein, bringt jetzt nichts.«

»Richtig«, sagte Sandra. »Was wir stattdessen tun müssen, ist, den Mistkerl zu fassen und ihn seiner gerechten Strafe zuführen.« Sandra schien zu bemerken, dass ihre Hand noch immer auf Marys Arm lag, und zog sie hastig und verlegen zurück, als sei diese Geste zu persönlich und zwischen ihnen nicht angebracht gewesen.

»Also«, sagte sie. »Den ersten Teil von dem, was Sie mir erklärt haben, verstehe ich. Der rachsüchtige Ehemann nutzt seine Verkleidungskenntnisse, kommt unter falschem Namen an Bord, mischt sich unerkannt unter die Passagiere und wartet auf eine Gelegenheit, seine Frau umzubringen. Aber warum zum Geier sollte er vorher Jean-Paul ermorden?«

»Weil Jean-Paul ihn erkannt hatte«, erklärte Mary. »Wir wissen, dass es niemand anders als der Mörder gewesen sein kann, der in Merciers Kabine eingedrungen ist. Es ist kaum denkbar, dass es einer seiner Pokerfreunde war – schließlich müssen sie gewusst haben, dass

Mercier vollkommen pleite und unter seinen Sachen nichts zu holen war. Außerdem gehört schon einiges dazu, einen Toten bestehlen zu wollen. Es muss der Mörder gewesen sein, und wir wissen, was er gesucht hat, weil dieses Foto, das wir gefunden haben, das einzige ist, das mit den Leuten an Bord in irgendeiner Beziehung steht. Und jetzt, scheint mir, ist es klar, was für eine Beziehung das ist: Mercier hat Johnny Carr erkannt. Vielleicht ist er ein Filmfan, vielleicht liest er Klatschmagazine, jedenfalls hat er ihn erkannt. Und er hat ein Foto von ihm in seiner Maskerade gemacht. Wir wissen nicht genau, was weiter passierte, aber …«

»Aber«, fiel ihr Sandra ins Wort. »Carr konnte nicht dulden, dass irgendjemand an Bord von seiner Anwesenheit wusste. Möglich, dass Jean-Paul ihn erpresst hat, um an Geld zu kommen, mit dem er seine Schulden bezahlen wollte. Möglich, dass er gar nichts tat, Carr aber auf Nummer sicher gehen wollte. Wenn er Jill ermordete, und Jean-Paul sagt irgendwem, ihr Mann sei an Bord gewesen, dann hätten sie ihn sofort überführt.«

»Richtig«, sagte Mary, einmal mehr beeindruckt von Sandras detektivischem Scharfsinn. »Er musste Jean-Paul aus dem Weg räumen, um danach Jill aus dem Weg räumen zu können, ohne befürchten zu müssen, dass ihn jemand verrät. Und er musste sich das Foto holen, damit alle seine Spuren verwischt sind und niemand einen Zusammenhang zwischen ihm und Jean-Paul herstellen kann.«

»So muss es gewesen sein«, pflichtete ihr Sandra bei. »Und daher hat er versucht, Sie umzubringen, als er Sie in der Kabine antraf. Er musste die Kamera haben. Aber das heißt ja auch …«

»Das heißt«, sagte Mary, auch wenn sich alles in ihr dagegen wehrte. »Dass es jetzt, nach Jills Tod, umso wichtiger für ihn ist, die Beweismittel verschwinden zu lassen. Und wenn er herauskriegt, dass ich sie in meiner Suite habe …«

»Sind Sie genauso in Gefahr wie Jill Benny, Mrs. Arrington!«, rief Sandra. »Wir müssen ihn überführen, bevor er auch Ihnen etwas antun kann.«

»Ich bin ganz Ihrer Meinung«, sagte Mary. »Wir müssen diesen vermeintlichen Mr. Miller dingfest machen.«

41.

Um halb vier Uhr morgens machte Mary sich auf den Weg Richtung Medical Centre. Nach allem, was sie mit Sandra besprochen hatten, lagen die Dinge klar vor ihr. Eine einzige Frage aber machte ihr zu schaffen: Wie hatte Johnny Carr die Tür der Piccadilly Suite ohne passende Bordkarte aufbekommen? Mary und Sandra waren sich einig gewesen, dass Mary mit Gladys Henrickson, der Krankenschwester, die Jill gepflegt hatte, sprechen müsse. Vielleicht war ihr etwas aufgefallen, was ihnen weiterhelfen konnte. Laut Sandra gab es im Medical Centre einen vierundzwanzigstündigen Bereitschaftsdienst. Die Chance, Gladys dort um diese Stunde anzutreffen, war natürlich verschwindend gering. Doch zum einen war für Mary an Schlaf derzeit ohnehin nicht zu denken. Und zum andern konnte man nie wissen.

Während sie die verwaisten Korridore von Deck 1 entlangwanderte, wischte sie sich auf dem Smartphone durch die Bildergalerie von Johnny Carr in der Internet Movie Database. Sie begutachtete seinen glatt rasierten athletischen, aber nicht muskelbepackten Oberkörper. Sein kantiges Gesicht mit dem hart ausgeprägten Kinn. Das militärisch gestutzte hellblonde Haar. Und seine eisgrauen Augen, die auf allen Fotos, die nicht aus Filmen stammten, selbstverliebt in die Kamera blickten, wobei sie eine abstoßende Kälte und zugleich eine beunruhigende Schönheit ausstrahlten.

Bei allem Abscheu, den Mary für ihn empfand, musste sie ihm eines lassen: Seine Verwandlungskünste waren beachtlich. Niemals im Leben wäre sie darauf gekommen, dass sich unter dem vollen Haar, dem dichten Bart und der dicken Brille des angeblichen Mr. Miller dieses schneidige Gesicht verbarg. Und doch hatte sie keinen Zweifel mehr. Es war nicht nur das Foto, das sie bei Mercier gefunden hatte und das Mr. Miller am Strand zeigte. Es war auch ihre Erinnerung an den *Afternoon Tea*, bei dem sich Carr alias Miller so darüber aufgeregt hatte, von Honey Hot gefilmt zu werden. Bis dahin war er immer still gewesen, hatte sich von allen ferngehalten und kaum mal ein Wort verloren. Doch beim *Afternoon Tea* war er richtiggehend wütend geworden. Es konnte nur diese eine Erklärung geben: Johnny Carr war aus der Rolle gefallen. Das Letzte, was er brauchen konnte, war das Video einer Bloggerin, mit dem sein Gesicht ins Internet und somit in die ganze Welt geschickt wurde. Zu groß war die Gefahr, dass ihn irgendjemand darauf erkannte. Und wenn erst mal die Schlagzeilen von Jill Bennys Tod die Klatschblätter beherrschten und gleichzeitig rauskäme, dass er verkleidet auf demselben Schiff war, müsste er sich nicht nur einigen unangenehmen Fragen stellen. Er wäre der Hauptverdächtige gewesen, und selbst wenn es ihm irgendwie gelungen wäre, seinen Aufenthalt an Bord unter falschem Namen und in Maskerade zu erklären und die Behörden von seiner Unschuld zu überzeugen: Jill Bennys Fans, Hollywood, die Glamour-Welt von Klatsch und Tratsch hätten nicht von ihm abgelassen. Auch ohne Gefängnisstrafe wäre seine Karriere ruiniert gewesen. Mary war fest entschlossen, ihm beides zu bescheren: eine ruinierte Karriere und eine Gefängnisstrafe – und zwar eine, die den Rest seines Lebens dauern würde.

Als Mary das Wartezimmer des Medical Centre betrat, fühlte sie sich unangenehm an die Piccadilly Suite erinnert. Alle Lichter brannten, aber keiner war da. Wie vorgestern saß niemand auf den blau gepolsterten Stühlen. Heute aber lächelte auch niemand hinter der L-förmigen Theke hervor. Der Computer war eingeschaltet, die Unordnung auf der Arbeitsfläche erweckte den Eindruck, die Rezeptionistin sei nur kurz mal wohin verschwunden, was Mary für ebenso menschlich wie entschuldbar hielt. Nur eins fand sie merkwürdig. Auf diesem Luxuskreuzer gab es ein Casino, ein Theater, eine Bibliothek, ein Kino, eine Gemäldegalerie und noch einiges mehr. Nur so ein Schild, wie es zu solchen Gelegenheiten in jedem Bahnhofskiosk aufgestellt oder ausgehängt wurde, gab es offenbar nicht. Etwas wie *Komme gleich zurück* oder *Bitte warten* oder *Müssen Sie etwa nie aufs Klo?* oder *Gehen Sie gefälligst woanders hin, ich hasse meinen Job!*

Mary beugte sich über die Theke, um deren tiefer liegende Arbeitsfläche genauer zu betrachten. Dort war es. Zwischen der Klebebandrolle und dem Stehkalender. Ein Aluminiumschild mit der nüchternen Version *Komme gleich zurück.* Das Vorhandensein dieses Schildes rettete zwar die Reputation der *Queen Anne,* warf jedoch zugleich die Frage auf: Warum stand es dort unten und nicht auf dem Tresen? Stimmte hier irgendwas nicht? Auch hier? Schon wieder?

»Hallo«, rief Mary. »Ist da jemand?«

Es dauerte ungefähr eine halbe Minute, bis die orangefarbene Tür zu Dr. Germers Büro sich öffnete. Molly Prendergast trippelte heraus und schloss die Tür hektisch hinter sich. Ihr Lächeln strahlte süß wie eh und je, aber sie wirkte ein wenig erhitzt, ihre Frisur und Uniform saßen nicht so tadellos wie bei Marys letztem Besuch. Molly nestelte ordnend an beidem herum, während sie Mary beflissen begrüßte und hinter ihre Theke eilte. Mary vermied es darüber nachzudenken, wobei sie die Dame gestört haben und wer jetzt hinter der orangefarbenen Tür auf sie warten mochte.

»Wie kann ich Ihnen helfen?«, zirpte Molly Prendergast. Sie hatte entweder vergessen, dass Mary vorgestern gegen ihren Widerstand in Dr. Germers Büro gestürmt war, oder sie trug es ihr nicht nach. Oder sie trug es ihr nach, tat jedoch aus Professionalität so, als trage sie es ihr nicht nach. Mary hielt die letzte Variante für die wahrscheinlichste.

»Ich nehme an«, schickte Mary voraus, »dass Gladys Henrickson im Moment nicht hier ist. Aber könnten Sie mir sagen, wann und wo sie morgen anzutreffen wäre? Oder heute, um genau zu sein. Ich muss dringend mit ihr sprechen.«

Molly Prendergast lächelte nach kurzem Nachdenken. »Verzeihen Sie, wen möchten Sie sprechen?«

»Gladys Henrickson.«

»Ich bedaure.« Molly Prendergasts Lächeln verlor an Strahlkraft. »Dieser Name ist mir nicht bekannt. Soll sie denn hier beschäftigt sein? Im Medical Centre, meine ich?«

»Allerdings. Sie ist Krankenschwester.«

Molly schüttelte den Kopf. »Tut mir leid. Sie müssen sich irren.«

»Und Sie müssen …«, begann Mary in jenem vernichtenden Ton, den sie gewöhnlich anschlug, wenn sie auf maßlose Inkompetenz traf. Aber unter der Wucht einer plötzlichen Vorstellung, die so unglaublich war, dass sie Mary beinah den Atem raubte, verstummte sie.

Mary hörte wieder diese Stimme, die aus der Piccadilly Suite gedrungen war, als sie vor ihrem Jamaika-Ausflug angeklopft hatte, um Jill zu besuchen. Spontan hatte sie die Stimme für die eines Mannes gehalten. Erst als ihr diese Frau mit den breiten Schultern, den grauen Augen, dem dicken Make-up gegenübergetreten war, hatte Mary die Stimme als die einer Frau erkannt. Oder geglaubt, zu erkennen!

War das möglich? War das überhaupt denkbar? Außerhalb eines schamlos überzeichneten Hollywoodthrillers oder eines drittklassigen Spionageromans? Konnte es sein, dass Johnny Carr nicht erst spätnachts in die Suite der wehrlosen Jill eingedrungen, sondern den ganzen Tag bei ihr gewesen war? Verkleidet als Krankenschwester? Hatte Jill ihn gar erkannt und sich entkräftet ihrem Schicksal ergeben, mit den Worten *Ich … bin … tot?* Hatte er, nach vollzogener Rache, die Schwesternverkleidung ins Meer geworfen, wie er Jill ins Meer geworfen hatte? Und würde er beim heutigen Frühstück wieder im *Royal Grill* Restaurant sitzen, in seiner üblichen Verkleidung als Mr. Miller und mit der behaglichen Gewissheit, dass keiner nach Jills Mörder suchen würde? Weil auf der *Queen Anne* aus Prinzip keine Morde geschahen, wie sein Missgeschick mit Mercier ihn gelehrt hatte? War das möglich? War das denkbar?

»Ich bitte Sie! Miss Prendergast!«

Dr. Germer trat aus der orangefarbenen Tür wie der Star eines Theaterstücks, auf den das Publikum sehnlich gewartet hat, die Bühne betritt. Er trug seine Uniform mit dem weißen Hemd, das sich über seinen Schmerbauch spannte. Wie bei Molly saß auch seine Frisur nicht so perfekt wie letztes Mal. Das rötliche Haar, das er über die kahle Stirn gekämmt hatte, war leicht durcheinandergeraten.

Obwohl sie wahrhaft mit Wichtigerem beschäftigt war, konnte Mary nun nicht mehr anders, als sich ein paar Gedanken über ihn und Molly zu machen.

»Sie müssen entschuldigen, Mrs. Arrington!« Er lachte jovial und *stolzierte* auf sie zu. »Miss Prendergast ist noch nicht lange bei uns.«

Molly kam schlagartig ihr Dienstlächeln abhanden.

Als der Principal Medical Officer sich nahe, zu nahe, neben Mary an die Theke lehnte, nahm sie neben dem penetranten Duft seines Deodorants eine deutliche Alkoholfahne wahr. Mary tippte auf österreichischen Schnaps und rückte angeekelt von ihm weg.

»Selbstverständlich kennen Sie Gladys Henrickson!«, belehrte er Molly. »Henry! Sie kennen doch Henry!«

»Oh, Gott!« Molly schlug begreifend die Hand vor den Mund. »Gladys Henrickson! Selbstverständlich, wo war ich nur mit meinen Gedanken?«

Mary hätte diese Frage mühelos beantworten können, verzichtete aber darauf.

Dr. Germer schwenkte seine Fahne wieder zu ihr. »Wir nennen sie Henry. Ein Spitzname. Gar nicht böse gemeint. Weil sie, na ja, wie ein Kerl aussieht. Ein bisschen Spaß muss doch sein. Aber weshalb, meine überaus geschätzte Mrs. Arrington, fragen Sie nach Miss Henrickson?«

»Ich will sie sprechen. Sofort«, entschied Mary. Nach dem Schreck von vorhin musste sie absolut sichergehen. Und wollte keine Minute mehr unnötig verlieren.

»Natürlich.« Dr. Germer entfaltete sein Mehrfachkinn, indem er amüsiert den Kopf hochwarf. »Sie wollen sie sprechen um …«, er schaute auf seine Rolex, »fast vier Uhr morgens. Und das nachdem Henry den ganzen Tag Dienst hatte. Das muss ja wirklich dringend sein.«

»Das ist es. Jill Benny, die von Miss Henrickson wegen Fiebers gepflegt wurde, ist aus ihrer Suite verschwunden.«

Dr. Germer grinste höhnisch. »Respekt! Der Doktor ist beeindruckt! Sie werden ihrer Aufgabe als Krimikritzlerin wirklich gerecht und sorgen ständig für Unterhaltung. Aber bevor Sie schon wieder mit irgendwelchen Mordgeschichten anfangen, nehmen Sie einen ärztlichen Rat von mir an, meine Liebe. Oder sogar zwei. Erstens, sparen Sie sich Ihre Hirngespinste für Ihre Bücher auf. Und zweitens, tun Sie es der braven Miss Henrickson gleich und gönnen sich endlich Ihre verdiente Nachtruhe!«

Er schenkte Molly, die alles mit sichtlichem Unbehagen verfolgt hatte, ein oberlehrerhaftes Zwinkern: *Siehst du, so macht man das!* Dann wandte er sich ab und steuerte auf sein Büro zu. Leicht schwankend, wie Mary nun auffiel.

»Nur wenn Sie auch einen schriftstellerischen Rat von mir annehmen«, rief sie ihm hinterher.

Er drehte sich noch mal nach ihr um und breitete die rot behaarten Arme aus. »Aber selbstredend! Es wäre mir ein Volksfest!«

»Schaffen Sie unverzüglich Gladys Henrickson herbei«, befahl Mary mit einer Stimme, die einen Diamanten hätte schneiden können. »Andernfalls sähe ich mich gezwungen, Kapitän MacNeill davon zu unterrichten, dass sein Principal Medical Officer betrunken Dienst versieht. Sie sind doch im Dienst, nicht wahr? Oder sind Sie bloß hier, um mit der bezaubernden Miss Prendergast ein Schäferstündchen abzuhalten?«

Mary bemühte sich, besonders entschlossen dreinzuschauen, damit Dr. Germer nicht merkte, dass es bloß eine leere Drohung war. Natürlich würde er in arge Schwierigkeiten geraten, wenn sie ihn beim Kapitän anschwärzte. Allerdings würde auch Mary nicht ungeschoren davonkommen. Ihre Glaubwürdigkeit bei MacNeill hatte ziemlich gelitten. Und bei ihrem letzten Gespräch hatte er keinen Zweifel daran gelassen, wie er weiteren

Anschuldigungen ihrerseits gegenüber eingestellt war. Er hatte sie sogar davor gewarnt. Mary wusste, dass er seiner Warnung Taten folgen lassen würde, wenn sie ihm jetzt von Jill Bennys Verschwinden und dem Verdacht berichten würde, den sie in dieser Hinsicht hegte. Selbst wenn es für sie weitaus mehr war als ein Verdacht, eine Gewissheit sogar, würde er ihr ohne schlagkräftige Beweise nicht glauben.

Zum Glück erzielte ihr kleiner Ausbruch auch so den gewünschten Effekt. Dr. Germer versteinerte zu einer Statue des legendären österreichischen Schiffsarztes. Und die bezaubernde Miss Prendergast schob ihm den Telefonapparat hin.

42.

Keine halbe Stunde nachdem sie durch Dr. Germers Anruf geweckt worden war, traf Gladys Henrickson im Wartezimmer ein. Obwohl der Doktor Marys Behauptung, Jill sei verschwunden, ihr gegenüber nicht gerade überzeugend formuliert hatte, zeigte sie sich besorgt und betroffen. Sie hatte, ungeachtet der Eile, ihr Make-up aufgetragen, ihre langen Wimpern angeklebt und die lockige Perücke aufgesetzt. Bei näherer Betrachtung war sie eindeutig kein Mann und schon gar kein verkleideter Hollywoodschauspieler.

Sie war eine breitschultrige Frau mit derben Gesichtszügen, kräftigen Gliedmaßen und wahrscheinlich unreiner Haut. Statt ihrer Schwesterntracht trug sie jetzt ein wollenes Kleid, das übertrieben mit Rüschen verziert war. Eine weitere Bemühung, so feminin wie möglich auszusehen, die nichts daran ändern würde, dass ihr Vorgesetzter und ihre Kollegen sie mit einem Männernamen ansprachen. Die Ärmste, dachte Mary. Und dann hatte Mary sie auch noch für einen Mörder gehalten. Zum Glück würde sie davon nie etwas erfahren.

Bereits vor ihrem Eintreffen hatte Mary gegenüber dem beschwipsten Dr. Germer darauf bestanden, Gladys unter vier Augen zu sprechen, sodass die beiden Frauen ihr Gespräch im Korridor vor dem Medical Centre führten.

»Jill Benny ist gestern mit Fieber aufgewacht«, berichtete sie mit der höchsten Stimme, die Mary bisher von ihr vernommen hatte. »Sie hat sich ein Frühstück in die

Suite bestellt, und der Steward riet ihr, uns zu verständigen. Dr. Germer hat mich dann zu ihr geschickt. Zuerst ist ihr Fieber noch schlimmer geworden. Ich glaube, sie hatte ganz furchtbare Angst. Vor etwas, über das sie auf keinen Fall sprechen wollte. Als Sie anklopften, ging es ihr gerade besonders schlecht. Deshalb wollte ich Sie zuerst ja auch nicht hereinlassen. Aber Ihr Besuch scheint sie irgendwie beruhigt zu haben. Danach ist ihre Temperatur gesunken.«

»Wie lange waren Sie bei ihr?«, fragte Mary.

»Bis ungefähr zehn Uhr abends. Sie hatte ein paar Stunden tief und fest geschlafen. Und als sie aufwachte, hatte sie zwar noch Fieber und war immer noch sehr schwach, aber ich konnte normal mit ihr sprechen. Sie wirkte nicht mehr so verängstigt und sagte etwas wie: *Vielleicht gibt es Hoffnung. Vielleicht werden wir alle erlöst.*«

»Vielleicht werden wir *alle* erlöst?«, vergewisserte Mary sich.

»Das waren ihre Worte. Ziemlich sicher. Ich habe auch nicht verstanden, was sie meinte. Aber ich habe nicht nachgefragt, um sie nicht wieder aufzuregen.«

»Hat außer mir noch jemand Jill Benny besucht?«

Gladys schüttelte den Kopf, dass ihre falschen Locken hin und her wippten. »Sie waren die Einzige.«

Mary überlegte angestrengt. Es war fast fünf Uhr am Morgen, die Müdigkeit lastete schwer auf ihr. Wenn niemand außer ihr Jill besucht hatte, konnte Gladys ihr keinen Hinweis auf Johnny Carrs falsche Identität liefern. Aber vielleicht konnte sie etwas zur Lösung des Rätsels beitragen, wie er in die Suite gelangt war.

»War die Balkontür offen oder geschlossen, als Sie gingen?«

»Sie war die ganze Zeit geschlossen. Wie die Schlafzimmertür. Wegen der Klimaanlage.«

»Und die Lichter? Drehten Sie die Lichter ab?«

»Natürlich.« Gladys klimperte erstaunt mit ihren langen Wimpern. »Jill Benny war wieder eingeschlafen, als ich ging. Ich habe alles dunkel gemacht.«

»Hätte sie aufstehen können? Beispielsweise, um die Toilette aufzusuchen? War sie dafür schon kräftig genug?«

»Ja. Das hätte sie geschafft.«

»Und war die Außentür der Suite die ganze Zeit geschlossen? Oder stand sie irgendwann unbeaufsichtigt offen?«

»Nein, die war geschlossen. Immer.« Nun klimperten Gladys Wimpern noch heftiger, woraus Mary schlussfolgerte, dass sich an der Frequenz von Gladys Wimpernschlägen der Grad ihres Erstaunens messen ließ. Während ihrer Anwesenheit hatte also niemand in die Suite gelangen und sich darin verstecken können. Johnny Carr musste demnach nach ihrem Weggang hineingelangt sein.

Nur wie? Durch die Balkontür, die Jill selbst aufgeschoben hatte? In einem akrobatischen Kletterakt, wie Antonio ihn bewerkstelligt hatte? Aber weshalb hätte Jill die Tür öffnen sollen, mitten in der Nacht? Oder hatte Johnny Carr einfach an die Außentür geklopft und sie mit verstellter Stimme und irgendeiner List dazu gebracht, ihm zu öffnen? Wie der böse Wolf die sieben Geißlein? Da Jill sich im Schlafzimmer befunden hatte, dessen Tür wahrscheinlich geschlossen gewesen war, hätte er dazu allerdings sehr laut klopfen und rufen müssen. So laut, dass er damit neben Jill auch Mary geweckt hätte. Und Mary war nicht von einer Stimme aufgewacht.

Mit aller verbliebenen Energie kämpfte Mary gegen ihre Übermüdung an. Hatte sie etwas übersehen, als sie mit Sandra die Suite untersucht hatte, was eine erfahrene Kriminalistin, die sie nun einmal nicht war, nicht übersehen hätte? Sie raffte die Reste an Fantasie zusammen, die sie zu dieser Stunde noch aufbieten konnte, und stellte sich ihr eigenes Eindringen in die Piccadilly Suite als eine Szene in einem ihrer Romane vor, worin Sandra nicht ihr, sondern dem gewieften Stuart Smith die Tür aufschloss.

Worauf hätte er geachtet? Was hätte er unter keinen Umständen übersehen? Und da war es! Etwas, das sie hätte überprüfen müssen. Das sie auch bestimmt überprüft hätte, wäre ihr zu diesem Zeitpunkt bewusst gewesen, dass man abends mit Jill normal hatte sprechen können. Und dass Jill in der Lage gewesen war aufzustehen.

»Das Telefon …«, grübelte sie vor sich hin. »Wo befand sich Jills Handy? Und war es eingeschaltet?«

»Nein. Das habe ich ausgeschaltet und in die Schublade des Nachttischs gelegt.«

»Und der Apparat auf dem Nachttisch? Haben Sie ihn ausgesteckt? Oder den Signalton abgestellt?«

»Nein!« Gladys hatte dieses Verhör mit bewunderungswürdiger Geduld über sich ergehen lassen, obwohl sie gar keine Chance hatte, dessen Zweck so richtig zu begreifen. Doch nun regte sich ihr Widerstand, weil sie sich erstmals angegriffen fühlte. Ihre Stimme klang um einiges tiefer, als sie sich gereizt verteidigte: »Das konnte ich doch nicht. Ich muss doch für das Medical Centre erreichbar sein. Und laut Dr. Germer dürfen wir im Dienst kein Handy bei uns haben. Wegen der Privatgespräche. Aber ich habe den Signalton leiser gestellt.«

»Und das war vollkommen in Ordnung, Miss Henrickson«, beteuerte Mary. »Meine Frage war in keiner Weise als Vorwurf gemeint.«

Gladys beruhigte sich.

»Bitte gestatten Sie mir eine letzte Frage. War der Signalton noch eingeschaltet, als sie gegen zehn Uhr gingen?«

»Ja«, antwortete Gladys, wieder in höherer Tonlage. »Und jetzt gestatten Sie mir bitte auch zwei Fragen: Ist Jill Benny wirklich verschwunden? Und falls ja: Was haben Sie damit zu tun? Sind Sie eine Detektivin oder so?«

»Sie ist wirklich verschwunden.« Mary verschonte die hilfsbereite und besorgte Krankenschwester mit der Brutalität der ganzen Wahrheit. »Und ich bin keine Detektivin. Lediglich eine Freundin. Eine Freundin von Jill Benny.«

43.

Als Mary endlich in die Trafalgar Suite zurückkehrte, war sie dermaßen am Ende ihrer Kräfte, dass sie am liebsten den ganzen Tag verschlafen wollte. Doch beim gestrigen *Afternoon Tea* hatte sie sich für zehn Uhr mit Sir Cedric zum Frühstück verabredet. Schweren Herzens entschied Mary, diese Verabredung platzen zu lassen. Nach einem solchen Tag wären knapp vier Stunden Schlaf nicht annähernd genug, um dem gewitzten und vitalen Sir Cedric angemessen gewitzt und vital gegenüberzutreten. Sie nahm sich vor, sich bei nächster Gelegenheit bei ihm zu entschuldigen. Sie war zuversichtlich, dass er ihr verzeihen und sich eine andere Möglichkeit zu einem Wiedersehen ergeben würde.

Infolge ihrer restlosen Erschöpfung hatte Mary keine Schwierigkeiten einzuschlafen. Sie träumte von einer bleichen Frau auf dem Meeresgrund. So wie sie gestern bereits die Ankunft der *Queen Anne* in Ocho Rios verschlafen hatte, verschlief sie heute deren Ankunft vor George Town auf Grand Cayman.

Erst gegen Mittag wachte sie auf, und mit einigem Widerwillen erwachten unter einer kalten Dusche auch ihre Lebensgeister. Noch ehe sie überlegte, was sie frühstücken wollte, dachte sie an Sir Cedric, der sein Frühstück im *Royal Grill* längst ohne sie beendet haben musste. An ihrem ersten Abend hatte er den Namen seiner Suite erwähnt. Mary rief dort an, ohne ihn jedoch zu erreichen. Blieb zu hoffen, dass sie ihn später erreichen oder ihm irgendwo zufällig über den Weg laufen würde.

Sie bestellte sich ein Essen in ihre Suite. Mary wusste, dass die Zeit drängte. Sie musste handeln, wenn sie Johnny Carr alias Mr. Miller zur Strecke bringen wollte. Aber sie wusste auch, dass sie diese Unternehmung nicht überhastet in Angriff nehmen konnte. Alles, was sie tat, musste durchdacht sein, wollte sie nicht riskieren, zu scheitern und dem Mörder die Gelegenheit zur Flucht zu geben, bevor sie ihn ohne jeden Zweifel überführen konnte. Und wenn sie MacNeill überzeugen wollte, durfte es keinen Zweifel geben, nicht den geringsten.

Es klopfte an der Tür und ein Stewart brachte ihr Essen herein. Nachdem er ihr die Speisen auf dem Balkon serviert hatte, teilte er ihr mit, der Kapitän wünsche sie zu sprechen. Sie möge sich bitte so bald wie möglich auf der Brücke einfinden. Mit einem kleinen Schrecken fragte sich Mary, ob Dr. Germer von ihrer Drohung doch nicht so eingeschüchtert war, wie sie geglaubt hatte. Hatte er dem Kapitän von ihrer kleinen Unterhaltung berichtet?

Es brachte nichts, sich darüber Gedanken zu machen. Sie würde noch früh genug erfahren, was der Kapitän von ihr wollte. Sie würde schon irgendwie mit ihm fertigwerden. Das Wichtigste war, dass sie ihre Aufmerksamkeit jetzt voll und ganz auf die Überführung des Täters richtete.

Während sie aß und über den Plan nachdachte, der langsam in ihrem Verstand Gestalt annahm, überblickte sie George Town, die bei Urlaubern ebenso wie bei Steuerflüchtlingen beliebte Hauptstadt der Cayman Islands. Da die Stadt keine Anlegestelle für große Schiffe besaß, ankerte die *Queen Anne* zwischen vier oder fünf vergleichbaren Ozeanriesen vor ihrer Westküste. Von Marys Balkon aus präsentierte sich George Town als wenig einladende Anhäufung charakterlos moderner Gebäude, die da und dort von hässlichen Kränen überragt wurden. Vor dem Hafen lag ein altertümlicher Dreimaster vor Anker, der wie ein Piratenschiff vergangener Jahrhunderte aussah und offenbar als Touristenattraktion fungierte. An ihm vorbei pendelten pausenlos die überdachten Tenderboote der Kreuzfahrtschiffe, um deren Passagiere an Land oder zurück an Bord zu befördern. Der Anblick verlockte Mary keineswegs, einen Landgang zu unternehmen. Sie hatte ohnehin bloß in Ocho Rios an Land gehen wollen. In Miami war sie Jill zuliebe von diesem Vorhaben abgewichen. Aber nach George Town würden sie keine zehn Pferde bringen.

Nachdem Mary ihre Mahlzeit beendet hatte, setzte sie sich auf das Ledersofa im Wohnzimmer und nahm ihr Notizbuch zur Hand. Jetzt, wo die Schrecken der vergangenen Nacht einigermaßen überwunden waren, dachte sie alles, was sich um Jills Tod ereignet hatte, noch einmal sorgfältig durch und notierte sich wichtige Informationen und offene Fragen.

Auf eine davon schien sie durch ihr Gespräch mit Gladys eine Antwort gefunden zu haben. Die Frage, wie Johnny Carr nach dem Weggang der Krankenschwester in die Piccadilly Suite gelangt war. Gemäß ihrer Schilderung hatte man abends mit Jill normal sprechen können, und sie war fähig gewesen aufzustehen. Und der Signalton des Telefons auf dem Nachttisch war leiser gestellt, aber nicht abgeschaltet gewesen.

Demnach konnte Johnny Carr sie einfach angerufen haben. Da er so gut wie sicher sein konnte, dass man ihren Tod nicht ernsthaft untersuchen würde, benutzte er vielleicht sogar das Telefon seiner eigenen Kabine oder Suite. Zwar musste Jill zum Zeitpunkt seines Anrufes geschlafen haben. Doch wenn er es lange genug, womöglich minutenlang, hätte läuten lassen, wäre sie wohl aufgewacht. Und dann musste er sie mit einem Trick dazu überredet haben, ihn an der Tür zu erwarten und auf ein leises Klopfen hin einzulassen.

Aber mit welchem Trick? In welcher Rolle konnte der Schauspieler Johnny Carr die Schauspielerin Jill Benny getäuscht haben? Die diabolischste Rolle, dachte Mary, die er hätte spielen können, wäre die des bekehrten Sünders gewesen. Dafür hätte er nicht einmal seine Stimme verstellen müssen. War es ihm gelungen, seine Ex-Frau davon zu überzeugen, dass er seine Gewalttaten und Drohungen bereute? Hatte er sie, mit leicht betrunkenem Zungenschlag, demütig und weinerlich um Vergebung und ein sofortiges Versöhnungstreffen angefleht?

Denn genau danach könnte Jill sich in ihrer fiebrigen Verwirrung gesehnt haben. Genau das könnte sie gemeint haben, mit ihren rätselhaften Worten: *Vielleicht gibt es Hoffnung.* Aber was meinte sie mit diesem zweiten Satz, den sie zu Gladys sagte? *Vielleicht werden wir alle erlöst.* Warum *wir alle?* Warum nicht: *Vielleicht werde ich erlöst?* Oder: *Vielleicht werden wir beide erlöst?* Nämlich sie und Johnny Carr?

Mary legte den Kugelschreiber beiseite und klappte das Notizbuch zu. Doch dieser geheimnisvolle Satz geisterte noch durch ihre Gedanken, als sie die Tür der Trafalgar Suite hinter sich schloss, um sich auf den Weg zur Brücke zu machen.

44.

»In einem haben Sie recht«, meinte MacNeill. »Jill Benny ist wirklich verschwunden.«

Dr. Germer hatte dem Kapitän von Marys nächtlichem Besuch berichtet, dabei zu Marys Erstaunen aber jene Einzelheiten ausgelassen, die sie beim Kapitän noch weiter in Misskredit gebracht hätten.

Mary war schon auf einen Kampf eingestellt gewesen, bei der MacNeill ihr drohen würde, sie in ihrer Suite unter Hausarrest zu stellen, während sie damit konterte, die Vorgänge an Bord publik zu machen und damit nicht nur MacNeills Ruf, sondern auch dem der Schifffahrtsgesellschaft einen schwer zu reparierenden Schaden zuzufügen.

Auch wenn sie also keine Scheu gehabt hatte, sich mit MacNeill anzulegen, war sie dennoch erleichtert gewesen, als er sie zwar sichtlich beunruhigt, nicht aber erzürnt empfangen hatte. Zusätzlichen Stress konnte sie gerade absolut nicht gebrauchen. Was nicht hieß, dass sie Dr. Germer für seine Schweigsamkeit dankbar gewesen wäre. Schließlich war es ihm nur darum gegangen, seine eigene Haut zu retten.

»Heute Vormittag«, fuhr MacNeill fort, »ließ ich jeden Winkel an Bord inspizieren, in dem Jill Benny sich aufhalten könnte. Leider ohne Erfolg. So schwer es mir auch fällt, es auszusprechen, wir müssen in Betracht ziehen, dass ein Unglück geschehen ist. Da Sie es waren, Mrs. Arrington, die uns darauf aufmerksam gemacht hat, ist es unerlässlich, dass wir miteinander sprechen.

Ich muss allerdings zugeben, dass ich es ziemlich sonderbar finde, wie Sie es offenbar immer wieder schaffen, in diese betrüblichen und besorgniserregenden Vorfälle an Bord verwickelt zu werden.«

»Betrüblich und besorgniserregend«, sagte Mary, »scheinen mir ziemlich beschönigende Ausdrücke, wenn man bedenkt, dass wir hier über einen erwiesenen und einen möglichen weiteren Todesfall reden.«

Sie musste sich auf die Zunge beißen, um nicht ›Mord‹ zu sagen. Aber sie hielt an ihrem Vorhaben fest, sich mit dem Kapitän auf keinerlei Streitigkeiten einzulassen.

MacNeill nickte düster. Seine Lesebrille lag vor ihm auf dem Tisch, und seine Arbeiterhände spielten ungeschickt damit herum. »Sie haben recht«, sagte er. »Und ausnahmsweise bin ich in diesem Punkt Ihrer Meinung. Es sieht tatsächlich so aus, als hätten wir es bei Miss Bennys Verschwinden ebenfalls mit einem Todesfall zu tun. Ich habe mir ihre Suite selbst angeschaut. Die Balkontür stand offen. Und laut dem Doktor hatte Miss Benny hohes Fieber. Er hält es für möglich, dass sie sich in irgendeinem Wahn ins Meer gestürzt hat.«

Wie überraschend, dachte Mary, sparte sich aber jeden Kommentar.

»Und ich halte das ebenfalls für die wahrscheinlichste Erklärung. Sie können mir glauben, dass mich das nicht kalt lässt. Der zweite Todesfall auf meinem Schiff innerhalb weniger Tage.«

»Das glaube ich Ihnen aufs Wort«, versicherte Mary. »Und ich bin selbstverständlich bereit, Ihnen bei der Aufklärung mit allen Informationen behilflich zu sein, die ich habe.«

Nur, dachte sie, dass Sie bestimmte Informationen ja gar nicht hören wollen. Es machte sie wütend, nur daran zu denken. Es hätte in seiner Verantwortung gelegen, die ›betrüblichen Vorfälle‹ aufzuklären. Und mit seiner Hilfe wäre es weitaus leichter gewesen, Mr. Miller zu überführen. MacNeill hatte Zugriff auf die Passagierdaten. Mit ein wenig Recherche hätte er sicherlich seine Identität überprüfen können. Es machte Mary wahnsinnig, zu wissen, dass es diesem Mann ein Leichtes wäre, ihr alles zu liefern, was sie zur Lösung des Falles brauchte, und dass sie ihn dennoch nicht ins Vertrauen ziehen konnte, weil er schon mehrmals seine Uneinsichtigkeit unter Beweis gestellt hatte. Am liebsten hätte sie ihm ins Gesicht gesagt, was sie von seiner Denkweise hielt, die ihn, zumindest in dieser Hinsicht, auch nicht besser machte als Dr. Germer in seiner arroganten Haltung. Aber sie hielt sich zurück. Wenn der Fall gelöst und der Mörder in Gewahrsam war, würde MacNeill seinen Fehler einsehen und in Zukunft hoffentlich nicht mehr so verblendet sein. Dieser Sieg würde ihr genügen müssen.

»Ich habe in der Nacht merkwürdige Geräusche aus Jill Bennys Suite gehört. Daraufhin bin ich rübergegangen. Die Tür war nur angelehnt. Ich öffnete sie, sah mich in der Suite um und stellte fest, dass Miss Benny nicht da war. Ich hielt es für möglich, dass sie die Suite verlassen und vergessen hatte, die Tür zu schließen. Aber ich fand es doch sehr ungewöhnlich um diese Uhrzeit. Daher begab ich mich zu Dr. Germer, um mit der Schwester zu sprechen, die sie betreut hatte.«

»Das habe ich auch getan«, sagte MacNeill. »Laut Miss Henrickson scheint Miss Benny in ziemlich erregtem Zustand gewesen zu sein.«

Mary überlegte, wie viel sie ihm sagen sollte. Schließlich beschloss sie, einen vorsichtigen Versuch zu unternehmen, um den Kapitän vielleicht doch noch zur Vernunft zu bringen.

»Sie hatte Angst«, erklärte sie. »Sie wissen vielleicht, dass Sie gerade erst Ihren Ehemann verlassen hatte.«

Der Kapitän nickte.

»Irgendwer hat es erwähnt. Die Leute lieben solche Klatschgeschichten.«

»Dann wissen Sie vielleicht auch«, fuhr Mary fort, »dass besagter Ehemann, Johnny Carr, in dem Ruf steht, seinen Frauen gegenüber brutal und rücksichtslos zu handeln. Und dass er als überaus rachsüchtig gilt.«

»Und Miss Benny hatte Angst, er könnte ihr etwas antun, nachdem die Kreuzfahrt vorbei und sie wieder zu Hause war? Das wäre natürlich eine Erklärung für ihre Nervosität.«

»Es war mehr als das. Sie hatte den Verdacht, er könne sich hier an Bord befinden.«

»Das verstehe ich nicht«, erwiderte MacNeill. »Was meinen Sie mit Verdacht? Entweder war er an Bord oder nicht. Wenn Miss Benny sich nicht sicher war, hätte sie zu mir kommen und mich über ihre Situation in Kenntnis setzen müssen. Sie halten mich vielleicht für einen groben Klotz, Mrs. Arrington, einen rauen Seebären, der sich für nichts als Wind und Wellen interessiert.«

Mary schwieg bedeutungsvoll.

»Aber Sie können mir glauben«, fuhr er fort, »dass ich eine solche Sache sehr ernst genommen hätte. Über das Passagiermanifest hätten wir herausfinden können, ob er sich bei uns eingebucht hat.«

Das Passagiermanifest! Wie gern hätte Mary es in ihre Finger bekommen. Fünf Minuten hätten ihr gereicht, um sich Klarheit zu verschaffen und nicht nur den Mord an Jill Benny zu lösen, von dem sie überzeugt war, sondern auch den an Jean-Paul Mercier, an dem es für sie ebenfalls keinen Zweifel gab. Sie war dicht davor. Vielleicht hatte der Kapitän recht, und sie hatte ihn falsch eingeschätzt. Vielleicht würde er sich doch noch als ein Verbündeter in diesem schwierigen Unterfangen erweisen.

»Sie glaubte, er sei unter falschem Namen an Bord, und sie wusste nicht, wie dieser Name lautete. Inzwischen aber habe ich Grund zu der Annahme, dass dieser Name …«

»Ein falscher Name?«, unterbrach sie MacNeill. »Das klingt jetzt doch recht abenteuerlich.« Er rieb sich sein kantiges Kinn. »Und ziemlich unglaubwürdig, wenn man bedenkt, wie bekannt sein Gesicht ist und dass es ihm mit seinem Status als Filmstar schwergefallen sein dürfte, nicht die Aufmerksamkeit auf sich zu ziehen und …«

»Ganz richtig«, unterbrach ihn jetzt Mary. Sie glaubte sich dem Ziel so nah, und es fiel ihr schwer, ihre Ungeduld zu zügeln. »Weswegen er sich einer Verkleidung bediente. Dank der Vorbereitung auf seinen letzten Film war er mit den entsprechenden Techniken vertraut und wusste sie geschickt einzusetzen, um alle zu täuschen. Zumindest bis jetzt. Hören Sie, es ist mir gelungen, herauszufinden, wer …«

Sie ließ ihre Worte ins Leere laufen, als sie eine Veränderung an dem Kapitän bemerkte, die während ihrer letzten Worte stattgefunden hatte. Eben noch hatte er aufmerksam zugehört. Eben noch hatte sie das Gefühl gehabt, dass er sie ernst nahm. Jetzt aber zeigte sein Gesicht wieder diesen Ausdruck von Unglauben, ja von Verdruss, den sie schon bei früheren Gesprächen mit ihm zur Genüge kennengelernt hatte. Einen Ausdruck, von dem sie gehofft hatte, ihn bei dieser Unterhaltung nicht sehen zu müssen.

»Sie wollen mir also erzählen«, sagte MacNeill, seine Stimme von Spott durchsetzt, »dass ein weltberühmter Hollywood-Schauspieler sich einen falschen Bart angeklebt hat, sich einen falschen Namen ausgesucht hat und in diesem Aufzug auf meinem Schiff Karneval feiert, herumschleicht und seine Ex-Frau – ja, was? – aus der Balkontür schubst?«

Mary sank der Mut. So greifbar ihr der Erfolg eben noch erschienen war, so unendlich fern war er nun. Sie war drauf und dran gewesen, MacNeill auf Mr. Miller hinzuweisen, ihn zu bitten, dessen Buchung zu überprüfen. Aber sie war zu weit gegangen. Mit der Erwähnung der Verkleidung hatte sie MacNeills pragmatischem, wenig fantasiereichem Geist zu viel zugemutet. Sie überlegte, ob es einen anderen Weg gäbe, irgendein anderes Argument, mit dem sie aufwarten konnte. Aber was sie gesagt hatte, ließ sich nicht rückgängig machen. Der Schaden war angerichtet.

»Sie hat eine SMS von ihm erhalten, in der er ihr mitteilte, er befinde sich an Bord.«

Es war ein verzweifelter Versuch. Sie wusste, was der Kapitän erwidern würde, und sie wusste, damit wäre auch dieser Lichtblick erloschen.

»Das ist doch kein Beweis«, sagte er. »Eine SMS kann man schließlich von überall über den gesamten Weltball schicken. Haben Sie diese SMS gesehen? Sind sie noch auf ihrem Telefon?«

Mary schüttelte den Kopf. Der Kapitän zuckte die Schultern, eine Bewegung, die wohl zum Ausdruck bringen sollte, dass dieser Punkt sich also erledigt hätte.

»Sie hatte Angst, dass ihr auf diesem Schiff etwas zustoßen könnte«, sagte Mary. »Und irgendetwas ist ihr zugestoßen. Halten Sie das wirklich für einen Zufall, Kapitän?«

MacNeill starrte auf seine Lesebrille, die in seinen groben Händen zerbrechlich wirkte, und schüttelte langsam den Kopf. »Nein, das ist sicher alles andere als ein Zufall.«

Mary schöpfte noch einmal Hoffnung, die der Kapitän mit seinen nächsten Worten gleich wieder zerstörte.

»Aber es gibt ja so etwas, wie nennt man das? Selbsterfüllende Prophezeiungen.« Er nickte, offenbar hochzufrieden mit seiner Einschätzung. »Miss Benny hatte Angst vor ihrem Mann. Sie steigerte sich in diese Angst hinein und ebenso in den Glauben, er sei auf dem Schiff, verfolge sie und wolle ihr etwas antun. Und weil sie diese Anspannung nicht aushielt, sich in diesem Wahn verlor, hat sie sich am Ende selbst etwas angetan.«

Er blickte Mary an, die fassungslos vor ihm stand.

»Ihre Sorge um die junge Frau ist lobenswert, Mrs. Arrington. Aber ich fürchte, auch Sie haben sich von diesen Einbildungen anstecken lassen.« Es fehlte wohl nicht viel und er hätte seine Hand tröstend auf ihre Schulter gelegt. Zu seinem eigenen Glück ließ er es. Mary wusste nicht, wie sie darauf reagiert hätte. »Es ist schon so viel Schlimmes passiert«, sagte er mit väterlicher Miene. »Lassen Sie es einfach gut sein.«

45.

Nachdem sie die Brücke verlassen hatte, konnte Mary es nicht erwarten, in ihre Suite zu verschwinden und in einen hemmungslosen Wutschrei auszubrechen. Sie hatte sich nicht mehr die Mühe gemacht, dem Kapitän zu antworten. Sie hatte ohnehin keine allzu großen Erwartungen gehabt. Aber Kapitän MacNeill hatte es geschafft, selbst diese niedrigen Erwartungen zu enttäuschen. Deutlich wie nie, hatte er ihr unmissverständlich vor Augen geführt, dass sie auf ihn nicht zu zählen brauchte. Er würde keinen Finger rühren, um einen Verbrecher zur Rechenschaft zu ziehen, von dem er nicht einmal glaubte, dass es ihn gab, obwohl dieser es schon mehrmals auf mörderische Weise unter Beweis gestellt hatte.

Eilig durchquerte Mary das Grand Foyer, ohne um sich zu schauen – und prallte geradewegs gegen Sir Cedric. Er stolperte rückwärts und fasste sie an den Armen. Mary, aus dem Gleichgewicht gebracht, hielt sich an ihm fest.

Er war im selben Stil gekleidet wie gestern, kurzärmeliges Safarihemd, komfortable Leinenhosen, Umhängetasche. In der Hand hielt er die Sonnenbrille und den Borsalino, den er bei Harrods gekauft hatte. Als er Mary bubenhaft angrinste, war ihre Wut wie fortgewischt.

»Wenn ich mich nicht verrechnet habe, war das Nummer vier«, sagte er.

»Nummer vier?«, fragte sie.

»Der Körbe, die Sie mir verabreichten. Ich habe ein

unerträglich einsames und trauriges Frühstück hinter mir.«

»Es tut mir so leid«, beteuerte Mary. »Ich habe versucht, Sie in Ihrer Suite anzurufen, konnte Sie aber nicht erreichen.« Sie unterschlug das Detail, dass sie diesen Versuch erst um die Mittagszeit unternommen hatte. »Und ich kann Ihnen nicht einmal eine Erklärung geben. Ich kann Sie lediglich bitten, mir zu verzeihen.«

»Zunächst einmal bin ich froh, dass es Ihnen gut geht. Ich war etwas besorgt und dachte mir, ich schaue mal vorbei. Und von wegen verzeihen …« Er wiegte den Kopf wie unter einer schwierigen Entscheidung. »Ich weiß nicht recht, ob ich das schaffe.«

»Ach, kommen Sie!«, stieg Mary auf sein Spiel ein. »Magic Cedric, der durch Wände gehen und an zwei Orten gleichzeitig sein kann, wird doch auch das zustande bringen.«

»Ich denke, ich könnte es zustande bringen. Unter einer Bedingung! Sie schenken mir in George Town den Nachmittag, den Sie mir in Ocho Rios so schmählich verweigert haben.«

Mary wollte höflich ablehnen. Abgesehen davon, dass ein heiterer Landgang zu zweit das Letzte war, wonach ihr nach Jills Tod der Sinn stand, hatte sie mit Sandra verabredet, endlich ihre Ermittlungen gegen den vermeintlichen Mr. Miller alias Johnny Carr aufzunehmen. Sie hatten einen Plan geschmiedet, den sie heute in Angriff nehmen wollten. Sandra würde, wenn sie in seiner Kabine aufräumte, seine Sachen nach Hinweisen auf seine wahre Identität durchforschen. Irgendetwas musste sich dort befinden, ein Pass vielleicht oder irgendein anderes Dokument, das ihn verriet. Oder die Materialien, die er verwendete, um sich zu tarnen, falsche Bärte, Perücken, Brillen. Mary hingegen sollte Mr. Miller beschatten, um zu sehen, ob er irgendetwas tat, durch das er sich zu erkennen gab, oder durch das er Hinweise auf sein nächstes Vorhaben lieferte.

»Hören Sie, Sir Cedric, so leid es mir tut, es sieht so aus, als müsste ich Ihnen Korb Nummer fünf überreichen, auch wenn …«

Sie unterbrach sich, als in diesem Moment niemand anderes als Mr. Miller an ihnen vorbei die Grand Lobby Richtung Ausgang durchschritt. Sein ganzer Aufzug wies darauf hin, dass er vorhatte, das Schiff zu verlassen. Eine riesige Sonnenbrille verdeckte jenen Teil seines Gesichtes, den sein Bart freiließ. Auf seinem Kopf prangte ein gelblicher Strohhut mit breiter, ausgefranster Krempe. Dazu trug er, als wollte er der Sonne – oder neugierigen Blicken – möglichst wenig Haut darbieten, ein langärmliges weißes Hemd, das bis obenhin zugeknöpft war, und eine lange weiße Hose. Was allerdings stärker Marys Aufmerksamkeit auf sich zog, war die braune Ledertasche, die er unter seinen Arm geklemmt hatte, und die nicht nur nicht zu seinem Outfit passte, sondern außerdem viel zu groß für einen Landgang war, der nicht mehr als vielleicht zwei Stunden in Anspruch nehmen sollte. Befanden sich darin Gegenstände, die er verschwinden lassen wollte, um nicht entdeckt zu werden? Enthielt sie Wechselkleidung, durch die er sich an Land von Mr. Miller zurück in Johnny Carr verwandeln wollte, um von George Town aus ein Flugzeug zu besteigen und zu verschwinden, während man sich an Bord der *Queen Anne* fragte, was aus Mr. Miller geworden war, der nicht vom Landgang zurückgekehrt und beim besten Willen nicht mehr auffindbar war, als habe er sich in Luft aufgelöst? Was immer sich darin befand – Mary wusste, sie durfte ihn nicht einfach damit an sich vorbeispazieren lassen.

»Ach, wissen Sie was?«, sagte sie.

Sir Cedrics Gesicht, das bereits einen Ausdruck von Enttäuschung angenommen hatte, hellte sich auf.

»Was denn, meine Liebe?«

»Korb Nummer fünf ziehe ich hiermit zurück und würde mich freuen, mit Ihnen einen kleinen Ausflug zu unternehmen. Ich bin sicher, wir bekommen eine Menge zu sehen und machen einige aufregende Entdeckungen.«

46.

Gemeinsam begaben Mary und Sir Cedric sich zu den Tenderluken im Unterdeck B. Vor einer der Luken händigten sie ihre Bordkarten einer freundlichen, uniformierten Dame aus, die sie in den Schlitz eines kastenförmigen Lesegeräts einführte. So wurde registriert, dass Mrs. Arrington und Mr. Hawthorne im Begriff waren, die *Queen Anne* zu verlassen. Bei ihrer Rückkehr würden ihre Karten erneut eingelesen. Diese Prozedur erfolgte bei jedem Landgang und verschaffte der Crew einen Überblick, welche Passagiere sich gerade an Bord und welche an Land aufhielten.

In einer Schlange Dutzender anderer Ausflügler bestiegen Mary und Sir Cedric über eine speziell montierte Treppe das schaukelnde Tenderboot, in dem auch Mr. Miller bereits Platz genommen hatte. Angeblich wegen des Gedränges, in Wahrheit aber, um Mr. Miller besser im Auge behalten zu können, bewegte Mary ihren Begleiter dazu, mit ihr über eine schmale Treppe auf das Dach des Bootes zu steigen, das beinahe leer war.

Endlich heulten unter ihnen die Motoren auf, und das Boot nahm Fahrt auf. Warmer, salziger Wind schlug ihnen entgegen. Obwohl sie diesen Ausflug nicht zu ihrem Vergnügen unternahm, sondern einen mutmaßlichen Mörder verfolgte, fühlte Mary sich in diesem Augenblick fröhlich und leicht. Sir Cedric sah mit seiner Ray-Ban-Brille, dem Oberlippenbart, den flatternden Haaren und der prallen Sonne auf dem gebräunten Gesicht aus wie der Held eines Abenteuerfilms aus den Fünfzigern.

Er stand nahe neben ihr an der Reling, sodass ihre Arme sich durch das Schwanken des Bootes ab und zu berührten. Das ferne, langsam herantreibende George Town erschien Mary aus dieser neuen Perspektive gar nicht mehr so langweilig.

Doch als sie hinunter in die gischtende Bugwelle blickte, brach alles über sie herein. Plötzlich dachte sie wieder an Jill, die durch die Gischt in die Tiefe dieser herrlichen karibischen See gesunken war. Dort lag sie nun, irgendwo zwischen Jamaika und den Cayman Islands, festgebunden an einen Koffer mit farbenfrohen Aufklebern. Und der Mann, der Jill das angetan hatte, saß nicht weit von Mary entfernt.

»Was haben Sie, Mary?«, fragte Sir Cedric. Er nahm die Sonnenbrille ab und schaute sie mit verkniffenen Augen an. »Ist es wieder wegen Jill Benny? Hat sie noch immer Fieber?«

»Nein. Sie hat kein Fieber mehr.«

»Also geht es ihr besser?«

»Nein«, sagte Mary. »Sie ist tot.«

Sir Cedrics Augen weiteten sich trotz des grellen Lichts. Er setzte seine Ray-Ban auf und schwieg zunächst. Mary wartete seine Fragen gar nicht erst ab. Sie fing einfach an zu erzählen, als wäre es das Selbstverständlichste der Welt. Als würde sie Sir Cedric Hawthorne seit Jahrzehnten kennen. Denn genauso fühlte es sich an. Sie erzählte ihm, dass Jill ermordet worden war. Und auch von wem und weshalb. Und dass Jean-Paul Mercier ermordet worden war. Und wieder von wem und weshalb. Sie erzählte vom Zyankali und von Johnny Carrs Verkleidung.

Was sie für sich behielt, waren ihre Einbrüche in Wiggleys Kabine und in die Piccadilly Suite. Nicht, weil sie Sir Cedric nicht genug vertraut hätte, um ihn sogar in ihre Straftaten einzuweihen. Aber damit hätte sie nicht nur ihr eigenes Schicksal seiner Verschwiegenheit überantwortet, sondern auch das ihrer Komplizen Sandra und Antonio. Und das konnte sie sich schlichtweg nicht anmaßen.

Sir Cedric hörte ihr zu – fassungslos, aber mit keiner Spur der Skepsis, wie sie Mary vonseiten des Kapitäns entgegengekommen war. Grimmig starrte er auf Mr. Miller unten im Sitzbereich, der ihnen den Rücken zugewandt hatte und nicht ahnte – zumindest hoffte Mary es –, dass sie ihn observierten. Sir Cedric sah aus, als wollte er sich an Ort und Stelle auf ihn stürzen, um ihn für seine schrecklichen Verbrechen von Bord zu werfen, sodass auch er, wie sein letztes Opfer, in den Fluten des Meeres ertrank. Aber Mary brauchte ihn nicht zu ermahnen, dass sie sich in einer Lage zurückhaltend verhalten mussten, wenn sie Johnny Carr überführen wollten. Mary war erleichtert, einerseits, weil sie all dem, was sich in den vergangenen Tagen in ihr aufgestaut hatte, endlich Luft machen konnte, und andererseits, weil sie dabei auf offene Ohren stieß. Wie es aussah, hatte sie in Sir Cedric nicht nur eine angenehme Reisebegleitung, sondern auch einen Verbündeten gefunden, der ihr bei ihrer schweren Aufgabe zur Seite stehen würde.

Nachdem das Boot angelegt hatte, ließen sie Mr. Miller aussteigen und folgten ihm in gebührendem Abstand durch den Hafenbereich, wo die Horden von Touristen mit Massen von Kaufangeboten empfangen wurden: Ob Souvenirs und T-Shirts an bunten Kiosken oder in den Discountläden eines Einkaufszentrums mit dem plakativen Schriftzug *The Shops at Royal Watler.* Ob Helikopterflüge und Inselrundfahrten, die man bevorzugt unter schattigen Zeltpavillons anpries. Oder Erholung und Erfrischung in Lokalen, die Dächer aber keine Wände hatten, und von den allgegenwärtigen Palmen in rohen Keramiktöpfen umgeben waren.

Ohne dass es ihr recht aufgefallen war, hatte sich Mary bei Sir Cedric eingehakt, während sie hinter dem Ziel ihrer Überwachung durch das nächstgelegene Stadtviertel schlenderten, das wiederum von Restaurants und Shops geprägt war, bei einer ungewöhnlichen Anhäufung von Juwelierläden. Es fühlte sich einfach so natürlich an, mit ihm hier entlangzuspazieren, selbst wenn der Anlass dieses Spaziergangs alles andere als natürlich war. Mr. Miller sah sich nicht um. Aber selbst wenn er es getan hätte, wären sie ihm unter den anderen Touristen sicher gar nicht aufgefallen. Er lief an einem weiteren Einkaufszentrum namens Bayshore Mall vorbei, dessen Architektur an historische Kolonialbauten erinnerte, und winkte eines der zahlreichen Minivan-Taxis heran, die hier unterwegs waren. Mary wollte ebenfalls eines heranwinken. Aber Sir Cedric war ihr schon zuvorgekommen. Sie stiegen ein und wiesen den Fahrer an, seinem Kollegen zu folgen.

47.

Eine halbe Stunde später stiegen sie auf dem Parkplatz hinter dem Strandresort des Ritz-Carlton-Hotels aus ihrem Minivan-Taxi. Mary war nervös. In dem dichten Verkehr hatte sie selbst den Wagen, in dem Mr. Miller saß, aus den Augen verloren. Aber ihr Fahrer war sicher gewesen, dass das Taxi auf dem Weg zum Seven Mile Beach gewesen war. Mary sah sich um. Von Mr. Miller war keine Spur zu entdecken. Aber da es keinen Sinn machte, ziellos herumzufahren in der Hoffnung, ihn irgendwo zu erspähen, blieben ihr und Sir Cedric nichts anderes übrig, als zu hoffen, dass ihr Fahrer richtig lag. In einiger Entfernung entdeckte Mary einen braunen Wegweiser mit dem Piktogramm eines Schwimmers und der Aufschrift Beach Access, der sie auf einen schmalen Fußpfad zwischen zwei von Büschen durchwachsenen Maschendrahtzäunen führte. Sir Cedric ging auf dem sandigen Boden voran. Auf seinem Kopf saß schräg der Borsalino, und die Umhängetasche schlenkerte im Takt seiner Schritte gegen seinen Oberschenkel.

Was sie am Ende des Pfades vorfanden, war paradiesisch. Der Seven Mile Beach war ein makellos sauberer Strand aus feinstem weißem Sand, der sich in seiner Länge scheinbar grenzenlos ausdehnte. In seiner Breite wurde er einerseits von einem glasklaren Meer begrenzt, dessen leuchtendes Türkis am Horizont zu einem dunklen Blau abfiel. Und andererseits von einem Streifen aus Kasuarinen und Palmen und sonstigem Grün, aus dem vereinzelt das Dach oder die Fassade eines Restaurants oder Hotels hervorlugte. Links erspähte Mary in weiter Ferne die verschwommenen Umrisse der Kreuzfahrtschiffe, die vor George Town ankerten. Rechts in nächster Nähe erkannte sie den ockerfarbenen Gebäudekomplex des Ritz-Carlton-Resorts mit seinen burgartigen Türmchen.

Doch das wirklich Paradiesische an diesem Paradies bestand darin, dass es weitgehend unbevölkert war. Auf den in Reih und Glied ausgerichteten Liegen des Ritz-Carlton räkelten sich vielleicht fünfzehn oder zwanzig Hotelgäste. Die Anzahl der Leute, die es sich mit einer Strandmatte auf dem Boden bequem gemacht hatten, war gleichermaßen überschaubar.

Auch das Meer war alles andere als überfüllt. Zwischen den wenigen allein oder in Gruppen Schwimmenden und Planschenden ruderte ein schillernd eingeöltes Mädchen stehend auf einem Surfbrett dahin. Weit draußen schleppte ein Motorboot an einem Fallschirm, der aussah wie ein riesiger Smiley, einen Menschen durch die Luft.

»Nun?«, fragte Sir Cedric. »Wo ist denn unser lieber Freund?« Suchend ließ er seine Augen hinter der Sonnenbrille über die Menschen wandern. Aber Mr. Miller war nicht in Sicht.

Auf der Suche nach ihm liefen sie Richtung Süden, mit dem Meer zu ihrer Rechten. Eine Weile schlurften sie nebeneinander durch den von Fußspuren aufgewühlten Sand. Dann wurde ihnen das zu ermüdend, weil sie bei jedem Schritt ein bisschen einsanken. So wanderten sie bald näher am Wasser dahin, auf diesem Streifen, der unter der Brandung und der Sonne glatt und fest geworden war. Um ihre Schuhe trocken zu halten, mussten sie stärkeren Wellen tänzelnd ausweichen. Sir Cedric war der Erste, der Schuhe und Socken abstreifte und den

Wellen nicht mehr auswich, sondern seine nackten Füße von ihnen umspülen ließ.

Mary tat es ihm gleich, und als sie unter ihren Fußsohlen den feuchten, warmen Sand fühlte, fragte sie sich, wann sie zuletzt barfuß einen Strand entlanggeschlendert war. Sie hatte keine Ahnung. Es musste irgendwann und irgendwo mit Maxwell gewesen sein. Und somit viel zu lange her. Als sie an ihren Knöcheln das Schäumen und Kribbeln der nächsten stärkeren Welle spürte, überlegte sie, wann sie sich zuletzt so lebendig und sinnlich und jung gefühlt hatte. Sie hatte wieder keine Ahnung. Es konnte nur wieder irgendwann mit Maxwell gewesen sein. Und somit ebenfalls viel zu lange her.

Mary dachte darüber nach, dass sie diesen beglückenden Moment ausschließlich Sir Cedric verdankte. Wie schon manch andere beglückende und tröstliche Momente zuvor. Dann dachte sie daran, dass sie seit Maxwells Tod mit keinem Mann mehr zusammen gewesen war. Nicht einmal etwas wie einen Flirt oder eine Affäre hatte es seither gegeben. Das hatte in der ersten Zeit mit Trauer zu tun gehabt. Und mit einer Art von Treue, die in dreiunddreißig Jahren Ehe zu einem Teil von ihr geworden war, und die sie selbst nach Maxwells Tod nicht übergangslos hatte ablegen können. Nach dieser ersten Phase hatte sie festgestellt, dass sie gar kein Bedürfnis nach einer neuen Beziehung empfand. Nicht, dass sie etwas dagegen gehabt hätte, sofern ihr ein entsprechender Mann über den Weg gelaufen wäre. Nur war das eben nicht passiert.

Bis jetzt. Bis Sir Cedric Hawthorne sie nach jenem Dinner im *Royal Grill* beim Schreiben in ihrem Notizbuch unterbrochen hatte. Irgendwie hatte sie da bereits geahnt, dass er dieser entsprechende Mann sein könnte. Eine Ahnung, die sich mit jeder ihrer Begegnungen gefestigt hatte und mittlerweile zu einer Hoffnung geworden war, wie sich Mary nun eingestand. Und das, obwohl sie Sir Cedric erst seit wenigen Tagen persönlich kannte. Und kaum etwas über ihn wusste. Sie beschloss, das so bald wie möglich zu ändern.

Aber nicht hier und jetzt. Alle romantischen Empfindungen, die in ihr aufgekommen waren, und alle Neugier auf den Mann, der sie ausgelöst hatte, würden noch ein wenig warten müssen. Denn obwohl Sir Cedric ein gutes Stück größer war als sie, war es Mary, die Mr. Miller als Erste erspähte.

48.

Mr. Miller saß links von ihnen, einige Dutzend Meter entfernt in der Nähe des Wassers. Mary und Sir Cedric blieben stehen, um ihn aus sicherer Entfernung zu beobachten, ohne selbst von ihm bemerkt zu werden. Er hockte im Schneidersitz auf dem Boden. Seine Sonnenbrille hatte er abgesetzt und starrte aufs Meer hinaus. Dachte er an seine Ex-Frau, die er in diesen Ozean geworfen hatte, damit sie auf qualvolle Weise ertrank? Ergötzte er sich an den Gedanken an die Rache, die er an ihr genommen hatte dafür, dass sie ihn verlassen hatte? Dachte er daran, wie er – vielleicht schon bald – seine Verkleidung ablegen, sich von seinem langen Haar, dem Vollbart, der Sonnenbrille und dem Strohhut befreien und wieder er selbst sein würde – Johnny Carr, gefeierter Filmstar, charmanter Frauenheld, kaltblütiger Mörder?

Aber wenn es so war – worauf wartete er?

»Wenn dieser Bursche wirklich Johnny Carr ist«, sagte Sir Cedric unvermittelt, »und plant, nach Los Angeles zu verschwinden … Warum sitzt er dann hier, anstatt sich schleunigst zum Flughafen zu begeben?«

Mary wandte sich ihm verblüfft zu. »Können Sie am Ende auch Gedanken lesen?«

»Das gehört zu meinem Standardrepertoire«, sagte er und schmunzelte dabei. »Und in diesem Fall war es ein Kinderspiel. So wie Sie den Kerl seit Minuten taxieren. Ich nehme an, es war die Ledertasche, die Sie auf die Idee brachte.«

»Es war die Tasche. Und auf Ihre Frage weiß ich keine Antwort. Es sei denn …«

»Was denn, meine Liebe?«

»Er könnte auf jemanden warten«, vermutete Mary.

»Auf einen Fluchthelfer vielleicht«, fügte Sir Cedric hinzu. »Einen Einheimischen, der diese überstürzte Abreise für ihn organisiert.«

»Wer immer es ist«, sagte Mary. »Ich darf keine Zeit mehr verlieren.«

Sie machte Anstalten, geradewegs auf ihn zuzumarschieren. Sir Cedric fasste sie erschrocken am Arm.

»Was haben Sie vor?«, fragte er.

»Ich werde ihn unter irgendeinem Vorwand ansprechen. Und mir sein Gesicht aus der Nähe ansehen.«

»Aber was können Sie tun? Was können wir tun? Falls der Kerl dort wirklich einen falschen Bart und eine Perücke trägt?«

»Ich habe nicht die geringste Ahnung. Zunächst einmal brauche ich Gewissheit. Und vielleicht fällt mir … oder uns gegebenenfalls noch etwas ein, das wir tun können.« Marys Stimme zitterte leicht, während sie das sagte.

Sie zitterte aus jenem Grund, den Sir Cedric nun offen aussprach. »Wenn dieser Mann tatsächlich Johnny Carr ist, dann ist er höchst gefährlich. Wir wissen, wozu er fähig ist. Sollten Sie ihn jetzt ansprechen, wird er auf jeden Fall Verdacht schöpfen. Wenn er weiß, dass Sie wissen, wer er ist, sind seine Fluchtpläne gescheitert, sein ganzes Verwirrspiel. Er dürfte Sie nicht am Leben lassen. Er würde auf seine Flucht verzichten, an Bord zurückkehren und alles daransetzen, Sie aus dem Weg zu räumen.«

Sir Cedric sah sie eindringlich an. Er hatte ihren Arm nicht losgelassen.

»Dieses Risiko dürfen Sie nicht eingehen.«

»Aber das muss ich doch«, sagte Mary. »Welche andere Möglichkeit haben wir, uns Gewissheit zu verschaffen?«

»Diese hier!«, sagte Sir Cedric, ließ Mary los und – bevor sie etwas sagen konnte – schritt entschlossen auf Mr. Miller zu.

Mary starrte ihm nach. Es berührte sie, dass er offenbar Angst um sie hatte, und seine Tatkraft beeindruckte sie.

Ein Gentleman alter Schule, dachte sie, der eine Dame von jeglicher Gefahr fernhalten will. Die Kavaliere sterben aus, heißt es. Aber ein paar von ihnen gibt es noch.

49.

Mary beobachtete, wie Mr. Miller erschrak, als Sir Cedric vor ihn trat und ihn begrüßte. Sie konnte nicht hören, was in dieser Entfernung gesprochen wurde, weshalb die Begrüßung das Letzte war, was sie aus der Mimik der beiden inhaltlich eindeutig ableiten konnte. Sir Cedric ging seitlich von Mr. Miller in die Hocke, mit dem Gesicht zu Mary, und begann lächelnd vor sich hin zu plaudern und Mr. Millers Gesicht zu begutachten. Möglicherweise eine Spur zu auffällig. Jedenfalls hatte Mr. Miller es ungeheuer eilig, seine Sonnenbrille wieder aufzusetzen. Außerdem verkrampfte er sich zusehends. Mary sah es seinen Schultern an, die sich versteiften, sich zusammenzogen. Seine Antworten schienen einsilbig und widerwillig auszufallen.

Es dauerte keine Minute, bis Mr. Miller sich hektisch hochrappelte und seine Tasche ergriff. Mit gesenktem Kopf, als hätte er sich am liebsten vollständig unter der Krempe seines Strohhuts verborgen, hastete er durch den nachgiebigen Sand davon. Die schwere Tasche schlug dabei gegen sein Knie. Er verschwand in dem Durchgang zur Straße. Er flüchtete!

Mary verspürte den Impuls, ihm hinterherzulaufen, ihn zu verfolgen, ihn nur keinesfalls aus den Augen zu verlieren!

Aber welchen Sinn hätte eine solche Verfolgung gehabt? Was hätte sie tun können, sobald sie Mr. Miller oder besser Johnny Carr eingeholt hätte? Wie eine Wahnsinnige auf offener Straße an seinem Bart und seinen Haaren zerren? Ohne zu wissen, ob er überhaupt Johnny Carr war? Und früher oder später würde er ihr entkommen, sich ein Taxi nehmen und erst recht wieder entwischen. Zum Flughafen oder zu einem neuen Treffpunkt mit seinem lokalen Komplizen, falls er Johnny Carr war. Zum Kai von George Town oder sonst wohin, falls er es nicht war.

Mary beruhigte sich, als sie in Sir Cedrics Gesicht blickte, der mit gelassenen Schritten und triumphierender Miene auf sie zu schlenderte.

»Was ist geschehen?«, fragte sie. »Was haben Sie zu ihm gesagt?«

»Nichts von Bedeutung«, erwiderte er, als er vor ihr stand. »Ich stellte mich artig als Mitreisender von der *Queen Anne* vor und habe belangloses Zeug von mir gegeben. Über das Wetter und den Strand. Es war ihm sichtlich unangenehm, von mir angesprochen zu werden, mich so dicht vor sich zu haben. Irgendwann wurde es ihm wohl zu viel, sodass er sich von dannen machte, ohne Erklärung oder Entschuldigung.«

»Und konnten Sie etwas herausfinden? Ist er maskiert?«

Sir Cedric wiegte den Kopf.

»Wegen des Hutes konnte ich seinen Haaransatz nicht erkennen. Allerdings schien es mir schon möglich, dass er eine Perücke trägt. Seine Haare wirkten nicht natürlich. Und der Bart – wie soll ich sagen, er sah irgendwie zu perfekt aus, wenn Sie verstehen, was ich meine?«

»Da muss ich Sie enttäuschen«, erwiderte Mary. »Bärte gehören nicht unbedingt zu den Dingen, mit denen ich mich gut auskennen. Sie werden das also näher ausführen müssen.«

»Nun ja«, sagte Sir Cedric und strich sich über seinen eigenen weißen Oberlippenbart. »Da bin ich froh, dass ich Ihnen zumindest in dieser Hinsicht voraus bin und eine hoffentlich hilfreiche Information zu Ihren Ermittlungen beitragen kann, in der Sie mir ja bereits die Rolle eines Gehilfen zugestanden haben. Sein Bart, meine Liebe, war nicht wirr, unordentlich, es stand nichts über, wenn Sie so wollen, wie es bei Bärten, gerade bei Vollbärten, zwangsläufig zu geschehen pflegt. Sein Bart sah aus, als hätte man jedes einzelne Haar säuberlich an das nächste gesetzt. Und noch etwas ist mir aufgefallen.«

»Was denn?«

»Der sogenannte Mr. Miller trägt Kontaktlinsen. Ich hatte nur wenig Zeit, seine Augen zu betrachten, bevor er sie hinter seiner Sonnenbrille versteckte – und ich sage ganz bewusst versteckte. Aber ich bin mir sicher, mich nicht zu irren.«

»Sonderbar«, sagte Mary. »Wir wissen, dass er Brillenträger ist. Und auf einmal trägt er Kontaktlinsen … Welche Farbe hatten seine Augen?«

»Braun«, antwortete Sir Cedric. »Ziemlich dunkelbraun.«

»Sind Sie sicher?«, fragte Mary. Sie sah wieder jene Fotos von Johnny Carr vor sich, die sie letzte Nacht auf ihrem Smartphone durchgeblättert hatte. »Die Augen von Johnny Carr sind grau, eisgrau.«

»Was sich durch farbige Kontaktlinsen problemlos ändern lässt. Ich denke also, wir dürfen unser kleines Experiment als Erfolg verbuchen.«

»Wieso Erfolg?«, fragte Mary. »Falls er wirklich Johnny Carr ist, haben wir ihn verschreckt, ihn verloren. Jedenfalls wird er nicht auf die *Queen Anne* zurückkehren. Und uns eine weitere Chance geben, ihn zu entlarven.«

»Da muss ich Ihnen widersprechen, Teuerste«, sagte Sir Cedric mit einem verschmitzten Lächeln. »Ich denke, ich kann garantieren, dass er auf das Schiff zurückkehren wird.«

»Und was macht Sie da so sicher? Haben Sie ihn mit einem Ihrer magischen Sprüche verzaubert? Oder ihn mit einem Fluch belegt?«

Sir Cedric lachte. »Das war gar nicht nötig. Sehen Sie, meine Liebe, ich verfüge vielleicht nicht über Ihren detektivischen Spürsinn, bin ein vollkommener Anfänger, wenn es darum geht, raffinierten Verbrechern auf die Schliche zu kommen. Aber nach der gründlichen Lektüre all Ihrer phänomenalen Romane darf ich behaupten, mir von Stuart Smith den einen oder Kniff abgeschaut zu haben.«

»Soso«, sagte Mary, die Sir Cedric seinen Triumph nicht nehmen wollte, aber doch langsam ungeduldig wurde. »Und welchen Kniff haben Sie bei Mr. Miller zur Anwendung gebracht?«

»Ganz einfach«, erklärte Sir Cedric. »Ich habe mich nicht darauf beschränkt, mit ihm einfach über das Wetter, die Annehmlichkeiten einer Kreuzfahrt oder ähnliche Belanglosigkeiten zu plaudern. Stattdessen habe ich ihn geradeheraus gefragt, ob er«, er machte eine bedeutungsvolle Pause und erfreute sich sichtlich an Marys gespannter Miene, »den neuesten Film des herausragenden Johnny Carr gesehen hat!«

»Das haben Sie nicht!«, rief Mary.

»Oh doch, Teuerste.« Sir Cedric schmunzelte sein bübisches Lächeln. »Und auf diese Weise habe ich ihm zu verstehen gegeben, dass Sie nicht die Einzige sind, die seine Ränke durchschaut hat. Wenn er jetzt fliehen würde, würde er uns den endgültigen Beweis für seine wahre Identität liefern. Wir könnten ihn in Bezug auf Jill Bennys Verschwinden in arge Erklärungsnöte bringen, wenn wir unabhängig voneinander bei den Behörden aussagen würden, ihn an Bord des Schiffes gesehen und erkannt zu haben. Wenn er den Schein wahren will, bleibt ihm also gar keine Wahl, als auf das Schiff zurückzukehren.« Sir Cedric schlug mit der Faust in die flache Hand. »Wir haben den Burschen in die Ecke gedrängt.«

Mary blickte nachdenklich auf das Meer.

»Das schon«, gab sie zu. »Aber Sie wissen nicht, was er tun wird, wenn man ihn in eine Ecke drängt.«

»Pah«, winkte Sir Cedric ab. »Was soll er schon tun? Er kann uns ja wohl nicht beide umbringen.«

Mary teilte Sir Cedrics Zuversicht nicht. Ja, es war ihnen gelungen, ihren Verdächtigen von der Flucht abzuhalten. Zumindest sah alles danach aus. Aber was sie weiterhin heraufbeschworen hatten, ließ sich nicht absehen.

Als sie wenig später auf dem Kai von George Town eintrafen, erwischten sie in letzter Minute das Tenderboot der *Queen Anne,* das gerade die Leinen loswarf. Als sie an Bord waren, erspähte Mary auf dem Dach, fast an der gleichen Stelle, an der sie mit Sir Cedric bei der Herfahrt gestanden hatte, einen Mann. Er lehnte ganz allein an der Reling und schien hinab in das aufschäumende Kielwasser zu starren. Genau konnte sie das nicht beurteilen, weil er eine schwarze Sonnenbrille trug. Außerdem einen zerfransten Strohhut und ein langärmeliges weißes Hemd. Neben ihm stand eine Ledertasche. Und ob dieser Mann nun Mr. Miller heißen mochte oder Johnny Carr. Er saß unleugbar nicht in einem Taxi zum Flughafen, sondern war auf dem Weg zurück zur *Queen Anne.* Sir Cedric hatte recht behalten.

50.

Es war bereits Abend, als sie wieder auf der *Queen Anne* waren. Natürlich ließ Sir Cedric es sich nicht nehmen, Mary zu ihrer Suite zu begleiten.

»Danke«, sagte er, als sie zusammen vor der Tür aus poliertem Holz standen.

»Wofür?«, fragte sie.

»Für einen unvergesslichen und ereignisreichen Nachmittag. Das hätte ich eigentlich ahnen müssen, dass ein Ausflug mit Mary Elizabeth Arrington nur zu einer Mörderjagd ausarten kann.«

»Zu einer vermeintlichen Mörderjagd«, verbesserte sie. »Einer eventuellen Mörderjagd. Und zu bedanken habe ich mich. Für Ihre Begleitung und Ihre tatkräftige Unterstützung. Es gibt niemanden, mit dem ich diesen Ausflug lieber unternommen hätte als mit Ihnen, Cedric.«

»Es war mir ein Vergnügen, Mary.«

Sie schaute in seine Augen, die warm in ihre schauten. Es war das erste Mal, dass sie einander beim Vornamen genannt hatten, ohne Sir, ohne Lady, ohne Teuerste, ohne Magic oder andere halb scherzhaft gemeinte Umschreibungen. Und ebenso wie Mary schien auch er zu spüren, dass sie dadurch einen wichtigen Schritt, sich näherzukommen, unternommen hatten. Je länger sie ihn ansah, desto stärker fühlte Mary sich zu ihm hingezogen. Es war ein ebenso erhebendes wie verwirrendes Gefühl. Es kam nicht überraschend. Seit ihrer ersten Begegnung hatte Mary eine Verbundenheit gespürt, als würden sie sich schon lange kennen. Aber diese Anziehungskraft, die sie nun erfasste, traf sie mit einer Wucht, auf die sie nicht vorbereitet gewesen war. Es war das erste Mal seit langer, langer Zeit, dass sie einem Mann gegenüber so empfand. Und sie wusste nicht, wie sie damit umgehen sollte. Sie ahnte, dass sie dieser Kraft erliegen würde, wenn sie noch länger in Cedrics Augen sah. Aber sie war noch nicht bereit dafür.

Unter Aufbietung all ihrer Selbstbeherrschung riss sie ihren Blick von seinem los und grub in ihrer Umhängetasche nach der Bordkarte. An der Tasche haftete noch weißer Sand, der dabei auf den Boden rieselte.

»Also dann«, sagte sie, als sie die Karte endlich fand. »Ich schätze, wir sehen uns … vielleicht beim Frühstück?« Sie kam sich vor wie ein Schulmädchen, das sich von seinem Schwarm verabschiedet, den sie sonst immer nur aus der Ferne angehimmelt hat. Ihre schriftstellerische Wortgewandtheit, auf die sie so große Stücke hielt, verließ sie. Mary hoffte, dass sie wenigstens nicht rot anlief. Immerhin schaffte sie es, die Bordkarte in den Schlitz zu nesteln, ohne dass ihr die Hände zitterten.

Sie öffnete die Tür und wollte in ihrer Suite verschwinden. Aber Cedric hielt sie zurück.

»Warten Sie, Mary.«

Sie blickte zu ihm auf.

»Was denn, Cedric?«

»Ich … sehen Sie …« Es tat Mary gut, dass es ihm ebenso schwerfiel, die passenden Worte zu finden. Endlich gab er sich einen Ruck. »Ich will nicht aufdringlich sein. Aber bei all der Abenteuerlust, die wir wohl beide heute verspürt haben, dürfen wir nicht vergessen, dass der Mann, mit dem wir uns anlegen, hochgefährlich ist. Wir wissen, dass er es auf Sie abgesehen hat, Sie aufhalten will, bevor Sie ihn überführen können. Ich fühle mich alles andere als wohl bei dem Gedanken, Sie allein Ihre Suite betreten zu lassen. Sollte ich nicht einen kurzen Blick hineinwerfen, um zu schauen, ob sich auch wirklich niemand darin versteckt?«

Mary wusste, dass er es ernst meinte. Es war kein billiger Trick, um in Ihre Unterkunft zu gelangen und sie dort mit Schmeicheleien zu verführen. Solche Albernheiten hatte Cedric nicht nötig. Er war wirklich um sie besorgt. Doch Mary war sicher, dass ihr keine Gefahr drohte, zumindest nicht hier und jetzt. Es war doch sehr unwahrscheinlich, dass Johnny Carr unmittelbar nach seiner Rückkehr an Bord in ihre Suite eindringen würde, um ihr darin aufzulauern. Er hätte nicht einmal die Zeit dazu gehabt. Es war aber nicht das allein, was sie dazu brachte, den Kopf zu schütteln. Mindestens genauso schwer wog, dass Mary nicht wusste, wie sie sich verhalten würde, wenn sie Cedric erlaubte, durch diese Tür zu treten. Sie musste an Maxwell denken, an die lange Zeit, die sie verheiratet gewesen waren, eine Zeit, in der es für Mary absolut unvorstellbar gewesen war, an einem anderen Mann auch nur das flüchtigste Interesse zu haben. Und Cedric weckte weitaus mehr als nur flüchtiges Interesse in ihr. Es überforderte sie heillos, sodass sie nicht mehr klar denken konnte. Aber immerhin noch klar genug, um zu wissen, dass sie nichts überstürzen durfte.

»Danke«, sagte sie. »Aber ich denke, ich werde drinnen sicher sein.«

Cedric nickte.

»In Ordnung. Sehen wir uns vielleicht später beim Dinner? Vielleicht haben wir Glück und begegnen im *Royal Grill* unserem Freund wieder. Und er verklemmt sich mit den Haaren in der Toilettentür. Oder sein Bart löst sich über dem Dampf seiner Bouillon, sodass wir uns jeglichen weiteren Entlarvungsaufwand sparen können.«

Mary lachte, froh, dass es Cedric auf seine unnachahmliche Art wieder einmal gelungen war, die Spannung zwischen ihnen aufzuheben, bevor sie beklemmend werden konnte.

»Ich fürchte«, sagte Mary, »diese Begegnung kann ich nicht versprechen. Dieser Tag hat so viele neue Fragen aufgeworfen, über die ich in aller Ruhe nachdenken möchte.«

»Ich verstehe«, sagte er – und sie wusste, er verstand es wirklich. Er verstand, dass es dabei nicht nur um Mr. Miller und die Morde ging, sondern auch um ihn selbst. Doch offensichtlich hatte er nicht vor, ihr das Nachdenken leicht zu machen.

»Wenn Sie erlauben«, sagte er und legte ihr einen Arm um die Taille. Bevor Mary protestieren konnte – und wenn sie ehrlich war, hatte sie gar nicht das Bedürfnis, zu protestieren –, hatte er sie schon an sich gezogen und sie geküsst. Mit einem Mal war er nicht länger dieser nachgiebige Gentleman, sondern ein Mann, der wusste, was er wollte, und gewohnt war, es sich zu nehmen. Genauso küsste er. Marys Widerstand brach, voll und ganz gab sie sich diesem Kuss hin, ihrem ersten Kuss seit langer Zeit, einem wundervollen, ebenso zärtlichen wie leidenschaftlichen Kuss.

»Versprich mir nur eins«, flüsterte Cedric, als er sich von ihr löste, sein Gesicht aber noch immer dicht an ihrem hielt. »Tu nichts, was dich in Gefahr bringen könnte. Und wenn du mich brauchst, bin ich jederzeit da.«

Das war wieder jener sanfte, fürsorgliche Cedric, der ihr so vertraut war. Natürlich konnte Mary ihm das nicht versprechen. Natürlich würde sie alles tun, was nötig wäre, um Jills Mörder zweifelsfrei zu identifizieren.

Und müsste sie sich dabei erneut in ungesetzliche Gefilde wagen oder sich in Gefahr begeben, würde sie keine Sekunde zögern, es zu tun.

Daher lächelte sie ihn nur an. Er lächelte zurück, stülpte den Borsalino auf und schob ihn sich weit in den Nacken, in der Manier eines verwegenen Westernhelden. Dann ging er, mit beschwingten Schritten und wippender Umhängetasche, davon. Dort, wo das Foyer sich zum Korridor verengte, drehte er sich nochmals um, lächelte ihr zu und verschwand.

Mary stand für einen Moment in der offenen Tür und blickte den Korridor hinab. Noch immer spürte sie Cedrics herrlichen Kuss auf ihren Lippen.

Nun gab es noch weitaus mehr, über das sie nachdenken musste.

51.

Später am Abend lichtete die *Queen Anne* ihre beiden dreiundzwanzig Tonnen schweren Anker und nahm wieder Fahrt auf. Ihre nächstes Ziel war die Insel Cozumel vor der mexikanischen Ostküste. Sie hatte Grand Cayman schon weit hinter sich gelassen, als Mary aus der Dusche stieg und sich frisch ankleidete.

Mittlerweile hatte sie sich endgültig dagegen entschieden, Cedric zum Dinner zu treffen. Sie beide würden nach dieser Kreuzfahrt noch jede Menge Zeit füreinander haben. Er lebte in London, sie in Sussex, sodass nicht einmal geografisch etwas dagegensprach, sich in Zukunft möglichst oft zu sehen. Vielleicht würden sie früher oder später ja beide in London leben. Oder in Sussex, wo es jedenfalls die romantischeren Strände gab. Aber Mary musste Prioritäten setzen, denn die Möglichkeit, Johnny Carr seiner Verbrechen zu überführen, würde schon bald unwiderruflich verstrichen sein.

Während sie also eine weitere Mahlzeit alleine auf ihrem Balkon einnahm, schwirrten ihr die Fragen durch den Kopf, die ihre heutige Begegnung mit Mr. Miller aufgeworfen hatte. Eine Frage drängte sich dabei hartnäckig in den Vordergrund: Wie konnte sie sich Gewissheit über Millers Identität verschaffen?

Die einfachste Methode wäre gewesen, vor zahlreichen Augenzeugen an seinem Bart und seinen Haaren zu reißen. Käme darunter Johnny Carr zum Vorschein, wäre das eine Sensation, die sich in Windeseile über das Schiff verbreiten würde. Bis hin zu Kapitän MacNeill, der endlich begreifen müsste, dass Mary ihm eben nicht bloß eine Geschichte aufgetischt hatte. Daraufhin würde er endlich eine Untersuchung einleiten, aus der sich alles andere von selbst ergäbe.

Aber was, wenn Mary vor versammeltem Publikum an Mr. Millers Haaren zöge und die sich nicht als Perücke entpuppten? Der Gedanke daran verdarb ihr den Genuss des Steinbuttfilets mit Morcheln, Trüffelpüree und Kartoffelgnocchi, das der Steward aufgetragen hatte. Die Peinlichkeit einer solchen Situation würde sie nicht überleben. Dazu wäre es nach einem derartigen gesellschaftlichen Desaster unmöglich, auf der *Queen Anne* weitere Ermittlungen anzustellen. Denn selbstverständlich würde der Kapitän auch davon erfahren. Und nach dem, was er mit Mary bisher erlebt hatte, würde er härtere Maßnahmen ergreifen, als sie bloß neuerlich zu warnen. Von den Folgen für ihre Karriere gar nicht zu reden, die im Zeitalter der Handykameras, sozialen Medien und alles filmenden Honey Hots unvermeidbar wären. Nein. Dieses Risiko konnte sie auf keinen Fall eingehen.

Zum Glück waren noch nicht alle ihre Trümpfe ausgespielt. Noch durfte sie hoffen, dass, während sie mit Cedric am Strand gewesen war, Sandra an Bord des Schiffes mehr erreicht hatte als sie.

Als sie ihr Dinner beendete, mit einem letzten Schluck von dem exzellenten Petit Chablis, den der Steward empfohlen hatte, blickte sie zum geschätzt fünfzigsten Mal auf die Uhr ihres Smartphones. Sandra musste längst Feierabend haben. Warum hatte sie sich noch nicht gemeldet? Sorge fasste Mary. War sie zu weit gegangen, als sie die junge Frau in die Ermittlungen gegen den Mörder mit eingebunden hatte? War Sandra, wagemutig bis zum Leichtsinn, zu weit gegangen und hatte sich in Schwierigkeiten gebracht? Unruhig lief

Mary in ihrer Suite auf und ab, während ihr diese unangenehmen Gedanken durch den Kopf gingen. Sie war kurz davor, sich hinunter in die Crew-Decks zu begeben, um zu schauen, ob mit Sandra alles in Ordnung war.

Da aber klingelte das Telefon. Mary wäre fast über eine Teppichfalte gestolpert, so eilig hatte sie es, zu dem Beistelltisch zu stürzen, auf dem es stand, und den Hörer abzunehmen.

»Sandra?«, rief sie aufgeregt. »Sandra, sind Sie das? Ist alles in Ordnung bei Ihnen?«

Aus dem Hörer aber drang nur Schweigen.

»Wer ist da?«, fragte Mary. »Was wollen Sie?«

Die einzige Antwort, die sie erhielt, war lauter, schnaufender Atem. Dann war die Verbindung unterbrochen.

52.

Atemlos hetzte Mary durch die Gänge der unteren Decks. Es lag weniger an der Anstrengung des Laufens – sie war für ihr Alter überaus fit – als vielmehr an ihrer Erregung, der Sorge, mehr noch, der Angst darüber, dass Sandra etwas zugestoßen sein könnte. Welchen anderen Grund sollte es geben, dass sie sich nicht wie abgemacht bei ihr gemeldet hatte? Kein Zweifel, der mysteriöse Anruf musste damit in Zusammenhang stehen. Hatte der Mörder herausgefunden, dass Sandra Mary bei ihren Nachforschungen unterstützte? Wollte er die Beziehung zwischen den beiden ausnutzen, um Sandra zu schaden und Mary dazu zu bringen, ihm fernzubleiben? Mary raste der Kopf.

Endlich erreichte sie die Tür zu Sandras Kabine und hämmerte mit den Fäusten dagegen.

»Sandra?«, rief sie. »Sandra, sind Sie da drinnen?«

Sie rüttelte an der Klinke. Aber die Tür war fest verschlossen.

Dafür tat sich die Tür der Kabine daneben auf, und Wiggley steckte seinen Kopf in den Korridor. Offensichtlich hatte der Aufruhr ihn aus der Konzentration gerissen, mit der er wahrscheinlich gerade über seinen großen literarischen Meisterwerken gebrütet hatte.

»Mrs. Arrington?«, fragte er verdutzt. »Was treiben Sie denn hier? Sie dürften gar nicht hier sein. Und warum veranstalten Sie einen solchen Krach?«

Mary hielt sich nicht mit Förmlichkeiten auf. Sie

stürzte auf ihn zu, stieß die Tür seiner Kabine auf und fasste ihn am Arm.

»Ich muss Sandra sprechen«, rief sie. »Wissen Sie, wo sie ist?«

»Sandra?«, fragte Wiggley. »Aber warum …«

Mary konnte sich gerade noch zurückhalten, ihn nicht am Hals zu packen und ordentlich durchzuschütteln.

»Haben Sie sie gesehen oder nicht?«

»Erst vor einer Stunde oder so«, brachte Wiggley hervor, nachdem er seine Verwirrung überwunden hatte. »Sie hatte eigentlich Feierabend. Ich habe sie hier auf dem Flur getroffen. Sie wollte gerade in ihre Kabine gehen und sich umziehen. Aber dann …«

»Was?«, stieß Mary hervor. »Verdammt, so reden Sie doch endlich!«

Wiggley schien ihre Ausdrucksweise alles andere als gut zu heißen. Offenbar hatte er nicht erwartet, aus dem Mund der von ihm so bewunderten Schriftstellerin solch profane Flüche zu vernehmen. Allerdings kam ihm nicht in den Sinn, sie dafür zu rügen. Ihr Gesichtsausdruck schien ihm überdeutlich klarzumachen, dass er noch mit weitaus mehr zu rechnen hätte als mit Flüchen, wenn er nicht endlich mit der Sprache rausrückte.

»Es kam eine Durchsage von der Concierge. Es gab einen Gast, der noch einmal nach Sandra verlangt hat. Ich habe das nicht genau verstanden. Sie hatte wohl bei ihm aufgeräumt und es war irgendetwas durcheinandergekommen, oder sie hatte vergessen, etwas aufzufüllen, frische Handtücher zu bringen oder so etwas. Jedenfalls hat der Gast darum gebeten, dass sie noch einmal zu ihm kommt. Er hat wohl ganz spezifisch nach ihr gefragt.«

»Und sie ist gegangen?«

Eine düstere Vorahnung packte Mary.

Wiggley sah sie verwundert an.

»Aber natürlich ist sie gegangen. Das ist schließlich Ihr Job, nicht wahr? Sie hatte zwar Feierabend, aber wenn ein Gast speziell nach ihr fragt … Und sie steht mit der Concierge sowieso nicht so gut, da konnte sie das schlecht verweigern. Hören Sie, Mrs. Arrington, wo Sie schon hier sind, ich hatte da eine ganz vorzügliche Idee für meinen Plot, zu der ich natürlich gerne Ihre Meinung hören würde …«

»Wie heißt er?«

»Wer? Mein Plot? Also einen Titel habe ich bisher nicht …«

»Der Gast, der nach Sandra gefragt hat. Wie war sein Name?«

Mary war sicher, die Antwort bereits zu kennen. Doch hoffte sie, ihr schrecklicher Verdacht könnte sich als Irrtum erweisen.

Wiggley runzelte die Stirn, entweder, um nachzudenken, oder um sein Missfallen darüber auszudrücken, dass Mary sich stärker für den Verbleib eines Zimmermädchens interessierte als für seine kreativen Eingebungen. Schließlich zuckte er die Schultern, offenbar willens, Mary eine gewisse Exzentrik zuzugestehen, wie ihn große Künstler bisweilen an den Tag legten.

»Ich bin nicht sicher«, sagte er. »Ich glaube, sein Name war …«

Mary betete, er werde irgendeinen Namen sagen, den sie noch nie gehört hatte, irgendeinen, ganz egal welchen, solange es nicht dieser eine war, den sie jetzt unter keinen Umständen hören wollte.

Wiggley aber tat ihr diesen Gefallen nicht. Stattdessen sprach er die beiden Worte aus, die Marys schlimmsten Befürchtungen bestätigten.

»Mr. Miller.«

53.

»Sie sind sich hoffentlich im Klaren darüber, wie übel diese Geschichte für sie ausgehen kann, Mrs. Arrington. Wenn das wieder eine ihrer Spinnereien ist, verspreche ich Ihnen, dann können Sie was erleben.« Kapitän MacNeill war rasend vor Wut. Er hatte keine Skrupel mehr, Mary unverblümt ins Gesicht zu sagen, wofür er ihre Theorien hielt – für nichts als Spinnereien. Mit geballten Fäusten hastete er neben ihr über den Korridor und hatte offenbar die Absicht, jeden einzelnen Atemzug zu nutzen, um seine Wut zum Ausdruck zu bringen.

»Ja, ich bin mir darüber im Klaren, Kapitän«, sagte Mary. »Aber statt hier rumzuschimpfen, sollten Sie sich lieber beeilen. Es geht um Leben und Tod.«

»Um Leben und Tod«, rief MacNeill. »Bei Ihnen geht es ständig um Leben und Tod. Aber das Einzige, was dabei herauskommt, ist Irrsinn und Ärger für alle Beteiligten.«

Mary hörte nicht mehr hin. Sie hatte andere Sorgen, als sich um die Laune des Kapitäns und die Konsequenzen zu kümmern, die ihr blühten, wenn sie falsch lag. Zum einen war sie hundertprozentig sicher, nicht falsch zu liegen. Zum anderen war sie gedanklich nur mit einem beschäftigt: Sandra zu finden, herauszubekommen, was mit ihr geschehen war, was ihr zugestoßen war – falls ihr etwas zugestoßen war – und ob es ihr gut ging. Sie hoffte, dass es ihr gut ging, dass gar nichts passiert war, dass Sandra damit beschäftigt war, in irgendeiner Kabine – nur nicht in der von Mr. Miller – irgendwelche

Arbeiten zu verrichten, zu denen sie unerwartet verdonnert worden war. Aber es war eine schwache Hoffnung. Sie reichte gerade aus, die Verzweiflung zurückzuhalten, die Mary zu überkommen drohte. Sie war zu weit gegangen. Sie hatte einen gefährlichen Mörder gereizt, ihn in die Defensive gezwungen, aus der heraus er jetzt brutal zurückschlug. Anstatt gegen sie direkt vorzugehen, hatte er sich zu einem besonders hintertückischen Schachzug entschieden. Er hatte dort zugeschlagen, wo Mary es am wenigsten erwartet hatte, und sich an Sandra vergriffen.

Mary hatte keinen anderen Weg gesehen, als den Kapitän zu alarmieren. MacNeill war kaum imstande gewesen, sich einen Reim auf den aufgeregten Wortschwall zu machen, mit dem sie ihn überschüttet hatte. Aber bei dem Aufstand, den sie auf der Brücke veranstaltet hatte, und in Anbetracht ihrer Verfassung, hatte der Kapitän seinerseits keinen anderen Weg gesehen, als ihrer Aufforderung Folge zu leisten, einen kräftigen Unteroffizier heranzuwinken, der im Notfall gewaltsam eingreifen konnte, und Mary zu Mr. Millers Kabine zu begleiten.

Der Aufruhr, der sie begleitete, war nicht unbemerkt geblieben. Von der Brücke durch das Grand Foyer bis in diese Gänge hatte sich ihnen eine ganze Reihe von neugierigen Passagieren angeschlossen, die zwar keinerlei Ahnung hatten, was vor sich ging, aber witterten, dass sich in dieser Aufregung eine unterhaltsame Abwechslung von den üblichen Vorgängen an Bord bot. Mit einem flüchtigen Blick über die Schulter hatte Mary festgestellt, dass etliche der Damen und Herren, die sie aus dem Restaurant kannte, bemüht waren, ihr an den Fersen zu kleben und die Worte aufzufangen, die sie mit dem Kapitän wechselte. Es war nicht gerade so, dass sie sich für das, was geschehen würde, Publikum gewünscht hätte. Aber das konnte sie jetzt nicht mehr ändern.

Beinahe im Laufschritt bogen sie in den Gang, auf dem sich Mr. Millers Kabine befand. Schon von Weitem sah Mary den Wäschewagen, der nicht weit von seiner Tür abgestellt war.

»Da!«, rief sie. »Sehen Sie! Ich habe Ihnen doch gesagt, Sandra ist hier.«

»Ja, das haben Sie«, gab der Kapitän zu. »Allerdings haben Sie mir bisher nicht verraten, was daran so furchtbar sein soll, dass ein Zimmermädchen mit einem Wäschewagen unterwegs ist, und warum es dringend unsere Hilfe braucht. Wobei? Sollen wir es dabei unterstützen, die Betten frisch zu beziehen, oder was?«

Mary ignorierte ihn, sprintete die letzten Meter bis zu Mr. Millers Kabine und hämmerte mit aller Kraft gegen seine Tür.

»Sandra!«, rief sie. »Sandra! Sind Sie da drin?«

Die Passagiere, die ihnen gefolgt waren, drängten sich erwartungsvoll um sie, um bloß keine Sekunde dieses Spektakels zu verpassen. MacNeill war weniger davon angetan. Als wären zwei Todesfälle auf einer Kreuzfahrt nicht schon Skandal genug. Jetzt hatte er es auch noch mit einer Amok laufenden britischen Krimischriftstellerin zu tun.

Er wollte dem Offizier gerade ein Zeichen geben, Mary zurückzuziehen, und selbst irgendetwas sagen, um mit der gebotenen Umsicht und Autorität die Kontrolle über diese Situation zurückzugewinnen.

Da aber öffnete sich die Tür.

54.

»Aber was … wieso … Was soll dieses Geschrei?«

Mr. Miller schien sich nicht entscheiden zu können, ob er erstaunt oder erschrocken sein sollte. War er bisher nicht gerade dadurch aufgefallen, sich um die allgemeine Aufmerksamkeit zu reißen, sah er sich dieser völlig unvermittelt voll und ganz ausgeliefert, und noch dazu in einem gelben Pyjama mit lachendem Bärengesicht auf der Brust.

Offenbar hatte er zu dieser nicht mehr ganz so frühen Stunde nicht mit Besuch gerechnet – falls er überhaupt jemals welchen empfing. Ganz sicher war er nicht auf eine Besuchergruppe, bestehend aus einer wüst gegen seine Tür trommelnden Dame, dem Kapitän, einem Offizier und einem nicht unbeträchtlichen Teil seiner Mitreisenden, vorbereitet gewesen. Die Gruppe der Zuschauer rückte in dem Gang dicht zusammen, um einen möglichst guten Blick auf ihn zu haben.

»Das ist aber doch … überaus … ungewöhnlich.«

Niemand widersprach ihm. Aber es verbesserte seine Lage nicht nennenswert. Sich zurückzuziehen, war ausgeschlossen. Selbst wenn er seinem ersten Impuls gefolgt wäre und versucht hätte, die Tür wieder zu schließen – Mary hätte es nicht zugelassen. Längst hatte sie einen Fuß in seine Kabine gesetzt und drängte sich unsanft an ihm vorbei. Er war so verdattert, dass er gar nicht auf die Idee kam, sie aufzuhalten, und auch der Kapitän und der Offizier waren von ihrem Vorpreschen überrumpelt.

»Wo ist sie?«, rief Mary, blickte sich um und riss den Kleiderschrank auf, an dessen Stange nichts als geschmacklose Hemden und Hosen hingen. »Was haben Sie mit ihr gemacht?« Mary schob die Hemden auseinander. Nichts. Sie öffnete die Tür zum Badezimmer. Wiederum nichts. Sie sah sich nach weiteren Verstecken um. Aber die Kabine war bedeutend kleiner als ihre Suite und bot kaum eine Möglichkeit, einen Menschen darin zu verbergen.

Mr. Miller hatte Marys energischer Durchsuchung seiner bescheidenen Unterkunft ratlos beigewohnt. Sie daran zu hindern, wagte er nicht. Hilflos blickte er den Kapitän an.

»Hören Sie«, stammelte er, »wenn Sie mir wenigstens erklären könnten, was …«

MacNeill hatte sich wieder gefasst. Da er zudem gesehen hatte, dass Mary keinerlei belastendes Material, geschweige denn das gesuchte Zimmermädchen in der Kabine aufgetan hatte, fühlte er sich gezwungen, dem ganzen Theater ein Ende zu setzen.

»Entschuldigen Sie vielmals, Mr. Miller«, sagte er. »Ganz offensichtlich handelt es sich hier um ein Missverständnis, um eine Verwechslung, im Grunde zum Lachen.«

Keiner der Anwesenden machte den Eindruck, als sei ihm nach Lachen zumute. Mr. Miller war zu perplex, die Umstehenden zu gebannt, Mary noch immer zu erregt.

»Was soll denn dieser Aufruhr hier draußen?« Uwe Ponger rempelte die Schaulustigen auf dem Gang beiseite und schob seinen dicken Schädel durch die Tür. Er trug Boxershorts und ein weißes Unterhemd. »Wie soll man bitte in Ruhe pennen, wenn hier nebenan so ein Radau abgeht? Und mit pennen meine ich ihr-wisst-schonwas … Stimmt's, Süße?«

Honey Hot schlüpfte durch die Lücke, die er mit seinem breiten Kreuz gebahnt hatte, und hängte sich an seinen Arm. Mit einem seidenen Bademantel, der ihr knapp bis über die Hüften reichte, blieb sie auch abends ihrem freizügigen Kleidungsstil treu.

»Na klar, Baby«, kicherte sie. Obwohl die beiden, wie sie alle Welt ungefragt wissen ließen, bei ihren privaten Vergnügungen unterbrochen worden waren, ließen sie es sich nun nicht nehmen, der Unterhaltung beizuwohnen, die hier geboten wurde – und natürlich hatte Honey sofort ihr Handy in Anschlag gebracht und es in Mr. Millers Kabine gerichtet.

»Also«, rumpelte Ponger. »Dann lasst mal hören, was hier eigentlich los ist!«

»Nichts ist hier los«, erwiderte der Kapitän. »Jedenfalls nichts von Belang. Mrs. Arrington ist einem dummen Irrtum aufgesessen. Sehen Sie, meine Damen und Herren …«

»Ich bin keinesfalls einem Irrtum aufgesessen«, fuhr ihm Mary ins Wort. Sie hatte Mühe, sich zu beherrschen. Das Benehmen des Kapitäns drohte, sie wahnsinnig zu machen. Ein Mitglied seiner Crew war verschwunden, vielleicht verwundet, vielleicht gar tot, und er palaverte irgendetwas von Irrtum.

»Sandra war hier, der Wäschewagen beweist es. Und Sie«, sie baute sich vor Mr. Miller auf, der erschrocken vor ihr zurückweichen wollte, in der engen Kabine allerdings kaum Raum dazu fand. »Wollen Sie etwa abstreiten, dass Sie es waren, der sie hat kommen lassen, angeblich, um irgendwelche Verrichtungen in ihrer Kabine zu erledigen?«

Mr. Miller starrte sie entgeistert an.

»Nein, wirklich, ich habe niemanden gerufen«, brachte er hervor. »Wie der Herr Kapitän sagt, das kann nur ein Irrtum sein, ich versichere Ihnen, …«

Sein Tonfall hätte genügt, um jeden hartgesottenen Polizisten von seiner Unschuld zu überzeugen, so unverfälscht klang er. Es brauchte einen brillanten Schauspieler, diese komplette Ahnungslosigkeit so überzeugend darzustellen. Aber Mary wusste, genau einen solchen hatte sie vor sich. Und sie würde den Teufel tun, auf ihn hereinzufallen. Wenn sie jetzt nachgab, war die Chance, ihn vor aller Augen zu überführen, vertan. Es galt, zu handeln.

»Sie täten gut daran«, erklärte sie, »ihre billige Scharade endlich einzustellen und sich als der zu erkennen zu geben, der Sie sind …«

Trotz ihrer Entschlossenheit zögerte sie. Konnte es nicht doch sein, dass sie falsch lag? Ließ sie sich so sehr von ihrer Erregung und ihrer Sorge um Sandra mitreißen, dass sie den klaren Blick verloren hatte und drauf und dran war, einen folgenschweren Fehler zu begehen?

Sie warf einen Blick in die Menge. Und fand dort den letzten Anstoß, den sie gebraucht hatte. Zwischen den neugierigen Gesichtern entdeckte sie Cedric, der sich ebenfalls hier eingefunden hatte. Während alle anderen sie verdutzt, gespannt oder spöttisch ansahen, lächelte er ihr ermutigend zu. Mary wusste, dass Cedric ihr glaubte. Er glaubte an sie. Er war hier, um sie zu unterstützen. Seine Nähe gab ihr den Mut, ihre Bedenken von sich zu stoßen und den letzten, den entscheidenden Schritt zu tun.

»Nämlich mitnichten«, rief sie, »der werte Mr. Miller, sondern niemand anders als der Schauspieler und ruchlose Frauenmörder Johnny Carr!«

Ehe Mr. Miller Gelegenheit hatte, sich gegen ihre Attacke zur Wehr zu setzen oder ihr auszuweichen, hatte sie bereits mit der einen Hand seinen Bart, mit der anderen seine Haare gepackt und riss daran mit aller Kraft.

55.

Die Menge stieß einen kollektiven Aufschrei aus. Und auch Mr. Miller stimmte mit ein, obgleich sein Schrei neben Schrecken auch eine gehörige Portion Schmerz ausdrückte. Der Bart nämlich, von dem Mary erwartet hatte, ihn mit einem Ratsch von seinem Gesicht zu reißen und den Zuschauern und Honey Hots Handykamera triumphierend zu präsentieren, blieb genau da, wo er war. Er löste sich nicht, um darunter die Miene von Johnny Carr zum Vorschein zu bringen. Und auch seine Haare entpuppten sich nicht als Perücke, sondern blieben, wo sie waren, fest auf seinem Kopf. Das Einzige, was Mary erreichte, war, ein borstiges Büschel Haare herauszurupfen. Fassungslos starrte sie es an.

Der Kapitän gab ihr keine Zeit, sich von dieser Fassungslosigkeit zu erholen.

»Das reicht jetzt aber endgültig«, schimpfte er und trat zwischen Mary und Mr. Miller, um weitere Übergriffe zu verhindern. »Damit sind Sie zu weit gegangen, Mrs. Arrington. Auf der Stelle lassen Sie diesen Mann in Ruhe und verlassen seine Kabine.«

Bevor Mary protestieren konnte, hatte der kräftige Offizier sie bereits am Arm gefasst und auf den Korridor gezogen. Der Kapitän wandte sich Mr. Miller zu, der kreidebleich geworden war und sich gleichzeitig den Kopf und die Wange rieb.

»Es tut mir unsagbar leid, mein Herr. Ich verspreche Ihnen, ich und meine Mannschaft werden alles tun, um diesen Vorfall, die Belästigung und den unverzeihlichen

Übergriff, dessen Opfer sie geworden sind, wiedergutzumachen. Selbstverständlich werden wir Ihnen die Reisekosten zurückerstatten. Und Sie können sich darauf verlassen, dass wir diese Dame«, er warf einen wütenden Seitenblick auf Mary, »für ihre Handlungen zur Rechenschaft ziehen werden. Wenn ich sonst noch etwas für Sie tun kann, zögern Sie nicht, es mich wissen zu lassen.«

»Nein, ich …« Mr. Miller schüttelte verwirrt den Kopf. Offensichtlich würde es eine gute Weile dauern, bis er sich von dem Schock erholt hatte. »Ich will nur meine Ruhe … Wenn Sie also bitte …«

»Einen Moment noch«, rief Mary. »Bevor Sie Mr. Miller als das unschuldige Opfer einstufen, fragen Sie ihn doch, was in der riesigen Tasche war, die er mit sich an den Strand geschleppt hat.«

Der Kapitän baute sich drohend vor ihr auf.

»Genug jetzt. Ich untersage Ihnen, diesen Herrn noch einmal anzusprechen. Sie haben weiß Gott schon genug Schaden angerichtet.«

»Schon in Ordnung«, mischte sich Mr. Miller ein. »Wenn ich dadurch die Sache aufklären kann und Sie mich endlich in Ruhe lassen. Hier!«

Er zog die Ledertasche hervor, die hinter der Tür gestanden hatte, und öffnete sie. Sie enthielt ein wahres Sammelsurium an Flaschen, Tuben und Dosen.

»Ich habe eine überaus empfindliche Haut«, sagte Mr. Miller. »Ich brauche verschiedene Produkte, um mich vor Sonnenbrand zu schützen, Sonnencremes, Sonnenöl. Deshalb schütze ich mich auch mit Hüten und trage draußen immer eine Sonnenbrille. Und auch den Sand und das Salzwasser vertrage ich nicht gut und muss darauf achten, mich nach jedem Kontakt damit sorgfältig einzucremen. Ich war schon als Kind überaus empfindlich.«

»Da sehen Sie es«, sagte der Kapitän. »Sind Sie jetzt endlich zufrieden, Mrs. Arrington? Oder wollen Sie noch jemandem die Haare ausreißen, weil er die Sonne nicht verträgt?«

Mary schloss die Augen und bedachte sich selbst mit einem Fluch. Sie hatte sich geirrt. Sie hatte einen Unschuldigen attackiert und sich selbst vollkommen zum Narren gemacht. Sie wollte sich bei Mr. Miller entschuldigen.

Aber der Kapitän ließ sie gar nicht zu Wort kommen.

»Vielen Dank für Ihre Hilfe«, sagte er und schüttelte Mr. Miller die Hand. »Ich bitte noch einmal in aller Form um Entschuldigung für diese … Störung. Bitte erlauben Sie mir, Sie morgen zum Essen in meiner Kabine zu empfangen. Für heute, denke ich, haben wir Ihnen genug zugemutet. Guten Abend!«

Mr. Miller nickte nur und schloss sichtlich erleichtert die Kabinentür. In Zukunft würde er sich sicher hüten, sie auf ein Klopfen hin zu öffnen.

Nun, da das Spektakel vorbei war, zerstreuten sich die übrigen Passagiere, manche lachend und scherzend, andere kopfschüttelnd. Fast alle blickten hämisch oder vorwurfsvoll auf Mary, bevor sie ihrer Wege gingen. Auch Honey Hot steckte ihr Handy ein und kehrte an Pongers massigem Arm in ihre Kabine zurück. Das dreckige Lachen des klobigen Ex-Boxers war noch zu hören, nachdem sich die Tür hinter ihnen geschlossen hatte. Nur der Kapitän, der Offizier, Mary und Cedric blieben auf dem Gang zurück.

56.

»Ich habe Sie gewarnt, Mrs. Arrington.« Kapitän MacNeill schüttelte den Kopf, weniger erbost, als vielmehr müde davon, sich immer wieder mit den Eskapaden seiner Passagiere herumschlagen zu müssen. »Sie wussten, was Ihnen blüht, wenn Sie diese Warnung missachten. Sie lassen mir keine Wahl. Für die restliche Zeit unserer Reise muss ich Ihnen Hausarrest erteilen. Ich untersage Ihnen hiermit, Ihre Kabine zu verlassen oder darin Besuch zu empfangen. Die Mahlzeiten werden Ihnen selbstverständlich gebracht.« Er fuhr sich mit der Hand über die Augen. »Glauben Sie mir, es fällt mir schwer. Ich bin ganz und gar nicht glücklich darüber, zu solch harten Maßnahmen greifen zu müssen. Aber Sie zwingen mich dazu. Ich hoffe, Sie haben Verständnis dafür, dass ich mich an diesem Punkt stärker dem Wohlergehen meiner übrigen Passagiere als dem Ihrigen verpflichtet fühle.«

»Ich bitte Sie, Herr Kapitän«, erwiderte Sir Cedric. »Ist das denn wirklich notwendig? Ich versichere Ihnen, Mrs. Arrington hatte gute Gründe für Ihr Handeln und Ihren Verdacht, auch wenn er sich bedauerlicherweise als Irrtum herausgestellt hat. Ich möchte Sie inständigst bitten, Ihre Vorgehensweise zu überdenken.«

Der Kapitän hob die Schultern.

»Ich verstehe Ihren Einwand, Sir. Wie gesagt, tut es mir leid, dass ich keinen anderen Ausweg sehe. Aber als Kapitän dieses Schiffes trage ich die Verantwortung dafür, dass es zu keinerlei Tumult kommt, von Übergriffen unter den Passagieren ganz zu schweigen. Wenn Sie wollen, können Sie natürlich Beschwerde bei der Reederei einlegen. Aber wir haben schließlich nicht nur meine Aussage, um mein Handeln zu rechtfertigen, sondern auch die von Dr. Germer, die nicht wenig ins Gewicht fallen wird, abgesehen davon, dass wir etliche Zeugen für den tätlichen Angriff haben.«

Er seufzte.

»Wenn es Ihnen ein Trost ist, es ist ja nur noch der morgige Tag. Am Abend findet bereits unser Abschlussball statt.«

»Dann hoffe ich, Kapitän«, sagte Cedric, »dass Sie Mrs. Arrington zumindest gestatten, an diesem teilzunehmen, als, sagen wir, versöhnliche Geste.«

Der Kapitän wiegte den Kopf.

»Ich werde darüber nachdenken. Die Voraussetzung wäre natürlich, dass Mrs. Arrington keinerlei weitere Unternehmungen ins Werk setzt, die ... Hören Sie mir überhaupt zu, meine Dame?«

Das tat Mary nicht. Von ihrem Schrecken, sich in Mr. Miller getäuscht zu haben, hatte sie sich erholt. Und wenn es auch alles andere als angenehm sein würde, bis morgen Abend ihre Kabine nicht verlassen zu dürfen, und es Ihre Ermittlungen – die sie trotz des Rückschlags noch lange nicht aufzugeben bereit war – nicht gerade erleichtern, sie vielleicht sogar unmöglich machen würde: Gerade hatte sie andere, schwerer wiegende Sorgen. Was machte es schon, dass sie sich bis auf die Knochen blamiert hatte, wenn Sandra möglicherweise etwas weitaus Schlimmeres widerfahren war?

Während der Kapitän seine Ansprache gehalten und Cedric für sie Partei ergriffen hatte, hatte sie sich auf dem Korridor umgesehen. Sie wusste, Sandra war hier gewesen. Es war eine Tatsache, dass sie zu Mr. Millers

Kabine gerufen worden war, und wenn nicht von Mr. Miller selbst – was sie ihm glaubte –, dann sicher von niemand anderem als dem Mörder. Er musste ihr aufgelauert haben. Was aber hatte er mit ihr gemacht? Die Aufforderung der Concierge, sich zu Mr. Millers Kabine zu begeben, war nicht lange her. Wohin hatte der Mörder Sandra in dieser kurzen Zeit schaffen können? Befand sie sich in einer der übrigen Kabinen auf diesem Gang? Oder war es möglich, dass …

Einer plötzlichen Eingebung folgend, stürzte Mary zu dem Wäschewagen und begann, die schmutzigen Laken und Decken herauszuzerren, mit denen er gefüllt war. Falls der Kapitän und der Offizier noch Zweifel an ihrem Geisteszustand hatten, mussten sie jetzt davon überzeugt sein, dass sie vollends den Verstand verloren hatte, und auch Cedric runzelte die Stirn.

Mary aber ließ sich nicht beirren.

»Sandra«, rief sie, während sie die Wäsche auf dem Korridor verteilte. »Sandra, sind Sie hier drin?«

Mary spürte den kräftigen Griff des Offiziers, der sie von dem Wagen wegzerrte. Doch im selben Moment hörte sie etwas. Der Offizier musste es auch gehört haben, denn er lockerte seinen Griff. Es war ein Stöhnen, das gedämpft aus dem Wäschewagen hervordrang. Einen Augenblick später geriet der Wäschehaufen, der noch darin übrig geblieben war, in Bewegung. Sandra tauchte daraus auf, fasste die Ränder des Wagens und zog sich mühsam an ihnen in eine sitzende Position. Mit benommenem Blick schaute sie um sich.

»Mrs. Arrington«, murmelte sie und befühlte ihren Kopf, auf dem ein weißer Kissenbezug hing. »Was ist denn passiert … Wo bin ich?«

»Es ist alles in Ordnung, Sandra«, sagte Mary und half ihr, aus dem Wagen zu steigen. Sandra war wackelig auf den Beinen und Mary musste sie stützen, damit ihre Beine nicht unter ihr einknickten. »Sie sind in Sicherheit.«

Staunend starrten der Kapitän, der Offizier und Cedric auf die beiden Frauen, von denen die jüngere sich schwankend am Arm der älteren festhielt. Ihr Glaube an Marys geistige Gesundheit schien zumindest ein Stück weit wieder hergestellt. Doch das kümmerte Mary gerade herzlich wenig. Sie empfand ungeheure Erleichterung darüber, dass Sandra in Sicherheit war. Das war das Einzige, was gerade zählte.

»Ich verspreche, mich um die Aufklärung dieses Vorfalles zu kümmern«, sagte MacNeill, offenkundig verunsichert von dieser überraschenden Wendung, aber bemüht, sich diese Verunsicherung nicht anmerken zu lassen. »Nichtsdestotrotz möchte ich Sie bitten, meiner Anweisung Folge zu leisten.« Er gab dem Offizier ein Zeichen. »Bitte begleiten Sie Mrs. Arrington in ihre Kabine.« Er lehnte sich ihm zu und fügte flüsternd hinzu: »Und stellen Sie um Gottes willen sicher, dass sie auch dort bleibt!«

57.

»Ich habe ihn nicht gesehen«, sagte Sandra. Sie rückte den Eisbeutel zurecht, den sie auf ihren Hinterkopf presste, und rutschte tiefer in Marys Sofa. »Er hat mich vollkommen überrascht.«

Mary trank einen Schluck Tee. Sie war heilfroh, dass es Sandra gut ging, wenn man von der dicken Beule absah, die sich unter dem Eisbeutel befand. Und sie war froh, dass sie Gelegenheit hatten, miteinander zu sprechen. Da sie nicht nur mit Sandras Verschwinden recht gehabt, sondern zudem diejenige war, die sie gefunden hatte, hatte der Kapitän Sandra gestattet, Mary in ihre Suite zu begleiten, damit sie sich bei ihrer Retterin angemessen bedanken und sich ausruhen konnte. Am nächsten Morgen würde sie ihm über das, was vorgefallen war, Rede und Antwort stehen müssen. Das Gespräch zwischen Mary und ihr aber war das weitaus wichtigere, das es jetzt zu führen galt. Vor allem, nachdem sie auf ihrem Weg hierher einen Zwischenstopp bei Sandras Kabine eingelegt hatten, konnte von Ausruhen keine Rede mehr sein.

»Ist es möglich, dass er Ihnen gefolgt ist und sich dann über den Korridor an Sie rangeschlichen hat, um Sie niederzuschlagen?«

Sandra schüttelte den Kopf, zog eine Grimasse, als die Bewegung sie schmerzte, und hielt lieber still.

»Nein, ich glaube, das hätte ich mitgekriegt.«

»Dann bleibt nur eine Möglichkeit«, sagte Mary. »Er muss in einer der Kabinen gewartet haben. Er hat sie zu

Mr. Miller gelockt, gewartet, bis sie abgelenkt waren, und ist dann herausgekommen, um sie anzugreifen. Er hat sie bewusstlos geschlagen und sich ihren Kabinenschlüssel geschnappt. Darüber, was er weiter mit ihnen vorhatte, können wir nur mutmaßen.«

»Zum Glück«, rief Sandra. »Wenn Sie nicht aufgetaucht wären, hätte er mich vielleicht sonstwohin verfrachtet, mich einfach im Wäschewagen irgendwo hingefahren und über Bord geschmissen, wie er es mit der armen Jill Benny getan hat. So blieb ihm nichts übrig, als mich zwischen der dreckigen Wäsche zu verstecken. Das war jetzt für mich auch nicht gerade angenehm. Aber tausendmal besser, als am Meeresgrund zu liegen.«

»Und während wir, der Kapitän und all die anderen mit Mr. Miller beschäftigt waren, hat er den Aufruhr genutzt, um in Ihre Kabine einzudringen.«

Sandra nickte bestätigend mit dem Kopf. Was der Mörder dort angerichtet hatte, hatten Mary und sie gerade erst besichtigt. Er hatte alles durchwühlt, die Kisten unter dem Bett hervorgezerrt, den Schrank aufgebrochen. In der ganzen Kabine lagen Sandras persönliche Dinge verstreut. Der Täter hatte in sichtlicher Eile gehandelt, aber gründlich genug, um ein heilloses Chaos zu hinterlassen.

»Das hätte er sich sparen können, der Mistkerl. Und mir hätte er die Kopfschmerzen ersparen können. Ein gutes Gefühl, zu wissen, dass seine Suche erfolglos war. Denn wonach er gesucht hat, dürfte ja wohl klar sein.«

Sie blickte auf die Tasche mit Merciers Habseligkeiten, die vor ihr auf dem Couchtisch stand.

»Kein Zweifel«, sagte Mary. »Zum Glück waren Sie so geistesgegenwärtig, die Tasche Antonio zu geben.«

Der wiederum hatte sie im Maschinenraum versteckt,

dem letzten Ort, an dem der Täter danach suchen würde.

»Ich kann Ihnen nicht oft genug sagen, Sandra, wie leid es mir tut, Sie in diese gefährliche Lage gebracht zu haben.«

Sandra winkte ab. »Ach, reden sie keinen Unfug, Mrs. Arrington. In die Lage habe ich mich ganz alleine gebracht. Und jetzt, wo er sich an mir vergriffen hat, bin ich umso begieriger darauf, diesen Schuft zu entlarven und mich bei ihm zu revanchieren.«

Mary wiegte den Kopf.

»Nur könnte sich das schwierig gestalten. Unser bester Verdächtiger, Mr. Miller, hat sich als Trugschluss herausgestellt. Bei allem Respekt für Johnny Carrs Schauspielkünste glaube ich nicht, dass er zu einer so überzeugenden Darbietung fähig gewesen wäre, wie wir sie eben erlebt haben. Einen weiteren Verdächtigen haben wir nicht, und uns läuft die Zeit davon. Wir haben nur noch bis morgen Abend Zeit, den Mörder zu überführen, bevor wir anlegen und er auf Nimmerwiedersehen das Schiff verlässt. Aber wie sollen wir das schaffen, wo unser verehrter Herr Kapitän mir doch Hausarrest erteilt hat wie einem ungezogenen Kind! Ganz ehrlich, ich habe nicht die geringste Ahnung, wie es mir gelingen soll, einen Mord vom Sofa aus aufzuklären.« Mary stieß ein tiefes Seufzen aus. »Ich muss gestehen, Sandra, langsam bin ich mit meinem Latein am Ende. Ich bin eben doch nur eine Krimischreiberin und keine Detektivin.«

Sandra starrte durch die Balkontür in die Dunkelheit, die sich mehr und mehr über dem Meer zu verdichten schien. Mary wusste, woran Sandra gerade dachte, an Jill Benny, die aus der Suite nebenan in ebendiese Finsternis und die rauschenden Wellen geworfen worden und für immer darin verloren gegangen war. Ein kalter

Schauer lief Mary bei dem Gedanken den Rücken hinab, dass Sandra diesem grausamen Schicksal selbst nur um Haaresbreite entkommen war.

»Es sieht wirklich nicht gut aus«, sagte Sandra leise.

Mary konnte nicht umhin, ihr recht zu geben. Ihre Lage war in der Tat, was man hoffnungslos zu nennen pflegte. Aber das hieß noch lange nicht, dass Mary bereit war, aufzugeben.

»Immerhin«, sagte sie, »wissen wir, dass der Mörder hinter Merciers Habseligkeiten her ist. Also muss sich etwas darunter befinden, das ihm gefährlich werden kann. Wir müssen nur herausfinden, was es ist.«

Sandra wandte sich Mary zu.

»Aber wo sollen wir denn da anfangen, Mrs. Arrington? Wir haben doch schon alles mehrfach durchgesehen. Glauben Sie wirklich, wir könnten noch auf irgendeinen Hinweis stoßen, der uns bisher entgangen ist? Und seit ich in diesem blöden Reinigungswagen aufgewacht bin, dröhnt mein Schädel wie nach einer polnischen Hochzeitsfeier. Wenn ich jetzt auch noch zum tausendsten Mal Jean-Pauls bescheuerte Fotos anglotzen muss, platzt mir wahrscheinlich der Kopf. Ich meine, nichts gegen Frankreich und Paris und so. Ich war noch nie da. Aber auch so hängt mir der Eiffelturm zum Hals raus, genauso wie Notre-Dame, Sacre Cœur, die Seine …«

»Warten Sie!«, unterbrach Mary sie. »Was haben Sie gerade gesagt?«

Sandra schaute sie an, als sei Mary plötzlich debil oder schwerhörig geworden.

»Ich habe gesagt, der Eiffelturm hängt mir zum Hals raus und …«

»Sie sind brillant, Sandra!«, rief Mary. Sie stand auf, trat an das Sofa, fasste das Zimmermädchen an den Schultern und drückte ihr, ganz gegen ihre Gewohnheit, einen dicken Kuss auf die Stirn. »Wenn wir Glück haben, haben Sie gerade unseren Fall gelöst. Oder uns der Lösung wenigstens ein gutes Stück näher gebracht.«

Nachdem heute Abend in Mr. Millers Kabine bereits der Kapitän, der Offizier und sämtliche Schaulustige Mary angesehen hatten, als sei sie reif für die Klapsmühle, war es nun Sandra, die Mary einen entsprechenden Blick zuwarf.

»Haben Sie zufällig auch einen auf die Rübe gekriegt«, fragte sie, »und mir noch nichts davon gesagt?«

Mary lachte laut auf. »Habe ich nicht!« Sie griff nach Merciers Tasche, öffnete sie und schüttete den Inhalt vor Sandra auf den Tisch. »Glauben Sie mir, mein Kopf war noch niemals so klar.«

58.

»Wollen Sie mir jetzt endlich verraten, wonach Sie suchen?«

Trotz ihres angeschlagenen Kopfes hatte es Sandra nicht auf ihrem Platz auf dem Sofa gehalten. Angesteckt von Marys Aufregung war sie aufgestanden und hatte sich hinter Marys Sessel gestellt. Sie drückte sich noch immer den Eisbeutel auf ihre Beule, schien ihren Schmerz jedoch vollkommen vergessen zu haben, während sie sich über die Rückenlehne des Sessels beugte und über Marys Schulter auf das Fotoalbum schaute, das Mary hastig durchblätterte.

»Den Kram haben wir doch schon zigmal durchgesehen.«

»Das haben wir«, sagte Mary. »Und dabei haben wir jedes Mal das übersehen, was direkt vor unserer Nase war. Wir wussten eben nicht, wonach wir suchen mussten.«

»Und jetzt, wo Sie es wissen«, sagte Sandra, »würde ich mich freuen, wenn Sie mich auch einweihen würden.«

Mary blickte kurz zu ihr auf und lächelte.

»Entschuldigen Sie, Sandra«, sagte sie. »Ich lasse mich von meinem Eifer mitreißen. Aber ich habe nicht vergessen, dass Sie zu diesen Ermittlungen mindestens so viel beigetragen haben wie ich selbst.«

»Kein Problem«, antwortete Sandra. »Spannen Sie mich nur nicht länger auf die Folter.«

»In Ordnung.« Mary schlug die nächste Seite um.

»Sie erinnern sich doch, was ich Ihnen von Jean-Pauls Tod erzählt habe?«

Sandra rümpfte die Nase.

»Sie meinen, wie elend und qualvoll er war? Danke, aber das brauche ich nicht noch mal zu hören. Das verfolgt mich sowieso schon.«

»Nicht das. Über die letzten Worte, die er sagte, während ich mich über ihn beugte. Er sagte …«

»Herz«, rief Sandra aufgeregt. »Weil er doch bestimmt Schmerzen in der Brust hatte. Vielleicht wusste er, dass er vergiftet worden war und das Gift sein Herz zum Stillstand bringen würde.«

»Richtig«, sagte Mary. »Und falsch. Er sagte Herz. Aber er sprach nicht von seinem Herzen, auch nicht davon, vergiftet worden zu sein.«

»Aber wovon sprach er dann?«

»Hiervon!«

Mary hatte aufgehört, in dem Album zu blättern, und tippte auf das Foto, welches auf die gerade aufgeschlagene Seite des Albums geklebt war. Es zeigte eine der berühmten Pariser Kirchen.

»Ja, er sprach französisch. Und deshalb sagte er Cœur. Herz. Ich dachte, er sei in seinem Todeskampf in seine Muttersprache verfallen. Aber das war es nicht. Es war dieses Herz, von dem er sprach. Das heilige Herz.«

»Sacre Cœur«, hauchte Sandra und starrte auf das Bild der prachtvollen weißen Kirche, die mit ihren eindrucksvollen Kuppeln die französische Hauptstadt vom Montmartre aus überragte. »Mein Gott, Sie haben recht.«

Sie fasste Marys Schulter und drückte sie.

»Das muss es sein. Verdammt, wie konnten wir nur so blind sein!«

Mary nickte. Wenn sie bloß früher darauf gekommen wären, wenn sie, Mary, Merciers letzte Worte richtig zu deuten gewusst hätte, vielleicht könnte Jill Benny dann noch leben.

Sie schlug das durchsichtige Papier zurück, das das Foto vor Flecken und Fingerabdrücken schützen sollte. Sie spürte, wie Sandras Finger sich vor Spannung in ihre Schulter krallten, als sie eine Ecke des Fotos fasste und sie hochzog. Das Foto löste sich erstaunlich leicht.

Das Einzige aber, was darunter zum Vorschein kam, war die graue, nun leere Seite eines Fotoalbums.

Sandras Griff löste sich.

»Mist, schon wieder ein Reinfall.«

»Nicht so schnell«, sagte Mary.

Sie drehte das Foto um. Auf die Rückseite waren drei Stücke Papier geklebt, eines grün, eines blau, eines rot. Sie waren unterschiedlich groß. Aber alle waren sie mit englischen Worten bedruckt.

»Was ist das?«, fragte Sandra, nahm Mary das Foto aus der Hand und betrachtete die Papiere. »Sieht aus wie Fahrkarten oder Eintrittskarten oder so was. Haben Sie eine Idee, was es damit auf sich haben könnte?«

Mary schüttelte den Kopf und nahm das Foto wieder von Sandra entgegen.

»Aber wir werden es herausfinden. Jedenfalls dürfen wir sicher sein, dass es genau das ist, was unser Mörder unbedingt in die Finger kriegen wollte.«

»Und von dem er verhindern wollte«, sagte Sandra, »dass wir es in die Finger kriegen.«

»Weil er weiß, dass es ihn überführen wird.«

»Und bis wir wissen, was es damit auf sich hat«, sagte Sandra, kehrte zum Sofa zurück und setzte sich, »wo sollen wir hin damit? Ich meine, falls uns nicht in den nächsten fünf Minuten die Erleuchtung kommt. Viel länger kann ich nicht mehr bleiben, ich habe nämlich morgen Frühschicht. Ich möchte es ungern wieder bei Antonio verstecken und ihn damit in Gefahr bringen. Vor allem jetzt, wo es für den Mörder richtig eng wird und er immer gefährlicher wird. Ich hoffe, Sie verstehen das, Mrs. Arrington.«

»Ich verstehe vollkommen«, sagte Mary. »Und Sie brauchen sich darüber überhaupt keine Gedanken zu machen. Merciers Sachen können problemlos hier in meiner Suite bei mir bleiben, wo ich die ganze Nacht darüber grübeln kann. Und zwar ungestört, da bin ich mir ganz sicher. Ich halte es für überaus unwahrscheinlich, dass der Täter versuchen wird, in meine Suite einzudringen.«

Sandra blickte sie zweifelnd an.

»Wie können Sie da so sicher sein? Schließlich hatte er auch keine Skrupel, bei Mercier und mir einzubrechen. Und vor Gewalt schreckt er schon gar nicht zurück.«

»Ganz einfach«, sagte Mary und lachte. Sie hätte es nicht für möglich gehalten, dem Kapitän nach den heutigen Ereignissen noch einmal dankbar zu sein. »Unser verehrter Kapitän hält mich offenbar für so gefährlich wie wir unseren Mörder. Er hat einen Wachposten vor meiner Tür postieren lassen. Wenn der arme Mann da draußen schon dafür sorgen muss, dass ich meine Suite nicht verlassen kann, kann er genauso gut dafür sorgen, dass niemand in sie eindringt. Sie müssen ihm lediglich, wenn Sie jetzt gleich gehen, den Tipp geben, dass ich wild entschlossen sei, mich heute Nacht rauszuschleichen. Er wird es MacNeill melden und der Kapitän wird dafür sorgen, dass auch die ganze Nacht über jemand da draußen steht und auf mich aufpasst.«

»Dann hatte ihre Auseinandersetzung mit Mr. Miller ja doch noch etwas Gutes.«

»Es sieht ganz so aus«, sagte Mary.

Nachdem Sandra gegangen war, löste Mary die drei Papiere vorsichtig, um sie nicht zu beschädigen, von der Rückseite des Fotos, legte sie nebeneinander auf den Couchtisch und betrachtete sie nachdenklich. Sie hatten drei neue Teile dieses Puzzles gefunden, das sie zu lösen versuchten.

Jetzt musste Mary nur noch herausfinden, wie sie zusammenpassten.

59.

»Sollten die Schwierigkeiten, in denen unser guter Stuart wieder einmal stecken mag, in direkter Relation zu der Uhrzeit stehen, zu der sie mich neuerdings zu behelligen pflegen, müsste er in geradezu titanenhaften Schwierigkeiten stecken, Mrs. Arrington«, grummelte es griesgrämig aus dem Smartphone.

»Lassen Sie es mich so ausdrücken, Mr. Bayle …« Wieder empfand Mary am Klang seiner Stimme dieses wohlige Heimatgefühl. »Seine Schwierigkeiten sind der frühmorgendlichen Stunde Ihrer Londoner Ortszeit durchaus angemessen.«

»Im Interesse einer Fortsetzung unserer bis zur Rührseligkeit harmonischen Kooperation hoffe ich das tunlichst, verehrte Mrs. Arrington«, sagte Mr. Bayle. »Was Sie nämlich als frühmorgendliche Stunde zu bezeichnen geruhen, würde manch anderer, mich eingeschlossen, als spätnächtliche Stunde betrachten, zu der es sich mitnichten ziemt, Telefonate zu tätigen, sondern zu der es dem Briten, der auf erholsamen Schlaf erpicht ist, weitaus besser ansteht, sein Haupt auf ein weiches Kissen zu betten. Und genau das hatte ich getan, Teuerste, bevor Sie beschlossen, mittels Ihres Anrufes mein britisches Haupt von besagtem Kissen erschrocken auffahren zu lassen.«

Mary kam nicht umhin, zu schmunzeln. Selbst schlaftrunken bewahrte er seine berühmte britische Steifheit und gehobene Ausdrucksweise.

»Da bitte ich vielmals um Verzeihung, mein verehrter

Mr. Bayle. Es lag mir natürlich fern, Ihre wertvolle Nachtruhe zu unterbrechen. Aber da ich wusste, dass Sie in Ihrer Brillanz und Ihrem Scharfsinn selbst im Schlaf noch den größten Denkern unserer Zeit weit überlegen sind, sah ich mich außerstande, auf Ihren Ratschlag zu verzichten, selbst wenn ich mich dabei der Gefahr aussetzte, mir Ihren Unmut zuzuziehen, der, wie ich stark hoffe, vorübergehend sein wird.«

»Mit Schmeicheleien, das kann ich Ihnen versichern, werden Sie mich in meinem Unmut nicht besänftigen können. Ich wäre aber unter Umständen bereit, von ihm abzulassen, wenn Sie nun die Freundlichkeit und die Güte hätten, mich darüber aufzuklären, wie ich Ihnen und unserem geliebten Stuart Smith behilflich sein kann. Dann hätte ich unter Umständen noch berechtigte Aussicht darauf, meinen unterbrochenen Schlaf zumindest für ein paar Minuten wieder aufzunehmen, bevor die Sonne aufgeht.«

»Es gibt nichts, was ich lieber täte«, sagte Mary. »Folgendes, mein lieber Mr. Bayle. Stuarts Mordermittlung auf dem Kreuzfahrtschiff haben ihn zu einem Verdächtigen geführt, der sich bedauerlicherweise als der falsche Verdächtige herausstellte, wodurch sich unser werter Held gewisse Probleme eingehandelt hat.«

»Und welcher Art, wenn Sie mir diese Nachfrage gestatten, sind diese Probleme?«

»Nun ja«, Mary blickte sich in ihrer Suite um, die zwar noch immer genauso gemütlich und luxuriös war wie am ersten Tag, sich aber von einer komfortablen Behausung in ein Gefängnis verwandelt hatte. »Sagen wir mal, er ist von Mächten, die seinen Ermittlungen gegenüber nicht unbedingt wohlwollend eingestellt sind, in Gewahrsam genommen worden, was, wie Sie sich denken können, dem Fortgang seiner Nachforschungen nicht unbedingt dienlich ist.«

»Soso«, sagte Mr. Bayle. Mary hörte ein Rascheln und Knistern, während er sich offenbar in seinem Bett bequemer hinsetzte. »Da hat sich unser Held also in eine Bredouille manövriert. Wenn ich Sie richtig verstehe, sieht es düster für ihn aus. Er ist vollkommen isoliert, abgeschottet von der Außenwelt, sodass sich selbst die Verbündeten, die Sie ihm sicherlich zugeführt haben, nicht im Stande sehen, ihm Unterstützung zu bieten. Derweil beliebt der Mörder, dessen schurkischen Umtrieben Stuart Einhalt zu gebieten strebt, unbehelligt weiter sein Unwesen zu treiben. Gehe ich richtig in der Annahme, dass es sich bei dieser Darstellung um eine adäquate Zusammenfassung der Lage handelt?«

»Mehr als adäquat«, antwortete Mary. »Wie immer, Mr. Bayle, treffen Sie mit Ihrem scharfen Verstand zielsicher ins Schwarze.«

Für gewöhnlich konnte Mary nicht umhin, ihren Lektor für diese Fähigkeit zu bewundern. Doch heute Nacht wünschte sie sich zum ersten Mal, er hätte falsch gelegen. Die Tatsache, dass er ihre Situation auf ebenso treffliche wie bedrückende Weise auf den Punkt brachte, vergrößerte nicht gerade ihre Zuversicht. Im Gegenteil führte es ihr vor Augen, wie tief die Misere war, in der sie sich befand.

»Das ist natürlich exzellent«, drang es aus dem Hörer. Mr. Bayles durch Schlafentzug bedingte Grummeligkeit schien sich gelegt zu haben.

»Exzellent?«, fragte sie verdutzt. »Ich kann Ihnen versichern, verehrter Mr. Bayle, dass der Ausdruck ›exzellent‹ in diesem Fall mitnichten eine passende Umschreibung der Lage ist, in der ich mich …« Mary biss sich auf die Zunge. Beinah hätte sie sich verraten und Mr. Bayle offenbart, dass nicht Stuart Smith, sondern sie selbst so tief in der Patsche steckte, und dass sich alle Probleme, die sie ihm gerade so offenherzig geschildert hatte, seine hochgelobte Krimiautorin und nicht ihren literarischen Helden betrafen.

»Aber sicher«, sagte Mr. Bayle. »Wir Leser begehren schließlich nichts so sehr, wie unseren Helden in der Klemme zu sehen, allein, verlassen, hoffnungslos, scheinbar ohne Ausweg. Wünschenswert wäre es, wenn sie ihn zudem in irgendeiner Form unter Zeitdruck setzen, ihm ein Ultimatum stellen, das er einhalten muss, um den Fall zu lösen, damit …«

»Gewiss doch«, unterbrach ihn Mary. Langsam drohte sie, durch Mr. Bayles begeisterte Beschreibungen in Depressionen zu fallen. »Es wird Sie freuen, zu hören, dass auch daran kein Mangel herrscht und das Dilemma somit keine Wünsche offen lässt. Mir

… Stuart bleiben nur vierundzwanzig Stunden, den Mörder zu fassen. Es gibt allerdings einen Anhaltspunkt, der sich als hilfreich erweisen könnte. Und dieser Anhaltspunkt ist es, warum ich Sie und Ihren reichhaltigen Erfahrungs- und Kenntnisschatz in literarischen Belangen in Anspruch nehmen muss.«

»Nur zu, Mrs. Arrington. Es ist mir selbstverständlich eine Ehre, Ihnen in dieser Hinsicht rückhaltlos zur Verfügung zu stehen. Ganz abgesehen davon bin ich natürlich überaus gespannt, zu erfahren, welcher Anhaltspunkt als Lichtblick die Finsternis erhellt, in der Stuart sich verirrt hat.«

»Besagter Lichtblick«, erklärte Mary, froh, die Einzelheiten der erwähnten Finsternis nicht weiter ausführen zu müssen, »stellt sich Stuart Smith in Form dreier Eintrittskarten dar.«

»Eintrittskarten?«, grummelte Mr. Bayle mit hörbar

nachlassender Begeisterung. »Sind Sie sicher, dass eine so banale Sache wie Eintrittskarten das notwendige dramatische Potenzial besitzt, um den Spannungsbogen, wie es an dieser Stelle des Plots unumgänglich ist, weiter zu steigern und ihn zu einem fesselnden Höhepunkt zu führen?«

Langsam wurde Mary ungeduldig. So sehr sie ihre kleinen Wortgefechte mit Mr. Bayle normalerweise genoss – diesmal kamen sie ihr vor wie sinnloses Geplänkel. Kein Wunder, schließlich ging es um Leben und Tod. Wer weiß, ob der Mörder nicht doch versuchen würde, erneut zuzuschlagen?! Mary brauchte Antworten. Und sie brauchte sie ohne lange Umschweife.

»Ungeachtet ihres dramatischen Potenzials«, sagte sie, »handelt es sich bei diesen Karten nun einmal, ob es Ihnen gefällt oder nicht, um das Einzige, was ich, ich meine was Stuart zur Hand hat.«

»Ich verstehe«, sagte Mr. Bayle, der Mary gut genug kannte, um zu wissen, dass es nicht ratsam war, jetzt auf Einzelheiten in der Plotgestaltung zu beharren. »Dann fahren Sie bitte fort, meine liebe Mr. Arrington.«

»Die erste Karte erlaubt offenbar Zutritt zu einem Ort namens *Joe's Gym* in Whitechapel. *Nacht der Eisernen Fäuste* steht darunter. Die zweite stammt von *Miss Celia's Varieté der Erstaunlichkeiten* und ist mit dem Zusatz *Fantastischer Reigen* versehen. Die dritte gehört zum *Kaleidoskop-Kino* und erlaubt den Besuch des *Festivals der Liebe.* Stuart hat sie alle an derselben Stelle gefunden, wo sie das Mordopfer bewusst versteckt hat. Ein letzter Hinweis des Sterbenden hat Stuart dorthin geführt. Die Karten müssen also etwas miteinander zu tun und etwas zu bedeuten haben. Sie sind der Schlüssel zur Lösung sozusagen. Stuart hat bereits herausgefunden, dass sich diese drei Stätten, zu denen die Karten Einlass gewähren, alle in ein und derselben Stadt befinden, nämlich in unserer großartigen Hauptstadt London. Ansonsten aber kann er sich keinen Reim auf sie machen.«

»Ich sehe«, sagte Mr. Bayle. »Sie benötigen gar nicht so sehr meinen Rat darin, wie es weitergehen soll. Sie scheinen für Ihre Leser ja schon ein kniffliges Rätsel ausgetüftelt zu haben. Wenn ich mich nicht sehr irre, wollen Sie jetzt an mir als Testperson einerseits prüfen, ob das Rätsel nicht zu leicht zu durchschauen ist, und andererseits erfahren, wie ich mir als Leser das weitere Vorgehen unseres Helden wünschen würde. Nicht wahr?«

»Sie haben mich ertappt, Mr. Bayle«, sagte Mary mit gespielter Verlegenheit. Also, was fällt Ihnen dazu ein?«

»Nun ja«, murmelte Mr. Bayle. »Als Einheimischer unserer großartigen britischen Hauptstadt habe ich dem gemeinen Leser gegenüber den Vorteil, mit den auf den Eintrittskarten genannten Lokalitäten genauer vertraut zu sein. Wenn ich mich nicht irre, habe ich in meiner Jugendzeit sogar ein oder zwei davon aufgesucht, und von den anderen zumindest sprechen gehört. In *Joe's Gym* wurden allerlei körperliche Auseinandersetzungen in sportlichem Rahmen ausgetragen. Bei *Miss Celia* fanden Vorführungen von Akrobaten, Pantomimen und dergleichen statt. Das *Kaleidoskop* war zu seiner Zeit eine Institution, wo vor allem junge, aufstrebende Filmemacher die Gelegenheit bekamen, ihre mitunter recht experimentellen und somit nicht immer gelungenen Machwerke dem Publikum zu präsentieren.« Er schien nachzudenken, dann aber drang ein Seufzen aus dem Hörer. »Mehr aber kann ich, fürchte ich, dazu leider nicht sagen. Sie haben ein vortreffliches Rätsel für unseren Helden entsponnen, Mrs. Arrington! Das Wichtigste für Stuart scheint mir, dass er mehr über diese Orte herausfindet. Wenn ihm das gelingt, wird er hoffentlich auch imstande sein, einen Zusammenhang zwischen ihnen herzustellen.«

Dieser Vorschlag, so überzeugend er auch wirken mochte, nützte Mary leider wenig. Selbstverständlich hatte sie bereits das gesamte Internet nach den drei Örtlichkeiten durchforstet, ohne dass etwas Nennenswertes dabei herausgekommen wäre.

»Das Problem ist«, sagte sie der Verzweiflung nahe, »dass all diese Orte offenbar schon vor langer Zeit geschlossen wurden. Die Veranstaltungen, die auf den Eintrittskarten vermerkt sind, liegen bereits viele Jahre zurück, um genau zu sein zweiundzwanzig Jahre. Sie fanden also lange vor der Zeit statt, als jede noch so kleine Veranstaltung im Internet angekündigt und somit verewigt wurde. Und da Stuart, wie Sie wissen, in seiner Bewegungsfreiheit stark eingeschränkt ist, kann er nicht in irgendwelche Bibliotheken spazieren, um sich die benötigten Auskünfte zu verschaffen.«

»Aber da haben wir ja schon zwei wichtige Übereinstimmungen!«, rief Mr. Bayle ungewohnt euphorisch. »Besagte Veranstaltungen liegen allesamt eine gute Weile zurück. Und alle fanden in London statt. Damit müsste unser Stuart doch arbeiten können. So, wie sich die Sache darstellt, könnte es denkbar sein, dass sich über diese beiden Gemeinsamkeiten der Zugang zu weiteren erschließen lässt.«

»Aber wie«, fragte Mary, »soll Stuart sich diese weiteren Zusammenhänge ohne jegliches Hilfsmittel oder irgendwelche weiteren Informationen herleiten?«

»In einem so kniffligen Fall«, sagte Mr. Bayle. »Wird, wie ich befürchte, unserem tapferen Helden nur eine einzige Möglichkeit geboten, um herauszufinden, was diese drei Eintrittskarten, diese drei Orte und diese drei Veranstaltungen miteinander verbindet.«

»Und das wäre, verehrter Mr. Bayle?«

»Ganz einfach, verehrte Mrs. Arrington«, drang es brummig aus dem Hörer. »Er wird seinen Grips einsetzen müssen.«

60.

Es war genau das, was Mary tat, nachdem sie sich bei Mr. Bayle für seine Hilfe bedankt und aufgelegt hatte. Sie setzte ihren Grips ein. Stunde um Stunde, bis sie irgendwann endlich ein wenig Schlaf fand, zermarterte sie sich das Gehirn. Und als sie wieder wach war, setzte sie diese Tortur auf der Stelle fort. Den gesamten Vormittag des folgenden Tages – des letzten Tages, den sie an Bord der *Queen Anne* verbringen würde – versuchte sie zu sehen, was sie zu übersehen schien. Eine Lösung hatte sie zwar nicht gefunden. Doch war sie ihr bedeutend näher gekommen. Dessen war sich Mary absolut sicher. Auch wenn sie die Antwort noch nicht sehen konnte, schwebte sie doch spürbar vor ihren Augen.

Sie saß auf ihrem Sofa, die Ellenbogen auf die Knie gestützt, und beugte sich über den Couchtisch, wo neben den drei Eintrittskarten die zahllosen Notizzettel lagen, die sie im Laufe der vergangenen Stunden vollgeschrieben hatte. Vor ihrer Balkontür zog sich der weite Ozean scheinbar unendlich in die Ferne. Kraftvoll pflügte das mächtige Kreuzfahrtschiff durch die Wellen, immer weiter unaufhaltsam seinem Ziel entgegen.

Mary blieben nur wenige Stunden.

Sie hatte Mr. Bayles Rat befolgt und nach weiteren Übereinstimmungen zwischen den drei Orten gesucht, zu deren Besuch die Eintrittskarten vor so vielen Jahren berechtigt hatten. Es waren ihr nicht viele eingefallen. Die Etablissements dienten alle der Unterhaltung ihrer Gäste, aber einer Unterhaltung ganz unterschiedlicher

Art. Auch lagen die Etablissements in verschiedenen Teilen Londons. Immerhin hatten die Veranstaltungen selbst alle in ein und derselben Woche vor zweiundzwanzig Jahren stattgefunden. Das konnte kein Zufall sein, da war sich Mary sicher. Etliche Male hatte sie alle denkbaren Erklärungen durchgespielt, ohne so recht von der Stelle zu kommen. Wieder und wieder hatte sie sich gewünscht, Sandra bei sich zu haben, die auf ihre frische Art sicher neue Impulse geliefert hätte. Mehr als einmal war sie drauf und dran gewesen, Mr. Bayle erneut anzurufen, verwarf den Gedanken aber jedes Mal genauso schnell. Was hätte sie ihm auch sagen sollen? Sie konnte ihm keine weiteren Hinweise zur Lösung des Rätsels geben, was doch sehr verdächtig war, hätte es sich denn tatsächlich um einen Fall für Stuart Smith und nicht das echte Leben gehandelt. Aber das konnte sie Mr. Bayle unmöglich sagen.

Es ließ sich nicht ändern, Mary war auf sich allein gestellt.

Stundenlang hatte sie daher im Internet recherchiert, was in besagter Woche vor zweiundzwanzig Jahren in London sonst noch geschehen war. Sie war sicher, es musste etwas geben, irgendetwas, das diese drei Veranstaltungen bedeutsam machte. Glücklicherweise war das Weltgeschehen in den großen Zeitungen festgehalten, deren Archive Jahrzehnte umfassten, gewissenhaft digitalisiert und der Öffentlichkeit zugänglich gemacht.

Neben all den kleineren und größeren Katastrophen, die jede große Stadt regelmäßig heimsuchten, Brände etwa oder Verkehrsunfälle, und den erfreulicheren Ereignissen, die ebenfalls nicht ausblieben, die Eröffnung eines neuen Museums etwa, zogen drei Begebenheiten Marys Aufmerksamkeit auf sich, weil sie auch damals das größte Aufsehen auf sich gezogen hatten. Es waren erstens der Besuch einer internationalen Abordnung beim britischen Premierminister, zweitens der spektakuläre Einbruch in ein Auktionshaus sowie drittens die Entführung der Tochter einer reichen Industriellenfamilie.

Mary spürte förmlich, dass in einem dieser drei Vorkommnisse der Schlüssel zu dem Rätsel lag, das sie zu lösen hoffte. Es war ein Gefühl, eine Intuition. Und doch schien es mehr. Es schien ihr, als verfüge sie längst über sämtliche Informationen, verfüge längst über das Verbindungsstück, das all diese bisher los umherschweifenden Teile zu einem Ganzen fügen würde. Nur bekam sie es nicht zu fassen.

Sie wollte gerade ein weiteres Mal ihre Notizen durchgehen, ein weiteres Mal prüfen, ob es darin nicht etwas gab, das sie übersehen hatte.

Da klopfte es an der Tür.

61.

»Wie geht es dir, meine Liebe?«, fragte Cedric. Er betrachtete Mary besorgt, und wenn sie an ihre fast schlaflose Nacht dachte und an die Augenringe, die diese ihr sicherlich eingetragen hatte, wunderte sie sich nicht, dass ihr Anblick Cedric die Sorgenfalten auf die Stirn trieb.

»Vielen Dank, Cedric«, antwortete sie. »Eine etwas unruhige Nacht. Aber ich fühle mich soweit ganz wohl. Entschuldige, dass ich dich nicht hereinbitten kann, aber …«

Sie wies mit dem Kopf auf den Offizier, der steif wie ein Zinnsoldat neben der Tür stand.

»Ich verstehe«, sagte Cedric. »Ich will mich natürlich keinesfalls den Anordnungen unseres geschätzten Kapitäns widersetzen. Zwar ist Kielholen im Falle einer Meuterei an Bord meines Wissens nach aus der Mode gekommen. Aber ich möchte den guten MacNeill nicht verlocken, diese guten alten Bräuche meinetwegen wieder aufleben zu lassen.«

Er lehnte sich zu ihr und senkte seine Stimme.

»Hast du denn noch irgendetwas herausgefunden über unseren … gemeinsamen Freund? Irgendwelche neuen Erkenntnisse?«

»Ich fürchte nicht«, sagte Mary. Im Gegensatz zu Cedric sprach sie nicht leise, gab sich vielmehr alle Mühe, nicht nur von ihm, sondern auch von ihrem persönlichen Wachposten genau verstanden zu werden.

»Überhaupt habe ich nach dem Vorfall gestern

Abend erkannt, dass es ratsam wäre, auf eine weitere Verfolgung des Täters zu verzichten. Ich hege inzwischen sogar ernsthafte Zweifel, ob ich in meinen Theorien nicht im Ganzen zu weit gegangen bin und möglicherweise Vermutungen angestellt habe, die, sagen wir, nicht gerade fest in der Wirklichkeit verankert waren.«

Cedric schaute sie verwirrt an.

»Aber denkst du denn wirklich, dass …«

Endlich begriff er, und sein berühmtes spitzbübisches Lächeln erschien unter seinem weißen Schnurrbart.

»Ich muss sagen, meine Liebe, das halte ich für eine sehr erfreuliche Entwicklung. Deine Suche nach dem vermeintlichen Mörder, für dessen Existenz wir schließlich nach wie vor keine eindeutigen Beweise haben, hat tatsächlich schon für genügend Aufruhr gesorgt. Das sollte nicht auch noch deinen letzten Tag an Bord überschatten.« Er warf einen Seitenblick auf den Offizier und zwinkerte ihr zu. »Zumal heute Abend der große Abschlussball stattfindet. Bei allem Aufsehen, für das du gestern gesorgt hast, wäre es doch allzu grausam, dir dieses Vergnügen vorzuenthalten.«

Er schlug den Ärmel seines Hemdes zurück und schaute auf seine Armbanduhr.

»Es ist ja noch ein wenig Zeit. Ich werde mich bei Kapitän MacNeill dafür einsetzen, dass er deinen Suite-Arrest aufhebt und dich zumindest an der Feier heute Abend teilnehmen lässt.«

Cedric küsste sie auf die Wange.

»Ich bin sicher, es wird mir gelingen, ihn umzustimmen.«

Aber Mary hörte kaum, was er sagte. Und kaum spürte sie seinen Kuss. Mit einem Mal herrschte in ihrem Verstand ein Chaos, das alles andere beiseiteschob. Wie hypnotisiert starrte sie auf Cedrics Uhr. Auf einmal wusste sie – oder glaubte zumindest zu wissen – was es mit *Joe's Gym, Miss Celia's Varieté* und dem *Kaleidoskop* auf sich hatte, wie diese einzelnen Teile zusammengehörten – und welches der Ereignisse, die in jener Woche in London Schlagzeilen gemacht hatten, sie alle miteinander verband.

»Vielen lieben Dank, Cedric«, brachte sie hervor. »Du bist ein Schatz. Und jetzt entschuldige mich bitte. Ich würde mich gern noch ein wenig hinlegen, um für den Ball ausgeruht zu sein. Wir sehen uns dann heute Abend.«

»Unbedingt, meine Liebe«, sagte Cedric. »Ich freue mich schon auf unseren ersten Tanz.«

62.

Mary beherrschte sich gerade noch lange genug, um die Tür zu schließen, anstatt sie hastig zuzuknallen. Dann aber, nachdem sie wieder allein in ihrer Suite war, hielt sie nichts mehr. Sie stürzte in ihr Schlafzimmer, schnappte sich ihre Handtasche, die auf der Wäschekommode lag, und kramte ihr Portemonnaie hervor. Ebenso hastig kehrte sie ins Wohnzimmer zurück. Sie setzte sich auf die Couch, klappte ihr Portemonnaie auf und öffnete das Münzfach. Sie fand nicht auf Anhieb, wonach sie suchte, nichts als Münzen verschiedener Größe. Sie erschrak, fürchtete, dem Mörder sei es ohne ihr Wissen gelungen, in ihre Suite einzudringen und sich zu verschaffen, was sie so dringend suchte. Sie drehte das Portemonnaie um und schüttete den gesamten Inhalt des Kleingeldfaches auf den Couchtisch. Die Münzen verteilten sich über den Tisch, einige rollten über die Kante und fielen zu Boden. Mary achtete nicht darauf. Kleingeld war das Letzte, was sie gerade interessierte. Das Einzige, was sie interessierte, lag inmitten der Münzen, ihrer Notizen und der Eintrittskarten. Mary atmete auf.

Sie nahm Jill Bennys Ring zwischen zwei Finger. Sie hatte ihn vorher nicht allzu genau betrachtet. Sonst wäre ihr vielleicht schon vor Stunden während ihrer Recherchen im Internet aufgegangen, was es mit diesem Ring auf sich hatte. Sie klappte ihr Laptop auf, öffnete den Ordner, in dem sie die Fotos und Zeitungsartikel gespeichert hatte, die ihr bemerkenswert erschienen waren. Sie ging all jene noch einmal durch, die sich mit dem Einbruch in das Auktionshaus vor zweiundzwanzig Jahren beschäftigten. Immer wieder waren die Artikel mit Fotos jener Kostbarkeiten bebildert, die damals unter den Hammer hätten kommen sollen, aber in den Fingern raffinierter Diebe gelandet waren. Es handelte sich um eine Auswahl erlesener Juwelen: Rubine, Saphire, Opale. Aber auch einige kunstvoll geschmiedete Schmuckstücke waren darunter.

Mary studierte sämtliche Fotos intensiv. Es konnte keinen Zweifel geben: Der etwas klobige, altmodische Ring, den sie in der Hand hielt, war derselbe Ring wie auf einem dieser Fotos.

Mit dieser Gewissheit ergab sich für Mary auf einen Schlag ein vollständiges Bild dessen, womit sie es zu tun hatte. Alle Antworten fielen ihr zu, die einzelnen Teile fanden in ihrem Verstand zusammen, bis ihr glasklar vor Augen stand, wer für den Tod von Jean-Paul Mercier und Jill Benny verantwortlich war.

Und diese Erkenntnis war erschreckender als Mary es sich jemals für einen ihrer Romane ausgedacht hätte.

63.

Der Saal war prächtig geschmückt. Bunte Lampions hingen von der Decke. Girlanden in allen Farben spannten sich von Wand zu Wand. Scheinwerfer strahlten in Grün, Blau, Rot und Gelb. Die Band spielte temporeiche Tanzmusik. Alles war hergerichtet für einen spektakulären Abend.

Die Gäste, die sich zahlreich eingefunden hatten, standen dem Saal an Pracht und Dekoration in nichts nach. Alle hatten sich aufwendig in Schale geworfen und waren dem Motto des Balls »Berühmte Persönlichkeiten« gefolgt, wobei sowohl Persönlichkeiten aus dem richtigen Leben als auch solche aus Büchern und Filmen erlaubt waren.

Zwischen Marlene Dietrich, Charlie Chaplin, Marilyn Monroe und mindestens drei Donald Trumps hatte sich auch eine mit einem braungrün karierten Mantel und Mütze als Sherlock Holmes verkleidete Person eingefunden. Keine andere Verkleidung war Mary passender erschienen für das, was sie vorhatte – nur ein Miss-Marple-Kostüm hatte sie kurz in Betracht gezogen, es aber wieder verworfen. Dafür fühlte Mary sich einfach ein paar Jahre zu jung. Sie hatte sich in eine Ecke zurückgezogen, von der sie den gesamten Saal, vor allem aber auch die Tür und somit das Eintreffen der Gäste beobachten konnte. Sir Cedric hatte sie bereits erspäht, der sich als Seeräuber ausstaffiert hatte, komplett mit Augenklappe, einem Plüschpapagei auf der Schulter und einer alten Pistole im Gürtel. Welchen berühmten Piraten er damit darstellen wollte, konnte Mary freilich nicht erkennen. Er hatte sie noch nicht bemerkt und Mary hatte vor, es fürs Erste dabei zu belassen. Sie war nicht hier, um zu plaudern, zu tanzen oder auf sonstige Art einen vergnüglichen Abend zu verbringen.

Das hier würde für niemanden ein vergnüglicher Abend werden. Im Gegenteil. Manch einem der Anwesenden würde Mary den Ball ordentlich verderben.

Viele ihrer Mitreisenden, mit denen Mary näher in Kontakt gekommen war, erkannte sie trotz ihrer Kostüme mühelos. Mr. Miller etwa, der in Frack und Zylinder wohl auf Abraham Lincoln machte, wenn auch sein Bart etwas zu wuchernd war, oder Uwe Ponger, der sich als einer der Donald Trumps entpuppte. Wie passend, dachte Mary. Neben ihm lärmte und kicherte die als Melania Trump verkleidete Honey Hot.

»Da bist du ja, meine Liebe«, sagte Cedric, der plötzlich neben ihr stand. »Und du siehst bezaubernd aus, wenn du mir die Bemerkung erlaubst. Darf ich dich direkt um diesen Tanz bitten?«

Ohne eine Antwort abzuwarten, griff er ihre Hand und wollte sie auf die Tanzfläche ziehen. Mary aber machte sich von ihm los.

»Zum Tanzen«, sagte Mary. »Ist das hier weder der richtige Ort noch die richtige Zeit.«

Cedric lachte verblüfft.

»Welcher Ort und welche Zeit könnten besser geeignet sein? Wir sind auf einem Ball, es gibt eine Tanzfläche und ein Orchester. Wovon redest du bitte?«

»Das wirst du bald erfahren«, entgegnete Mary. »Zuerst aber muss unser geschätzter Kapitän seine Eröffnungsrede halten.«

Tatsächlich erklomm MacNeill soeben die Stufen zur Bühne. Er hatte darauf verzichtet, sich zu verkleiden, und trug seine beeindruckende Gala-Uniform. Das Orchester verstummte, als er an das Mikrophon trat und sich umständlich räusperte.

»Meine sehr verehrten Damen und Herren«, sagte er auf seine übliche etwas steife Weise, die auch dieses Mal erkennen ließ, wie unwohl er sich dabei fühlte, den Entertainer für seine Gäste zu spielen. »Ich freue mich, Sie zu unserem Abschlussball begrüßen zu dürfen. Wir sind hier versammelt, um ein letztes Mal miteinander anzustoßen. Unsere Fahrt steht kurz vor ihrem Abschluss.«

Seine Worte klangen wie auswendig gelernt und hundertmal aufgesagt, fand Mary. Wahrscheinlich war dies die einzige Art, auf die er diese Zwangsauftritte einigermaßen souverän hinter sich bringen konnte. Ganz offensichtlich war MacNeill sehr daran gelegen, seinen Auftritt so kurz wie möglich zu halten. Auf die Begrüßung der Gäste folgten denn auch schon die letzten Worte seiner knappen Ansprache.

»Ich hoffe, Sie haben den Aufenthalt bei uns genossen. Meine gesamte Crew und ich bedanken uns ganz herzlich für Ihre Reise an Bord unseres Schiffes und würden uns freuen, Sie bald wieder auf der *Queen Anne* begrüßen zu dürfen. Ich wünsche Ihnen allen einen vergnüglichen Abend.«

Er trat gerade noch rechtzeitig vom Mikrofon zurück, um nicht den ganzen Saal durch die Lautsprecher das erleichterte Seufzen hören zu lassen, das er nun ausstieß, da er seine Ansprache überstanden hatte. MacNeill verließ die Bühne, mischte sich unter die Kostümierten, schüttelte Hände und nahm höflich den Dank entgegen, den ihm viele für die Zeit an Bord aussprachen.

Mary war weit davon entfernt, sich ihm gegenüber erkenntlich zu zeigen, weder für die Reise – was ihr angesichts der Ereignisse der letzten Tage auch ziemlich absurd vorgekommen wäre – noch dafür, dass er ihr gnädigst gestattet hatte, an diesem Ball teilzunehmen. Im Gegenteil. Mary war fest entschlossen, ihn diese Erlaubnis bereuen zu lassen – zumindest vorübergehend.

Der Moment dafür schien ihr nun gekommen zu sein.

»Wo willst du denn hin?«, rief Cedric ihr nach, als sie ihn ohne etwas zu sagen stehen ließ. »Mary, was hast du vor?«

Aber sie gab keine Antwort. Mit entschlossenen Schritten bahnte sie sich zwischen den anderen Gästen hindurch einen Weg zur Bühne.

64.

»Meine Damen und Herren!«

Die Musik verstummte. Alle Augen richteten sich auf Mary, die das Mikrofon ergriffen hatte.

»Sie alle wissen um die schrecklichen Dinge, die sich in den vergangenen Tagen an Bord dieses Schiffes ereignet haben. Ein Mann ist vor unseren Augen in diesem Saal zu Tode gekommen. Eine Frau ist spurlos verschwunden. Man hat Ihnen erzählt, dass es sich dabei um tragische Vorkommnisse gehandelt habe, um einen Herzinfarkt sowie einen Selbstmord. Bedauerlich, ja, aber kein Grund, in Angst und Schrecken zu geraten. Ich aber stehe heute Abend hier vor Ihnen, um zu verkünden, dass es sich in beiden Fällen um skrupellosen Mord handelt.«

Ein Raunen ging durch die Menge. Hier und da hörte Mary, wie jemand lachte, sah, wie einige der Gäste die Augen verdrehten und sich von ihr abwandten, tuschelten, sich wieder ihren Gesprächen zuwandten.

»Und ich kann und werde es Ihnen beweisen. Hier und heute!«, rief Mary ihren ungläubigen Zuhörern entgegen.

MacNeill tauchte vor der Bühne auf und starrte Mary verärgert an.

»Auf der Stelle kommen Sie dort herunter, Mrs. Arrington«, fuhr er sie an. »Das kann doch wohl nicht Ihr Ernst sein. Ich habe es gut mit Ihnen gemeint, als ich Ihnen erlaubt habe, an diesem Fest teilzunehmen. Und so danken Sie es mir?«

»Wenn Sie sich einen Moment gedulden würden, werter Kapitän«, erwiderte Mary, »werde ich Ihnen allen Grund geben, *mir* zu danken. Sie sollten vor allen anderen ein Interesse daran haben, zu erfahren, was hinter all den rätselhaften Vorgängen auf Ihrem Schiff steckt.«

MacNeill hatte nicht die Absicht, sich zu gedulden. Er wies zwei der Stewarts an, Mary von der Bühne zu schaffen. Schon sprangen sie herbei und packten Mary fest an den Armen. Mary spannte sich an, um es ihnen möglichst schwer zu machen. Aber sie wusste, dass sie gegen die beiden kräftigen Männer keine Chance hatte.

»Geben Sie mir nur zwei Minuten«, flehte sie den Kapitän an.

»Nichts da, Mrs. Arrington«, antwortete der Kapitän schroff. »Sie haben meine Gutmütigkeit lange genug ausgenutzt.« Er nickte den Stewarts zu. »Bringen Sie Mrs. Arrington in ihre Kabine und sorgen Sie dafür, dass sie diese nicht mehr verlässt, bis wir an Land gehen.«

Die Stewarts schleiften Mary zu den seitlichen Stufen der Bühne. Verzweiflung stand Mary ins Gesicht geschrieben. Zwei Morde waren auf diesem Schiff geschehen! Aber niemand wollte ihr glauben. Wie konnte es sein, dass niemand die Wahrheit hören wollte?

Da geschah etwas Unglaubliches. Etwas vollkommen Unerwartetes.

»Stopp!«, rief eine Männerstimme aus der Menge. »Lasst die Frau reden.«

Die Stewarts hielten inne. Der Kapitän blickte sich erstaunt um, und auch Mary konnte ihre Verwunderung nicht unterdrücken, als sie erkannte, wer für sie Wort ergriffen hatte. Niemand anderes als Mr. Miller drängte sich zwischen den Gästen hindurch zur Bühne. Ausgerechnet er, dachte Mary. Mr. Miller war wirklich die letzte Person auf diesem Luxusdampfer, von dem sie sich Hilfe versprochen hatte.

»Sie, Mr. Miller?« MacNeill legte seinen ganzen Unglauben in diese drei Wörter. »Ausgerechnet Sie? Nach allem, was diese Frau Ihnen angetan hat? Haben Sie vielleicht vergessen, dass es Mrs. Arrington war, die Ihnen gestern einen Büschel Haare aus dem Gesicht gerupft und Sie des Mordes angeklagt hat?«

Mr. Miller war nun beim Kapitän. »Sie hat mich zu Unrecht verdächtigt, das stimmt«, sagte er vollkommen ruhig. »Aber Mrs. Arrington ist nicht die Einzige, die glaubt, dass auf diesem Schiff schreckliche Dinge vor sich gehen. Weitaus schrecklicher, als Sie, Herr Kapitän, und Ihr Arzt es uns weismachen wollen. Ich verlange zu hören, was Mrs. Arrington zu sagen hat.«

Weitere Rufe erklangen in der Menge, die verlangten, der Kapitän solle Mary verkünden lassen, was sie zu sagen hatte. Mary wusste nicht, ob sich die Menge tatsächlich Aufschluss über die Todesfälle erhoffte, weil auch sie von den Erklärungen des Kapitäns und des Arztes nicht gänzlich überzeugt war. Oder ob sie sich, nach den Peinlichkeiten, die Mary in Mr. Millers Kabine geboten hatte, nur ein amüsantes Rahmenprogramm für den Ball erhoffte. Aber was auch immer die Gäste ihre Stimme erheben ließ, Mary war froh und Kapitän MacNeill konnte den lautstarken Wunsch seiner Passagiere nicht ignorieren.

Hatte er eben noch die Hände erhoben, um die Menge zu besänftigen, ließ er diese nun resigniert sinken und wandte sich den beiden Stewarts zu, die Mary immer noch fest in ihrem Griff hatten. »Also gut, in Ordnung, in Ordnung. Lassen Sie Mrs. Arrington los, damit dieser Unsinn ein Ende findet und wir vielleicht doch noch dazu kommen, unseren Abschlussball zu feiern, wie es Tradition ist auf diesem Schiff.«

Die Stewarts ließen von Mary ab. Sie richtete ihren Mantel, der durch die grobe Behandlung durcheinandergeraten war, schritt zum Mikrofon und ergriff von Neuem das Wort.

»Dies hier«, rief sie und zog den Ring aus der Tasche, den Jill Benny ihr gegeben hatte. »Ist der Schlüssel zu dem ganzen Mysterium. Dieser Ring stammt aus einem Juwelenraub, der sich vor zweiundzwanzig Jahren in London ereignete. Presseberichten zufolge ging er aller Wahrscheinlichkeit nach auf das Konto einer höchst raffinierten Vierer-Bande, die nicht nur in Großbritannien, sondern weltweit ihr Unwesen trieb und im Laufe der Jahre Beute im Wert von mehreren Millionen an sich raffte, bis ihre Serie von Diebstählen mit dem großen Juwelenraub ein plötzliches Ende fand. Ein Mitglied dieser vierköpfigen Bande ...«, Mary gönnte sich eine kleine Kunstpause, in der man eine Stecknadel im Saal hätte fallen hören können. »War die Frau, die mir vor ein paar Tagen persönlich diesen Ring überreicht hat. Jill Benny!«

Wieder erfasste ein Raunen die Menge, diesmal aber blieben das Lachen und die verdrehten Augen aus. Gespannt starrte die Zuhörerschaft auf Mary.

»Wir haben den Beweis«, fuhr Mary fort, »dass Jill Benny sich zur Zeit des Juwelenraubs in London aufhielt. Damals spielte sie ihre erste große Rolle in einem kleinen Liebesfilm, der im *Kaleidoskop*-Programmkino seine Premiere feierte. Jill Benny war der Stargast auf dieser Premiere, wie Fotos auf Ihrer Fan-Page eindeutig belegen. Und auch die Anwesenheit der übrigen Mitglieder der Verbrecherbande in London lässt sich nachweisen. Es handelt sich zum einen um ... Jean-Paul Mercier, den toten Gentleman Host. Das dritte Mitglied der Bande war ein Boxer, der damals in einem Etablissement namens *Joe's Gym* einen Titelkampf bestritt – den er übrigens durch K.O. verlor. Der vierte Räuber schließlich war ein Magier, der just zu jener Zeit mit Auftritten in einem kleinen Varieté namens *Miss Celia's* den Grundstein legte für seinen späteren großen Erfolg als weltberühmter Zauberkünstler. Bei diesen beiden handelt es um niemand anderen als Uwe Ponger und Sir Cedric Hawthorne.«

65.

Aufgeregte Schreie brachen unter den Gästen aus. Auf der Stelle vereinigten sich alle Blicke auf Ponger und Sir Cedric.

Letzterer aber zeigte nicht das kleinste Anzeichen von Nervosität, wie man in einem solchen Moment wohl erwartet hätte. Stattdessen trat er mit einem Lächeln zur Bühne und reichte Mary die Hand.

»Ich bitte dich, meine Liebe«, sagte er. »Lass doch diesen Unsinn und komm von dort herunter, bevor du dich vollständig lächerlich machst.«

»Ich bin weit davon entfernt, mich lächerlich zu machen«, erwiderte Mary. »Das weißt du genau. Und im Übrigen pflege ich Dieben und Mördern nicht die Hand zu reichen.«

Cedric zog die seine zurück. Um ihn herum herrschte angespanntes Schweigen. Niemand wollte auch nur ein einziges Wort dieses Austausches verpassen.

»Dieb und Mörder?« Sir Cedric schüttelte den Kopf. »Ich verstehe, wie sehr die vergangenen Tage dich mitgenommen haben. Du hast gestern schon unter Beweis gestellt, dass du nicht mehr klar denken kannst. Aber mit solchen Beschuldigungen solltest du wirklich vorsichtig sein.«

»Ganz genau!«

Ponger stellte sich ihm zur Seite und verschränkte die kräftigen Arme vor seinem mächtigen Brustkorb.

»Das ist eine Unverschämtheit«, rief er. »Ich lasse mir

von diesen Lügen und Verleumdungen nicht meinen guten Ruf ruinieren. Ich bin ein Sportstar, eine Ikone.«

»Und ein Vorbild für die Jugend«, ergänzte Honey Hot und hüpfte zu ihrem Mann.

»Richtig«, pflichtete Ponger ihr bei. »Ein verdammtes Vorbild bin ich auch noch.«

Honey hielt ihr Handy auf Mary gerichtet. Es machte Mary nichts aus. Im Gegenteil. Sie wusste, sie sagte die Wahrheit und es war ihr nur recht, wenn die ganze Welt sie erfuhr.

»Die beiden Herren«, rief sie, »können ihre Verbrechen abstreiten, solange sie wollen, ihre Diebstähle ebenso wie die heimtückischen Morde an Mercier und Jill Benny, die sich mitnichten selbst von ihrem Balkon stürzte, sondern gewaltsam ins Meer geworfen wurde. Den Beweis für ihre Schuld tragen die Täter mit sich herum.«

»Was?«, rief Ponger. »Was zum Geier soll das denn heißen?«

»Ich fürchte«, wandte sich Sir Cedric an den Kapitän, »unsere liebe Mrs. Arrington hat vollkommen den Verstand verloren. Haben Sie doch Erbarmen und beenden Sie diese unwürdige Darbietung.«

Der Kapitän aber rührte sich nicht. Im Gegenteil. Wie alle anderen schien er inzwischen ebenso neugierig darauf zu erfahren, was Mary zu sagen hatte.

»Herr Pongers protzige Goldkette ist mit Rubinen besetzt. An Sir Cedrics Armbanduhr befindet sich ein erlesener Diamant. Ebenso wie die Manschettenknöpfe Jean-Paul Merciers und Jill Bennys Ring stammen diese Edelsteine aus besagtem Juwelenraub. Die Stücke waren für eine Auktion bestimmt und wurden vor ihrem Verschwinden sorgfältig katalogisiert. Einem Experten sollte es leichtfallen, sie zu identifizieren.«

Einige der Gäste, die in Pongers und Cedrics Nähe standen, waren sichtlich bemüht, einen Blick auf die erwähnten Schmuckstücke zu erhaschen. Sir Cedric ließ die linke Hand in der Tasche seiner Piratenhose verschwinden, Ponger schob seine Goldkette mit dem Dollarzeichen unter sein Hemd.

»Wie man sich denken kann«, fuhr Mary fort, »war Uwe Ponger in der Bande der Mann fürs Grobe. Mercier mit seiner Körperbeherrschung, von der wir beim Tanzen eine Kostprobe gesehen haben, war dafür zuständig, durch höhergelegene Fenster einzusteigen. Jill Benny hatte die Aufgabe, mit ihrer Schönheit und ihrem Charme auf Veranstaltungen das Terrain zu erkunden, vielleicht auch Wachleute zu becircen, um ihnen Informationen zu entlocken, wohingegen es, so vermute ich, unserem werten Sir Cedric und seinen Zauberkünsten zufiel, Schlösser zu knacken und Alarmanlagen auszuschalten. Ein perfektes Team.«

»Das ist doch der reinste Unsinn«, rief Cedric. »Selbst wenn an diesen absurden Anschuldigungen etwas dran wäre – was absolut nicht der Fall ist –, warum sollten wir dann zwei unserer angeblichen Verbrecherkameraden umbringen? Vor allem nach all dieser Zeit?«

»Ganz einfach«, erwiderte Mary. Sie konnte nicht glauben, dass sie jemals auf diesen Schwindler Cedric hereingefallen war. Jetzt, wo sie wusste, wer er wirklich war, kam ihr sein Schauspiel nur noch stümperhaft und lächerlich vor. »Mercier war der Einzige aus der Bande, der nach dem großen Juwelenraub von London keine zweite lukrative Karriere startete. Oder lediglich die eines Spielers, der immer höhere und höhere Schulden anhäufte. Und schließlich war sein Anteil aus dem Juwelenraub aufgebraucht. Die Schulden drohten ihn zu ersticken, also verfiel er auf den Gedanken, seine ehemaligen Kollegen zu erpressen. Er hatte wohl geahnt, dass dieser Tag irgendwann kommen würde, und belastendes Material aufbewahrt, um seiner Drohung damit Nachdruck zu verleihen. Sir Cedric, Uwe Ponger und Miss Benny aber ließen sich nicht erpressen. Auch wollten sie ihre hohe gesellschaftliche Stellung keinesfalls gefährden, den Reichtum und Ruhm, den sie sich in der Zwischenzeit erworben hatten. Vor allem aber ahnten sie, dass Mercier sich sicher nicht mit einer einzigen Zahlung zufriedengegeben würde. Mit seiner Spielsucht würde er immer wieder Schulden anhäufen und immer und immer wieder Geld von ihnen erpressen.«

»Märchengeschichten«, rief Sir Cedric und lachte in die Runde. Aber nicht nur Mary, die Sir Cedrics echtes unbeschwertes Lachen kannte, hörte, dass es künstlich und gezwungen klang. Und niemand fiel mit ein. Uwe Ponger war in betretenes Schweigen verfallen und warf unsichere Blicke auf Sir Cedric. Ihm war offenbar gar nicht mehr danach, den starken Mann zu markieren.

»Mordgeschichten«, sagte Mary in einem für sie ungewohnt scharfen Tonfall. »Nachdem Merciers Forderungen bei ihnen eingegangen waren, fassten seine Verbrecherkollegen den Plan, ihn umzubringen, um ihn ein für alle Mal los zu sein. Sie buchten Tickets für diese Kreuzfahrt, auf der Mercier als Gentleman Host arbeite, und gingen sogleich an ihr abscheuliches Werk. Auf dem Maskenball mischte einer von ihnen Mercier das Gift in sein Wasser. Ich tippe auf Sie, Sir Cedric. Ein Meister der Illusion, wie Sie es sind, hätte diesen kleinen Trick vollkommen unbemerkt vollbracht. Oder fiel Jill diese Aufgabe zu, während Sie und Herr Ponger ihren kleinen vorgetäuschten Streit zum Besten gaben und alle abgelenkt waren?« Mary wartete keine Antwort ab. »Wie auch immer, nachdem Mercier tot war, schickten sie

Herrn Ponger in Merciers Kabine, um das belastende Material sicherzustellen. Ich hatte mit ihm eine äußerst unangenehme Begegnung, die beinahe mit meinem Tod geendet hätte. Aber ich wurde gerettet und konnte sogar das Beweismaterial sicherstellen, auch wenn ich lange nicht wusste, worum es sich dabei handelte. Aber zusätzlich zu mir, hatten Sir Cedric und Uwe Ponger plötzlich ein weiteres Problem.«

»Und welches sollte das sein?«, fragte Sir Cedric spöttisch.

»Jill Benny«, schleuderte Mary ihm die Antwort entgegen. »Sie war eine Diebin ja. Aber sie war keine Mörderin. Schon vor Merciers Tod litt sie unter dem schrecklichen Mordplan, war sogar kurz davor, sich mir anzuvertrauen. Aber sie fürchtete sich vor dem, was Sie beide ihr antun würden, sollte sie Sie verraten. Also tischte sie mir diese hanebüchene Geschichte um ihren rachsüchtigen Ehemann auf. Als grandiose Schauspielerin, die sie nun einmal war, spielte sie ihre Rolle so gut, dass ich sie ihr tatsächlich abkaufte. Aber es half ihr nicht. Sie verkraftete es nicht, für Merciers Tod verantwortlich zu sein. Sie wurde krank, fiel in einen Fieberwahn. Sir Cedric und Uwe Ponger mussten fürchten, dass Jill sie verraten würde. Also sahen sie nur die eine Möglichkeit, auch Jill Benny umzubringen. Als ihre vermeintlichen Verbündeten und Freunde war es für sie ein Leichtes, Jill dazu zu bringen, sie nachts in ihre Kabine zu lassen, wo sie ihre grausame Tat durchführten. Natürlich zogen sie dadurch weitere Schwierigkeiten auf sich: Sir Cedric wusste, dass ich mit Jill Benny gesprochen hatte. Und Uwe Ponger hatte mich erkannt, als er in die Kabine von Mercier eingedrungen war.«

»Und warum haben wir dich dann nicht auch einfach vom Boot geschubst, alte Gewitterziege!«, polterte Uwe

Ponger. Aber das Poltern klang verzweifelt, gerade so, als würde er in diesem Moment bereuen, Mary nicht wirklich über Bord geworfen zu haben.

»Das habe ich mich auch gefragt. Aber schließlich mussten Sie beide damit rechnen, dass ich im Besitz der Beweise war. Und an die wollten Sie unbedingt rankommen. Also bemühte sich Sir Cedric, mir nahezukommen, und wartete auf eine Gelegenheit, in meine Kabine zu gelangen, um die Beweise an sich zu bringen. Er wusste, ich hatte den armen Mr. Miller in Verdacht, und tat alles, um diesen Verdacht in mir zu bestärken. Schließlich gelang es ihm gestern Abend in Mr. Millers Kabine, mich lächerlich zu machen, damit niemand mir glauben würde.«

Mary richtete ihre Augen auf Sir Cedric, dann auf Ponger, der unter ihrem strengen Blick zu schrumpfen schien.

»Wollen Sie immer noch behaupten, das sei ein Märchen? Wollen Sie immer noch alles abstreiten? Oder haben Sie endlich den Anstand, für Ihre Verbrechen geradezustehen?«

»Oh Gott«, schrie Ponger und fiel auf die Knie. »Es ist wahr, es ist alles wahr.« Er griff nach Cedrics Arm. »Sie hat uns überführt. Lügen macht keinen Sinn mehr. Wir sind erledigt.«

Sir Cedric aber war nicht bereit, so einfach aufzugeben. Er riss seinen Arm von Ponger los und zog die alte Piratenpistole aus seinem Gürtel.

»Ich gratuliere, Mrs. Arrington«, rief er und schwenkte die Waffe. Die Umstehenden wichen erschrocken zurück. Manche schrien. »Sie haben Ihren Fall gelöst.« Er richtete die Waffe auf Mary. »Aber sind Sie sicher, dass es clever war, sich mit so gefährlichen Verbrechern anzulegen, die sicher nicht davor zurückschrecken, einen weiteren Mord zu begehen?«

Mary trat vor, bis an den Rand der Bühne. Sie spürte ihr Herz rasen, während sie in die Mündung der Pistole blickte.

»Sie können mich erschießen, Sir Cedric. Aber es wird nichts daran ändern, dass Sie den Rest Ihres Lebens hinter Gittern verbringen werden. Also tun Sie, was Sie nicht lassen können.«

»Ganz wie Sie wünschen, Teuerste«, sagte Sir Cedric.

Er spannte den Hahn der Pistole und schoss.

66.

Der Knall hallte durch den ganzen Saal. Im letzten Moment hatte Sir Cedric die Pistole nach oben gerissen, sodass sein Schuss Mary verfehlte. Die Kugel traf einen der Kronleuchter, der in tausend Teile zerbarst, die in einem Scherbenregen auf die Versammlung niedergingen. Auf der Stelle brach Panik aus. Männer und Frauen liefen verwirrt durcheinander, rempelten einander beiseite, stießen einander zu Boden in dem Bemühen, aus dem Saal zu gelangen, sich in Sicherheit zu bringen. Mary war erschrocken zusammengefahren, als Sir Cedric abgedrückt hatte. Von der Bühne aus blickte sie auf das Chaos, das zu ihren Füßen ausgebrochen war. Tische wurden umgeworfen, Gläser fielen zu Boden und gingen zu Bruch. Die Musiker waren von ihren Sitzen gesprungen, hatten ihre Instrumente am Boden liegend zurückgelassen. Der Kapitän versuchte, mit lauten Befehlen für Ruhe und Ordnung zu sorgen. Aber seine Stimme ging unter in dem Geschrei und Gebrüll, das den Saal erfüllte.

Mary stand vollkommen ruhig auf der Bühne. Lenke die Aufmerksamkeit des Publikums aufs Unwesentliche, damit es das Wesentliche nicht bemerkt, dachte sie. Und da sah sie es. Sah, wie Sir Cedric im Pulk der Flüchtenden untertauchte, verschwand, und den Türen zustrebte.

»Haltet ihn auf«, rief Mary. »Lasst ihn nicht entkommen.«

Aber in der allgemeinen Verwirrung hörte niemand auf sie. Und selbst die Verfolgung aufzunehmen, war ihr unmöglich. Niemals würde es ihr gelingen, sich durch das Gewühl zu kämpfen und Cedric zu fassen. Abgesehen davon würde es ihr kaum gelingen, ihn festzuhalten oder ihm gar die Waffe zu entwenden. Ihr blieb nichts anderes übrig, als hilflos zuzusehen, wie er die Tür erreichte. Auf der Schwelle wandte er sich noch einmal um und warf ihr über die Köpfe einen Blick durch den ganzen Saal zu. Er hob die Hand zu einem Gruß, in dem Mary neben Spott auch ein gewisses Bedauern zu erkennen glaubte. Cedric lächelte noch einmal sein spitzbübisches Lächeln.

Dann verschwand er.

67.

Es dauerte noch eine geraume Weile, bis sich der Aufruhr im Saal legte. Die meisten Gäste waren auf den Korridor und zu ihren Kabinen gerannt. Einige aber hatten unter Tischen und Stühlen Deckung gesucht. Irgendwann hatte auch der Letzte von ihnen begriffen, dass die Gefahr gebannt war. Nach und nach tauchten sie aus ihren Verstecken auf, sahen sich ängstlich um, wankten unsicher nach draußen. Einige blieben benommen auf dem Boden sitzen. Nicht wenige hatten sich in dem Durcheinander geringfügige Verletzungen zugezogen, waren in ihren hochhackigen Schuhen mit dem Fuß umgeknickt, hatten einen Schulterstoß erhalten oder hatten durch die Scherben auf dem Boden Schnitte an den Händen oder Knien erlitten. Zum Glück war dieses Mal Dr. Germer sofort zur Stelle, um sich unterstützt von dem übrigen medizinischen Personal um die Verwundeten zu kümmern.

Uwe Ponger hatte zwar ebenfalls versucht, aus dem Saal zu kommen. Doch in diesem Fall hatten ihm weder seine Körperkraft noch sein rücksichtsloses Auftreten, in dem er so geübt war, genutzt. Ein paar der Stewarts hatten in all dem Durcheinander die Geistesgegenwart behalten und ihn sich geschnappt. Sicher hätte er sie, wenn er es darauf angelegt hätte, mit seinen Fähigkeiten als Boxer k. o. schlagen können. Aber er schien zu wissen, dass es ihm nicht geholfen, sondern im Gegenteil seine Lage nur verschlimmert hätte. Auch als das Sicherheitspersonal des Schiffes ihn in Gewahrsam nahm und aus dem Saal führte, leistete er keinerlei Widerstand. Er schrie nicht, drohte nicht, motzte nicht, was er doch sonst so gern getan hatte. Er senkte nur den Kopf und trottete folgsam mit. Sogar Honey Hot ließ ausnahmsweise ihr Handy stecken und verzichtete darauf, die Welt an diesem sang- und klanglosen Abgang teilhaben zu lassen.

MacNeill veranlasste eine gründliche Durchsuchung des gesamten Schiffes. Trotz aller Bemühungen aber wurde Sir Cedric nicht gefunden. Wie sich herausstellte, fehlte eines der Rettungsboote. Im Dunkel der Nacht war es unmöglich, ihn mit Ferngläsern auf dem Meer zu entdecken, und auch die sofort verständigte Küstenwache war trotz des Einsatzes mehrerer Schnellboote und sogar eines Hubschraubers nicht imstande, ihn zu finden. Wie es aussah, hatte sich der Zauberkünstler in Luft aufgelöst.

Magic Cedric hatte seinen größten Trick vorgeführt.

68.

Am nächsten Morgen lief die *Queen Anne* in ihrem Zielhafen ein.

Am Kai wartete bereits die Polizei darauf, Uwe Ponger in Gewahrsam zu nehmen. Als Mary das Schiff über den Landungssteg verließ, sah sie gerade noch, wie er in eines der Autos verfrachtet und davongeschafft wurde. Von dem Grobian, als der er sich die ganze Zeit über aufgeführt hatte, war nichts mehr zu erkennen. Vielmehr wirkte er wie ein kleiner, eingeschüchterter Junge, der nicht wusste, wie ihm geschah. Auf Honey Hots Zuspruch konnte er dabei nicht zählen. Sie stand mit zwei Polizisten zusammen, die ihr knappes Kleid und ihren tiefen Ausschnitt bewunderten – ihr Sex-Appeal hatte trotz all der Strapazen nicht gelitten – und gab ihnen in der üblichen schrillen Tonlage kund, wie schlimm es ihr in den Fängen des skrupellosen Diebes und Mörders Ponger ergangen war. Es schien Mary nur eine Frage der Zeit, bis sie ihr Handy zog und die Polizisten zu einem Selfie einlud.

Auf dem Kai blickte Mary sich noch einmal um. Das gigantische Schiff schien ihr immer noch so majestätisch wie beim ersten Anblick. Es waren nur wenige Tage vergangen, seitdem sie das Schiff betreten hatte. Aber in dieser Zeit war so viel passiert, dass es Mary wie eine kleine Ewigkeit vorkam. Sie blickte an dem Schiffsrumpf empor. Oben an der Reling, vor dem Hintergrund des prachtvollen Schiffaufbaus, standen Sandra und Antonio und winkten ihr zu. Mary spürte Rührung in sich aufsteigen. Die beiden würden ihr fehlen. Sandra hatte geweint, als sie sich voneinander verabschiedet hatten, und auch Mary hatte nur mit Mühe ihre Tränen zurückhalten können.

Kapitän MacNeill hatte sich rargemacht. Mary hatte sogar die Brücke aufgesucht, um sich von ihm zu verabschieden und, nachdem ihr gemeinsames Abenteuer ausgestanden war, das Kriegsbeil zu begraben. Aber sie hatte ihn nicht auffinden können. Allem Anschein nach war er nicht begierig darauf, ihr noch einmal gegenüberzutreten.

Mary wollte gerade zu dem Taxi gehen, das bereits auf sie wartete und in dem einer der Bell Boys bereits ihr Gepäck verstaut hatte. Da ertönte hinter ihr eine raue Stimme.

»Mrs. Arrington. Bitte warten Sie einen Moment.«

Mary drehte sich um und war überrascht, MacNeill zu sehen, der ihr in seiner stattlichen weißen Uniform, samt Kapitänsmütze, eilig nachkam.

»Was kann ich für Sie tun, Herr Kapitän?«

»Nun ja«, sagte MacNeill und blieb vor ihr stehen. Er verschränkte seine Hände ineinander und sah sie unsicher an. Was er zu sagen hatte, kam ihm offenbar nicht leicht über die Lippen. »Ich wollte mich, nun ja …« Er blickte nach einigen Möwen, die über dem Wasser ihre Kreise zogen. »Entschuldigen wollte ich mich für die kleinen … Missverständnisse, die es zwischen uns gab.«

Mary war drauf und dran, ihn zu fragen, ob er damit jene Missverständnisse meinte, die dazu geführt hatten, dass er sie in ihrer Suite unter Hausarrest gestellt und beinahe dafür gesorgt hatte, dass zwei Morde unaufgeklärt blieben. Aber in diesem Moment, wo er sich so sehr um eine Entschuldigung bemühte, wäre es ihr kleingeistig vorgekommen, auf seinen Fehlern herumzureiten.

Schließlich war es ihr gelungen, den Fall zu lösen. Und wenn Sir Cedric auch entkommen war: Mit seinem Ruhm als großer Zauberkünstler, der ganze Hallen füllte und das Publikum in Erstaunen versetzte, war es vorbei, und das war immerhin ein kleiner Trost.

»Ich nehme Ihre Entschuldigung an, mein lieber Kapitän.«

MacNeill atmete erleichtert auf.

»Gut, sehr schön ... Ich meine, das ist überaus anständig von Ihnen.«

Nun, da er den schwierigsten Teil hinter sich gebracht hatte, straffte sich MacNeill und fand ein wenig seiner Haltung und Würde als Kommandant eines der größten Kreuzfahrtschiffe der Welt zurück.

»Zudem möchte ich Ihnen, in meinem Namen, im Namen meiner gesamten Crew und auch im Namen der Reederei meinen herzlichsten Dank dafür aussprechen, dass Sie zur Aufklärung der schrecklichen Ereignisse auf meinem Schiff beigetragen haben.«

Beigetragen ist gut, dachte Mary. »Gern geschehen«, antwortete sie stattdessen. »Ich bin froh, dass ich einen Beitrag leisten konnte.«

MacNeill nickte, unsicher, wie er mit dieser Spitze umgehen sollte. Er beschränkte sich darauf, einfach die kleine Ansprache fortzusetzen, die er offenbar vorbereitet hatte.

»Ich freue mich, Ihnen mitteilen zu dürfen, dass die Reederei nicht nur beschlossen hat, Ihnen die Kosten für diese zugegeben alles andere als erholsame Reise zurückzuerstatten. Wir möchten Sie hiermit auch ganz herzlich einladen, eine weitere Fahrt auf einem unserer Schiffe zu unternehmen, wann immer Ihnen der Sinn danach steht. Und wir haben, möchte ich betonen, eine ganze Reihe von Schiffen. Sie müssen keinesfalls auf die

Queen Anne zurückkehren. Auch die übrigen sind ganz hervorragend, das kann ich Ihnen versichern.«

»Vielen Dank, mein lieber Kapitän MacNeill«, sagte Mary und lachte. »Dieses Angebot nehme ich sehr gerne an. Ich muss allerdings sagen, nachdem wir uns nun schon so gut kennengelernt haben, fällt mir die Vorstellung schwer, eine weitere Kreuzfahrt auf einem Schiff zu unternehmen, das nicht unter Ihrem Kommando steht. Wenn Sie auch durchaus recht damit haben, dass diese Reise nicht gerade ein geruhsamer Erholungsurlaub war, sind wir uns doch sicherlich darin einig, dass sie eines zweifellos war: ungemein spannend.«

MacNeill lächelte gequält und verlegen um eine Erwiderung.

Mary wartete nicht, bis ihm eine einfiel. Sie ließ ihn stehen und schlenderte den Kai hinab.

»Und falls es Ihnen entgangen sein sollte, mein lieber Kapitän«, sie setzte ihren weißen Sonnenhut auf und warf ihm einen Blick über die Schulter zu.

»Für Erholungsurlaub bin ich ohnehin nicht zu haben.«

Leseprobe

MATTHEW COSTELLO
NEIL RICHARDS

MYDWORTH

EIN FALL FÜR LORD UND LADY MORTIMER

Bei Ankunft Mord

Aus dem Englischen von Sabine Schilasky

be THRILLED

Prolog
Sussex, England 1929

Lady Lavinia Fitzhenry blätterte um. Sie las den neuesten Roman des Amerikaners – Hemingway.

Immer wieder witzig, ein Buch von jemandem zu lesen, den man persönlich kennt – und mit dem man sogar den ein oder anderen Drink genommen hat.

Sie saß in ihrem Bett – Mydworth Manor war friedlich, und das Personal unten ging lautlos seinen Aufgaben nach.

So war Lesen eine reine Freude.

Lavinia hatte sich ein Glas Portwein mit hoch genommen, das leider schon leer war. Zudem war es spät genug, um allmählich das Licht zu löschen. Morgen stand ihr ein geschäftiger Tag bevor, denn bald würden Wochenendgäste aus London anreisen.

Was für ein Spaß! Klatsch, Musik und jeden Abend Cocktails vor dem Dinner!

Sie legte ihr Buch auf den Nachttisch und knipste das Licht aus. Sofort war das Schlafzimmer in Dunkelheit getaucht, und Lavinia schlummerte über dem Plänemachen fast ein. In diesem Moment …

Ein Geräusch.

Sie schlug die Augen auf.

Noch ein Geräusch: ein Rattern. Nicht nahe, sondern eindeutig irgendwo am anderen Ende des breiten Flurs hier oben im ersten Stock.

Und es klang wie eine Tür oder ein Fenster, die von einem Luftzug durchgerüttelt wurden. Nur dass es eigentlich eine ruhige Nacht war, in der sich kaum ein Lüftchen regte.

Da war es wieder! Ein lauteres Rattern.

Lavinia war niemand, der dasaß und abwartete. Ihr Leben lang hatte sie auf dieselbe Weise auf beängstigende Dinge reagiert: *Wenn du dich vor etwas fürchtest, stelle dich ihm.*

Sie schaltete das Licht wieder ein, war mit einer flinken Bewegung aus dem Bett, zog ihren Morgenmantel über und ging hinaus auf den Flur.

Sie stand regungslos vor ihrem Schlafzimmer und horchte.

Das Geräusch war verklungen.

Langsam bewegte sie sich den dunklen Korridor entlang und lauschte aufmerksam. Vorbei an der breiten Treppe, die hinunter in die Eingangshalle führte, in der den ganzen Abend Licht brannte – warm und beruhigend.

Sie ging weiter zu der Reihe von Gästezimmern, die ihre Besucher in wenigen Tagen bewohnen würden.

Hier blieb sie stehen. Alles war still.

Zeit, zurück ins Bett zu gehen, dachte sie und drehte sich um.

Da war ein Knacken. Das scharfe, spröde Geräusch von etwas, das im Zimmer gleich rechts von ihr einrastete.

Die Tür war geschlossen.

Natürlich war sie das – so, wie es sein sollte. Diese Zimmer waren schon seit Tagen geputzt und vorbereitet.

Lavinia griff nach dem Türknauf. Er fühlte sich kalt an.

Ein Drehen, ein hörbares Klicken, und die Tür ging auf. Lautlos trat sie ins Zimmer.

Ihre Augen hatten sich bereits an die Dunkelheit gewöhnt, sodass sie kein Licht machen musste, um festzustellen, dass hier alles in Ordnung war.

Die Tür zur Ankleide stand halb offen. Vage nahm Lavinia einen kühlen Luftzug aus dem Raum wahr. Eine Kälte, die dort nicht hingehörte.

Nachdem sie einmal tief Luft geholt hatte, öffnete sie die Tür weiter, ging hinein und sah … dass das Fenster sperrangelweit offen stand. Sie eilte hin, um es zu schließen und dieses nächtliche Abenteuer zu beenden.

Als sie das Fenster zuzog, blickte sie zum Rasen hinunter. Der Mond lugte zwischen zwei Wolken hervor.

Und Lavinia erstarrte.

Eine Gestalt ging langsam vom Haus weg auf den Wald zu.

Und während sie hinschaute, blieb die Gestalt stehen. Drehte sich um. Blickte zu ihr nach oben …

Lavinias Herz, das eben noch ruhig geschlagen hatte, pochte schneller. Sie wich vom Fenster zurück, dachte fieberhaft nach, welche Erklärung es hierfür geben könnte. Ihr fiel keine ein.

Sie trat erneut ans Fenster und spähte nach draußen.

Nun überkam sie beim Blick in die Dunkelheit eine unheimliche Vorahnung. Ein Gefühl, dass dieses Wochenende kein Spaß werden würde …

1. Heimkehr nach England

Kat Reilly beobachtete, wie ihr Mann Harry seine Augen gegen die Morgensonne abschirmte und das Entladen der Kanalfähre an der Pier von Newhaven betrachtete. Sie kannte ihn gut genug, um zu bemerken, dass er besorgt war.

Die *Pride of Sussex* hatte eine Stunde zu spät angelegt, und in der Hektik, die eingetreten war, als man versucht hatte, das Schiff zu wenden, hatte Kat bereits gesehen, dass ein Stück kostbare Fracht aus dem Netz gekippt und auf dem Kai zerschellt war.

Während das Dampfschiff schwarze Wolken in den Himmel rülpste, schwärmten lauter Lastwagen, Pferde- und Handkarren über den Kai, riefen Passagiere Anweisungen und versuchten Zöllner, das Geschehen zu dirigieren.

So viel zu der berühmten englischen Höflichkeit und dem Anstand, die sie bei dieser ersten Reise nach England erwartet hatte!

Sie musste jedoch zugeben, dass Sir Harry Mortimer wie immer ganz der ruhige, unerschütterliche britische Gentleman war – groß, schlank, das schwarze Haar länger denn je, das Jackett lässig über eine Schulter geworfen, ein weißes Baumwollhemd und dazu eine grellrote Krawatte. Es fehlte nur noch ein Tennisschläger, um das Bild abzurunden.

Oder vielleicht eher ... ein Cricketschläger?

Er drehte sich zu ihr um. »Hm ... ich spreche mal kurz mit diesen Burschen da drüben. Damit sie, ähm ...«

Sie grinste. »Und wie willst du das machen?«

Harry lächelte umwerfend und nickte. »Meinst du, sie werden meinen Rat nicht dankend annehmen?«

»Oh doch, mit offenen Armen, ohne Frage. Das oder mit geballten Fäusten.«

»Nun, es ist mein Wagen, den sie gleich auf die Pier fallen lassen werden.«

»Dein Wagen?«

»Ah, richtig, verzeih. Die Macht der Gewohnheit. Ich meine, unser Wagen. Er mag zwar kein Bugatti sein, aber dieser Alvis ist mir verdammt viel wert.«

»Viel Glück. Also in New York legt sich keiner mit Schauerleuten an.«

»Tja, ich schätze, hier drüben sind wir ein klein wenig zivilisierter, hm?«

»*Zivilisierter?* Es ist neun Uhr, und ich warte immer noch auf den Kaffee, den du mir versprochen hast.«

»Wie wäre es, wenn wir *en route* an einem Wirtshaus halten und meine Rückkehr in die Heimat sowie deinen ersten Besuch hier mit einem richtigen Frühstück feiern?«

»Gibt es auch falsches Frühstück?«

»Ich vergesse immer, dass du noch nicht ganz in unserer Sprache zu Hause bist. Ich meine ›opulent‹. Mit allem Drum und Dran.«

»Klingt köstlich.«

Er grinste, und sie sah ihm nach, als er zu einem Mann mit Mütze und blauem Overall ging. So, wie der Mann die Hände in die Hüften stemmte, könnte er der Vorarbeiter sein – oder wie immer man hier jemanden nannte, der das Sagen hatte.

Nun gestikulierte Harry in Richtung ihres Wagens – dem wunderschönen, edlen Exemplar englischer Automobilbaukunst –, der in diesem Moment aus der Ladeluke gehievt wurde und bedenklich in den Seilen und Ketten schwankte.

Der Mann mit der Mütze nickte. Kein Lächeln. Doch Kat vermutete, dass Harry tat, was sie schon so oft bei ihm erlebt hatte. Ein paar Worte hier und da, und auf einmal *wollten* die Leute ihm helfen.

Kat war nicht sicher, ob er sich als »Sir« vorgestellt hatte, fragte sich jedoch, ob dieser :»Lord und Lady«-Kram bei den Hafenarbeitern gut ankommen würde.

Harry kehrte zu ihr zurück. »Alles astrein, ähm, ich meine, geregelt. Ich habe ihm eben erklärt, was unter der Plane versteckt ist, und gefragt, ob sie schon einmal solch einen Wagen ausgeladen haben.«

»Und?«

»Anscheinend zieht er Bentleys vor. Rolls-Royces auch, wenn es sein muss. Obwohl er sagte, falls ich ihm eine Probefahrt anbieten würde, würde er nicht ablehnen.«

»Ein Witzbold, hm?«

»Sehr bodenständig.«

»Tja, ich hätte ihm einfach etwas Geld zugesteckt.«

»Oh ja, hätte ich mir denken können. Das würde hier *niemals* wirken. Ein gestandener Profi wie er? Er würde das als Beleidigung auffassen.«

Was Kat bezweifelte. Zehn Jahre in den amerikanischen Botschaften von Istanbul bis Tokio hatten sie eines gelehrt: Eine Handvoll Dollar, und alles auf der Welt lief reibungslos.

Sie wandte sich um und sah, wie ihr Sportwagen ruhig heruntergelassen wurde. Und langsam, wie sie erfreut feststellte. Nun gab es also keinen Grund mehr zur Sorge.

Sie drehte sich wieder zu Harry, der beobachtete, wie ihre Gepäcktruhen ausgeladen wurden, um per Lastwagen nach Mydworth gebracht zu werden.

Anschließend würden sie zu ihrem neuen Zuhause fahren. Zumindest für Kat war es neu, für Harry nicht. Er war in Mydworth aufgewachsen und kannte jene Welt, ganz gleich, wie lange er fort gewesen war.

Plötzlich überwachte Harry das Ausladen nicht mehr.

»Hm«, brummelte er.

»Was ist?«, fragte sie, als er zu der Stelle sah, an der Wagen und Droschken vorfuhren, um Passagiere abzuholen.

Dort stand ein elegantes Auto. Kein Taxi, sondern ein sehr seriös wirkendes Gefährt. Und aus ihm stieg ein Mann in einer Chauffeursuniform, der nun in ihre Richtung blickte.

»Stimmt etwas nicht?«, fragte sie ihren Mann.

»Weiß ich nicht. Aber ich denke, das werden wir gleich herausfinden.«

Der Fahrer hielt einen weißen Briefumschlag in den Händen. Er kam direkt auf sie zu, nein, er eilte sogar.

Harry bildete sich einiges auf sein gutes Gespür ein. Es hatte ihm 1918 am Himmel über Belgien gute Dienste geleistet, wie auch bei seinen diversen Auslandseinsätzen für das Außenministerium. Mehrmals hatte es ihn schon vor Schaden bewahrt. Einmal sogar … *vor dem Tod.*

Nun sagte ihm selbiges Gespür, dass der Umschlag, den der Mann brachte, eher keine guten Neuigkeiten enthielt.

»Sir Harry Mortimer?«

Es war weniger eine Frage als eine Bestätigung.

Harry nickte kurz. Er bemerkte, wie auch Kat alles interessiert beäugte. Vermutlich fragte sie sich, worum es hier gehen könnte.